# 你不知道的
# 昌化

曾經古縣

潘观根　李明飞 编著

NI
BUZHIDAO DE
CHANGHUA

浙江工商大學出版社
ZHEJIANG GONGSHANG UNIVERSITY PRESS

**图书在版编目(CIP)数据**

你不知道的昌化 / 潘观根，李明飞编著. — 杭州：浙江工商大学出版社，2018.11

ISBN 978-7-5178-3020-7

Ⅰ.①你… Ⅱ.①潘… ②李… Ⅲ.①历史故事—作品集—中国 Ⅳ.① I247.81

中国版本图书馆 CIP 数据核字（2018）第 245142 号

**你不知道的昌化**

潘观根 李明飞 编著

**责任编辑** 张婷婷
**装帧设计** 林朦朦
**责任印制** 包建辉
**出版发行** 浙江工商大学出版社
（杭州市教工路 198 号 邮政编码 310012）
（E-mail：zjgsupress@163.com）
电话：0571-88904980，88831806（传真）
**印　　刷** 杭州恒力通印务有限公司
**开　　本** 710mm×1000mm 1/16
**印　　张** 17.5
**字　　数** 324 千
**版 印 次** 2018 年 11 月第 1 版 2018 年 11 月第 1 次印刷
**书　　号** ISBN 978-7-5178-3020-7
**定　　价** 69.00 元



浙江工商大学出版社营销部邮购电话 0571-88904970

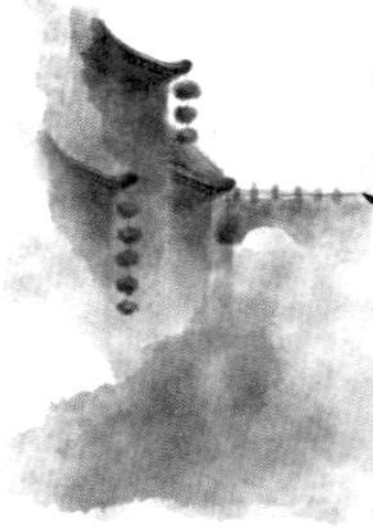

# 前言

中国地图上，有两个地方标注“昌化”，一个是海南昌化，一个是浙江昌化。两个昌化原本都是神州古县，前者临海，以海湾椰林风光及盛产芒果著称；后者驻山，因鸡血石、山核桃享誉。两个昌化虽相距遥远，却也有某种关联。海南昌化曾是宋代文豪苏轼得罪朝廷后的流放地，浙江昌化则是苏轼任职杭州时的观政区。

本书记述的是浙江昌化，即今杭州市临安区西部约 1300 平方千米的那方土地。这里散落着 150 多个村庄，现被划为 6 个镇。为了有别于其中的昌化镇，政府文件及媒体习惯称其为“两昌地区”或“大昌化”。

昌化古县地处浙皖边陲，群山连绵，清溪百流，自唐至民国，一直是杭州辖县。虽然排名总在九县之尾，但昌化人从不认为这里就是僻地寒域，荒村穷乡。历史上，昌化是一方乐土，山水佳良，物产丰富，民风淳朴，少有兵燹战火，百姓过着自耕自给、乐道安宁的生活。如今，走进昌化，只见满目葱茏，秀美的山水与整洁的乡村融为一体，构成了一幅新时代和谐富丽之画图。

但不为人知的是，昌化除了旖旎的风光，还隐藏着许多历史人文故事。譬如，“八仙过海”中的唯一女子何仙姑，就出生在昌化，并在此得道。譬如，唐代诗人罗隐总被认为是新城（今富阳新登）人，其实他是昌化人。南宋第一名将韩世忠是延安人，死后却安葬在昌化。又如，明嘉靖皇帝的祖母是昌化人，皇帝身上有昌化人的基因。《水浒传》中战况最惨烈的战场昱岭关，就在昌化境内。《聊斋》里也有昌化人的故事。昌化有隐士鼻祖的栖居地，有世界第一长寿溶洞，有中美合作所谜踪。昌化是浙江工业大学的发源地，是抗战时期的避难区。还有，中华人民共和国开国领袖毛泽东主席，两袖清风，一生清廉，却唯独收藏有昌化石印章……

有人说，昌化是块宝地，山上是银行，田里是粮仓，丢颗种子能长果，插根树枝会发芽，大山深处隐埋着无数宝藏。有人说，昌化是神秘之所，至今仍有许多谜题，甚至还有不能言传的秘密。

知道？不知道？昌化乡亲或对昌化感兴趣的朋友，有空不妨翻阅本书，或细读慢品，或一目十行。本书不是命题专著，亦非昌化大全，只是孤锄掘地，单枪猎豹，尚有很多题材来不及采写。欢迎广大读者探讨交流，或批评或指正或补充，只要对两昌地区有益，皆大欢喜也。

编著者

2018 年 10 月

# 目 录
CONTENT

## 第一编 曾经古县，岁月遗韵

## 第二编 或仙或人，史牒有声

## 第三编　灵山秀水，异宝奇珍

## 第一编

# 曾经古县，岁月遗韵

# 昌化，曾经古县

浙皖边壤，杭徽之间，有一片美丽的土地，它是天目山、昱岭与黄山余脉交汇而成的丘陵冈原。一座座青山，一条条溪流，一方方田野，一处处村庄，错落有致，相互依存，明媚绚丽，如诗如画，组成浙西版图上最迷人的家园。

它的中心位置，东经 118°，北纬 30°，处在地球最神奇的黄金纬线上。倘若放大地图，画出边界，可以看到其状如菱形。其东西相距 42.5 千米，南北相距 72.5 千米，古称疆域 12150 方里，而今航拍实测面积约 1318 平方千米。

1960 年之前，这里一直是神州政区的建制县，虽然县名几经变更，但最终被历史定格的佳名叫——“昌化”！

## 一

昌化是一片古老的土地。据史料，夏商时代，这里属扬州之域，战国时属楚，秦时属会稽，汉属丹阳，三国时属吴兴，陈时属钱塘。唐垂拱二年（686）开始设县，因县治旁有紫溪而名“紫溪县”。万岁通天元年（696）改名为“武隆县”，因境内有武隆山，又恰逢武则天执政，一语双关，隐喻武氏朝廷之兴隆也。神龙元年（705），唐中宗复位掌权，又因县治背靠唐山，为讨好皇上，立马改称“唐山县”，意为“大唐之江山”。至五代后梁开平元年（907），唐朝亡，县名也撤去“唐”字，易名“金昌县”。后晋天福七年（942），帝位更迭，时政大乱，为顺应潮流，又将县名改成“横山县”。因横山县地属吴越国，也许期盼“吴越昌盛”吧，仅仅过了一年，就将“横山县”改成了“吴昌县”。这么改来改去，直至宋太平兴国四年（979），吴越钱王纳土归宋，才称“昌化县”。而后管辖昌化的“上司”也随朝代易名。南宋时称“临安府昌化县”，元时叫“杭州路昌化县”，明代为“杭州府昌化县”，清代是“浙江省昌化县”，民国则称“钱塘道昌化县”。但不管归属管辖是州、府、省、路还是道，至 1960 年并入临安县之前，“昌化”这一县名始终未变。

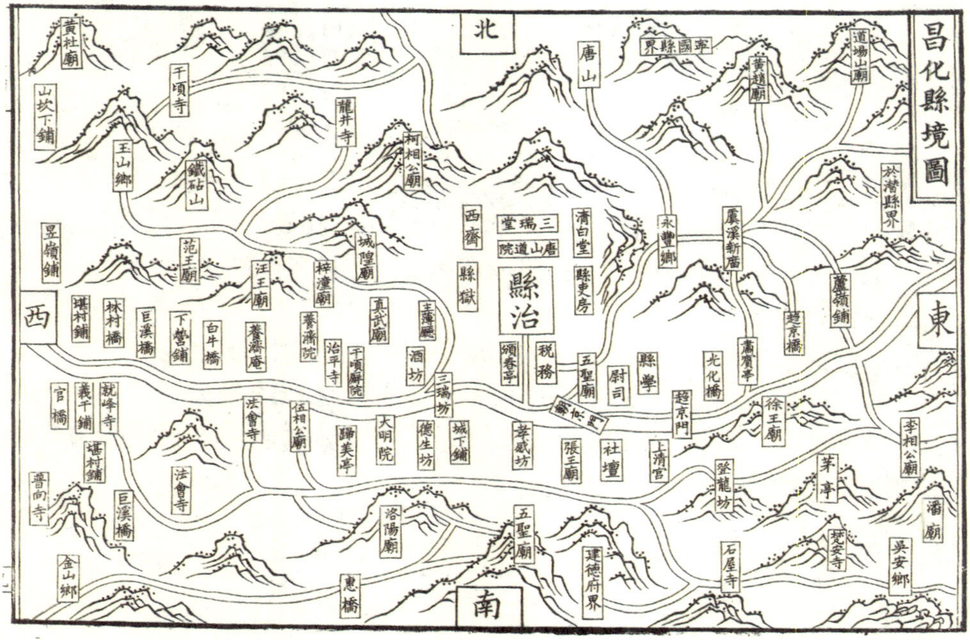


二

查阅古今辞典，都说，昌者，兴也，盛也，有美好繁荣之意；化者，润也，及也，有化育铺展之意。昌化，就是用美好与福祉润化大地，让一方水土兴旺发达、繁荣昌盛，使一域之民康乐安宁。

这是多么美好的名字！

然而多数人不知道，昌化县名的来历，除了因时度势，尚有天意，个中还藏着颇具传奇的故事。

宋太平兴国三年（978），吴越西境遭遇大旱，三月无雨，溪水断流，所见之处皆是草木枯焦，田禾无收。浙西吴昌县亦无幸免。为求雨，各乡村民费尽心思，或抬菩萨，或烧龙灯。县东庐山，县南福泉山，县西龙塘山，县北大鹄山均有龙池龙王庙，祈雨百姓摩肩接踵，香火烛烟弥天。而在县城，求雨的男女老少则成百上千聚集在南屏山下双溪河畔，焚香烧纸，对天悲号。此时，人群中有位白发老者开口致言，说求雨是要放“天灯”的，光烧香拜神无济于事，因天与地相隔太遥远了，只有把祈雨灯点亮，升到天宫，老天爷才看得见摸得着。于是，依老人说法，立马去找灯匠制作“天灯”。

那一年正逢羊年，制灯师在灯罩上画上羊的图案，昌化人把这种灯叫作“羊灯”。

天灯也叫孔明灯，据说是三国时诸葛亮发明的，篾扎纸糊，大小如谷箩，内燃油柴松明或蜡烛，热气充盈时，高者能飞几百米。它原本是战争的产物，用来传递军情，当作号令标志；后人将它升天祈福，盼求风调雨顺，国泰民安。

“羊灯”做好了，红黄蓝白紫共五盏，乘着夜色，依次点燃放飞。美艳的“羊灯”，透着光亮，带着百姓的祈盼冉冉升空，它在云天中飘飘荡荡，由近及远，由低至高，渐渐离人们远去，消失在漫漫夜空中。

也许是“五羊升天”真的灵验，也许是百姓的虔诚感动雨神，抑或这方水土生灵不该灭绝。次日午后，吴昌上空风起云涌，雷声开始滚动。至傍晚掌灯时分，黑云压城，不久，大雨便哗哗骤降，县前桥畔，双溪两岸，瞬间涌起欢呼声潮。

与庶民一样心焦的吴昌知县谢公彦，此时亦站在县衙门前观天祈雨。忽一道闪电划破长空，把整个县城照得雪亮，紧接着劈下一记响雷，惊天动地。谢公彦被惊得有些惧怕，立即退至衙门内。风声雷声雨声，夹着人们呼叫声，交织着响彻县城上空。

正当大家沐浴甘霖，沉浸在欢呼声中时，只见一团火光从天而降，伴随着一声巨响，一块重物砸在地上，不偏不倚，正好落在县衙大门前。借着电光看去，似是一块石头，大小如瓦罐，色如黑铁，走近查看，又像是大秤砣，还冒焦烟，触之烫手。

是屋顶滚石，还是天外来客？

待雨稍停，谢公彦令人把石块移至衙门内。他仔细端详，判定这是流星坠地，一块陨石。

次日一早，风停雨住，天气清朗，县衙内官员杂夫闻讯都来瞧神秘的飞来之石。不看不知道，一看有奥妙。黑乎乎的石表上布满横七竖八的沟纹，似画非画，似字非字，有人说这是“符箓”。仔细分辨，模糊深陷的沟纹隐约显出“昌化”两字，众人十分惊异，七嘴八舌。这个说是“天符”，那个说是“天书”，更有人认定它是“天印”，是玉皇大帝赐给吴昌县的铁石“印章”。

天坠奇石，天赐印章？提及印章，谢公彦忽然想起半个月前的一桩事来。

十几天前，有一号称“柳半仙”的测字先生，不知从何方来到吴昌县城，在县衙前设摊测字算命。当人群围观时，他提高嗓门，说吴昌县的“吴”字不吉，上有大口，口欲吞天，由此推断，天下有危。又“吴”字，谐音“无”，“吴昌”即“无昌”，且吴字加“言”即成“误”，加“女”又成“娱”，若要县境安宁，无论如何要把“吴”字去掉，否则难以长治久安，更不要说政通人和了。当时，谢公彦也在场，当面斥其信口雌黄，妖言惑众，并立即勒令将测字先生驱逐出境……

此事已过去半月，而今面对天降印石，谢知县想起测字先生所言，不禁心头纠结。难道真是上苍印证柳半仙所言？难道真的是天意要我更改县名不成？

果真，没隔多久，天翻地覆，吴越国所有江山领地全归大宋皇朝统治。看来，柳半仙真的似有先见之明，嚼舌头让他嚼中了。

既然吴越不存，也就谈不上“吴越昌盛”了，而“天落印章”是风雨带来的礼物，在百姓企盼中，响雷惊地，雨洗青山，乃天知时局也！既如此，那就化风雨为润泽，滋育吾昌吧！

就这样，这方神奇古老的土地，在朝代的更替中，在上苍的授意中，在人们的议论中被冠上“昌化”美名，且从那一天起，历经元、明、清、民国，一直延续至今。

## 三

“昌化”之名虽然如此美好吉祥，虽然如此顺从天意，在古代文人的笔下却常被唤作“唐昌”。

如临海县令侯嘉幡的《京师送章立孝廉还唐昌》：“杏花天气春风扬，好友辞我还唐昌。”如宁国举人周斌的《潘将军水晶虎印歌》：“贼如寒蜎结唐昌，谁家第宅冷斜阳。”如昌化廪生王永兰的《鹄山赋》：“……钟灵于大块而称最，于唐昌其上有池，豁然开旷……”又如钱塘名士周龙骐的《河桥形胜记》：“唐昌之南五都，距县治十五里，曰河桥，邑之首镇也。”还有，明令吴之瑗在《长春桥亭碑》中开句便说：“唐昌，属方城边邑，界在吴越间，县治之设始于唐宋淳熙时。”清康熙邑令涂铨修在《南屏塔碑志》中也说：“余令浙之唐昌，自丙辰冬下车，睹山川之盘纡，风气之朴茂……”明万历昌化学谕周与进在一篇文中亦开宗明义曰：“唐昌，古杭边邑也，西接徽歙，东联省会……”

查阅史志，历史上未曾出现过“唐昌”县名，想必是文人雅士对昌化的昵称，因“唐昌”二字在韵律中属“江洋光芒”辙，词韵丰美，容易入诗文吧。或者，是昌化设县于唐朝，又县治旁有唐山之故。

## 四

宋咸淳年间（1265—1274），昌化把全县分为四乡：永丰乡、玉山乡、吴安乡、金山乡。“乡”下设“里”。其中永丰乡有隆化、扶养二里；玉山乡有保福、白石、柳溪、上渡、田川、桐山六里；吴安乡有扶善、道泰二里；金山乡有梯云、临池、丰裕三里。之后，废“里”设“都”，四乡共辖十二都，“都”下为“庄”。其中一都

管庄十三:永和、永丰、朱穴、平葛、后营、西晚、黄玕、太平、紫源、孙沈、盛村、高堰、黄柏。三都管庄十一:七里、白牛、高犂、方山、驼坞、上营、茆里、龙井、历村、堪村、林村。四都管庄十二:水南、大地、朱秀、下阮、室山、泥晶、朱九、西鸠、塘秀、云老、泥郎、骆村。五都管庄十五:河桥、白下、茄村、秀下、下鱼、朱隐、上博、石牌、溪口、澄村、蒲村、阴山、金村、井川、学村。七都管庄十:浪川、首坞、石塘、比坞、上村、下湖、下余、洋湖、潘口、洪岭。八都管庄七:洪岭、三板、余村、湍口、杨村、湍源、塘溪。九都管庄十:新溪、百丈、无他、柳洪、牛柳、桥西、石朋、河阳、洙浪、下茆。十都管庄十:候头、乾山、岭下、唇溪、南义、岐安、洲头、沙干、大林、白果。十一都管庄十二:桥东、桥西、阳玕、商解、大成、路口、鹄山、田玕、同山、山边、上塘、荆洲。十二都管庄十五:兰上、鱼跳、仙人、柔川、白竹、里板、外板、桥头、许家、岛石、丰隆、瓦瑶、太平、江公、大屋。奇怪的是,上列都庄中,不见二都、六都,全县115个村庄,只分属十个区块。二都、六都到哪里去了呢?

原来,民间传说,朱元璋起兵造反时,遭元兵追杀。他从安徽一直逃到浙江昌化。长途奔跑,身上所带银钱用尽,饥饿难耐,只得挨户乞讨。但昌化人看到朱元璋正年轻力壮,不像穷途落难的样子,多数人置之不理。朱元璋很是懊丧,甚至结愤在胸。

若干年后,朱元璋功成名就,做了皇帝,回想落难昌化时,百姓不够仁慈,还差点断送性命,于是怒从心起,决意扫荡昌化。朱元璋派了一个姓薛的将军,领

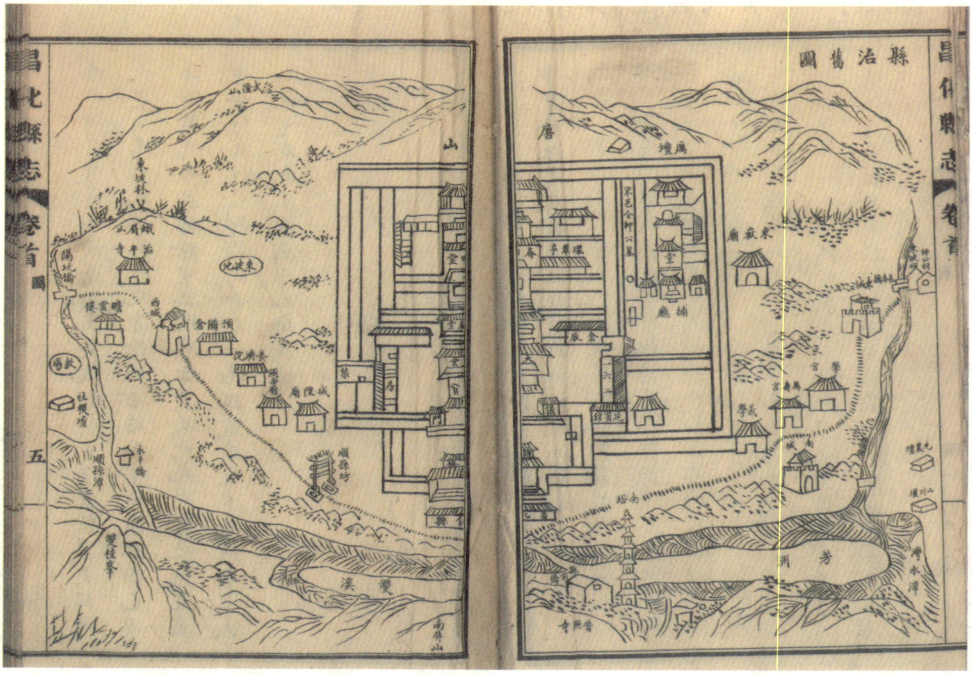

数千兵马，出南京，过杭州，直达昌化。其时已近年关，昌化百姓正扫屋涤尘，贴春联，置办年货，一派祥和喜庆的过节气象。薛将军所到之处，百姓皆焚香点烛，顶礼膜拜，高呼吾皇万岁。将军见昌化这个地方，风调雨顺，民风淳朴，一派升平气象，不像蛮横之都，何故要剿灭？倘若滥杀无故，不仅于心不忍，且必遭苍天报应。薛将军不想荡平昌化又不想违抗皇帝命令，左思右想，想出了办法。他下令把十二都中的二都、六都取消，回京城禀报时只说昌化二六都已被荡平。古人说话讲究文辞，如“三五明月夜”指的是十五圆月之夜，“芳龄二八”指的是十六岁，故“荡平二六都”即“荡平十二都”，换言之，就是整个十二都均被剿灭扫平，不复存在了。在朱元璋眼里，昌化不过是区区小地方，听了薛将军的汇报，也就作罢，不再追究。

昌化百姓知道这件事后，无不对薛将军感恩戴德，于是供奉薛将军为城隍，世代祭祀。

民间传说并非中伤朱元璋，毕竟是文人的“创作”，有“娱乐”的成分。历史的真实是，因“二都”与“耳朵”同音，“六都”与“洛都”同音，而“洛都”恰恰是一任昌化知县周洛都[明万历十七年(1589)任]的名字。周洛都上任后，即下令把“二都”并入“三都”，“六都”并入“五都”，既去谬误，亦防戏谑。

## 五

清康熙年间，县署将全昌四乡改为四区：昌城、昌南、昌西、昌北。昌城区辖一都、三都；昌南区辖四、五、七、八都；昌西区辖九、十、十一都；昌北区则统辖十二都，是四区中地域最广、物产最丰富的区块。

城、南、西、北四区的划分自有它的道理，不仅地势环境不同，居民结构不一样，物产业态各异，就连方言声调也有差别。

昌城区地形如弓，芦岭关屏蔽于东，为昌化、於潜间通道；黄花关镇守于北，与安徽宁国相连，是浙皖要塞；南边紫水如带，帆影悠悠。秀峰、南屏两塔遥遥相望，塔映水影，青林翠竹，钟灵毓秀。因县治在此，人烟稠密，竹木、柴炭、药材、山核桃等货皆由此地水埠集散。县治周围，寺庙、祠社、学馆、书院、牌坊、祭坛、亭台楼阁鳞次栉比，官家、绅士富人聚居。

昌南区形如半叶，人称“南乡”，全昌水流汇集于此，经古镇河桥汇柳溪，然后经大小柳滩而入桐江。境内虽层峦叠嶂，蚕丛鸟道曲折盘旋，风光明媚可人，但缺关隘扼要，故难守防。日寇入侵，就是从南乡入昌境的。昌南区客民最多，不似其他三区纯粹，故百姓咸居，百匠汇集。所居之民有太古之风，文经武略，代不乏人。览川有五进士，塘溪有忠臣赵文节，下阮犹以武功著称，而河桥因邑形水口，商务独冠全县，被唤作“唐昌首镇”。

西区也称“西乡”，以颊口镇为中心，这里交通便利，居民纯净。昱岭关雄峙于此，过关即达徽州。北界荆洲庄、山边庄、马啸岭，南界担盐岗、江岭、大明山。因西区山高路狭，地势险要，故攻防自如。西区之民聚居，绝少外来客，历代以耕读传家，智者士人众多。西区有陈孝子祠，有邵氏双桂牌坊，有韩世宗墓，等等。该区除山核桃为大宗产品外，妇女所织之麻布与龙塘山所产细茶，以及都林葛粉亦为特色名品。

北区幅员辽阔，西邻绩溪，北比宁国，以百丈山为门户。境内崇山峻岭，山高水急，古道如肠，居民进出翻山越岭、肩挑背驮。山核桃是这里的摇钱树，国宝鸡血石名扬四海。这里民风淳朴，语夹徽绩之音，杂陈难懂。宋时梅来儿刲股疗母舍己救人的孝行，感天动地，被收录在《梦粱录》中。

## 六

自古至今，乡镇都是中国最基层的行政区划单位，它在县的管辖之下。历史上，昌化乡镇数量最多的当在民国二十一年（1932），全县共有乡镇 85 个（其中 3 个镇），几乎是以村为乡，许多乡名现在看来都很陌生。到民国二十四年（1935）减少到 27 个，至民国三十四年（1945）时，撤并为 11 个，它们是石瑞乡、文节乡、龙岗乡、昱关乡、浙门乡、仁溪乡、仲珍乡、仙兰乡、武隆镇、河桥镇、颊口镇。中华人民共和国成立后，变化亦很频繁，1956 年为 19 个乡镇。1958 年，於潜县并入昌化县，全县成立 10 个人民公社：天目、潜川、潜阳、太阳、昌城、河桥、东风（石瑞）、国庆（湍口）、昌西、昌北。人民公社一大二公，是政社合一的产物。公社下辖大队，大队下辖生产队。生产队集体劳动按劳动分配，是最基层的独立核算单位，社员的衣食住行生老病死都在生产队。而后的岁月，人民公社拆拆并并、并并拆拆，直到 1984 年，政社分设，改社为乡，大队改村，恢复乡村建制。今天的昌化，被称作临安两昌（昌化、昌北）地区，划分为 6 个镇：昌化、河桥、湍口、龙岗、清凉峰、岛石。而今，这些乡镇各具特色。

昌化镇是杭州市中心城镇，也是临安市副中心。精密元器件是名扬全国的特色产业，电子商务名列前茅，淘宝镇美名远扬，这里有著名的国石城，是两昌地区旅游集散中心。诞生于抗日烽火中的浙西名校昌化中学也傲立江边。

河桥镇是浙江省历史文化保护区，留存着千年古街。它是临安市省级旅游度假区核心地，4A 级风景区柳溪江、瑞晶洞就在这里。河桥曾是蚕桑大镇，全国林业战线的一面红旗。现在正在建设临安第二座高山滑雪场，将打造江南民宿小镇，变身“浙西凤凰”。

湍口镇曾是当年红军经过的地方，风景优美、物产丰富。境内有大片红豆杉保护林。神兽花灯、红毛狮舞、高山馒头节等“非遗”项目，数量之多，为全省乡镇之冠。千年古温泉焕发青春，已建成具有巴厘岛风情的温泉小镇。

龙岗镇曾是抗战时浙西行署驻地，如今是中国坚果食品加工中心。占地800亩的炒货城气势不凡。浙西大峡谷和龙井峡风景区名闻遐迩。高山天池风景区山花烂漫，是梅花鹿保护区。

清凉峰镇以忠孝文化著称，除出产名果山核桃，马啸黄牛和高山蔬菜也是一大名品。被喻为浙江小黄山的“大明山”，风光迷人，游人蜂至。“十门峡”“石长城”景区于前几年启幕，一鸣惊人。

岛石镇，20世纪60年代有兵工厂建在其山中。这里民淳地古，奇山异水，有着“中国山核桃第一镇”的桂冠。如今18省道盘旋如龙，绕行山间，一车车游客纷至沓来。

回首往事，有一位领导感慨，昌化六镇，古邑新乡，舆地未变，世事沧桑。风土沿革，万千气象，抚今追昔，山高水长。

## 附：海南昌化简介

海南昌化比浙江昌化更为古老，它早在西汉时就有县制（至来县），至隋大业三年（607）始称昌化县。1949年后，县域和县名几经变更，直至1987年12月经国务院批准，才最终定名为昌江黎族自治县。至今，昌江县内仍保留着昌化古城、昌化镇、昌化岭、昌化江、昌化港等地名，其中昌化古城、昌化岭是海南旅游胜地。

海南昌化虽然古老，却少记载，直到清康熙年间，浙江人方岱任知县时，才首编县志。其中《昌化县志》“疆域”载：“邑东跨黎峒，西临大海，南接感恩，北抵儋州。东西广一百二十里。祖山远宗五指，一传峨显，再传牛栏。五星传变，直抵神

山。势降而下，耸出豸山，逶迤而北，至于望牛岭之原二里许，始立县治。玉屏是依，天马作朝，一水绕城，合流归海。邑至州二百八十里，至府六百五十里，至省二千五百里，至京师一万一百五十里。”

海南昌化距浙江昌化数千里之遥，古代朝廷把这里作为贬谪官员或流放发配罪犯之所。宋代苏轼就被贬在海南昌化，他在此写下多篇碑文、诗稿，还培养了许多学生。

查阅当地县志，发现历代浙江人在海南昌化任知县的仅三人：明崇祯年间钱塘人曹令仪，清顺治年间钱塘人欧阳思，清康熙年间方岱。另有海南昌化人符翰高，明代时曾任浙江临安县知县。

海南昌化地处琼岛西端，岛内第二大河昌化江在此入海。这里气候条件优越，土地肥沃，芒果种植面积与产量均居海南第一，每年芒果成熟季节，这里都要举行盛大的芒果节。

海南昌化，山海风光。十里九岭的昌化岭，山岩千姿百态，奇峰兀立，林翠花艳，山泉长流，是海南著名景区。昌化港，是商渔两用的著名海港，海运可达琼岛及广东沿海各地。

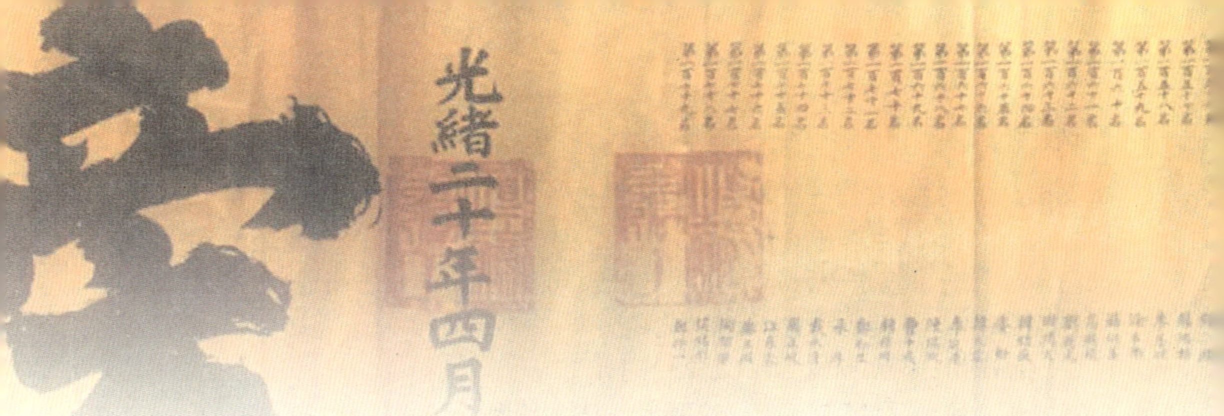


# 唐昌科甲榜

中国古代衡量人才的标准是金榜题名、读书做官。昌化原系山区小县，文人笔下常称其为“唐昌”，登科入仕数量虽无法与名郡大县比肩，但若按人口数占比计，唐昌亦毫不逊色。

今从有关古籍史志中辑录宋、元、明、清各代昌化籍科考出身者和官至知县及以上（包括武官）不完全名单，供对此有兴趣的人士查验考证，也许从中还能发现祖宗先辈。

## 文　官

**蔡　说：**宋庆历六年（1046）进士。

**张　弼：**宋元祐三年（1088）进士。

**叶　均：**宋绍圣四年（1097）进士

**高　举：**宋崇宁五年（1106）进士。

**陈公绍：**宋绍兴三十年（1160）进士。

**程起宗：**宋隆兴元年（1163）进士。

**郑椿年：**宋隆兴元年（1163）进士。

**章　櫃：**宋开禧元年（1205）进士，江西玉山主簿。

**章　樵：**宋嘉定元年（1208）进士，处州（今浙江丽水）知府，四品官衔。

**章　椿：**宋嘉定元年（1208）进士，通议大夫，三品官衔。

**陈　成：**宋嘉定四年（1211）进士，河东（今山西省）监察御史，五品官衔。

**章　铸:**宋嘉定十三年（1220）进士，福建路转运使，吏部郎官，中奉大夫，三品衔，封爵昌化县开国男。

**章　鑑:**宋嘉定十六年（1223）进士，历任德清知县、吉州通判、衢州知州、资善堂讲官。封爵钱塘县开国伯，光禄大夫，二品衔。

**孙次川:**宋嘉定十六年（1223）进士。

**戴　逵:**宋绍定二年（1229）进士，工部侍郎，三品衔。

**赵昴发:**宋淳祐十年（1250）进士，池州（今安徽铜陵市）通判，六品衔。

**姚　坦:**宋淳祐十年（1250）进士。

**钟　彝:**宋咸淳元年（1265）进士。

**叶　培:**宋咸淳元年（1265）进士。

**桌起炎:**宋咸淳元年（1265）进士。

**俞应金:**宋咸淳元年（1265）进士。

**潘百福:**宋咸淳元年（1265）进士。

**孙朝瑛:**宋咸淳元年（1265）进士。

**孙朝瑞:**宋咸淳四年（1268）进士。

**章祖义:**宋昌化知县，封爵昌化男。

**章祖郡:**宋承议郎，浦江知县。

**梅　铸:**宋崇政殿中奉大夫，四品衔。

**朱　曾:**宋淳祐贡生，嘉定（今四川乐山）知州。

**章　淳:**宋太学生，淮东（全国 15 个监察区之一，治在扬州）总领干办官。

**帅　旻:**元仁宗延祐二年（1315）进士，中宪大夫，四品衔。

**章　沅:**元举人，承直郎，浙东宣慰司经历，六品衔。

**俞敬止:**明永乐九年（1411）举人，江苏栖霞知县。

**余　敏:**明永乐九年（1411）举人，山东道御史，从五品衔。

**何思明:**明永乐二十一年（1423）举人，山西平阳府通判。

**潘　俊:**明永乐二十一年（1423）举人，监察御史，从五品衔。

**孙　镛:**明正统元年（1436）进士，户部主事。

**范　镛:**明弘治六年（1493）进士，浙江按察使佥事，五品衔。

**胡世宁:**明弘治六年（1493）进士，太子少保兵部尚书，二品衔。

**扬　誉:**明弘治九年（1496）进士，按察佥事，五品衔。

**沈　衡:**河南上蔡知县、河南佥事，五品衔。

**戴　甫:**明嘉靖十九年（1540）举人，湖南道州知州。

**章　烇:**明万历十六年（1588）举人，湖北汉阳知县。

**黄公敏:**明万历二十五年（1597）举人，甘肃平凉府同知。

**王锡衮:**明万历三十四年（1606）举人，历任山西霍山知县，福建古田知县、建宁知县。

**许得祥:**明万历举人，安徽顺昌（今阜阳）知县。

**陈　忠:**明天顺年贡生，广西钦州同知。

**戴子忠:**明天顺年贡生，临湘（今湖南长沙）知县。

**戴　仁:**明天顺年贡生，顺德（今河北邢台）知县。

**王　越:**明建文年贡生，崇明（今上海崇明）知县。

**童　罴:**明建文年贡生，福建漳浦知县。

**孙　佑:**明永乐贡生，河东（今山西蒲州）知县。

**徐　显:**明永乐贡生，顺德府（今河北邢台）通判。

**帅彦庆:**明嘉靖举人，济南府通判。

**徐　彬:**明宣德年贡生，河北大名府通判。

**饶　钰:**明正统年贡生，武冈（今湖北武昌黄冈等地）知州。

**赵　砺:**明正统年贡生，监察御史。

**董　舟:**明正统年贡生，宁县（今河北万全）知县。

**徐　基:**明天顺年贡生，英武殿中书。

**方　政:**明天顺年贡生，福州府知事。

**帅　镛:**明弘治年贡生，漳州府知事。

**莫　振:**明弘治年贡生，官授知县。

**戴　锦:**明弘治年贡生，陈州府（今河南淮阳）通判。

**许希贤:**明嘉靖年贡生，弥勒州（今云南省红河哈尼族彝族自治州）知州。

**胡　嵩:**明嘉靖年贡生，都昌（江西北部今属九江市）知县。

**方　汉:**明嘉靖年贡生，繁昌（今安徽芜湖市）知县。

**戴　弁:**明嘉靖年贡生，江苏高邮州判。

**戴　乾:**明嘉靖年贡生，沈丘（河南东部邻近安徽，今属周口市）知县。

**洪　栉:**明嘉靖年贡生，德化（江西九江）知县。

**董一化:**明万历年贡生，广西梧州通判。

**胡　愷:**明万历年贡生，保康（今四川阆州）知县。

**王建中**：明万历年贡生，湖广荆州远安知县。

**胡秉节**：明万历年贡生，四川新繁知县。

**叶云采**：明万历年贡生，广西南宁府永淳县知县。

**王大裕**：明万历年贡生，信宜（今江西上饶）知县。

**程　湛**：明万历年贡生，北京昌平知县。

**戴可彦**：明天启年贡生，四川黔江知县。

**胡三极**：明崇祯十三年（1640）进士，山东乐安知县。

**胡思京**：明崇祯年贡生，考同州。

**陈其体**：明崇祯年贡生，安徽宁国府通判。

**胡三聘**：明天启年贡生，江苏盱眙县丞，升宝庆府（今湖南邵阳等地）经历。

**王朝祯**：明万历年贡生，汲县（今河南新乡）县丞，升归德府（今河南商丘）经历。

**方世臣**：明代工部南京营缮所所正，六品衔。

**叶向春**：明崇祯年贡生，无锡县丞，升徽州府经历，六品衔。

**许　球**：明道州同知，升南京豹韬卫经历。

**童蒙吉**：明江阴县丞，升江西南康府经历。

**黄用中**：明海盐县丞，升南康府经历。

**许希玉**：明豹卫韬经历。

**胡廷靖**：明山西高平县丞，升陕西盐运司经历。

**姜名立**：明上饶县丞，升桂林府经历。

**姜志达**：明湖广湘乡县丞，升长沙府经历。

**王粹中**：明高密县丞，升泗州府经历。

**童永威**：江西九江府通判。

**王　轰**：贵州镇远府经历。

**王同理**：湖广德安府经历。

**徐　梯**：四川崇庆府审理，六品衔。

**胡秉和**：扬州盐运司经历。

**周　鼎**：江苏邳州通判。

**胡　峤**：明嘉靖贡生，江西庐山知县。

**叶　溶**：秦州（今甘肃天水）同知。

**朱益贤**：蓬州（今四川蓬安）通判。

**王　裘**：滁州（今安徽滁县等地）通判。

**胡一视**：明万历贡生，海南琼州通判。

**陈　绍**：宁州（今江西修水）同知。

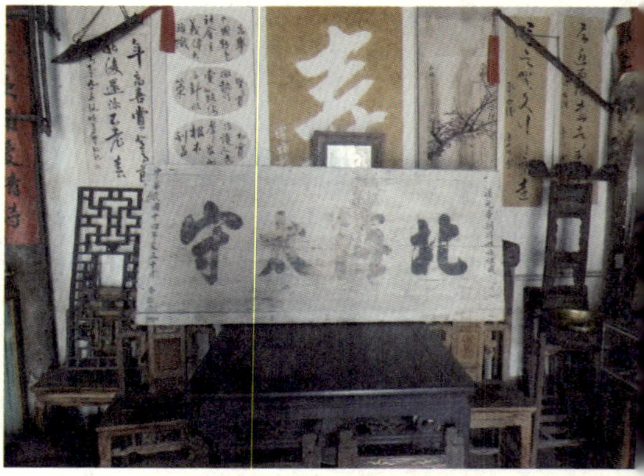

**徐文辉**:镇远知县。
**胡三试**:湖北沔阳州（今湖北仙桃）同知。
**胡三级**:明崇祯年贡生,上林苑署丞。
**胡三兼**:明崇祯年贡生,上林苑署丞。
**王　官**:福建兴化府知事。
**姚　汴**:廪生,藩司省蒙化卫知事。
**郑德盛**:福州知事。
**章辅材**:清盐运副使,赏戴蓝翎。
**方　球**:清廪贡生,甘肃阶州文县知县。
**方登贤**:清拔贡朝考,历任甘肃清泉、文县,湖南湘潭、山西武乡等知县。
**方登俊**:清道光举人,浙江嘉善知县。
**方士升**:清道光举人,云南金江知县。
**陈　绍**:大兴县丞,升宁州（今属甘肃）同知。
**徐文华**:贵州黎平府经历。
**钱葆恒**:清廪生,湖州府学,钦加五品官衔。
**洪　琅**:清道光年拔贡,江苏耒阳知县。
**洪锡绶**:清道光贡生,湖南湘潭、清泉知县。
**洪昌言**:清咸丰贡生,横州（今广西横县一带）知州。
**章宗发**:清咸丰年拔贡,直隶州通判。
**潘振麟**:清同治年拔贡,征仕郎,候选州判。
**胡殿声**:清光绪年拔贡,直隶州通判（江苏）。
**童聚沂**:清宣统年拔贡,知县（江苏）。
**潘叶蘅**:清顺治十六年（1659）进士。
**陈秉谦**:清康熙九年（1670）进士。
**张自新**:清乾隆二年（1737）进士。
**许起凤**:清乾隆十七年（1752）进士,浙江建德知县。
**叶桂祖**:清顺治年贡生,安徽桐城知县。
**董之策**:清顺治年贡生,长武知县。
**潘元鼎**:清顺治年贡生,阳城（今安徽宿州）知县。
**胡思虞**:清顺治年贡生,娄县（今上海松江）知县。
**胡三希**:清顺治年贡生,融县（今广西融安）知县。
**章　腾**:清嘉庆年拔贡,考授州判。
**童　韦**:沂州（今山东临沂）通判。
**章起聪**:永北厅知事。

**章　卯：**清国学生，扬州通判。

**童士超：**惠州府（今广东惠阳）知府。

**王　斌：**清嘉庆年拔贡，历任番河、房山、河北涞水知县。

**谢功骏：**清国学生，安徽绩溪知县。

**方　玢：**清乾隆年太学生，云南金江知县。

**徐正名：**清通议大夫，四品衔。

**方梦兰：**清甘肃文县知县。

## 武　官

**方　茂：**明正统年神武后卫经历，六品武官。

**许希玉：**明豹卫韬经历，五品武官。

**邵　林：**明正德十六年（1521）赠锦衣卫指挥使，封爵昌化伯。

**邵　喜：**明嘉靖年锦衣卫指挥使，封爵昌化伯，食禄千石。

**邵　琮：**明成化年锦衣卫指挥使，食俸千户。

**邵　琪：**明成化年赠明威将军，食俸副千户。

**邵　辅：**明嘉靖年锦衣卫指挥佥事。

**童蒙学：**明嘉靖年铜鼓卫经历，六品武官。

**江　昕：**明嘉靖年江浦卫经历，六品武官。

**姚　沅：**淮安大河卫经历，六品武官。

**胡之培：**清康熙二十五年（1686）武进士。

**程镇仪：**清康熙三十七年（1698）武进士。

**潘文明：**清明威将军，四品衔。

**章灿元：**清武德将军，五品衔。

**何承叙：**清怀远将军，五品衔。

**徐子夔：**明太学生，亳州同知，升北京东城兵马司指挥，五品武官。

**王授元：**明兵马司指挥，五品武官。

**章　壇：**清康熙二十八年（1689）武进士，山西平阳府守备。

**潘　溶：**清康熙三十四年（1695）武进士，广东右翼镇标左营游击。

**章　壎：**清康熙四十年（1701）武进士，河南襄阳守营都司，四品武官。

**徐有文：**清康熙六十年（1721）武进士，抚标营中军参将印务，二品武官，通议大夫。

**何天相：**清江苏参将，诰受五品怀远将军。

**朱炳森**:清陕甘游击参将,五品衔,因功赏戴花翎。
**胡书魁**:清道光年武举人,宁波镇海千总。
**胡占魁**:清绍兴协左营守府,因军功授四品衔,赐戴花翎。
**方士兴**:清咸丰年因军功赏五品衔,赐戴花翎。
**胡书年**:清光绪年武义都尉,赐五品衔,戴花翎。
**胡文翰**:清顺治年武举人,江西吉安府总兵。
**桂起榜**:清咸丰年因功赐五品衔,戴花翎。
**章晚番**:清咸丰年因功赐五品衔,戴蓝翎。
**许宝吉**:清咸丰年因功赐五品衔,戴蓝翎。
**汪登荣**:清咸丰年因功赐五品衔,戴蓝翎。
**杨仕锦**:清同治年因军功授六品衔,赐戴蓝翎。
**王林开**:清同治年因军功授六品衔,赐戴蓝翎。
**帅　卫**:清同治年因军功授六品衔,赐戴蓝翎。
**方牛郎**:清咸丰年因军功赐五品衔,戴蓝翎。
**王胜友**:清同治年参将,十年花翎。
**潘令法**:清咸丰年授六品衔,赏戴蓝翎,获“功著从戎”匾额。
**梅文华**:清咸丰年因战功赏戴蓝翎,五品衔。
**陈得书**:清同治年因功赏六品衔。
**帅人杰**:清咸丰年因功赏六品衔,戴蓝翎。
**帅　谟**:清咸丰年因功赏六品衔,戴蓝翎。
**胡作舟**:清道光年县丞兼云骑尉,五品衔。
**何邦桢**:清道光年县丞兼云骑尉,五品衔。
**许进仁**:清道光年武庠生,云骑尉浙江守备,五品衔。

以下皆清代五品云骑尉:**郑光晃、顾振淦、凌福康、胡镇、凌堂、徐栋、戴汉堂、叶廷杰、郑鹏飞、程云瑞。**

# 古代县官形象

从昌化设县至撤县的1275年中，记录在册的行政长官有268人。这些行政长官，唐朝称“县令”，宋朝称“知县”，元朝称“达鲁花赤”，明清沿袭宋制亦称“知县”，民国初为“知事”，后为“县长”。而“县丞”“县尉”“县尹”“主簿”等则是副职佐官。

行政长官大都是经过层层考试选拔之后，被朝廷派来昌化任职的。近者出自昌化本地或周边邻县，远者来自千里之外的湘鄂闽广晋鲁，甚至云贵。行政长官多为进士出身，少数举人、贡士，学历堪称一流，故善诗赋，能文章，懂书画。其中清正自律、勤政尚德者居多。

如安徽人方城，清康熙进士，于五十八年（1719）任昌化知县。在昌数载，“日坐三堂，左列文卷，右列图史，民有事不拘告期，随到随审”。他下乡巡视，“往来皆单骑，不犯民秋毫”。余暇时披吟典籍，常与士子讲学探讨，孜孜不倦。“举贤避亲，邦贫扶困，革除漕粮积弊，为民称颂。”方城在职三年，身边无家眷至亲，唯带家仆一人，另仅昌化本地一门役为其开关衙门，打扫卫生。期满离任，方城两袖清风，全部家当只是一块昌化石和两箱书。“三年幸得返吾庐，投砚高风愧不如，检点衙斋收入好，半方图石两箱书。”方城临行时，昌民夹道送行，攀辕牵衣百般挽留。昌化人怀其清正，感其惠政，为他立德政碑，方城以诗道谢：“石镌遗爱尽龚黄，过去都教朴道旁。但使人常碑在口，当年颂伯岂因棠。”

又如，广东番禺人黄昇，明正德年间举人，任昌化知县。他心地善良，平易近人，尤体恤穷苦百姓，不向贫者征粮收税。为修建儒学官仓，捐出自己俸禄。时年遇旱，田禾枯焦，他脚穿草鞋，巡查田头，并与民众一起登山祈雨。据说黄昇出场祷雨，心诚感天，曾经三祷三雨，很是灵验，昌民甚为感恩，把他比作“及时雨”。

当时，昌化常遭虎患，野虎下山伤人咬畜的事不绝于耳。黄昇一面起草“驱虎牒”，一面组织民众围歼毒杀，在他的努力下，虎害消除，民生安定，昌民都赞其为“亲民好官”。

元代齐光祖，西安人，初为绍兴路录事，官衔八品。元至正丙申年（1356）调任昌化县尹，升为正七品县官。那年月四境兵氛，环境不宁。齐光祖到任后，即组织民众自卫，高筑墙，广积粮，兵民一体，严防敌扰，使得昌化成一方安定之土。后来，苗军扰昌，在县治南岸屯军筑堡，不时威胁县境，向县民索粮诈钱。齐光祖不畏苗军凶悍蛮横，严阵以待，坚拒不给。苗军自感不敌齐光祖，最终离昌而去。齐光祖为民主政坚毅硬朗的形象，被昌民誉为“刚果”。

宋代帅宝，字仲珍，江南濠州（今安徽凤阳）人，咸淳元年（1265）进士。初授浙江海盐县丞，因其为官清廉，政绩优良，后升调至昌化任县令。

帅宝初到昌化，眼前一片萧条景象，田地荒芜，学校破败，水利设施残缺，大批士民流亡在外。见到如此状况，帅宝忧心如焚。他想法出台了一些政策措施，“劝农桑、课士子、兴水利”，“讼必以情”，凡回归乡村耕种者，皆给扶持奖励。经过三年的治理，“百废具举，井里成风，恩膏满邑”，成为当时最佳模范县“民甚德之”。帅宝凡事亲为，以身作则，心如明镜，处事公道，因身心疲惫，不幸在任期病逝。本想遗体运回老家，因时值战乱，长江以北狼烟遍地，路途艰险。昌化民众劝其留殡于昌，最终安葬在昌化县治之东园。宋咸淳四年（1268）昌化进士孙朝瑛写下《昌化县令帅宝公墓志》盛赞帅宝德政遗爱，并由继任县令郑滂题词勒碑。后来又建了帅公祠，每年春秋县衙都要组织祭祀。

为官一任，造福一方。像上述的例子很多，不胜枚举。

古代县官，工作并不包罗万象，概括起来，主要有四项：保境安民，劝学兴农，征收钱粮，司法审讯。另外，也有送往迎来，公文递送，等等。因此，评判县官的优劣，大都从这四项考核。

据称，新知县到昌化任职，县衙会组织人士到紫薇岭（接官岭）

迎接。安顿妥当后，要举行新官上任礼仪。礼仪主要有两项内容，一是祭神，二是答谢宣谕。

祭神前一日，新知县要沐浴更衣，不饮酒戒荤腥，夜宿城隍庙。第二日祭时，穿上礼服，在仪门献上猪羊及各礼品，于神像前诵读祭文。

祭文内容大略如下：维某年某月某日，某奉命来昌主事，今特来谒神，并与神誓。神率幽冥，阴阳表里，望神默相，使我政兴务举，以安黎庶。某倘怠政奸贪，陷害僚属，凌辱下民，神其降殃。谨以牲醴致祭，神其鉴之，尚飨。

答谢宣谕需移至县衙堂前。新知县面对僚属绅士名流长老讲说："……朝廷设官置吏，欲其敬神、恤民、亲贤、远奸、兴利、除害。某不敏添兹重任，尚赖各僚属及邑中长者，匡其不逮，庶免后艰。四境之内，利有当兴，弊有当革，某当共勉力为之……"

新官上任礼仪，是对天、地、人、神的表白，是约束自己行为的宣誓，对日后理政办事、树立良好形象起到积极作用。

事实上，历代任职昌化的县官，大多是清正廉洁、德才兼备的好官，贪官、庸官也是有的，只是文字未予记载。古人明智，尽量把美好的一面展示给后人，将"正能量"传承后世。

# 昌化历史大事记

△ 唐武则天垂拱二年（686），分於潜县部分地，置紫溪县，后改武隆县。

△ 周武则天圣历元年（698），改武隆县为武崇县。

△ 周武则天长安四年（704），复置武隆县，杭州领 9 县。

△ 唐中宗神龙元年（705），改武隆县为唐山县。

△ 唐玄宗开元二十九年（741），建立江南东道驿线：杭州——余杭——临安——於潜——唐山（昌化）——歙州。

△ 唐代宗大历二年（767），废唐山、紫溪二县，杭州领 7 县。

△ 唐代宗大历十四年（779），紫溪、唐山并入於潜县。

△ 唐穆宗长庆元年（821），分於潜，复置唐山县，杭州领 8 县。

△ 唐昭宗天复二年（902）三月，浙西大雪盈丈，昌化在其中。

△ 唐昭宗天复四年（904）十月，浙西诸县又大雪，平地丈余，民多压毙，钱镠开仓赈济。

△ 后梁太祖开平二年（908），改唐山县为吴昌县。

△后梁末帝龙德二年（922），改富阳为富春、临安为安国、新城为新登、吴昌为金昌，皆属杭州。

△ 后晋天福七年（942），唐山县改横山县，后又改吴昌县。

△ 宋太宗太平兴国四年（979），改钱江县为仁和县，新登县为新城县，改吴昌县为昌化县。

△ 宋神宗熙宁十年（1077），昌化建南屏塔于县治南屏山，塔以山名。

△ 宋哲宗元祐元年（1086），昌化县设立惠民药局，址在东三皇庙左，明洪武三年（1370）迁宣和坊东，清道光间废。

△ 宋徽宗大观元年（1107），杭州升为帅府，领两浙路兵马钤，辖钱塘、仁和、余杭、富阳、於潜、新城、盐官、临安、昌化 9 县。

△ 宗高宗绍兴八年（1138），年初，高宗决定定都临安府，称“行在所”。诏示臣民，以汉光武帝为榜样，中兴宋室。以后，从杭州经仓前、余杭、於潜、昌化至

昱岭关入安徽歙县的经商大道形成，并升钱塘、仁和为赤县（京都）、余杭、富阳、临安、於潜、新城、盐官、昌化七县为京畿县。

△ 宋高宗绍兴二十一年（1151）八月，韩世忠卒，死后葬其故址昌义干村后，谥忠武。

△ 宋孝宗乾道八年（1172），昌化知县卞圜增广文庙，初兴县学，并纂修《昌化图经》。

△ 宋孝宗淳熙八年（1181）七月，昌化县七至十一月不雨，大旱。次年水灾，麦、稻无收，民以草木充饥。於潜县亦如此。

△ 宋孝宗淳熙十四年（1187），临安、昌化大饥，朝廷发米20万石赈济。

△ 宋宁宗开禧元年（1205），昌化县进士章櫰创办义塾一所，这是杭州地区见诸记载的最早义塾。

△ 宋文宗开禧三年（1207）七月，浙西大旱，飞蝗蔽天，豆儿食尽。诏郡邑赈恤。

△ 宋理宗景定元年（1260），邑西凤凰山及马啸诸地产瑞麦瑞粟，时知县刘宗宪登于朝，有御制诗。

△ 元明宗至顺元年（1330）三月，浙西水旱大发，诸路饥民80万余户，元廷拨粮赈恤。

△ 元惠宗至正十二年（1352），红巾军项普略等部自昱岭关进军昌化、於潜，浙东宣慰使董抟霄率兵镇压。

△ 明太祖洪武十四年（1381），杭州府属浙西道，领钱塘、仁和、海宁、富阳、余杭、临安、於潜、新城、昌化9县。

△ 明太祖洪武三十一年（1398），昌化河桥镇成为水陆商贸场所，至清代发展为繁华集市。

△ 明英宗正统六年（1441）七月，临安、於潜、昌化3县因灾大饥，朝廷拨粮赈饥。

△ 明英宗天顺四年（1460），昌化邵家村邵林之女入选皇宫，宪宗帝册封宸妃，进为贵妃，生兴王、岐王、雍王。嘉靖元年兴王世宗继位，邵氏进位皇太后，赐袭“金书铁券”。

△ 明世宗嘉靖元年（1522），淳安、昌化两县边民争夺山利，县界之讼遂起。

△ 明神宗万历十六年（1588），临安、昌化、於潜3个月无雨，民食草根树皮，携妻负子贩鬻，弃死道路不相顾，次年，昌化再饥，加之疫疠，遗尸枕藉于道。

△ 明思宗崇祯十二年（1639）6月，昌化县大水，坏民居、农田数十处，溺死者2000人。

△ 明思宗崇祯十三年（1640），杭州旱，禾尽死。临安、昌化等地出现有人

相食，罗雀掘鼠充饥，野有饿殍，米每斗银 5 钱。

△ 明思宗崇祯十四年（1641）6 月，杭州、萧山、於潜、昌化等地大旱，西湖底泥干龟裂，食草根几尽。

△ 清世祖顺治二年（1645）5 月，清兵由宁国进千秋关，经於潜、临安，攻余杭。同年，唐彪等兴兵抗清，次年，聚五六千众屯天目山，袭昌化，后战死于安溪。

△ 清世祖顺治九年（1652），昌化知县李之贵重建县学。康熙、乾隆、嘉庆、道光间历有修葺。

△ 清圣祖康熙六年（1667），大风雹伤麦田。康熙八年（1669）大雪，平地三尺，行人有冻死者。

△ 清圣祖康熙十年（1671），临安、於潜、昌化 3 县奇旱，又蝗灾，田无颗粒，民大饥。

△ 清圣祖康熙十二年（1673），昌化知县周颂孙等修《昌化县志》10 卷。后又有康熙二十二年（1683）谢廷玑等修 10 卷，乾隆十二年（1747）甘文蔚等修 20 卷，道光三年（1823）于尚龄修 20 卷，同时尚有章荣等纂《昌化备考》4 卷。

△ 清圣祖康熙六十年（1721）临安、於潜、昌化 3 县夏至秋三月不雨，禾尽槁。

△ 清高宗乾隆元年（1736），昌化知县王绂于县东存留仓旧地建义学。乾隆四十八年（1783）毁于火，五十四年（1789）重建。

△ 清高宗乾隆二年（1737），昌化县雨豆，色花，去壳有仁，播于地，仍生苗。

△ 清高宗乾隆四年（1739），昌化地震，八年（1743）八月又地震。

△ 清高宗乾隆十二年（1747），昌化县大水，牛瘟。次年牛瘟殆尽。夏饥，斗米 3 钱。

△ 清高宗乾隆三十六年（1771），昌化县武生章镗捐银 3200 两，凿石壁湾沟引水灌塔元畈田。

△ 清仁宗嘉庆五年（1800）六月，建德、分水、昌化等县大水，稻禾尽淹。

△ 清宣宗道光五年（1825），昌化建隆山书院（旧名紫溪书院），於潜建西山书院（后改天目书院）。

△ 清宣宗道光二十一年（1841），於潜、昌化县大雪 10 日，厚丈余，坚冻至次年四月方消，坍屋伤人甚多。

△ 清文宗咸丰十一年（1861），於潜、昌化、桐庐、萧山皆大雪，平地厚七八尺，山谷间深丈余。湘湖冰雪封冻，行人往来如平地。昱岭关拥塞，行人断绝，饥毙无数。

△ 清穆宗同治二年（1863）正月，太平军分批多次经於潜、昌化撤回皖南。十二月左宗棠在临安征漕米 5941 石，於潜 2769 石，昌化 1906 石。

△ 清德宗光绪三十一年（1905），昌化县设邮局。光绪三十二年（1906）在县城设立高等小学堂，此为昌化县官立学校之始。

△ 清宣统元年（1909）五月，临安、昌化大水，六七月又大旱，次年石米高至六七千钱。

△ 清宣统二年（1910），昌化县成立筹办自治事务所城镇乡议会，临安、於潜县也相继设立。

△ 民国元年（1912）5月19日，袁世凯通令，浙江各府军政分府先后撤销。临安、於潜、昌化县直属于省。县设公署，首官称知事。昌化始设民事长，后改为知事。12月，昌化县创办禁烟局。

△ 民国三年（1914）12月，昌化所产黄玉黍由省选送巴拿马赛会展出。

△ 民国十七年(1928)，临安、於潜、昌化三县开展首次户口调查，编制村里。浙江陆军测量局计算出三县土地面积总和为531.72万亩。

△ 民国十八年(1929)6月，天目溪下游濒于干涸，临安、於潜、昌化米贵如珠。12月，昌化县设立民众教育馆。这年昌化发生牛瘟，昌西一带出现人力拉犁。

△ 民国十九年（1930）8月，杭州至昌化公路竣工，9月，昌化县成立省长途电话代办所。

△ 民国二十年（1931），昌化县荆州庄划归绩溪县，绩溪县上塘庄划给昌化县。昌化县建立测候机构，开展地面气候观测。

△ 民国二十二年(1933)5月，昌化至昱岭关公路建成，并与安徽歙县贯通。

△ 民国二十四年（1935）3月，昌化县完成保甲组织。

△ 民国二十五年（1936）12月，红军皖浙赣独立团270多人，由宁国、昌化游击队做向导，远道奔袭，攻进昌化县城，毙俘守军数十人。从监狱中救出宁昌游击队领导和战士多名，焚毁县政府全部档案，下午主动撤回鄣公山根据地。昌化县长、公安局长等人因渎职失职被押送杭县地方法院检查讯办。

△ 民国二十六年（1937）11月，临安、於潜、昌化三县奉命开始破坏杭徽公路。至1941年，投入破路炸桥人数为：临安14万人次，於潜15万人次，昌化13万人次，阻止了日军对后方山区的侵犯。

△ 民国二十七年（1938）2月，私立唐山战时初中学生补习学校于昌化洲头岐安创立。同年12月，昌化县山洪暴发，沿溪一片泽国，危及24个乡镇。

△ 民国二十八年（1939）5月，省立浙西三中在昌化颊口成立，七月迁往河桥。

△ 民国二十九年（1940）10月，日军飞机轮番轰炸昌化，投弹30枚，死3人伤7人，毁房94间。

△ 民国三十年（1941）1月，战时初中补习学校在昌化汤家湾建立，附设

师训班。五月，日机频繁空袭浙西，其中昌化县遭日本空袭 56 架次。

△ 民国三十年（1941）2 月，浙江教育厅电影巡回放映队越过马啸岭，在上溪乡邵家村放映 16 毫米黑白电影抗日纪录片《台儿庄》。

△ 民国三十年（1941）6 月，浙西中心卫生院在昌化河桥开办分院。

△ 民国三十一年（1942）2 月，国民政府军委会战时新闻检查局於潜检督室成立，专对《民族时报》《浙西日报》《扫荡简报》进行新闻检查。后迁往昌化，改名昌化新闻检查室。同年 2 月嘉兴所属七县联立临时中学于昌化颊口成立。

△ 民国三十一年（1942）11 月，昌化县在河桥成立乡村卫生协进会，推进乡村卫生教育，建立乡村卫生示范区。12 月，昌化县麻疹流行，阁川村病死 31 人。临安县脑膜炎暴发，约 5000 人发病，约 3000 人死亡。

△ 民国三十二年（1943）3 月，昌化县天花、脑膜炎再度流行，染病者众，死亡者日有所闻。6 月，昌化县成立防疫委员会。

△ 民国三十二年（1943）11 月，国军俘获伪武康县长徐一鹏，押至昌化枪决。

△ 民国三十三年（1944）1 月，军统特务头目戴笠到昌化，在河桥石室寺筹建“忠义救国军野战重伤医院”。2 月，浙西临时高级工业学校成立，浙西三中应用化学科并入。3 月，新四军皖南游击队攻打昌化岛石区署、仁溪乡公所。4 月，浙西行署迁至昌化汤家湾，8 月改汤家湾为龙岗。6 月，昌化县城成立物价管制检查队，义务队员 32 人。实施限价，凭证购粮，计口售盐，取缔粮食制糖酿酒。8 月，建立昌化简易师范学校。10 月，於潜、昌化、新登、桐庐等县旱灾严重，省政府拨款赈济。

△ 民国三十四年（1945）6 月，昌化县整编乡镇保甲，裁撤区署。8 月，企图进攻昌化县城的日军，在河桥受到阻击激战，日本宣布投降退败。

△ 民国三十五年（1946）3 月，省保安队 350 余人到昌化芦塘、尖山、西舍坞“清剿”，新四军皖南游击队主动撤离。10 月，昌化县政府发布训令，催各乡镇建立水利协会。抗战胜利，浙西三中迁至严州，浙西高工返杭，更名杭州高工。

△ 民国三十七年（1948）6 月，昌化师范与昌化初中合并，成立昌化县立初级中学。8 月，中共淳昌工委在瑶山何家村成立，下设四个分工委，有党员 50 余人。12 月，昌化区委组织农会 9 个，区武工队发展到 30 多人。

△ 1949 年 4 月，昌化县长裘正率县自卫队官兵 120 余人起义。12 日，至宁国万家桥整编，成立苏浙皖人民解放军浙西支队。5 月 28 日，解放军进驻昌化县城，昌化县解放。6 月，昌化县人民政府成立，李子正任县长。同月中共昌化县委成立，赵克吉为书记。9 月，临安、於潜、昌化 3 县歼匪 15 股，共 890 人，缴获长短枪 290 余支。匪首张云鹏、鲁铁英、李去非等被擒获，匪首吕国华在逃匿中落水淹死。

# 牌坊的故事

大约十年前，我曾携带相机，在昌化镇（当年古县城）转悠，企图能拍到一两处古牌坊旧影，以收作山城古邑纪念。但走遍大街小巷、弄堂边角，最终一无所获。正当沮丧无奈意欲回程之际，忽闻呼我之声，回头一看，是久未谋面的汪老先生。汪老先生名澜，昌化七里桥人，四十几年前我们在同一所学校教书，他的热情豪爽、博学多才一直让我钦佩和念念不忘。他比我年长二十多岁，又系革命军人出身，却从不居功自傲。当得知我来寻访本土牌坊，又正为牌坊荡然无存叹惜时，汪老宽慰我："这是社会发展的必然，没有必要为此伤心。世间万物都会生老病死，何况又经历了那场轰轰烈烈的破旧立新运动……"汪老的几句话，让我释然。

汪老先生早就离休，曾参与编写临安地方志，对昌化的历史颇有研究。他发现我对牌坊感兴趣，说可以提供点线索。看到我喜出望外，迫不及待的样子，又说："慢着，先找个地方吃饭。"他带我进西街农家土菜馆，三杯花雕下肚后，才断断续续抖出我想得到的内容。

汪老时年八十，所述牌坊历史及故事虽平淡无奇且散乱无序，但于我却不无启发。自那以后，我开始寻找牌坊，着意收集此方面传闻，直到几年后的今天，才有这篇应景充数文章。本想定稿前与汪老再次探讨，面求意见，却不知汪老已于几年前与世长辞。得此噩耗，甚为悲痛，只能以此文献给汪老，聊作祭奠了。

所谓牌坊，或称牌楼，是以"三头"（木头、石头、砖头）为主要材料的最具中国特色的传统建筑。它发端于汉唐，发迹于南宋，发展于明清，至今仍在"发扬光大"。

牌坊两柱一门，或四柱三门，或更多柱门。柱上有楹联，枋额有题词，上下左右饰龙纹虎斑或花鸟虫鱼等图案构件，重叠几层，简繁不一。

大凡名城古镇，总不缺牌坊，留存下来的牌坊，如今已成为人们津津乐道的景致。一座牌坊一个故事，一座牌坊一段历史，似乎牌坊的多寡已变成衡量一个地方历史深厚的标志之一。其实，古代建造牌坊目的主要是表彰某人的贡献或业绩，有的牌坊必须要皇帝恩准方能建造，有的只需由府、州、县批准。依据不同等级，只要符合条件，又有财力保证，皆可建造。

这种单排独体的建筑，似门非门，它既不能挡风，又不能躲雨，论使用价值不如路边凉亭。然而它却是封建时代最高级别的“奖状”，历经岁月磨炼而不灭的立体“广告”。人行其下，谁不仰视？旁绕其侧，谁不遐思？

有的牌坊是为纪念、为旌表而建：功名战绩、科甲及第、忠孝大义、仁慈善举、颐年寿庆、贞节烈妇……

有的牌坊是为装饰、为标志而建：官府衙署、宗庙祠观、城门关口、寝陵墓道、景观胜迹……

皖南古村落至今尚存的众多牌坊，有的矗立在通衢街市，有的埋没于荒草野径。遥想当年，这些牌坊是何等荣威显赫，而今多数老态龙钟，黯然失色，孤立于冷雨凄风黄昏暮霭中。在旅游景区，被导游津津乐道的“贞节牌坊”，看似闪耀着封建道德的光芒，殊不知，其中有多少妇女辛酸的泪水！

杭州西湖山水间的牌坊，多为英雄豪杰所建，其中西溪路上“浩气长存”石坊，是为纪念抗日捐躯的国民将士，墓碑上刻着 1200 名牺牲者的姓名。伫立坊前，肃然起敬，松涛提耳时，似有冲杀声。

古时昌化亦不缺牌坊。渡口桥头、学宫书院、神坛祭庙、豪门高台……细细数来,有 36 座之多。昂首而立的登龙坊,是宋开禧元年(1205)邑令为新科进士章櫄所建;双桂坊系宋咸淳九年(1273)为孙朝瑛孙朝瑞兄弟同登进士双双摘桂而建;孝感坊是为旌表元朝孝子陈斗龙;绣衣坊则是明万历二十年(1592)为庆贺余敏晋升山东道御史重修。如此以外,尚有拔秀坊、美政坊、德生坊、仁慈坊、抚安坊、护国坊、佑民坊、贞肃坊、福善祸淫坊、腾蛟起凤坊……如果将它们排列起来,五步一坊,十步一楼,该是怎样的壮观!可惜这些牌坊如今连影子也找不到了,即使世居昌化镇的耄耋老人也说不清它们消失的年代。我猜想,或许它们在某年的地裂山崩时倒塌了,也许在雷管炸药的"革命"中化为碎石沙尘……

然而正如汪老先生所言,牌坊躯体消失了,但牌坊下的故事仍然活着,且不时游走于乡街屋场、茶楼酒馆……

不信?你听——

## 渡虎坊

这是与虎有关的牌坊,也许神州找不出第二。

昌化地处浙西,满目青山,光千米以上的高山就有十余座,其中浙皖边陲的清凉峰,高耸云天约 1800 米,堪称"浙西屋脊"。

幽谷密林,草穴岩洞,非常适宜飞禽走兽的生长。因此,昌化山中各种动物皆有。草食类的如鹿、麂、獐、山羊,肉食类的如豺、狼、虎、豹。

自宋至清,全县(昌化县)各乡均有猛兽踪迹的报告,人畜伤亡事件亦屡有发生。南宋进士缪沅,自湖湘抵昌,曾记录"虎迹村村说,猿猴夜夜寒"的骇人听闻;明代吴岳道人居留昌化时,也有"断壁云光冷,空林虎气腥"的感受。《昌化县志》上有这样的记载:"方国葵,明五都金村人,虎衔老母去,国葵持械追逐,虎舍母而去,母无伤。"又:"徐仲敏,十二都栗川人,顺治间,母猝被虎伤,不知何往,仲敏痛入心髓,遍山追觅,杳无踪迹……"事实上,那时昌化百姓真的谈虎色变,"咨尔猛虎,毛质殊斑,入鸡豚而不类,爪牙狞异,致樵採之剧惊。日落而谷树摇,宵夜而屋瓦动"。一到天黑,即闭门关户,不敢离家,以致窗户不透灯光,道路不闻鸡犬,"××家的猪羊被猛虎叼走了"的传言不绝于耳。

正因为如此,自宋以来的历任昌化知县,都把除虎患作为大事来抓。最为突出的是南宋开禧年间(1205—1207)的县令章伯奋。章伯奋,永嘉进士,登科及第后被朝廷授昌化知县。到任后,曾自掏腰包置田 50 亩,建筑合溪新亭,开辟游览之地,且筹建养济院扶老救贫。当知道昌化有虎,人畜已受其害时,他就"夜不能寐”，想着如何与虎“斗”。他先是在神前祷告，求神帮助，勒令虎离去，后又贴出布告——“驱虎堞”，发动群众，合力围捕；同时还与虎“对话”，约法三章，要求三五日内，令虎遁归山林，不再出入村庄，如若不然，将施放毒药，编织罗网，置虎于死地。“伺尔出没之逵，霍如委锦，穷尔搏噬之技，殷如染轮。”

也许，章县令至诚举动感动天地，也许虎惧神威，不出月余，果然有人看见一只大虎在县前紫溪渡水而去。从此，“大虫”销声匿迹，天下一夜太平。

虎去村安，百姓放心。欣喜之余，大家集资于县城西北二百步（旧制，一步等于5尺）建起石坊一座，名曰“渡虎”。一是为县令章伯奋记上一功，二也是对这件灵异之事立个纪念。

但“祷神去虎”毕竟是虚幻之举，与虎“对话”亦不过是对牛弹琴。牌坊建成没多久，虎迹狼踪仍随风飘来，龙塘山“群狗战虎”的新闻亦说得绘声绘色。此后历届知县不得不仍把除虎害作为大事来抓，且要真抓实干，不能虚夸。据记载，自宋至清，有几十位县令都有“组织乡民围捕虎豹”的政绩，从而常得“为民除害”的赞誉。由此看来，“渡虎坊”不为章伯奋独占了，凡与虎斗的历任县官都可以在其上刻上姓名。

这座青石筑构的“渡虎”特别牌坊，曾立于河边石矶，高不过三层，洞不过三门，但它记录了一段昌化有虎的历史，留传一篇昌化人与虎周旋相斗的故事。

附：祷神驱虎榜文

## 驱虎牒

昌化知县章公伯奋，昭告于本县城隍之神曰：神与令幽明虽殊，其所以理昌，则一也。蠹猾勿去，寇盗勿戢，无以子惠我百姓，繄令之咎。至若猛兽为害，负阻山林，出无恒所，樵苏戒而勿前，蓬藋不得保其犬豚之畜，士子诵读于隆山者，谈且色变，令惭。募猎人驱之，未衰止也。窃以为其神乎？唯神威爽遐，暨下民震怒恐，爪牙之狞恶，明未足敌者，幽或能拯之。引在紫溪以南，去隍数百，神武所繇崇号也。愿神檄山灵，以褫其魄，之旗攸指，谷风不生，今且藉庥以致虎渡焉，令幸甚，昌民幸甚，谨祷。

## 孝感坊

这是为旌表元代昌化孝子陈斗龙而建的石坊。

昌化民风淳朴，祖祖辈辈奉行积德行善、孝贤忠义。翻阅古籍，忠臣义士、孝子贤孙无数，其割股疗亲、卖身葬父、破冰求鱼、追虎救娘、尝粪吮疽等孝行与《二十四孝》无异，甚至为救双亲掏心割肝，舍命惊世之举亦不少。

陈斗龙以“千里寻母六年历难”而孝感天下，是昌化孝贤之乡的代表。陈斗龙，字仲南，家住县西眉川（今清凉峰镇），其祖上陈成系宋监察御史，官至四品。父亲陈天泽亦有官职。斗龙十一岁时，父病卧床不起，于是斗龙在床边守候，送粥奉药，擦身倒尿，日夜不离。他还在神前祈祷，愿减少自己的生命来换取父亲健康，只要父病能愈，无论花多大的代价，斗龙都在所不惜。小小年纪，懂得如此尽孝，邻里乡亲无不惊叹。

若干年后，父母双亡，斗龙居丧极哀，悲天恸地，不仅左邻右舍感同身受，就连群鸟也在他家上空三天三夜哀鸣不去。斗龙娶妻后，仍不忘逝去双亲，所设灵堂几年不撤。时有昌化儒学提举孙朝瑞，进士出身，推荐斗龙到永嘉（今温州）宗晦书院任职，同时告诉斗龙身世之谜。原来斗龙生母是钱塘王氏，生下斗龙才两个月就弃之远走高飞。斗龙得知后很是吃惊，继而伤心大哭，当即下决心要去寻找亲娘。他背上行囊，告别妻子，往杭州而来，然而访遍钱塘、仁和两县，一无所获。偶然间，一知情老妪告知：“汝母自遣归后，常含泪度日，如今远嫁江东矣。”于是斗龙再度上路，走江淮，行徽饶，渡河跨江，足迹遍及长三角。一路风餐露宿，忍饥挨饿，衣衫褴褛，浪迹四乡，历尽千辛万苦。六年后，终于在江西永丰县一个叫礼贤镇的地方，找到亲娘。她早已为人妻，且憔悴老迈，行动迟缓。他乡相见，生离死别，百感交集，母子俩抱头痛哭。斗龙决心要带母回昌，王氏愿意同行。当时兵荒马乱，盗匪横行，母子俩只得东躲西藏，择僻路野径而行。斗龙背着老母一路颠簸，近乡时，不料在百丈岭又遭遇强盗拦路劫财。斗龙把千里寻母，六年历难，身无分文的实情告诉强盗，只要老母命在，自己死而无憾。强盗看他母子可怜，实在无钱财可劫，隐发慈悲，放下屠刀，留他俩一条生路。斗龙和母亲回到家后，乡人邻里大为惊讶，恍若梦境传奇。昌化知县闻知斗龙如此孝行，觉得难能可贵，应为彰扬，于是拨款立案建坊旌表，坊名“孝感”。同时，在斗龙所在眉川乡还造“孝子祠”一座。

元代诗人张翥为此写下赞诗，诗曰：

百丈山前妾辞主，礼贤镇中子逢母。
三十余年昨日同，白发相看泪如雨。
阿奶去时未断乳，始壮方知心独苦。
清湖老妪无所留，逆旅之人神使语。
归来桑竹溪之浒，妇前持觞儿起舞。
双瓜生祥表秋圃，岂用旌书动官府。
吴人买妾粉莫数，岁满母归遗子女。
巷南巷北不相觅，况复山川两修阻。
呜呼千秋复万古，孝子之名在环宇。
世上滔滔忘母人，不愧唐昌一抔土。
……

除了为陈斗龙建的孝感坊，尚有清道光癸卯年为潘应鹏所建的“孝子坊”。《昌化县志》载：“潘应鹏，字载青。父患痈漏，调护数年，形骸毁瘠。闻徽有名医，延至家。谓须以利刃刮去其毒，鹏色沮，以口吮，初无难意。乾隆丙子，岁输粟赈饥。妹丈张，负盐课千金，鬻产代偿之。生平孝义脍炙人口，道光三十三年，邑令上其事，奉旨表建孝子坊于黉宫之右。”

## 嘉应坊

南宋绍定四年（1231），昌化境内风调雨顺，五谷丰登。尤其南乡西乡各村种植的粟、麦，无论山坡平地，每株皆生双穗。官家平民都认定这是天降甘霖、地

生瑞气所致，是吉祥之兆。故待粟、麦成熟之际，选取金黄饱满的穗株一万支，呈献给朝廷，以示庆贺丰年，与皇上同喜。

登上龙位七年的理宗皇帝，见了十分高兴。他知晓汉唐盛世时，有边疆军民采集灵芝瑞草献送长安宫廷，那时神州万里，祥和安康，而今见到粟、麦双穗就出自皇城畿辅之地，且百姓献送“万穗”，恰同“万岁”。这些万穗粟、麦，株株饱满，绝无僵瘪，“万穗无僵”正好寓意“万寿无疆”，这难道不是皇恩浩荡、国泰民安之祥瑞景相！百姓丰年献穗，而“穗”“瑞”同音，表明天下百姓向皇上献瑞，爱戴拥护皇上，人心归顺天下大治也！

理宗大喜，略作沉思，当即提笔研墨，欣然写下《辛卯秋祀明堂昌化献瑞禾瑞粟》七律一首：

一德交孚叶两仪，嘉禾嘉粟献珍奇。
祥呈属邑信非偶，瑞应明禋若有期。
周纪唐封生秀颖，汉歌郊庙产灵芝。
何如近在王畿内，庆典琛府萃一时。

理宗在诗中表露了心中的喜悦，同时发出消息，嘉年献瑞，天下祥和，应择佳日祭祀庆贺。皇诗传旨，古邑受宠，昌化山城即刻沸腾，百姓高呼万岁万岁万万岁。七天后，适逢黄道吉日，由县令主持盛大庆典，高诵皇诗，感拜天地，感拜皇恩，祈求来年更加祥和昌盛。

几个月后，一座四柱三门高二丈余的石牌坊就矗立于县治南塔岭，初名“双瑞坊”，后为更好表达理宗诗中旨意，感恩皇上，更名为“嘉应坊”。时为公元1231年，农历辛卯年孟冬。

## 顺孙坊

王正培，字景如，清康熙五十年（1711）生，家住永和庄（今昌化镇西街）。

景如九岁时，父母双亡，留下年迈的祖母与他相依为命。失去父母后，家道一落千丈，自然无限悲痛，但景如为使祖母不伤心，只在暗中哭泣，不让祖母看见。十四岁时，舅公说服祖母，让他外出学艺谋生，景如不忍离开，生怕祖母无人照料。

百事孝为先，而“顺”为孝主义，景如一切顺从祖母旨意，起居饮食穿戴，无不听从祖母教诲。每次外出，无论天黑路远，均要赶回家，以免祖母担心牵挂。

祖母信佛，庵堂寺庙，景如都陪伴前往。一次去普陀庵礼佛，途经师姑潭，为避让牧归老牛，走至小路边缘，踩着一块松动的石头，祖母不幸跌落潭中。景如当即跃入潭中托救。但因潭深莫测，水寒如冰，旁观路人皆以为凶多吉少，有的还认为淹毙无疑。但没过多久，景如就背着祖母出水上岸，有人还说看见景如会踏水而行，仿佛有神灵扶助一般。

景如娶妻后，仍一如既往，冬为祖母暖足，夏为祖母打扇，夜晚为祖母驱蚊盖被，待祖母睡着后才放心离开。祖母晚年中风，瘫卧在床，便液数下，景如不离左右，煎药送汤，悉心照料。每夜坐祖母之侧，和衣而睡，一有动静，立即起身。祖母病故，景如悲号三天，负土为坟，居丧三年，素衣淡食，不与妻同房。每年祖母祭日，必至坟前泣拜，即便外出数百里，亦必赶回祭奠。如此为祖母行孝，直至景如八十余岁仍未懈怠。

乾隆五十五年（1790），乾隆皇帝八十大寿，得知浙江昌化平民王正培（与乾隆同年）事亲至孝，又与己同年，特赏赐粟帛，以示皇恩。嘉庆元年（1796），仁宗登基，又钦赐八品顶戴。至嘉庆十八年（1813），恩准为王正培立坊旌表，坊名“顺孙”。

孔子曰：“孝子之事亲也，居则致其敬，养则致其乐，病则致其忧，丧则致其哀，祭则致其严，五者备矣，然后能事亲。”

孔子的意思是，作为一个孝子，在日常起居生活中，要以最诚敬的心情去周到地照顾父母；奉养父母时，要以最和悦的心情任劳任怨；父母生病要以最忧虑的心情照料；父母过世，要以最哀痛的心情料理后事；举行祭祀，要以最严肃的态度追思父母亲。以上五个方面都能做到，才称得上是真正的孝子。

王正培孝顺的是祖母，七十年如一日，已超越孔子所言，更是难能可贵，难怪皇上也受感动。

为纪念这位深潭救祖母的乡友，昌化人将“师姑潭”改名“顺孙潭”，县令许元仲在北岸立碑，题刻“王顺孙拯祖母处”。清代平湖名士屈家荪旅昌采风，得知此事，还做《顺孙潭》歌谣一首，广为传唱。

# 苏东坡与昌化

宋神宗熙宁六年（1073）春，风吹涟漪，云霓初现。时任杭州通判的苏轼（字子瞻，号东坡居士，四川眉山人），携数名幕僚，率若干马弁，轻车简从，离开官邸。他们出钱塘、仁和，往富阳、新城（新登），又经临安、於潜，一路向西而来。沿途青山相随，流水相伴，轻风徐徐，温凉适度，又偶闻鸟鸣，这让苏轼颇有远离州城嘈杂喧嚣的轻松愉快。“东风知我欲山行，吹断檐间积雨声”，即是当时他心情的写照。

行过几日，来到一个叫“太阳”的地方，饮茶小歇。瞭望前方，但见山势陡升，峰峦如屏，烟岚缥缈，一派山野边邑气象。路边一农夫告知，前面不远处是芦岭关，穿过芦岭关，就是昌化境界，翻过一条约七里长的紫薇岭，即能看到昌化县城。

此时此地，昌化知县陆元长正峨冠博带，一身盛装，伫立在紫薇岭头，迎候苏轼苏大人的到来。他早就集合好人马，在紫薇道院摆下筵席，为这位久负盛名的上司接风洗尘。

紫薇道院是紫薇岭上一处名胜，林木葱茏，群山拥翠，从这里可以俯瞰昌化县城。南宋宰相贾似道有诗曰：“西风落叶路漫漫，衣袂微生旦暮寒。只隔片云家未到，远山移人梦中看。”

苏轼一行抵达时，陆元长显得有些惊讶，想不到苏轼苏通判竟是如此年轻，风流倜傥，英气逼人，不愧为鸿儒大驾、天府美髯！顿时，紫薇道院花炮升空，鼓乐齐鸣，满堂生辉。

是的，这一年苏轼才 36 岁，正是指点江山、激扬文字的年龄！

这一年，亦是他在杭州任通判的第二年。他离开杭州城，到属县巡视考察，观政调研。一路走来，云淡风轻，逢山下马，遇水过桥，不亦乐乎！不知他在昌化要做几日停留，又要怎样巡行观政抑或问俗采风？

苏东坡来到昌化，其时昌化设县已有 387 个年头，“昌化”之名亦用了 95 个春秋。县治内外，寺庙、祠社、书院、驿站、桥渡、巷坊、茶楼、酒肆、水亭、山阁、青楼、医馆，五花八门一应俱全，这对钟情游历采风的诗人来说是极大利好。欢迎仪式结束后，苏东坡走到紫薇岭最高处，敞开衣襟，眺望这片河山。

苏东坡望着与故乡四川眉山相似的昌化县城，若有所思。凝神片刻，欣然吟出两个句子：“方圆鼓，敲上更楼，太阳升矣，藻溪鱼，跃过横塘，化龙去也。”苏东坡出口成章，吟出的是一副对联，一副绝妙的地名对联。方圆、更楼、太阳、藻溪、横塘、化龙，皆是从临安至昌化一路走来的地名，这些地名至今未变。把地名嵌进对联，自古有之，但结合得如此巧妙，对仗工整又完美生动，为世少有。众人听了不禁欢呼！

陆元长见苏东坡神采奕奕，兴致正高，走到东坡身边说：“吾昌古郡边邑，远离州治，境内崇山峻岭，山高路阻地僻民淳，乃州治九县之末也。”陆知县言简意赅，说的是昌化实情，但似乎意犹未尽，还想继续讲述。苏东坡毕竟聪慧，听出陆元长言下之意，是说昌化排名在杭州所属钱塘、仁和、余杭、富阳、新城、临安、於潜、海宁八县之后，属三等末县，不被朝廷重视；又山高路阻，交通不便，俸禄微薄，生活清苦，隐隐地露出苦衷积怨。苏东坡听后扬眉一笑：“山高则水长，地僻而风古，路阻匪盗罕，民淳事必简，唐昌何不佳境也！”

在苏东坡眼里，昌化实在是好地方，他将陆元长念的苦经化作优势，短中见长，乐观有加，既是对昌化这片古老土地的赞美，亦是对任职于边远小县的下属的安慰与鼓励！陆元长听了苏东坡一席话豁然开朗，频频点头。

当晚，苏东坡一行停车寄宿于双溪会馆。陆知县以野笋煮腊肉、石斑鱼烧豆腐、石蛙炒蒜苗等地道昌化菜，沽以昌化土酒招待，筵席虽算不上丰富，但苏东坡甚感满意。

苏东坡在昌三天，除了听取县情汇报，观光山城，余下时间则是登山寻胜，田野问桑。其间遇一夜春雨，溪水猛涨，浪拍堤岸，门窗动摇，苏东坡几度惊醒。次日一早，苏东坡走出驿馆，沿着双溪堤岸从东到西，走蜿蜒曲径，过野渡木桥，穿桑林麦田，直达治平寺，来回大半天。回到住处，已是午后，他沉思少顷，写下七律两首：

**其一**

乱山滴翠衣衾重，双涧响空窗户摇。
饱食不嫌溪笋瘦，穿林闲觅野芎苗。
却愁县令知游寺，尚喜渔人争渡桥。
正似醴泉山下路，桑枝刺眼麦齐腰。

**其二**

每见田园辄自招，倦飞不拟控扶摇。
共疑杨恽非锄豆，谁信刘章解立苗。
老去尚餐彭泽米，梦归时到锦江桥。
宦游莫作无家客，举族长悬似细腰。

这两首诗，收录在苏轼诗词集中，题目是“从双溪馆下步寻溪源至治平寺”。静心细读，并查阅写作此诗的背景，可以看出有一种情绪蕴在其中。乱山，衣衾重，窗户摇，饱食，溪笋瘦，却愁县令，桑枝刺眼……这些词并非赞美之辞，仿佛承受着作者沉重而无奈的心情。

原来，宋神宗熙宁年间，以宰相王安石为代表的当权派实行变法，出台了青苗法、免役法、市易法、水利法、盐法等所谓新法。这些新法遭到了以司马光、韩琦、富弼等老臣们的反对。苏东坡虽不是高官重臣，但与这些老臣故旧颇有同感，亦参与到反对新法的行列中。因与当权派意见相左，又无老臣高官的根基，苏东坡被贬到京城以外做地方官。通判杭州就是苏东坡被排挤出皇城开封后的任职（宋时通判是州治副职，相当于今日之副市长，他上面还有知州或太守）。

这第一首诗，写的是从双溪驿馆出发，步行至治平寺一路所见所闻，第二首写的是所思所想。我们不妨对第二首做个试解。

每一回走进田野，看到农夫和庄稼，总是心生感怀，免不了要一番表白，仿佛不打自招。尽管身心疲惫，但放飞的思绪仍不想抑压，让其直上云霄。朝野大众都怀疑杨恽不是真正为农耕着想，哪个相信姓刘姓章的对“青苗法”强推歪解？老来也许还要去吃彭泽的劣质谷米，而最终得回归眉山故乡。做官不要飘来荡去任人摆布，像无家的客人，那样的话，连整个家族都会提心吊胆，弄得形消腰瘦。

诗中说的杨恽是西汉京兆华阴人，司马迁外孙，宣帝时任左曹，以告发霍氏谋反，封平通侯，并迁中都将。他虽廉洁无私，却好发人罪过，多结怨恨，后为人所告，免为庶人，最终以大逆不道被宣席腰斩。刘章指的是刘挚、章惇，都是当朝权势，推行新法的鼓吹手，与苏东坡为敌。章惇官至御史，是日后整苏东坡的主要对手。

也许昌化这个地方，真的是地僻路阻风古，山高皇帝远，否则苏东坡怎会如此大胆表露心中之愤懑？他相信昌化人是不会去告发他的，毕竟昌化地僻民淳啊！

综观苏东坡诗词，或雄浑豪放，或瑰丽多姿，唯有巡行浙西诸县写的几首如诉如叹。也许他在这里真正看到最底层的劳动人民的苦难，发出同情劳动人民的呼唤。

最经典的几首诗是写于新城（新登）、於潜、昌化一带乡村的《山村五绝》。比如：“杖藜裹饭去匆匆，过眼青钱转手空，赢得儿童语音好，一年强半在城中。”——这是苏东坡对青苗法产生后果的写照。由于青苗法的施行，农民缺吃少穿，那些农家孩子不得不进城游荡乞讨，除了鹦鹉般学得几句城市的流行语，实在是荒废了农耕生产，糟蹋了这些孩子的前途啊！又如：“老翁七十自腰镰，愧惭春山笋蕨甜。岂是闻韶解忘味，迩来三月食无盐。”——这是苏东坡对盐法的评刺。七十岁的老人还腰插镰刀去山里割笋蕨充饥，那淡涩的笋蕨因为少盐而变得味甜，不是因为像孔子那样听韶乐而忘记饭菜滋味，实在是山中百姓无盐下锅呀！

另外还有几首也一样。就是这样一些关怀劳动人民，反映民间疾苦的诗句，后来被几个别有用心的当朝御史摘录汇编，作为苏东坡反对朝廷变法的罪证，加以弹劾，酿成“乌台诗案”，最终让苏东坡锒铛入狱。

苏东坡是在湖州任太守时被捕的，关在御史台监狱130多天，后在高太后的保荐下释放。后来苏东坡谪居黄州（现湖北黄冈），在那里，苏东坡躬耕田亩，种桑锄麦，自称“东坡居士”。

在黄州五年，有几位很要好的朋友去看过他，其中有诗僧道潜（参寥子，於潜人),还有维琳禅师。

维琳禅师曾任径山寺方丈,晚年退居昌化,结庵号无畏,自号无畏大士。他也是懂诗文的僧人,曾有大明山《题慧照寺壁》诗:“手里筇枝七八节,石傍松树两三株。闲来不敢多时立,恐被人偷作画图。”

1089年,苏东坡二度仕杭,维琳大师即与之会面,饮茶吃饭,吟诗互对,交流禅道,相谈甚深。后来维琳回昌化大明山,苏东坡赠诗送行,诗的题目是《送无畏禅师还大明山》:

身老与世疏,但有世外缘。五年客江西,扫轨谢往还。
依依二三老,示我马祖禅。身心忽明广,不受污垢缠。
偶成江东游,欲别空凄然。缘散众亦去,飘若风中烟。
华阳本荒色,缁素明星悬。琏公善知识,不见十九年。
我昔未闻道,问所以入门。告我从信人,授我青眼篇。
冉冉百丈松,起自一寸根。南归发尽白,尺书今始传。
不知邻邑中,乃有门人贤。百里走相访,触汗热雨翻。
怀中出诗卷,清绝如断弦。空斋莫相问,欲语不能宣。
未暇答佳意,归赐锵金环。空有维摩病,愧无维摩言。

诗中的“江西”即黄州,古代称湖北一带长江北面为“江西”。苏东坡谪居黄州五年,故说“五年客江西”。“马祖禅”指的是佛道禅机。“马祖道一”是佛寺的开拓者,佛界有“马祖创丛林,百丈立清规”之说。马祖徒弟八十四人,善知识。“江东”自然是今日的江南,杭嘉湖、苏锡常等苏东坡任职的地方。“华阳”为古地名,今云、贵、川、陕一带,贫穷而荒僻。苏东坡1060年进士及第,次年授官,到谪居黄州时,在官场已19年。这19年中,从京官贬为地方官,坐过牢,种过地,颠沛流离,吃尽苦头。“维摩”是传说中的九天仙女,苏东坡追奉仙女,常把侍妾朝云喻为“维摩”……

《送无畏禅师还大明山》充满了感恩之情。他说维琳禅师“授我青眼篇,示我马祖禅”,让他坚定了信念。虽然遭受打击,但身正不怕影斜,无畏一番教诲话让他“身心忽明广,不受污垢缠”。因为“乌台诗案”祸出笔端,坐过牢吃过亏,很多想说的话不敢多说,“空斋莫相问,欲语不能宣”。综观苏东坡诗词,为某一个人写感恩辞,这是唯一的,也是最真最深的一篇,可见苏东坡和维琳的关系,也看出他对禅理佛道的敬仰。

苏东坡酷爱浙西山水,尤以临安、於潜、昌化为甚,多次莅临三县,饮酒作诗,谈佛说禅,其中一个重要因素是三县的知县与苏东坡有共同语言。临安知县苏舜举是东坡同宗同族人，於潜县令刁寿是苏东坡同榜进士，昌化知县陆元长是苏东坡四川同乡，三同也！事实上，苏东坡与苏舜举相知甚密无话不说，在临安曾多次议论新法，讥讽御史“燕蝠之争”，日后被当作反朝廷的重要“罪证”。

全中国叫“昌化”的地方有两个：一个是浙江昌化，另一个是海南昌化；一个是山区古邑，一个是琼海边郡。奇怪的是，两个昌化都与苏东坡有关。前一个昌化是苏东坡风华正茂时巡行观政、采风作诗的地方，后一个昌化则是苏东坡被迫害流放的处所。海南昌化系少数民族州县，远离京城，远离苏东坡的故乡，与大陆隔海相望，气候、饮食、风俗、住房、衣饰等完全两样。苏东坡被放逐到这么遥远的海岛，远离亲朋，无人去看望他，深感悲凉，正如他诗中写的“缘散众亦去，飘若风中烟”。在所有的朋友中，唯有参寥和尚记着他，托人从杭州送信送物，送吃送穿，安慰这位老来跌股（吃苦）的朝廷命官，给这位老朋友活下去的勇气。於潜人参寥子，是苏东坡一生中最可靠的朋友，可谓同舟共济、生死相依！

而在苏东坡生命的最后时刻，除了家人和一个姓钱的朋友，就只有维琳禅师陪着他。维琳禅师是从昌化专程赶往常州苏东坡家的，为他说偈送终，超度来生。

有一本专著末页是这样记录的：

“……七月二十五日，康复已然绝望，苏东坡在杭期间的老友维琳方丈前来探望，并一直陪伴着他。虽然苏东坡不能坐起来，但愿方丈在他屋里，以便说话。二十六日，他写了最后一首诗。方丈一直和他谈论今世与来生，劝他念几首偈语。东坡笑了笑，他曾读过高僧传，知道他们都死了。

“……七月二十八日，他迅速衰弱下去，呼吸已觉气短。根据风俗，家人要在他鼻尖上放一块棉花，好容易看他的呼吸。这时全家都在屋里，方丈走得靠他很近，贴着他耳朵说：‘现在，要想来生！’儿子苏迈含泪上前请示遗教，问父亲还有什么要交代，但是苏东坡一言未发，停止了呼吸，这一天，宋徽宗建中靖国元年，公元1101年7月28日，苏东坡66岁，半月之前，他曾写信给维琳方丈说：‘岭海万里不能死，而归宿田野，遂有不起之忧，岂非命也夫！然生死亦细故尔，无足道者，惟为佛为法众自重……’”

自从陆元长在昌化接待苏东坡，开接官先河于紫薇岭，此后，凡京城、州治等上级官员莅昌，历代县令皆效法前贤，要组备人马在紫薇岭上迎候。久而久之，老百姓就把紫薇岭称作“接官岭”。虽然当年的盘山岭道如今已成坡平路宽的高速公路，且早就不再在此送往迎来，但昌化百姓仍叫它“接官岭”，紫薇岭也就成为志书图经上一个不再使用的名词。

苏东坡在昌化不过数日，每次皆来去匆匆，他给昌化留下了什么呢？《昌化县志》只见数语："苏轼，字子瞻，眉山人，以熙宁四年官杭州通判，时行属县，有惠政。曾筑亭凿池於邑治平寺后，手书东坡林三字，刻于石，后人祠于三贤堂，又刻于双溪新亭。"

我想，苏东坡留在昌化的不仅是亭池墨宝，诗词歌赋，更多的还是诗人的风骨、佛家的气度、为官的品行，以及昌化人对他的敬仰与怀念。

## 附：历代昌化赞咏苏东坡诗赋选

### 登东坡亭

元 · 帅涞昌

寻幽揽胜不辞遥，仰止高山岂寂寥。
亭榭到今题姓氏，松杉从古傍云霄。
登峰几度穿游屐，问水谁怀挂饮瓢。
独有坡公此遗迹，秋来凭眺已连朝。

### 文忠公祠莫主纪事

元 · 车朝仪

我慕苏学士，当世号坡仙。宦游半天下，遗踪处处传。
虎林曾作倅，咨俗到野田。慨然叹歇得，雅爱此山川。
信宿双溪馆，兴发题诗篇。筑台名盘若，参寥与谈禅。
东坡留佳号，有林复有泉。泉在双溪岸，林在隆冈巅。
冈前池宛在，尝栽红白莲。自此增佳丽，后人景高贤。
新亭俨像设，春秋荐豆笾。时移世屡易，苍桑经变迁。
我来自云水，秉铎亦有年。公余辄吊古，残碑藉草眠。
苔藓多盘结，拂拭徒惘然。偶遇梦园子，贻我一新编。
盥手丞展读，遗踪细注签。林泉及亭榭，搜辑罔弗全。
读文按时代，渐次相蝉联。一一如指掌，幸勿委荒烟。
因复谋崇祀，相地东郭偏。矗矗东山麓，神龛奉一椽。
溪桥人争渡，风吹水漪涟。水光摇窗户，山翠滴槛前。
多士陈频藻，清酒酌几筵。吟魂与醉魄，依稀尚留连。
清风明月下，乘鹤事蹁跹。维我拜祠下，心神倍萧虔。
野芎尚可觅，溪笋瘦而鲜。寒泉荐秋菊，宁应便弃旃。
拟同水仙庙。长傍西湖边。

## 东坡亭

明 · 吴岳道人

每日怀苏子，惺惺吊此亭。世于今日异，山似昔年青。
断壁云光冷，空林虎气腥。高风招不返，长啸薄秋冥。

## 文忠公祠成集东坡句

明 · 章宏

失槛城东角，循山得胜游。徘徊问耆老，遵俎继风流。
微月挂乔木，滩声入市楼。高堂俨设像，相与一樽留。

## 寻东坡般若台故址

清 · 姚九穗

古寺高台最胜墟，先生辟此竟非初。
犹存双涧千峰瀑，尚对一桥万艇渔。
台址倒翻青麦陇，寺门残落野僧居。
留连塔影松间月，如与前贤啸碧虚。

## 和东坡原韵

清 · 徐学龙

其一

藤筲没径山深浅，晓雾随烟影动摇。
喜有遗民耕绿野，幸无新法困青苗。
沿溪鸟乱三村树，隔岸花深一板桥。
却羡居人生事好，鳊鱼缩项米长腰。

其二

步履春风不用招，兔葵燕麦共摇摇。
餐随旅馆炊菰米，茶寄僧寮荐菊苗。
老栎露根穿石径，枯藤行蔓挂溪桥。
寻来似觉仙源近，掩映桃花水半腰。

## 东坡亭赋

清·章助

若乃武隆之麓治平之巅，仰眺远岫俯瞰流泉。林荫翳日树色参天，影空池水气静庭轩。磴悬忏台之级，地邻绣佛之椽。秀仍与可之竹，香余茂叔之莲。每驰情于景物，想闻望于当年。伊长公之谪守，曾至此而亭焉。尔其薜萝成覆，松菊为垣，人居峭顶，座倚林端，溪迴九曲，径转三弯。乐既，宜独居亦宜闲，或聆风吹于别浦，或值薪歌于延湍。左侧灵岩百尺，右侧渭亩千竿。井留葛洪之迹，流接许由之滩。王孙之草似织，丈人之石如刓。极娱游以竟日，望天柱而盘桓。近有窗能生草，彻可培花，目送归鸿耳。数啼鸦，螺峰竦黛，蜃阁蟠霞。堂构滁阳之胜，境辟赤壁之佳。翠落槛前，梢云之影欲滴；碧连苔畔，映水之色横斜。睹物情之递衍，识在我之靡涯。至若探穴挖奇，寻源问故，群峦鼎峙，叠嶂屏布。际石髓于瑶阶，取青芝于璠圃；抗飞栋以云沉，矗画栏而星组。临赤城之彩烟，构玉泉之甘露。湘帘高卷，闲看石燕之来；雕槛环周，时见文鸳之渡。用眇天趣以优游，知非时俗之足慕。更如秀，阅千溪流，观万壑，纵远睇于长天。畅幽怀于廖廓，警鸣鹤于山皋。采奇英于异陌，携酒催诗流觞坐月。春色曙兮赋梅花，秋声肃兮题桐叶，夏日长兮歌凉风，冬夜寒兮赓积雪。醉兰亭而狎右军，坐峨眉而叫李白。叹彼美之非遥，亦何呼而不出；悲吾生之轲憾，怅世路之崎岖。众皆目虾而腹，蟹彼独芒，杖而柴车。保下里之烟霞邱壑，解内翰之带绶琼琚。从此作辨才之赞，且闲觅参寥之居。纵怀六合之外，驰游三乘之墟。四岫青来，杖短节而济胜；双溪绿涨，掉叶艇以凌虚暗。送笛声于林坞，舞花片于裙裾。询桑麻于野老，茹蔬甲于田闾，既忘情于欣戚，奚感慨而长嘘。于是，抬佛印而谈空，饯张琥而说稼。床堆坟索之书，绢写贫当之画。息忿争于蚁粒蜗宫，取闲适于风棂月榭。乃对千仞而仰止，禀二仪以握珍。挹景徽而莫已期，无负于斯亭。曰卓彼亭兮，邈岁祀而弥芳；怀君子兮，愿靓止而未降；每凭眺以流连兮，顾羹墙之宛在；驱骚土以往来兮，瞻秋水于一方；嗟长英之摇落兮，仰高标之未隧，尚前良之可接兮，羌随流峙而胥长。

# 绩溪与昌化

地处皖南的国家级历史文化名城——绩溪，是古徽州府六县之一，其与外省的交界接壤，除了浙江昌化，别无他乡。

绩溪与昌化同处黄山、天目山交汇地带，山区丘陵的地形地貌几乎一致。

绩溪的水，多以“溪”命名，大大小小几十条溪流，汇聚新安江后，便浩浩荡荡流向钱塘江。昌化的水也都称“溪”：竹溪、桃花溪、后溪、晚溪、顺溪、新溪、奥溪、历溪、紫溪、双溪、沈溪、梁溪、蒲溪、茄溪、柳溪……合并于分水江后，同样汇入钱塘江。故绩昌两地同属一个钱江水系。

绩溪的疆域面积与昌化差不多，1000多平方千米，单独设县均始于唐朝（昌化比绩溪略早几十年），历史一样悠久。两地的民居都为徽派建筑风格，枕山抱水、坐北朝南。那种粉墙黛瓦、高墙小窗、明堂天井、中厅厢房、厨房厕屋、四水到堂的营造格局几乎一样。

绩溪与昌化山水相连，鸡犬相闻，一座清凉峰，一半在绩溪，一半在昌化，同时被浙皖两省列为国家自然保护区。

绩溪、昌化民风民俗基本相同，生产生活用具和劳动方式如出一辙，就连吃饭穿衣、聊天作客的格调也如一村……

正因为绩溪与昌化有诸多的相似，相关两地的风土民情故事，也有共同的出处和渊源。

## 紫气东来

绩溪、昌化两地的分界点都在山岭，由水的流向决定，西向流域属于绩溪，东向流域属于昌化。若将这些界点联结起来，就是一条长长的“分水岭”，一条绵延百里的绩昌界线。

古代昌化经济略胜绩溪，至少生产生活能自足自给，因而昌化人很少离家外出谋生。而绩溪不同，荒山多于平地，溪沟盛于良田，地薄人多，稻粱不丰，因

此不得不背井离乡，去寻找新的生存空间。

绩溪人以勤劳节俭著称，吃得起苦，任劳任怨，自称“绩溪牛”。“生在绩溪，前世不修，十三四岁，往外一丢。”从少年时代开始，他们就要肩负起生活重担，背上行囊，带上盘缠，跟随祖辈，踏上征途，除了读书做官，外出经商是最好的出路。

绩溪人离家远行，不往西不往北，只往东。在他们看来，东面有广阔的天地，有庞大的市场。事实正是如此，富饶的杭嘉湖平原，辽阔的吴越大地，名扬天下的苏杭，以及这一带密集繁华的城市群，不都在绩溪的东面吗？况且，比之信、饶、洪诸州，甚至安徽本省的安庆、合肥，长江三角洲的都市要近得多。

古代的风水论也支持绩溪人向东，太阳从东方升起，“往东额角头亮”，“紫气东来”是也。“紫气”是皇家之气，是亮丽之光，是祥瑞之云，“紫禁城”就是皇家宫殿，只有往东，才会沾染“紫气”。

杭州是绩溪人东进的第一选择，毕竟是南宋皇城，当时世界上最华贵的城市，人间天堂。绩溪人胡雪岩，就是在杭州发迹至富可敌国的成功典范，多少人把杭州当作梦寐以求生发奇迹的地方。

绩溪人往杭州，除了从水路新安江走，陆路有两条，远一点，绕道屯溪过昱岭关入浙；近一点，从伏岭、龙川，翻山越岭至马啸向杭。两条陆路都必经昌化，而后过於潜、临安、余杭而抵杭州。

昱岭关乃浙皖屏藩。一个“昱”字，太阳在上，人立其下，照得满身明亮。绩昌交界之山脉，皆称“昱岭”，昱岭即是日光照耀之山岭，过昱岭而向东，则吉光普照，紫气东来，一路顺风！

## 徽杭古道

徽杭古道是一条古代开辟的徒步商路，原本是从安徽的歙县或屯溪出发，经三阳坑，穿昱岭关，然后过顺溪、祝川、车盘岭、横溪桥，再转向大明山，经蒲村、坑口、河桥、景村、牧亭、龙门桥、洪家、甘鸡岭、玲珑、临安、余杭，最终抵杭州，是徽州人贩盐运茶、推销山货走出来的偏僻商路，也是昌化人常走的乡路。抗战时杭徽公路被切断，这里成为秘密运送紧要物资的通道，亦被称作“抗战小道”。如今，这条古商路早被鳞次栉比的新村高楼掩盖了，被现代公路取代了，剩下的零零落落、断断续续的虽然还有，但都在田畈中，山脚边，或淹埋在乱石荒草中。它的存与废，于现代人毫不相干了。

而今被驴友吹捧为“徽杭古道”的，不是上述这一条，而是指从绩溪伏岭出发，经鱼川、下雪堂、兰天凹，而后进入昌化浙川、马啸的一段山路。因这段山路曲折崎岖，路上既有迷人的风景，又有历史文化遗迹，很得青年驴友徒步观光的青睐，被媒体三番五次地追逐和七吹八捧之后，竟成了继“丝绸之路”“茶马古道”后的神州第三条著名古道，为全国十大徒步观光古道之一。其实，它不过是从绩溪伏岭至昌化马啸的一条山岭，称“绩昌古道”还差不多，或者干脆叫“伏马古道”更名副其实。

但既然生米已煮成熟饭，已经吹出名气，我等也不必深究质疑，就顺其自然，跟着大伙一起喊它为“徽杭古道”吧。

据称，此徽杭古道开筑于唐，成就于明，传说与胡宗宪有关。胡宗宪时任浙江巡抚，策马回龙川老家时，总把坐骑拴于昌化老乡家，而后在当地雇一向导，带一黄犬上路。

向导伴送胡大人直至伏岭才返路回昌。返程时，黄犬另辟蹊径，与主人分道，结果比主人提前几小时到家。向导猜想，聪敏之犬一定抄了近道。时过半月，胡宗宪探家期满回杭，在昌化老乡家取马，老乡告知古道尚有捷径可寻，胡宗宪听后甚感兴趣，要其探明。几日后，那位向导缝了一只布袋，盛满石灰，特意呼黄狗再次上路，至歧路岔口，把布袋缚于犬身，袋底戳一小洞，随后驱狗单行，结果，狗行路上画出一条长长的石灰线。向导循石灰线走了一趟，果然比原路近得多。昌化老乡把此事转告胡宗宪，宗宪大悦，决定筹款筑路。过了没多久，款项到位，立即要老乡牵头招工，当开路民工安营扎寨，胡宗宪便亲自过问，并派专人督查，直至路成。

这是一条盘旋在崇山峻岭中的羊肠小道，是一条荒草没径、泥石交错、久无人踪的樵牧山径，亦曾经是一条充满诡秘而颇显灵气的神奇商路。从伏岭始步开行，经鱼川上山，至“江南第一关”，海拔约400米。当走完1400余级石阶，气喘吁吁之际，抬头一望，“江南第一关”赫然在目。只见四块大石条横空飞渡，右边山岩为壁，左边叠石为墙，条石就搁架在山岩与石墙间，沧桑、简朴，有着与众不同的格局。石门当关，仿佛凌空驾虚，路人行此倚门而立，耳旁山风猎猎，有着“一夫当关，万夫莫开”的气势。当年太平天国李世贤率军于此，赞为天险，而英王陈玉成就是从这里入昌，攻入杭州。

“江南第一关”作为古道上的一处遗存，与危崖青峰、深壑酷石组成一道关隘，平添几分畏颜。第一关之名，据说就是胡宗宪所题，他在杭州任要职时，经常从昌化取此道回家，后人将他手书刻于石门，遒劲的字迹仿如关堞的眼睛，俯视着深山古道的往来行人。

过“江南第一关”，往东不远，路边有石垒窑堡似的建筑，古朴苍凉，说是“二程庙”。传说民国初年，有绩溪人程灶起、程瑞湖结伴去杭州经商，途经此处遇狂风大雨，两人躲雨崖下，不料暴雨引发山石崩塌，两人当场毙命。族人悲痛之余，就地取材，筑石为“庙”，以寄哀思。后来，凡商旅之人途经至此，得知庙之来历，皆结草为香，献于二程，一为祭奠，二为祈求保佑一路平安。

过黄茅培，即达一个叫下雪堂的村庄，在此补充粮水，稍事休息，然后继续前行。当艰难地走完一段陡峭险路，筋疲力尽之际，就到了海拔1000余米的兰天凹。此为伏马古道最高处，亦为浙皖分界点。眺望四周，层峦叠嶂，云烟缥缈，山谷间有一片大草甸，犹如湖泊。远处清凉峰，雾锁烟笼，莽莽苍苍，一派威严气象。清凉峰号称“浙西屋脊”，有媒体多次报道，驴友在此迷路失踪甚至丧命，可见清凉峰的错踪与凶险。

4月兰天凹，春寒料峭，冷风袭人。这里为旅途节点，数家餐馆客栈占驻此地，既有绩溪人开的，也有昌化人经营的，但不看招牌，难分你我。有店老板说，近年来，有几十万人从这里经过，平均每年五六万，双休日人多时，吃住无法接纳，搭在露天的帐篷，多得像大蒸笼里的馒头。

过了兰天凹，就是昌化境，山路显得更为陡峭，石块铺得毫无规则，走着要十分小心。这一路，水雾弥漫，能见度七八米，树影山廓朦胧，看不清面目。偶有歌声响起，喊唱狂呼，震荡山谷，为沉睡的大山平添几分活力与青春。

当抵达昌化马啸乡，就算走完了实为“伏马古道”的徽杭古道。这条40余里的古商路，连接着绩溪与昌化，连接着安徽与浙江。遥想当年，昌化人在这里采药狩猎、驮柴挑炭，绩溪人在这里风餐露宿、策杖艰行，不都是为了寻找简单的生活吗？而今，这条路不再为生计谋，那些存埋于古道上的足印汗珠甚至性命，已成为历史风霜。时代翻新，当年千难万险为生活所逼的商途，今天却是驴友们怀古颂今追逐的时尚，山谷中宁静安逸但不富裕的村庄，亦成了背包客欣赏不尽、依依不舍的风光。

徽杭古道，山路迢迢，几经铺筑，无不是绩昌两地人民之功劳。据《昌化县志》，清末民初，十一都（今马啸乡）胡良祥、胡学汤父子俩，又捐资，又劝募，召民工劈山凿岩，历时五载，将竹岭打通，并路建凉亭，便利绩昌行旅。此义举经绩溪知事呈报上级，安徽省长以“一乡善士”匾额褒奖胡氏父子。像这种修桥拓路的好事，绩昌交界处甚多。

## 一个叫“荆洲”的地方

翻阅地图，昌化与绩溪相邻处，有一个叫“荆洲”的地方，属绩溪管辖。这个地方除了山珍野味，还出产一种名贵的家猪——“荆洲黑”。这种猪全身黑色，体型适中，百草皆食，且抗病力强，出肉率高，精肥适度，肉味鲜糯，很适合农家饲养。昌化人很喜爱“荆洲黑”，20世纪80年代前的百年间，家家户户养的都是这种猪。荆洲人知道昌化人的爱好，年年把小黑仔装在竹笼子里，肩挑或车载送到昌化各乡。昌化人一听小猪叫声，知道“荆洲黑”来了，便出门围着竹笼，看中哪一只，就把手伸进笼子，捉住小猪后腿，把它拎出笼外，放地上，再瞧瞧是否活泼健康，中意了，便过秤付钱。昌化人大都是先知道“荆洲黑”而后才听说荆洲这个地方的。

其实，荆洲这地方，历史上一直属于昌化，老年人不会陌生，那时叫“十一都玉山乡荆洲庄”，昌化有一千多年的管辖历史。至民国十八年（1929），县界部分调整，才被国民政府划给绩溪县，曾改名叫“九华乡”，1949 年中华人民共和国成立后，恢复荆洲之名，仍是一个乡。

荆洲风景极佳，青峰翠峦，芳草如茵。一条清澈的荆阳河穿越，两岸村落如古璞。这里冬寒早雪，夏凉宜人，常年平均气温只有十几度，是炎夏避暑养生的最佳港湾。因荆洲地处深山边寨，鲜为人知，虽有游客涉足，但远未到纷至沓来的地步。

据说，最早发现这块盆地并将其取名为荆洲的是桐庐人何栖凤，南宋咸淳年间（1265—1274）他在昌化当县丞（辅佐知县的副职），主管本县文教、钱财进出等事务，之前他在绩溪做官。何栖凤离开绩溪赴任昌化时，走的不是伏马古道，而是竹岭界磡。当他翻越山岭下坡时，发现这里一片翠峦秀谷，山泉水草。纵横的溪壑边，荆棘丛生，灌木茂盛，洲渚杂花生树，飞鸟鸣禽，且环境清幽，一尘不染。何栖凤被这处别有天地的景致所陶醉，认为此处“国治可安耕，世乱无兵燹”。在昌化任职的几年中，他数次莅临考察，流连之余，欣然写下“荆洲”两字，并把它标在昌化疆图上，意为“用刀锄把草木覆盖的处女地开垦成芳洲”。

如今之荆洲，人烟稠密，千灶万丁，所到之处，丘丘麦田，青青茶园，密密竹林，一片蓬勃生机。所产的山核桃，高山绿色蔬菜，正源源不断向外输送。荆洲早已成名副其实的深山绿洲，被誉为“云林深处的桃花源”。

## 圣地小九华

安徽有九华山，中国四大佛教名山之一，被誉为“佛国仙城”“东南第一山”，历代诗家文人无不赞赏。而荆洲有小九华山，与马啸岭、荆洲岭交错相连，高约 300 米，因形势逼肖九华，结构微小而得名。

小九华三面环水，绝壁悬崖，中有平岗，上建地藏殿，相传地藏王在此落脚修行。地藏王亦为西域舶来之佛，崇拜者蜂拥，历史上朝圣者曾出现“一日十万之众”的壮观。

地藏殿隔溪不远，古木参天，浓荫蔽日之处，有“银屏古寺”，系宋朝昌化女银屏出家为尼时所建的庵观，精致玲珑，古色古香。银屏庵四周风景极美，水瀑石浪，梯田茶园，堪比雁荡桃源。清康熙昌化学士章助偕友游小九华，写下赞美诗一篇，题为《荆洲银屏庵再过》：

高从百丈巅，俯瞰千层嶂。
水溅落银光，山合迴瓶吭。
左岩冲瀑布，右岩翻石浪。
中有崒嵂峰，亭亭锐兵杖。
屯云蔽林址，朔风蒸兰芗。
一至狎桃源，再至欺雁宕。
……

小九华“一天门”旁，溪水迂回盘曲，冲沙激石后，在此形成一湾清潭，名“铁斧潭”。昌化民间传说，很久以前，有玉山乡樵夫进山伐木，见溪水边有株陶罐粗的坚木，主干可作舂臼之杵，其上枝形状弯曲，刚好能做耕犁之柄，于是扬臂挥斧。谁料没砍几下，斧刃便崩了缺口，一气之下，农夫把斧子丢弃溪中，拂袖而归。谁知回家后，发现屋场躺着一根木头，正是他未砍下的那一棵树。他甚为奇怪，第二天一早，即进山寻斧，发现丢弃斧子处已成深潭，而潭中斧子毫无踪影。于是，后人就把此溪潭叫“铁斧潭”。

铁斧潭周围青山连绵，潭水倒映着峰峦，寂静无声，坐潭边石上闭目神思，偶闻几声莺啼，如置身仙境。

小九华山中，尚有两处奇石，石锋如刀，劈天刺云。《昌化县志》中“艺文志”有如此描述：“……天隧地出一奇境也，而尤奇之奇者二石峰，一矗于右石厂，三叠而上，愈上石越大，远望如层楼复阁。一镇于前孤石，徒起百余丈，上锐而弯，中丰而屈，下圆而长。有草丛生腰罅间，如垂缨然，状如关公刀，故俗称关刀石……”

二石峰立于溪畔，倚天拔地，鬼斧神工，石锋上书有“万古不磨”四字，在蓝天衬托下，更显神韵。

小九华闻名遐迩，已成佛教圣地，而今也是绩溪著名旅游景区，而它恰在昌化浙西大峡谷源头，有路相通。浙西大峡谷开发者，有打算把峡谷景点延伸至小九华，将其与大峡谷连成一体，打造成黄金旅游巨线。如果此计划能够成功，必将在业界引起轰动，也一定为广大游客所青睐。

## 虎猫渊源

虎为百兽之王，威猛异常。但在动物学中，虎却在猫科名下。而在童话中，虎的本领都是从猫那里学来的。南宋大诗人陆游在《剑南诗稿·嘲畜猫》中说："猫为虎之舅，教虎百为，惟不教虎上树……"

绩溪毕竟是历史文化名城，有保存最为完好的古民宅、古祠堂、古书院、古牌坊，有保存最齐全的古族谱。除此之外，绩溪"邑小士多"，名人荟萃，尤为绩人自豪的"三胡"，光彩夺目，其身价之高，名气之大，影响之广，远近闻名。

所谓"三胡"，一是胡宗宪，明嘉靖十七年（1538）进士，初任浙江余姚知县，后升兵部右侍郎，曾统领江南七省，平定倭寇海盗之患，最终官至兵部尚书，是大明王朝赫赫有名的风云人物。

二是胡雪岩，清朝末年第一商人，叱咤风云，富可敌国，其在杭创办的胡庆余堂，名扬天下，妇孺皆知。

三是胡适，国学大师，五四新文化先驱，头顶36个博士之冠，创吉尼斯之最，民国时为北大教授、校长，后至台湾任"中央"研究院院长。

但有学者考证，说明嘉靖年间，有一位昌化人，亦官至兵部尚书，他叫胡世宁，明弘治六年（1493）进士，初为推官，后升广西太平知府，又为湖南宝庆知府，再升四川巡抚，后调吏部右侍郎，最后官至太子少保兵部尚书。胡世宁文韬武略，气壮才雄，抵外寇，平内患，屡建奇功，其经历、命运与胡宗宪十分相似。胡世宁在朝廷为官37年，著作等身，且比胡宗宪早"出道"45年，胡宗宪作为晚辈，不过是步其后尘。

再说胡雪岩，小名光墉，12岁时父亲带他到昌化河桥，在绩溪乡友家开办的作坊学做糕饼，最早见识了前店后坊的经商模式。河桥老街上有家积善堂药店，胡雪岩与父亲亦经常作客串门，目睹药店"货真价实""老小无欺"等匾牌。后来，胡雪岩发迹成名，在杭州创办胡庆余堂药店，挂出著名店训"真不二价""戒欺"，仿佛是积善堂药店之翻版，这与他少年时在昌化河桥耳濡目染，感悟模仿不无关系。

而胡适，虽出生在上海，孩提时却在绩溪度过，其就读私塾里的启蒙先生恰恰是昌化西乡人。真是“说有关却无关，说无关亦有关”，绩溪与昌化这种微妙关系，有人半开玩笑地戏喻为“虎与猫的渊源”。

## 百里河桥

绩溪人称昌化河桥为“百里河桥”。

一是绩溪到河桥刚好 100 里，沿徽杭老路走，约一天路程；二是在绩溪人眼中，河桥是昌化最繁华热闹的地方了，三江汇流，方圆百里。而且，一个“里”字有街坊里弄的意思，古代以“五家为邻，五邻为里”，“百里”即表示烟火千家，市井繁荣之景象。

绩溪古时属歙，单独置县的历史比昌化晚 80 年。但昌化不少宗族都来源于绩溪。有“胡氏半条街”之称的河桥古镇，最为典型。据称，河桥的汪、洪、胡、潘、程等姓，均把绩溪奉为祖庭，往绩溪寻根问祖，年年不断。绩溪的“四胡”（龙川、紫金、遵义、明经），在河桥均有延脉，且建有自己的宗祠，祠堂格局、规模与绩溪无异。河桥汪姓，把绩溪“吴王”汪华视为太祖，祠堂大门还保留着“唐封越国三千户，宋赐义门第一家”的楹联，与绩溪汪家毫无二致。

绩溪人落户昌化，经商居多。河桥老街上的当铺、糕饼坊、茶糖烟酒、南北杂货、酱醋油盐、丝棉绢麻、竹木柴炭，大都是绩商所开。“无绩不成街”的古谚，在河桥得到最贴切的印证。

河桥街上有位叫江宏军的老先生，鹤发童颜。他 14 岁离开绩溪（真的是十三四岁，往外一丢），在上海漂了两年，16 岁到昌化，而后一直在河桥开店，如今 90 多岁了，店还开着。他八十年如一日，坚忍不拔，始终秉承徽商遗风，恪守孔孟之道，书写着绩溪人的生意传奇。江老先生经历过抗日战争的硝烟，目睹了河桥兴衰，也许他是河桥最后一位绩溪徽商了。至今，只要一说到老家，江老先生那尚带绩溪的乡音，就有不尽的话题。（本书成稿后，得悉江老先生不幸去世，在此深表悼念！）

绩溪人虽说“寄命于商”，但也有尚武之风。这种风气在河桥有所体现。下阮村胡氏，据说属“紫金胡”，一直有练功的习俗。他们在河桥街上开办崇武堂武馆，收纳本族内外弟子习武练功。自清道光至光绪，从武馆走出的武进士、武举人，以及因武功而授官封爵的不下十人。

说到武事，顺带一个小插曲。清时，有一绩溪商人，常在昌化一带做赊参生意。他背着大包参料，穿乡走村，送货上门，待东家吃了觉得好才上门收钱。一日，他行至河桥下阮村，见祠堂门口刀枪棍棒，拳脚翻飞，就站在旁边观望，伺机也上前拾起家伙玩弄几下。下院村人见有陌生人入场动刀枪，认定其来路不凡，提出与其交手比试。绩溪商人以不会武功推辞。后来，下阮村人得知他是绩溪人，遂抱拳施礼，热情相待。一来二去，次数多了，相互熟悉了，绩溪人干脆找了一户人家长期住下，销参之余，与下阮村人切磋武艺，同练刀枪，显示出良好功底。绩商一住三年，交了许多昌化朋友，不仅做成了大批生意，赚了很多钱，而且在下阮村造起了房子，最终把全家都迁到了这里。

# 漫话古堰

在昌化，有一样古代遗存几乎要被人们忘却了，那就是横卧于河流溪水上的堤坝——“堰”。

“堰”是古老的建筑，亦称“堨”，是为引水分流灌溉田亩而拦截江河的水利工程。

在安徽舒城县，有一座七门堰，开凿于汉高祖七年（前200），距今已2200多年，可谓年代久远。它利用当地山水形势与坡、塘、荡、沟等自然地貌，连筑乌羊、七门、槽绩三堰，形成自流灌溉体系，称“七门三堰”。七门三堰时兴时衰，历尽沧桑，现尚能灌溉十几万亩农田，因其山水风景奇丽，又有古堰遗存，如今

已被开发成“三堰余泽”的旅游景点。宁波鄞江镇有座它山堰，与郑国渠、灵渠、都江堰并称中国古代四大水利工程，1988年列为全国重点文保单位。它山堰建于唐太和七年（833），堰长135米，面宽4.08米，高3米，全用条石砌筑，它山堰选址合理，设计科学，涝时上游水流七分归江，三分入溪，旱时则反之，使鄞州西部七乡的20多万亩农田得以合理灌溉。堰旁立有它山庙，有“片石留香”碑亭，系纪念率民建堰的鄞州县令王元韦。

最著名的堰无疑是四川岷江上的都江堰了，它比七门堰还要早100年，系战国秦昭襄王时蜀郡守李冰与其子联手，费时18年创建而成。它变汹涌的水害为利，造福农桑，灌溉了下游几百万亩农田，使川西万顷平原成为“水旱从人，不知饥馑，沃野千里，世号陆海”的天府，且历经漫漫岁月，至今仍发挥着它的威力与功能，堪称世界奇迹。

最早用文字记录都江堰的是西汉史学家、文学家司马迁，而后，文人骚客纷至，诗词歌赋络绎不绝，其中也有明代新繁知县胡秉节的《都江堰》诗：“鱼嘴飞沙不寻常，一分岷水成百江，蓉城千里无荒年，莫忘玉垒祭二王。”新繁县在成都旁边，离都江堰几十里，是都江堰灌区受益最大的县。胡秉节在新繁任知县数载，深知都江堰的浩大与独特。笔者在写此文时，意外发现，胡秉节竟然是我们昌化人！

既然那么碰巧，干脆就来说昌化的堰。

昌化的堰小而多，开建年代不详，但据明成化《杭州府志》，早在宋代，就有近百座堰分布在全昌化几十条溪河上。其中颊口溪经堰十座，南乡塘沈湍梁四溪汇至上博溪经堰十一座，茄溪有堰六座，扬溪有堰六座，上溪、晚溪、云溪、紫溪经堰三至七座不等。规模最大的堰是县南五里的乌龙堰，落差二丈，延宽二十丈，横江百丈。灌溉田地最多的是县西二十里的林川堰，灌溉面积3000亩以上，其余的堰灌溉田地几十亩、几百亩直至上千亩不等。有的堰专为冲碓碾磨、加工谷粮而设，有的则兼灌溉冲碓碾磨多种功能。

昌化的堰，多数为石堰，但在山村小溪上亦可见到若干“草堰”。“草

堰”只是在溪水上横架几根树木，其上铺些柴草，下端压上泥沙石块，像溪上篱笆。这种草堰，三五个劳力花半天即能完工。而石堰大都建在较大溪河上，奠基于滩，需用大量的石料与树桩，没有一群人三五个月或半年的工夫，不能完成。

建造石堰，百年大计，基底一定要用松木打桩，古言“百年梁上枫，千年水底松”，说的是枫树喜干燥，只要不受潮，上百年不腐，故适宜作房梁，而松树不怕水，浸在水中千年不烂，造堰垫水底必用松木树段。

造堰筑坝，虽不是惊天动地的大事，但因工程成败关系溉田耕种，涉及吃饭生存，故不能轻视小觑。动工前，必须详尽勘察选址，方案设计定型后，尚要筹集资金，雇请石匠民工，当所有的前期准备停当，建筑材料基本备齐，选择黄道吉日即成重要议程。造堰一般在秋天枯水季节，此时暑热已退，寒潮未至，秋阳下水中作业也不至于感觉冷。届时要举行开工仪式，焚香鸣炮，祭天拜地，有的还要请道士设坛打醮，祈告神灵佑护。有一篇《醮水府修堰词》就是在开工现场由主持宣诵的：“伏惟大道开恩，明神流鉴，悯其农亩，念彼生灵。回不测之神功，借无私之圣力，特垂济护，俾获安全，使黍稷永丰。”隆重的仪式，仿若宗教活动，寄托着人们的愿望，企求工程顺利，亦有心灵上的慰藉。

拦河挡水之建筑，小者称“垱”，高者称“坝”。堰是平斜低缓的堤坝，既要保证所挡之水能流进田畈，又不能影响放排行船。“深淘滩，低筑堰”就是造堰的要求。

昌化各处的堰，所采之石不加雕凿，不按榫卯，石块大小亦不一致，叠石砌堰时，全凭石匠眼光与技术，坚实稳固平整，百年不摧就是质量标准。一般规律，落差与斜坡的比为 1 ∶ 5，即落差 1 米，斜坡长须 5 米，堰中央还要铺出凹道，俗称“堰谷”，为的是便利木排舟船过堰。丰水季节，河水哗哗从堰谷滚流，仿若白浪起舞；而天旱，堰坡无水，只有在堰石的缝隙间，有汩汩细流在动。堰石缝中的水，特别清澈，掬而可饮。从前，没有自来水的年代，用瓢在堰缝舀水，而后挑回家储在水缸里，是常见的生活场景。

有人问，建堰坝的资金哪里来？很明确，凡有田要灌溉的农家都要出资，根据田亩的多少，按比例分摊。竣工后，成立股东会，选举堰董和堰长管理。

春夏农耕季节，要封堰蓄水，而此时恰恰也是放排的良机。放排势必要拆除“堰封”，即“开堰封”。堰封一开，水位下降，影响灌溉，于是各堰主与木材商之间就有纠纷冲突产生。民国十一年（1922），西乡堰主童传驿等人与木材商王义财就因为堰费争执不息，导致打架斗殴，引起诉讼。由于双方不服昌化县政府裁决，旋即案报浙江省政府。省府派员调查后，以省长训令的形式协调并平息争端。

这是 1922 年 11 月 25 日浙江省府专为昌化发布的训令：

"……各堰主争执堰费，系为津贴开堰封及修整工资。据查明，昌化西乡各都，设堰数十处，各堰灌溉田亩有五六十亩至三千多亩不等，则木排经过各堰，其利害关系显有区别，津贴堰费本不必尽同。应定为各堰田亩数在三千以上者每排贴费三角，田亩数在一千亩以上者贴费二角，其余贴费一角。倘有堰董自愿减收听便……收费期为每年立夏后二十日起至白露日止……"

自省政府明令出示办法后，为堰争费吵闹的事不再发生，木材商放排过堰一律按此令规定执行，各堰主亦不得多收，矛盾从此化解。

现在看来，过堰缴费算不上什么疑难窘事，竟然要省府干预定夺，可见当年县级政府的无能或者无奈。

清乾隆年间，昌化县衙接到举报，本县东堰有人在水上勒索过往船只，甚至有蒙面人持械把守堰口掠夺，要求县衙查处。时任昌化知县甘文蔚即派典史汪自孔调查处理。

汪自孔调查发现，东堰即官堰，位于县南聚秀村，与下游云老堰，下阮堰结成联盟，自春三月至秋八月，几个堰主及其幕僚，每日守候在此，凡有船只经过，均伺机敲勒，每船索银二三钱，否则不给过堰。而船家货主，担心误时误事，抱着花钱消灾的想法，亦拱手付钱。此种行为已历数年，几成规则，多数船户忍气吞声，敢怒不敢言。

乾隆八年（1743）某日，在外做官的余洄（贡士）雇有数条粮米之船抵昌，至官堰，忽见几个黑脸大汉跳将船上，不问青红皂白，用锐器戳破粮包，每袋取走白米三五升，只丢下一句"以米抵堰资"，便驾着自己小舟离去。船夫以为遇到强盗，又惊又怕，眼睁睁看着他们扬长而去。

余洄认为，此种行为哪里像收取堰资，简直就是强盗行径，倘不惩治，任其为非作歹，昌化将无安宁可言。

汪自孔查实后，感到棘手，因为，这几处堰主，皆是当地权贵，是拥有百顷良田的地主。几日之后，汪自孔把"皮球"踢到省郡。省郡受理后，不过是贴张布告"下令严禁"而已。利欲熏心的堰主，根本不把禁令放在眼里，不但我行我素，且变本加厉，竟雇村民数十人，扛巨石堆积于河道，使船不能通过。如此一来，很多货船堵在此地，十天半月不能进退，一时昌化盐米断档，民声大哗。

知县甘文蔚亲自出马，协调不成，复以状告。省郡派要员随带衙役抵昌，勒令堰长等人撤去堵石，疏通河道，否则立即抓人查办。考虑到聚秀、云老、西九、下阮诸村灌溉冲碓开磨的需要，省郡要员提出将一字堰改筑人字堰，顺水流方向的河道砌一条沟渠，堰坝中留出口子，好让舟船通行。这一切费用当由县衙支出。

也许外来和尚好念经，也许官大好说话，抑或省官提出方案不无道理，从此以后，均照办无误，勒索行为罢息，河道复归平静。

乾隆十二年（1747），洪水巨浪将东堰冲垮，河道变成石滩。知县甘文蔚除自己捐俸外，督令沿岸业户集资重筑硬堰，进士章圻也率众捐资。由于县乡合力，士民皆动，不出月余，东堰便补筑如初。

堰是古代劳动人民的创造，无论大小高低繁简，都凝结着人民的智慧与汗水。一块块石头相互拼联抵接在一起，组成拦河挡水的坚固力量，让散漫之水沿着人们的意志流动，去滋润村庄田禾，去冲碓舂谷磨面，为人效力，创造价值。

今天，在昌化的各条溪流上，仍留存着一些古堰，它们有的废弃，有的还在发挥作用，多少年的风雨摧磨，多少次的洪流冲刷，没有让它们消失。它是历史留给我们的遗产，是记录往昔昌化人战天斗地，造福后人的不朽篇章。

# 烽火昱岭关

鼓角声雄队伍齐，扬兵晓战昱关西。
黄金匣动双龙出，赤羽旗开万马嘶。
露布不烦诸将草，诗篇还为古人题。
沙溪青酒甜如蜜，醉卧花阴听鸟啼。

这是清道光《昌化县志》第十八卷中一首写昱岭关的七律诗，题为“克复昱岭关”，作者吴纳，闽县举人，明成化昌化教谕。

昱岭关在昌化县西约70里顺溪乡（今清凉峰镇）境内，浙皖交界，因雄踞昱岭而得名，其高75丈（海拔约508米），烟迷霄汉，雾锁峰峦，关前正门墙上有“江东路，徽州界”六字。

古代关隘是军事工程，为政区界点，大都筑在高山峡谷，冲衢要道，坚固而威严。昌化古县，群山连绵，溪谷深幽，为保境安民，全县边境筑关堞八处，派兵驻防。县东有芦岭关、扬岭关，县北有黄花关，县西北有塘岭、千顷、马头岭、峤岭等关，县西有昱岭关，唯县南没有关防。这些关隘中，昱岭关最为雄峙险要。这里青山扑面，危崖如屏，山陡路盘，村远人稀，历来为兵家必争之地。《水浒》第一百一十八回，卢俊义大战昱岭关，说的就是此处。

那是距今约千年的宋徽宗宣和年间，狼烟四起，已被招安的水泊梁山副统帅卢俊义，率三万军马，从杭州道（府）出发，浩浩荡荡往西而来，经临安、於潜，达昌化，打算过昱岭关入皖剿灭方腊农民起义军，并与宋江会师于徽州歙县。然而昱岭关有方腊部队重兵把守，加上城墙坚固，易守难攻，卢军几度发起攻势，均被守关将士锐箭射退。几日几夜的交锋搏杀，昱岭关岿然不动，而卢军五员大将殒命关下，近三千士兵血染唇溪，横尸野径。卢俊义元气大伤，捶胸顿足，泪洒唐昌。这是梁山好汉所有征战中损失最惨重的一次。由此，昱岭关的威严雄峙与坚固难摧可见一斑。

昱岭关既为两藩要冲，刀光剑影，历代有闻。元至正十二年（1352），被朝廷视为贼寇的红巾军首领徐寿辉，派遣主将项普略等先后攻克徽、饶、信诸州，然后向浙江进军，首站攻打昱岭关。唐昌参政董抟霄领兵迎战，将红巾军击退。但红巾军不甘心失败，几度进攻，拼死从昱岭关攻入昌化，直达於潜。董抟霄再次与之交锋奋战，终将贼兵赶出关外，夺回昱岭关。过了五年，即元至正十七年（1357），徽州为红巾军占领，并又企图破昱岭关进犯浙江，元将李克鲁与董抟霄联合坚守关隘，击败贼兵于昱岭关西，并直捣徽州敌营，夺得最后胜利。本文开头的七律，就是赞颂昱岭关的这一战役。

元朝灭亡后，明太祖朱元璋即位，定都金陵。为扫荡残余元军，朱元璋率军自金陵南下至安徽宁国，取道歙县，在昱岭关与李克鲁为首的元军短兵相接。元兵不敌朱元璋大军，死的死，伤的伤，残兵弃关逃匿。朱元璋率军过昱岭关，长驱直入浙江，先后平定严州、睦州等，最终收复两浙版图。

清咸丰年间，太平天国首领洪仁玕、李秀成、陈玉成等，为攻打清军"江南大营"，分别从江苏、安徽入浙，其中陈玉成率部由皖南过昱岭关而来。太平军声势浩大，昱岭守军抵挡不住太平军刀杀火攻，只得弃盔丢甲，落荒而逃。陈玉成率军入关，经昌化、临安与洪仁玕、李秀成会合，以十万之众冲杀杭州，经四昼夜的激战，"江南大营"五十余营垒被破，杭州被攻克，并击毙浙江巡抚和守城大将。时为咸丰十年一月（1860年2月）。

北伐战争时，昱岭关同样有战事记录。1927年1月，北伐军的东路、西路、中路三军奉命跨长江作战，其中以白崇禧为前敌总指挥的东路进浙，而中路军下辖的江左军赴皖南。在赴皖南途中，与北洋军阀孙传芳部在昱岭关相遇，激战一场，以孙传芳北洋军阀惨败而告终。江左军迅速进入皖南，继而攻下安徽省会安庆，孙传芳在安徽的主将，时任安徽省长的陈调元举手投降，整个皖南很快被北伐军收复。

抗日战争爆发，杭嘉湖等地沦陷。为阻挡日寇继续往西侵扰，兵民联合将杭徽公路全线破坏切断，且在昱岭关埋设地雷，挖掘陷阱，修筑暗堡。一旦日军抵关，即集各工事火力于一地，将日军歼灭，昱岭即成他们有去无回的坟场。但日兵最终未达昱岭关。

昱岭自宋代筑关设防以来，打打杀杀，你争我夺，烽火不断。浙人称其为"西部要咽"，徽人喻其是"歙杭锁钥"，可见此地是何等的紧要。《浙江通志》评述说："昱岭关地势险阻，右当歙郡之口，东瞰临安（杭州）之郊，南出建德（府）之背，置关于此，盖三郡之要会也。"

时至今日，我们登上巍巍昱岭，伫足关前，凝视关墙，于寂寥沧凉中仍可感觉昱关城堞的威严气象。远望"浙西屋脊"清凉峰，莽莽苍苍，仿佛是昱岭北面的巨大屏障；而南边的大明山，烟笼雾锁，众峰摩天，刺破青天锷未残。斜阳照着

饱经风霜的昱关，耳畔掠过山风松涛，似乎仍听得见当年人喊马嘶、鼓角雷鸣的声音。抚摩墙基，感觉尚有余温烫手，青苔石缝中也许还存留着硝尘焦烟，甚至弹壳碎片。抬头望，“江东路，徽州界”纹丝未变，赫然在目。东西洞门两侧的对联犹在——“光复丰功，雄关气壮；堂皇伟绩，古郡山高。坦途贯通，熙攘往来；巍名耸立，震烁古今”。

如今我们见到的昱岭关，是民国时期开建杭徽公路时重新构造的。关高9米，厚6米，两翼各有十几米长的城墙，城墙上有巷道、垛口，只是宋代的箭楼拆除了，碑亭不见了，原先陡峭险岭变成了通衢大道。徽杭间往来的汽车从门洞通过，在盘旋曲折的山间公路上弯来绕去，直至隐没在大山，于人们的视野中消失。正如郁达夫《出昱岭关记》写的那样：“盘旋曲径几多弯，历尽千山与万山。此处更无三宿恋，西来又过一重山。地传洙泗溪争出，俗近江淮语略蛮。只恨征车留不得，让他桃李领春闲。”

昱岭关耸立于两省交界已逾千年，游人常因为何称“江东路”不解，继而亦为昱岭关管辖归属猜想争词。听闻，20世纪50年代有两位农人在昱岭关相遇，坐在关下石上休息，望着“江东路，徽州界”六字，展开了口舌之争。徽（歙县）人说，这昱岭关属于歙县，理由是他的田地落在昱关之东，每年割稻种麦都在自己的地盘上，昱岭关自然归安徽管辖。浙（昌化）人说，我家的山在昱关以西，长在山上的几十株山核桃树是爷爷留下的财产，每年白露秋分，我收打山核杺总在昌化山林，这昱关怎会属于安徽？肯定是浙江境内。两人你争我辩，听上去都有理，但谁也说服不了谁，当然也争不出一个结果。

其实，古代的徽州指的是歙县（徽州府）、绩溪、休宁、黟县、屯溪、婺源、祁门一府六县，即今日皖南地区。而“江东”是古代地理概念，指的是浙江及长三角部分市县。故“江东路、徽州界”没有疑义，至于昱岭关的权属，据查，古代守关将士都由浙江派驻，且领浙江军饷，而且民国开建公路建造关城时，是由浙江方主持施工的。《安徽省志·交通卷》“歙昱路”有这样的记载：“民国二十一年（1932）全国经济委员筹备处将该路先后列为三省和七省联络公路。6月开始测设，选调当时全国知名的孙发端、吴必治等工程师主持。因系山区地形复杂，经数月实地勘察比较，选完了一条较为经济合理的路线。其中霞坑至昱岭关，因当时安徽修路任务重，技术力量不足，商请浙江省公路局派员主持施工，于同年1月动工，八月完工。路基宽6—8米，泥结碎石路面，宽3米，全线于民国22年11月26日正式通车。”

由此可见，不光是昱岭关，就连昱岭关以西三十几千米的安徽境内公路也是浙江方主持建造的。

追溯历史，早在元代，就有昌人王祎撰写的《昱岭关铭并序》立于碑亭，既记录昱关战事，又陈说了筑关原由及功绩。碑铭如下：

昱岭关在杭、徽之交，因山为险，与千秋、独松称三关，而三关莫险于昱岭。至正十六年二月，剧盗自徽来犯，昱岭帅臣望风退北，盗遂入关侵掠内境，於潜、昌化皆杭属县，师丧众暴，鞠为盗区。今江南行台监察御史携李沈公，时为行省左右司都事，受丞相命总督戎事。首布书檄，开谕黎庶，示之恩信，使与贼携。遂分诸军四道而进，约并会关下，复遣一军逾关而出，设为疑伏，截其奔冲。号令坚明，莫或逾越。三月既望，我军抵昌化，与贼屡战，乘胜追逐，过车盘岭。二十八日，诸军如约会集关下，即以其日收复关门。盗虽有险，不能以为固矣。时骄将或桀骜不用命，公单骑自临安道新城，度浮云岭，趋於潜，召父老慰抚之。众皆感泣，请归顺自新。因率民兵与大军合，据关为守，声威益扬，遐迩震叠。未几，徽境相继率平矣。公推忠立义以制师，律昭信布德以牖民。衷克绥叛徒，式遏乱略。宜勒铭诗，用示永世。其辞曰：皇元在御，天清地宁。郭作弗靖，干我泰平。有蠢寇徒，蚁聚蜂结。乘间窃发，构祸兴孽。杭、徽之交，巍巍大山。维天设险，界山为关。其险伊何，势胜形阻。剑门隔蜀，武冈鄙楚。寇徒凭陵，闯我关门。我险彼据，事乖理屯。有伟沈公，其气浩浩。乃率王旅，乃致天讨。兵威所临，遏逭殄歼。

鲸鲵虺蜮，踪消迹潜。亦有乱人，昔我赤子。恩言载加，请命效死。维时沈公，恩威并宣。底定披攘，夷视阻艰。岩岩兹关，我险我有。孰犹敢窥，坏我之守。昔坏今完，昔塞今通。佥曰匪他，沈公之功。公曰敢哉，丞相命我。丞相之勋，我居其可。丞相曰咈，天子明明。凡兹武功，厕繇皇灵。皇灵攸被，与山无极。纪石作诗，刻在山石。

昱岭关是杭州往西去黄山的必经之路，距杭州约135千米。2006年杭徽高速公路开通后，安徽浙江两省分别在昱关西东设立关卡，虽气势不凡，但毕竟不是关防工事，只是车辆往来的收费站。倘若旅客经过此地，下车稍作停留，转上那么一圈，便可一睹烽火昱关的风采，览阅古战场的模样。若再有兴趣，昱岭山下，尚有“祝家庄”“孙二娘墓”等可以探访，但不知与《水浒》有无关联？

# 寻找祠堂

皖南徽州，山明水秀，历史悠久。宏村、西递、屏山、关麓、芦村、南屏、唐模、呈坎、鱼梁、龙川、雄村、仁里、棠樾……大批古村群落，保存得那么完好，令人惊异！其中被誉为“三绝”的民居、牌坊、祠堂，历经几百年风雨不倒，形象依旧，更让人赞叹！

作为徽州比邻的昌化，建县于唐垂拱年间，也算是古邑了，能找得到像皖南那样的牌坊祠堂吗？

查阅史籍可知，昌化原本是有很多“祠”的：文昌祠、土地祠、名宦祠、乡贤祠、三贤祠、节孝祠、报恩祠、五龙祠、朱子祠、帅宝祠、御史祠、张仙祠、三郎祠、郑公祠、偃王祠、陈孝子祠、忠义孝悌祠……但这些“祠”既不属牌坊，也不是祠堂，而是“祠庙”。祠堂与祠庙是有区别的，前者是同姓族人为祭祀自己的祖宗而建的屋宇，后者是官府或公众为祭祀名流先贤或忠孝节义大德之人而营造的建筑，前者只入宗谱，后者能载县志。

例如，宋代设在昌化县治的三贤祠，祭祀的是晋代隐士许迈、唐代诗人罗隐、宋代文豪苏轼，他们三人都与昌化有关。许迈曾隐居昌化晚溪，罗隐本就是昌化人并在昌化游历采风，而苏轼作为当年“杭州市长”曾到昌化巡视观政，并题词作诗。

昌化的乡贤祠，则表彰祭祀当地德高望重之人。如清代贡生童养廉，他是洪岭童家村人，独资捐建文昌阁，出资修缮学宫，灾荒之年救济穷困乡亲，对死无归葬之人买棺买地予以安埋。他不仅资助贫寒学子读书，还对穷困潦倒、卖儿鬻妻者解囊相助。童老爷对己严对人宽，德高望重，他的善行义举感动社会，作为“乡贤”，后人将他的名字和画像挂进乡贤祠。

而今，众多的祠庙与牌坊，都在历史的风烟中消失了，一个也没有剩下（新建牌坊除外），就连遗址也不知所踪。倒是祠堂，据说还能找到，它们立在古村僻地或老街深巷，默默无语，斑驳沧桑。昌化祠堂虽然不像皖南祠堂那般成群，那么赫赫有名，但毕竟也留下了记忆，叙说往事，同样见证了宗族荣辱兴衰……

2016 年 10 月，笔者与朋友驱车在昌化境内寻找祠堂，西至颊口马啸，南抵湍口洪岭，终于不负行程，真的觅到了它们的真容。

## 西川何氏宗祠

这恐怕是临安境内“地位”最高的家庙了，海拔 700 米！它坐落在湍口镇洪岭童家村西川，这里是国家住建部 2016 年 11 月公布列入保护的传统古村落之一。

宗祠背靠青山，黑柱丹壁，门前栽有松柏。抬眼见匾额，系 1927 年何应钦题写。心疑何应钦是民国高官，蒋介石左臂，怎么会给浙西边县小村题写祠匾？本想找人打听原委，但寂静的山村看不见人影。转而猜想，何应钦毕竟是何氏后裔，他老家在贵州，想必为家乡题过祠匾，而此地何家可能是套用字体描摹。天下何姓本是一家，挂上何应钦写的字匾，也不足为怪。

何氏宗祠初建于清顺治年间，距今350年，坍塌后，于雍正年间由何家思贤、思达两兄弟捐资重建。现祠堂占地480平方米，三厅二进，虽然格局与大多祠堂无异，但结构紧凑，用材考究，柱梁坚实，雕刻亦很精致。自雍正年至今近三百年风雨，似乎没有再动摇它。

何氏是洪岭一带大姓，人口亦占多数。从柱联“溯世系东晋侍郎，泗支派文昌司谏”看，始祖当推东晋侍郎，官衔相当于现中央副部长。而迁昌支脉来自安徽或江苏，第一个落户的是“司谏”九品小官。何氏系古姓，元代何氏多出虎将重臣，明清何姓多出名医，书画名家也不在少数。近代有民国高官何应钦，民主革命家何香凝，共产党创始人之一何叔衡等。

何氏宗祠雅号“敦伦堂”，系临安市2003年3月公布的市级文保单位。

## 石室王氏宗祠

石室王室宗祠位于湍口镇石室村，建于清代，号称“三槐堂”。槐为木名，夏季开花。相传，周代宫廷前种槐树三棵，荆棘九棵，百官朝见天子时，三公面对槐树而立，九卿面对荆棘而立。后世因此以三槐指三公，九棘代指九卿。北宋王祐，大名莘县（今属山东）人，年轻时曾任南乐县、魏县县令，64岁时拜为兵部尚书。王祐仿古在王府庭院栽种三槐树，希借三槐喻义，显赫族人。后来，其儿子王旦果然当了宰相，孙子王素也做了工部尚书。于是王氏后人遂称这支族群为三槐后代，并将祠堂命名为“三槐堂”。石室王室宗祠规模不大，占地223平方米，门厅加二殿一天井，但结构紧凑，所用建材坚实，所有雕刻也很精致，颇显气势。前廊山柱牛腿雕有飞龙，后堂厅柱牛腿雕成走狮，狮龙图腾，佑护村族。

大门楹联“汉室公侯第，宋朝宰相家”，黑底金字，规整遒劲，使人望之肃然起敬。宋朝宰相，有王旦、王安石，汉代公侯，不知是谁。

有一蓝底直匾，金龙镶边，上书“江左名家”，似为皇帝恩赐。江左即江东，指的是今日苏南、浙江一带。在中国，王姓数量之多，地位之尊，让其他百姓甘拜下风。湍口石室乃偏僻小山村，此地王家不过是中国王姓沧海一粟，敢挂出如此匾额楹联，可见自有几分底气。

王氏宗祠现开辟为石室村文化活动中心，2003年被列为临安市文保单位。

## 河桥胡氏宗祠

河桥胡氏有两个脉系，均迁自安徽绩溪。一脉为龙川胡，一脉为紫金胡，二胡各自建有祠堂，其格局都仿照徽绩本家。

下阮村胡氏宗祠（紫金胡）建于明嘉靖年间，五开四进，规模颇宏。其胡氏族人以武见长，出过武进士、武举人多名（《河桥古镇》有记载）。祠堂门前是练武场，场地开阔，立有多支旗杆。

20世纪60年代，农业学大寨，在改地造田中，下阮村田畈发掘出不少文物，矛、盾、弓、矢、石担等，其中有练功大刀，重达120斤，有人说，这就是武进士用的家伙。抗日战争时期，下阮胡氏祠堂屯过军，居住着三个连的士兵(可见其规模)，也曾做过浙西军粮征集站，各地把军粮送到这里，统一存放派发。中华人民共和国成立后，昌化农业技校在此创办，后改为昌南农业中学，可容纳几百师生。1969年夏，特大洪水席卷下阮村，祠堂被淹受损，后干脆拆除，砖瓦柱石等有用材料运至河桥中学修建校舍，从此，下阮村胡氏宗祠消失。

图示宗祠，位于河桥上街，原建筑格局仿自绩溪龙川，占地上千平方米，深邃威严。高门槛，大天井，大门两旁有青色石鼓，坐北朝南，门前有牌坊、水池，面对竺云山。民国时，昌南区署、警察所设在此。中华人民共和国成立初是群众集会场所，60年代成为国有粮库，70年代后期拆除。2011年清明，胡氏宗亲商议，拟集资重建祠堂，接着马上收到画家胡天池先生的首笔善款，而后，胡氏宗亲买下胡氏宗祠原址上的民房，并于2012年改造门面，恢复成现在的样子。

河桥胡氏，在众多姓氏中占比很大，曾有“胡氏半条街”之称。除了做官，他们大都开店经商，诚实守信，吃苦耐劳，秉承着徽商骆驼精神。

## 九都半月祠堂

原以为，历经岁月而遗存的古祠堂总是衰微破败、风雨飘摇，或蝙蝠飞舞，或蛛网盘结，阴腐之气扑鼻，至多被堆放过时农具或废弃杂物，无人理睬。而当我们寻走到半月祠堂，发现它全然不是这样。

阳光下的祠堂看上去整洁敞亮，门面左右上方的墙上，装饰着“文化礼堂”的标识，鲜艳夺目。跨进祠堂大门仰视，高耸的厅堂，宽大的天井，粗壮的梁柱、精良的雕凿，无不显示当年营造宗祠的辉煌。

半月祠堂本是九都王姓家庙，“姓始子晋脉发太原，唐昌望族浙皖名门”。历数王姓名人，甚为自豪。西汉有和亲使者王昭君，东汉有思想家王充，东晋有书圣王羲之，三国有数学家王蕃，宋代有名臣王安石，明代有心学大师王阳明，清代有思想家王夫之，近代有无产阶级革命家王若飞……王姓原是帝王后代，为中国五大姓氏之一。

九都王氏宗祠年代久远，据史料图示，初建时其规模宏伟，因地基形似半月，故称半月祠堂。如今半月祠堂不为王姓独冠，体现出新农村团结和谐之风，2014 年整修后辟为村文化礼堂，由九都村民共享，且把王、潘、许、江等当地主要姓氏的始祖像同时挂在堂上。

古为今用，推陈出新。如今，变身文化礼堂的半月祠堂焕然一新，充满生机。楹联、匾额金光耀眼，红灯高挂，两侧墙上，以图版形式布置着村史介绍、本村先进模范人物介绍。全村老小的笑脸墙，像春天百花盛开的花圃。

半月祠堂已成为九都村文化活动中心，是传播文明好家风的殿堂。“缅先贤功德，继家庙遗风”，一股清新亮丽的村风，回荡在祠堂内外。

## 马啸陈氏宗祠

马啸陈氏宗祠位于清凉峰镇马啸山边村，这里风光旖旎，地处十门峡风景区范围。

宗祠始建年代不详，现祠堂为清雍正二年（1724）复建，亦有400年历史了。原占地2亩（1300多平方米），现存600多平方米的主建筑，虽然今非昔比，但仍能看出规模恢宏。陈氏宗祠面阔五间，四厅三进，坐北朝南，依山而建，门前有水田数亩，视野辽阔，左右各有两根石柱旗杆，标举着古代陈氏功名。

陈氏宗祠以“怀德堂”为号，金匾高悬中堂。前厅隔着偌大的天井，面对正殿戏台，窗棂、月梁，柱础上的雕刻十分精美，栩栩如生。

我们到访时，二道天井里，阳光正洒在几株花木上，井栏上结满青苔。从墙缝细孔里钻出的泉水，淙淙地流入池中。据带我们参观的陈仁浪老人说，清泉终年不断，池水永远不涸也不溢。

从门楼到后殿，地势递高。从后殿的二楼窗口可俯看村貌。我们意外发现，后殿楼上杂物堆里藏着“山边祠堂”的大匾。陈老先生解释，陈氏宗祠曾名“山边祠堂”，因“山边祠堂”归属不确，应陈氏宗亲的要求恢复本来面貌。这也算是名至实归。

历经400多年的古建筑，风雨无碍，保存得如此完好，这得益于马啸村人的保护。而今管着祠堂的陈仁浪老人，24年如一日，义务看守，尽心尽责，一丝不苟。有时为了一处瓦漏，东奔西走，得忙碌半天。他说，祖宗留下的遗产，我们子孙后代有责任守好。

陈氏宗祠于2005年被列为浙江省省级文保单位，陈仁浪老人也被评为杭州市看护文物先进个人。

## 附：陈氏介绍

陈氏为昌西一带名门大户，族人众多，崇尚读书，耕读传家，人才辈出。始祖当推公元 557 年登基的南陈武帝陈霸先。

迁昌始祖来自绩溪蜀川陈实，发祥义干，而后散居各地。

陈成，字天玉，系陈氏第十四世孙，宋嘉定四年（1211）进士，曾授官“考功司员外”“屯田封事”，最终官至河南监察御史（五品衔）。其秉性刚直，力能锄奸，胆识过人，在“巡按郡县，分察刑狱、整肃朝仪、分察百官”等责中，颇有建树。

陈氏后人陈微，清光绪庚辰（1880）生，字慎之，号林麓，民国初在夏林村设塾馆兼中医，人称陈老先生。陈微生五子，个个做官，在昌名气颇大，时人喻为“五子登科”“陈家五虎”“陈氏五杰”。

长子明德（陈谅）曾任昌化玉山乡乡长，兼义干完小校长。

次子和德（陈谦）曾任国民党昌化县党部书记。

三子隆德（陈谋）曾任於潜县田粮处长。

四子盛德（陈诒）历任余杭区区长，笕桥中央航校政治教官，浙江省田粮处长。1949 年去台，曾任台北市公安局长，台北市市长等。

五子远德（陈诚）曾任横畈、余杭区区长。抗战后，入空军十三总站，后在三门、乐清、嘉善等县任县长。

据《林竹村志》介绍，陈家第三代和第四代大都学业有成，事业通达。不少在中国香港、中国台湾及美国等地工作。

## 杨溪孝子祠

清凉峰镇杨溪村（原名义干）是一个古村落，建村历史可上溯到唐朝。

宋元之交，本村少年、名门之后陈斗龙，在父亲病危时，在神像前祷告，愿减己岁以延父寿。父母相继亡故时，他悲痛欲绝，以致群鸟在屋顶哀鸣三日不去。小小年纪，营葬双亲，守孝至诚，感动乡亲。陈斗龙考取功名后，又得知亲生母亲另有他人，生死不明。于是他弃官寻母，六年间踏遍四省，行程万里，历经千辛万苦，终于找到生母，背负归家悉心奉养。陈斗龙的孝行，感天动地，官府乡邻无不赞颂。事迹报到宫廷，皇帝特恩赐建孝子祠，敕封陈斗龙为“孝子”。

孝子祠又名永锡堂（“锡”通“赐”，即“赐予”的意思），建在杨溪村中心，占地 700 余平方米，面阔五间，三进二天井，四廊厢，始建年代无载，公元 1662 年毁于火。清康熙、乾隆及同治年间又屡毁屡建。几百年过去了，尽管经历水火之灾，孝子祠始终未倾。

忠厚传家久，诗书继世长。孝子祠，2010年被列为浙江省省级文保单位，现已成为杨溪村一道风景。他们把孝子祠开辟成忠孝礼仪教化的场所，儿童少年在此诵读国学，接受启蒙。行孝问善的洗礼，使杨溪村的好家风一代代传承下去。如今的杨溪村及孝子祠经常出现在电视镜头里。正因为有孝子祠和郎氏宗祠、韩世忠墓等文保古迹，杨溪村如今已成为临安市“忠孝文化村”。

## 义干郎氏宗祠

孝子祠在杨溪村东，郎氏宗祠在杨溪村西，相距不过一箭之遥。

郎氏宗祠规模不大，两殿一天井，占地约250平方米。站在门前观望，它像一件年代久远的古董，裸露而沉重，以纹丝不动的神态，凝视岁月之沧桑。“义干朝宗北海，德门秀挹南山”，这是门楼柱子上的对联。

山东古为“鲁国”，潍坊及安丘、昌乐、昌邑、寿光一带称“北海郡”。相传，春秋时，鲁国国君有个孙子叫费伯，官至鲁国大夫，费伯驻守郎城（今山东兖州西北），并在当地留居直至终老，其子孙后代遂以地名为姓，从此开启中国郎姓先河。据悉，各地郎氏宗祠均以“世起鱼县，族发郎城”为标注。义干郎氏源出山东，但何时迁居浙昌，无考。郎氏名人，除了费伯，尚有东汉吴令郎宗，隋代尚书右丞相郎茂，唐代名医郎余金、诗人郎士元，还有清代御史画家郎葆良、漕运总督郎延极等。

走进郎氏宗祠环视，山柱月梁、祠墙堂壁完整无缺，梁柱上的牛腿雕刻完好

如初，明堂天井、台阶石板坚实无损，清雍正时制挂的“庆余堂”匾依旧如昔。200多位郎氏先辈的牌位，齐整地排放在享殿正中的位置上……郎氏祠堂保存得如此完好，让人惊异。遥想当年，也许“破四旧”的逆风被挡在层层群山之外，也许“文革”的刀斧在此断了手柄。

与其他宗祠相比，祠堂内展示着众多的民俗农耕文化。鱼篓竹篮，水车石磨，木盆粿版，柴担挑框，油瓶酒壶，线桶花床，箕箜烘篮，油灯风罩，稻桶谷箩，犁耙耖耥，靠在天井的石阶下，还有一块清道光年间的禁赌碑。

“溯祖德有邻东接陈庐北连韩墓，望地灵钟秀南呈石燕西艳梅花。”“庆余堂”的楹联表明了郎氏宗祠的地理位置、山水风光和弘扬祖德宗风的意志，与当今杨溪村的旅游特色及忠孝文化融为一体。

郎氏宗祠现为杭州市文保单位。

## 上溪梅氏宗祠

上溪梅氏宗祠地处浙西大峡谷上溪中梅村，原祠堂已毁，现祠堂为梅氏宗亲根据旧图复建，其匾额、楹联亦是旧句。祠号“嘉善堂”，雕梁画栋，气宇轩昂。

梅氏为昌北世居，而后散居各方。族中最大的官要数宋代梅铸，为四品中奉大夫。其孙梅来儿，极孝顺，因母患疾，百药失效，竟刲股割肝，和药进膳救母。其孝行感天动地，被收载进《梦粱录》。清咸丰年间匪寇袭昌，村民梅文华挺身而出，组织义勇团抗敌，因护乡有功，被时任浙江巡抚奖赏五品冠戴。

上溪地处国宝鸡血石产地，“近水楼台先得月”，梅姓中因石致富者不在少数，有人说，是梅氏祠堂风水之福泽。

## 岛石祠堂

昌北古称十二都，曾有“小小昌化县，大大十二都”之称。这里海拔400—500米，高山冈原，峡谷深涧，蓝天如洗，空气无尘，满山遍野都是山核桃树。

岛石镇与安徽接壤，吴越文化与徽州文化交相辉映。相比其他乡镇，这里地老风古，祠堂成群。

岛石镇现辖16个行政村，地广人稀，但几乎每个村都能见到祠堂，有的保存完好如初，令人惊异。

最有代表的，当属岛石村惇德堂，即周氏宗祠。岛石村在镇政府所在地，老宅旧巷。周氏宗祠坐落在山边高地，看上去颇具气势。

祠堂建于清代，占地241平方米。大门两侧青石抱鼓，楹联斑驳。跨进高门槛，清风徐来。仰视，雕梁画栋，砖雕石刻，中堂“惇德堂”匾额高悬；俯看，明塘天井，柱础石条，整洁有序。两侧过道，石级数档。墙上书写着历史、诉说着久远的故事，同时也记录了当今村镇整治美化的成果，图文并茂，十分耐看。

周氏宗祠于2003年3月被列为市级文保单位。

# 战时昌化扫描

抗战时期，浙江全省67个县市，只有8个县城未被日寇践踏，昌化是最靠近省城而未被侵占的县，也是杭州地区唯一未被日军蹂躏的山城。其余未遭战火洗礼的7县均在丽水地区。作为天目山抗日前哨的后方，当年的昌化一片轰轰烈烈、热火朝天支援前方的景象，成为战乱时期独特的风景。

## 毁路阻敌

1937年8月13日，日本侵略者用飞机大炮把战火烧到了上海，驻在杭州笕桥机场的中国空军迅速出击，接连三天，在浙西上空歼落敌机二十余架，给日寇以沉重的打击。

11月5日，日军30多艘炮艇向杭州湾沿岸多个城镇发起炮击，而后几万日军在金山卫、平湖登陆，且兵分两路，一路直驱上海，另一路经浙北逼向南京。日军占领南京后，旋即又杀向浙西，相继占领了武康、安吉、德清、余杭，12月24日，杭州沦陷。在两个月时间里，鱼米之乡的杭嘉湖全遭荼毒。

为了不让张牙舞爪的日军继续推进，第三战区司令部下令破坏交通线，捣毁铁路公路，炸毁桥梁。其中，钱塘江大桥和杭徽公路首当其冲。

杭徽公路开通于1933年10月，在浙江境内穿过余杭、临安、於潜、昌化四个县，其中在昌化境内线路最长，从芦岭铺至昱岭关全长45公里，如果全线破坏，要20万工人，而昌化沿线才几个乡镇，劳力显然不够。为此，昌化县政府做出规定，凡16周岁至55周岁，不论农工商还是政教界人士，一律要出力参加破路工程。

破路工程有两种模式：一是全线掘毁，翻个底朝天，使之面目全非，路之不存；二是每隔一段挖掘大坑，坑长三丈，深一丈，足可埋陷兵车、坦克，且要求尽量选择山狭路窄处开挖。昌化既没选前者，也没采用后者，而是将路掘得千疮百孔，以巨石杂木设置路障，车辆骑兵都难通行。

炸桥工程由军队负责，余杭、临安、於潜境内的古桥、洋桥一股脑儿在隆隆的爆炸声中趴下。昌化地理位置偏僻，离省城较远，日寇暂无进军昌化意图。县长董中生与负责炸桥的工兵部队商谈，要求毁路而不要炸桥。军方扬言不炸桥就杀县长的头。后来，昌化组成绅士代表团向战区司令官请愿，又在安徽屯溪召开的破路阻敌会议上陈述理由："杭徽公路昌化境内五座桥，都是古代石拱桥，如果毁掉，一旦山洪袭来，各乡交通即刻中断。况且昌化山多地高，久不下雨，河床溪水日少，即使无桥，敌军车辆机械仍能从溪中通过。造桥不易，古桥更贵，如若炸毁，得不偿失……"

军方终于做出让步，万不得已不炸桥，但预先须在桥下凿出安放炸药的洞口，一旦军情吃紧，立马塞进炸药包引爆。

其实，时任浙江省政府主席的黄绍竑，对毁路炸桥也很不忍心，他曾在一篇《回忆录》中说："杭州到徽州的公路在那时破坏了，说实在有些不忍，毕竟是亲自费心造就的交通工程，何况这是一条后方的公路。但命令就是命令，就只能牺牲个人的感情了。"

毁路阻敌工程自 1938 年至 1941 年，断断续续，历时三年，直到 1945 年日本投降，日本侵略军一直没有从杭徽路进入昌化。

昌化境内的公路虽掘得坑坑洼洼，不能通车，但古桥得以保存，直至抗战结束仍安然无恙。

## 行署移驻

传统意义上的“两浙”，是指浙东、浙西。战时，为有力抗击日本侵略者，便于施政指挥，国民党浙江省政府，以钱塘江为界，把全省划分为浙东浙西两大政区，并分别在两区建立代行省政府职能的“行署”。其中浙西行署于 1938 年 10 月在金华成立，1939 年 1 月迁至於潜的西天目山，行署机关设在禅源寺。

浙西行署是“浙西军政最高督导指挥机关”，管辖杭嘉湖地区及浙西 22 个县市，部署该区战时一切军政事务。随着行署的建立，许多省级机构和县级流亡政府也跟随而至。

1941 年 4 月 15 日，日本侵略军飞机十余架次，疯狂轰炸天目山，其中在禅源寺掷下数十枚炸弹，顿时天目山森林起火，千年古刹焚烧，行署损失惨重。在此的学校、书院、军营、民房、商店等亦无幸免。

1943 年 10 月，日寇出动大规模武装，再犯天目山，一场天目山保卫战即将拉开。面对严峻形势，行署不得不考虑搬迁。

经多方踏勘，选定昌化三民乡汤家湾作为新址。

三民乡汤家湾系杭徽中点，东距省城杭州 110 公里，西离皖南重镇屯溪 110 公里，徽杭公路穿境而过。从 1943 年秋开始，搬迁工作陆续展开，至 1944 年 4 月 18 日，正式宣告全部机构人马到位。这一天，正是国民政府定都南京纪念日。

行署设在一个叫“教场坪”的村庄，这里据说是明朝朱元璋曾经屯军操武练兵的场所，地势平坦，又居高临下，巨溪、新溪、后溪交汇于此，背倚大山，有路通向安徽绩溪、宁国。尤其是紧临的山岗，古松参天，浓荫如盖，很有一派当年诸葛孔明南阳卧龙岗的气象。行署主任贺扬灵和省政府主席黄绍竑，在此住下半个月后，意见非常一致地将汤家湾改名“龙岗”，三民乡即为“龙岗乡”（今日龙岗镇），意隐此地藏龙卧虎，人杰地灵，必有一番作为也（注：自 1939 年至 1945 年抗战结束，贺扬灵一直任浙西行署主任，是国民浙江省政府 16 个委员之一）。

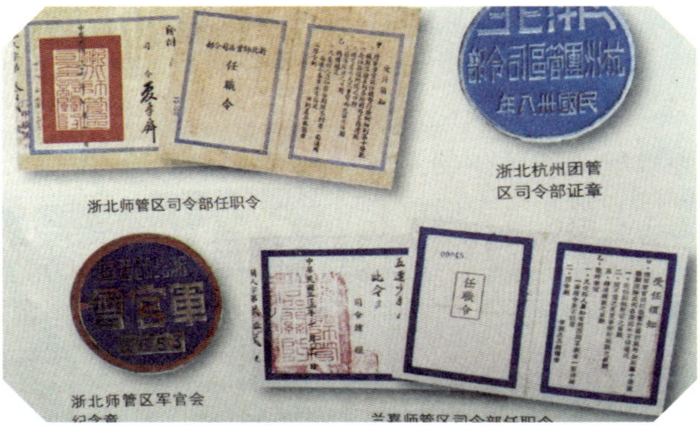

浙北师管区司令部任职令

浙北杭州团管区司令部证章

浙北师管区军官会纪念章

汤家湾原有章氏祠堂、汪王庙、白山馆、三民楼等建筑，昌化县立初级中学亦在

浙江省政府浙西行署组织系统图

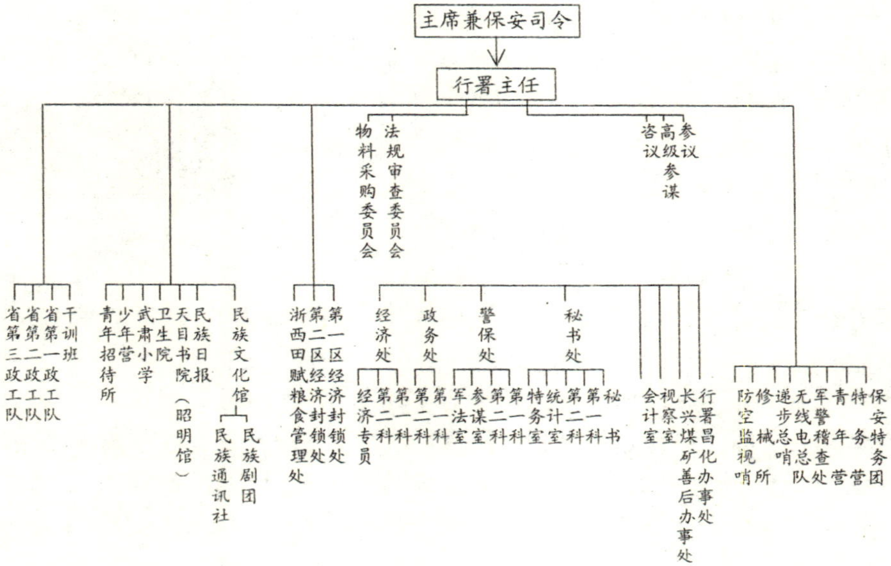


此地。浙西行署迁来后，将这些建筑与场地作为施政中心，还在昌中校园内扩建操场，增造平房，将“三民楼”改称“撑天楼”，“白山馆”改叫“宽庐”（黄绍竑又名季宽住白山馆）。附近民房、祠堂、庙宇租作住房宿舍。一时间，汤家湾变成了“龙岗”。一个原本无名的山乡小镇即刻成为浙西抗日前哨的首脑机关。

其实，在浙西行署迁入汤家湾前，对根据地的建设早就有规划，於潜天目山为第一根据地，昌化八都（今湍口）为第二根据地，在第二根据地区域内的河桥镇，设立行署办事处。行署迁至汤家湾后，河桥办事处转到昌化县城。

抗战胜利后，汤家湾浙西行署迁往杭州。

## 战地办学

战争的硝烟让无数学子失去校园，被日寇占领地区的学校或散或迁，不甘心被奴化的师生纷纷背井离乡，流亡于暂无炮火的浙西各县。国统区也有不少学生被阻断去大城市求学之路。此情此景，让置身于“工农兵学商，一齐来救亡”的政教界志士仁人，为救青少年学子，奋起在战地办学。在 1938 至 1939 年两年中，在西天目、安吉、孝丰、昌化等地办起了许多学校，形成了一条令人瞩目的抗日教育战线。其中办在昌化县境内的学校有以下几所。

△浙西三中

1939 年 5 月在颊口乡歧安村创立，因缺校舍，又无扩展余址，两个月后迁往河桥茄村。茄村紧临昌南溪，离河桥镇 1.5 公里。这里有程家豪宅，系占地十多亩的大院，有 24 个天井， 720 根庭柱，非常气派。漫步于大院内任何厅堂旁屋，雨天无须打伞。浙西三中把程家大院改造成校园，有礼堂、膳厅、教室、办公室、宿舍等，可容纳 500 名学生。门前开辟了操场，在官山脚建有发电站、科学馆，在石岭头有疗养院，石灰桥头有实验工厂，在石室寺还有分部，其规模可称一流。

据 1944 年 7 月 20 日的《民族日报》报道，浙西三中艰苦创业，自己动手，“几年来建成普通教室九间，音乐、物理、化学教室各一间，劳作工场一间，仪器储藏室一间，图书馆两间，办公室六间，膳堂一间，疗养院一所，童军团部一间，体育军械一间，教工宿舍十六间，学生寝室六间，女浴室五间，合作社一所，复印装订工场一间，工厂一所，电工间一所，厨房三间……至于体育场地，先后修筑足球场一个、篮球场四个、排球场两个。器械场原有单杠一个、双杠八个，已多破损待修。高栏、低栏、跳高架、木墙、跳箱，铅球、标枪，亦多置备。此外有男女泳衣各十二件。足球鞋、溜冰鞋、棒球棍及棒球手套、垒球，都有置备。目前距部定体育设备标准已渐接近”。

三中最初只招收初中生，一年后即招高中生，并在高中阶段开出“高级应用化学科”，该科后来从三中分离出来，单独成立“浙西高级工业学校”，抗战胜利后迁杭，并与其他几所相类似的学校合并，最终发展为“浙江工业大学”。

浙西三中在河桥茄村办学 7 年，共有 15 届初中毕业生， 6 届高中毕业生，其衍生的高级工业学校培养了 8 届高工化学毕业生， 2 届高工机械毕业生，从该校走出的学者、院士、高级领导有几十位之多。

△高级工业学校

为培养实用技术人才，适社会之需，亦为战时学生毕业多一条生路，1940 年秋，浙西三中增设“简易化工科”，首招 50 位新生为班，学制三年。由于办学方向准确，

浙江省立杭州高级工业职业学校证章

教育目的明确，所开课程实用，很受学生及家长欢迎，中途没有流生，至毕业时一人不少。1942 年 12 月 19 日《民族日报》说到此事：“短短两年的训练，不仅实习中的出品深得各方好评，甚至 50 名初中技术干部经各处纷纷函电相约，大有供不应求之概。”

继“简易化工科”办班后，“高级应用化学科”亦应运而生，学制三年，全部公费，免缴一切费用。所开课程，除普高以外，主要加强实用化工技术教育，设有制革、酿造、造纸、日用品、制图等专业。学校开办有实习工厂，首开中国“校办工厂”先河，不仅教学，还出产品，诸如酱油、酒精、油墨、糨糊、肥皂、蜡烛、粉笔等，所出产品皆以“三钟”为商标，推向市场，深受社会欢迎。

鉴于三中所办初、高级化工职业班的影响越来越大，浙江省教育厅提出要让职业班从三中分离出来，单独建校。三中校长沈咸震认为这是三中办学特色，不愿分立，即使硬要独立，也应放在河桥茄村。但胳膊拗不过大腿，后来，浙江省主席黄绍竑来三中视察，听取了教育厅意见，同意“高级化工职业班”独立建校，并拨经费 30 余万筹建。“高工”从三中分离后，最初在石岭头疗养院挂牌，名为“浙西高级工业学校”，后来迁往於潜麻车埠白龙寺续办，继迁下梅章家祠堂。抗战胜利后，迁到杭州，改名“杭州高级工业学校”，又与其他学校合并，成立“浙江化工学院”，曾迁往衢州，始终以化工为特色。20 世纪 80 年代迁回杭州，更名“浙江工学院”，1991 年升格为“浙江工业大学”。

从学校的沿革及化工特色，可以认定浙西三中是浙工大的摇篮，河桥是浙工大发源地。

### △嘉属七县联中

这是嘉兴地区的嘉兴、平湖、嘉善、桐乡、崇德、海盐、海宁七个县联合办的中学，地址在昌化龙凤乡（颊口），校址在龙凤乡小学内，以龙凤小学九间教学楼为主体，以凤凰岭关帝庙及颊口镇若干民房做补充，学校成立后，又新造“思安堂”，搭建大草棚三四座，颊口街上的“养和堂”药店和陈家祠堂，亦租来做教室、办公室。据 1944 年的刊载资料，当时嘉属联中有简易师范 1 个班，初、高中 6 个班。

联中设有理事会，成员皆为嘉兴藉名人大家。其中理事会主任陆初觉系同盟会员，曾留学日本，回国后参加过辛亥革命，抗战始任嘉兴抗战敌后援主任、省商会浙西主任、浙西救济会主任等，被誉为“天目老佛”“联中保姆”；事理朱希，曾是统领万人武装的领袖，为第十区专员；而丰子恺、张天方均是文化名人，张印通为教育名家；更有沈钧儒，出身进士，日本政法大学毕业，曾任浙江国民政府秘书长，为杰出民主人士。其他几位成员，要么是县长，要么是学者，由此可见嘉属联中的强大阵营。

抗战结束，联中返回嘉兴，师生分入各县中学。

△昌化县立初中

浙西三中教师陈鸿文、王禾、林超夏、袁伯龙、童裳理、徐彭龄等联名上书昌化县政府，竭力倡办昌化县立中学，县政府采纳了他们的倡议，并确立三民乡（今龙岗镇）为建校地，同时把基建任务分配给各乡。

1941 年 3 月 2 日，县长董中生为昌化县立初级中学校舍立下奠基石。陈鸿文被任命为首任校长。

陈鸿文系昌化洲头人，毕业于浙江大学教育系，曾在杭州清波中学、杭州市教育局任职，1938 年在歧安（颊口）创办私立唐山补习中学，开浙西中学教育之先河，后在浙西一中、三中任教。

筹建学校时，昌化县政府备文上报浙江省教育厅，定名“昌化县立初级中学”。省教育厅以缺乏师资和办学条件，不予承认，准以“昌化县立战时初中学生补习学校”而存在。直至 1943 年 3 月 11 日，教育厅派员实地考察，鉴于校舍基建已初具规模，教学秩序基本稳定，才核准正式命名为“昌化县立初级中学”。

原附设在补习学校的昌化县师训班于 1944 年改称“昌化简易师范”，至 1948 年 6 月，经浙江省教育厅批准，昌化初中与昌化简师二校合并，简师停止招生。

1942 年初夏，日本侵略军在学校附近投掷了两枚炸弹，师生安全受到威胁，学校临时迁去龙井寺上课。暑假以后，形势比较稳定，又重返校园复课。1943 年夏，西天目山遭受日本侵略军轰炸以后，浙西行署迁来汤家湾，占用学校全部校舍、场地，学校被迫迁去姚家祠堂和阮家祠堂，借用部分民房，供教师、学生住宿。1945 年初，简师又迁去新溪百丈寺。

1946年暑期，国民党昌化县党部书记陈谦兼任校长。开学不久，学校以政府粮仓里的变质大米，调换学生缴来的新鲜大米；有时供饭不足，学生吃不饱，引起师生不满。

1947年春节前后，童军教师吴琏，因体罚学生和竭力主张开除学生，引起学生们的愤恨。一天晚上，趁吴不在校时，部分学生强行炸开他的房门，打碎窗门玻璃，把棉被、热水瓶等物抛入粪坑。

1949年四月初，人民解放军渡江前夕，原昌化县县长裘正率部分政府工作人员起义，昌化中学有王焕新等24位学生参加政工队。五月中旬，国民党部队192师，自安徽溃退杭州，沿杭徽公路而下，途经龙岗，时值傍晚，突然武装包围学校，命令全校师生集合在大操场，强行搜查，全校师生遂纷纷离校。直至昌化解放，人民政府接管小组进驻学校，教师、学生才陆续回校复课。

### △第一临时师范云浪分校

初期的校名为“浙江省第一区各县联立师讲所”，后改为“一区十县联立简易师范学校”。

该校招收初中毕业生和小学毕业从教两年的教师。校址最初在於潜县城旁边的观山，离沦陷区较近，考虑到师生安全，决定往西迁。先迁至河桥云浪村，又迁到七都（赤石），再迁到桐庐柴家边，日寇侵占桐庐县城后，部分师生迁往遂安（淳安），部分返回云浪，云浪遂以分校称。

云浪分校主持人为鲁宗圣，因他家私房宽敞，就以他家私房为教室，另外租用附近民房做宿舍，学生睡楼板通铺。

云浪村田多地平，容易开辟体育活动场所，故分校体育活动颇活跃，尤其是篮球、田径运动成绩卓著。

## 战时军工

### △28军修械所

抗战时，国民党28军军部在於潜方元铺，修械所设在离方元铺以西15公里的昌化白牛高犁村。

战时兵厂以“修械所”命名，其实修械所不光是修理枪械，同时还制造武器。高犁修械所内设木工部、翻砂部、造弹部、钳工部、锻工部、机械部、发蓝部、运输部等，其中木工部造枪托，以昌化樟树、杏树为材料，就地砍伐；翻砂部、锻工部

以柴炭为燃料，在白牛深山设专窑烧制；锻工部锻打刺刀、大刀，造弹部制造枪榴弹、手榴弹、炮弹。28军修械所有员工百余人，不仅造出了手枪、步枪，还造出了轻、重机枪。据说，每月出厂轻机枪20挺，重机枪10挺，除供本军使用，还卖给新四军。

△浙西行署修械所

1938年由一区保安司令部创办，1939年2月被浙西行署接管。最初地址在於潜棠公山，被行署接管后迁往昌化河桥朱岩坞，工厂设在祠堂及空置民房里。后因发现朱岩坞树林中有发报机窃听器之类仪器，疑是汉奸所置，故立马决定搬迁。

从河桥镇出发沿蒲溪5公里，有一个叫坑口的山村，这里山高坞深，人烟稀少，位置隐蔽，且双溪交流，有很丰沛的水作为动力，况且村中郑氏宗祠十分宽敞，1941年8月，浙西行署修械所迁至坑口。

坑口时的修械所规模比朱岩坞的要大，无论人数、设备都有大发展，由此修械所亦更名为修械厂。

1943年3月，修械厂从长兴煤矿运来发电机、起重机，同时运来十多台车床、铣床、钻床、刨床，另有25万斤钢材，100万斤铜铁料，几十位煤矿技工亦同时加盟，生产条件、技术力量大为改观。他们拦河筑坝，建起了电站，点亮了电灯，转动了马达。一时间，马达隆隆，铁锤叮当，车间、食堂热气腾腾，电灯大放光芒。工人及其家属的住房延至唐里、旺坞、洪塘坞等村，冷僻的山村一度成了热闹的小镇。

修械厂造出了驳壳枪和轻、重机枪，铸出了弹筒和枪榴弹，锻出了大刀、刺刀，并仿照“德国造”“日本造”“汉阳造”的做法，全部打上“河桥造”的烙印。当工人们看到自己制造的杀敌武器，欣喜若狂，纷纷举起刀枪，振臂高唱“大刀向鬼子们的头上砍去”，嘹亮的歌声震撼了整个山谷。

△忠救军修械所

忠义救国军三纵队总部在河桥，修械所设在八都（湍口）塘溪源，周家祠堂是车间厂房，水即是动力源。这里除修理79式步枪外，亦制造驳壳枪、轻机枪。它几乎与28军修械所同时落户昌化，但规模比28军修械所小，员工60余人，所长是少校军官。

技工一至六级，全部都是军事编制，佩戴忠救军军符。忠救军除在塘溪源设厂，在不远的岔口村还有武器仓库，存放枪支弹药。

△军火仓库

军火仓库大都选择隐蔽安全之地，不易让外人发现。1940年，昌化后营村有28军仓库，设在汪家祠堂，存放子弹、炸药，驻有一个连的守兵。龙岗的龙井村有28军被服仓库，设在龙井寺和郑家祠堂内。由于战时条件艰苦，供给缺少，被服破旧，每周招百余名妇女到仓库轮流拆洗缝补。192师在河桥首益、朱岩坞也有仓库，堆放迫击炮、重机枪、地雷、炸药等；八都湍源考坑有忠救军仓库，昌化三星村驼坞有挺进队仓库。这些军火库，对外皆称“堆积所”或士兵营房。有的军官在民宅私设库房，存放贵重家私、服饰。据说龙井村的郑姓家，还寄养过军长的一头梅花鹿。

△义民工厂

抗战爆发，大量战争难民涌向浙西各县，为救时急，解决难民就业，减轻社会压力，时任第三战区第一游击总指挥的陶广创办了“难民工厂”，开设简易工种，如缝纫、雨具制作、编制斗笠、制造油布等。难民工厂初创在太阳镇，1943年陶广升任32集团军副总司令后，改名“义民工厂”，并把它迁至昌化九都（株柳村）。

昌西一带，历来有种麻、纺棉、绩布的传统，义民工厂因地制宜，引进纺织、缫丝、染色设备，开办织造、印染车间，以半机械化的操作生产方格布、斜纹布、八字呢、方心呢等产品供部队用，其中印花布也外销，一时轰轰烈烈、热火朝天。当年民族通讯社抓住这一热点，大力报道，所产“昌化呢”“昌化绸”“昌化毕叽”名闻浙西。

在龙岗茆里有一个蜡纸厂，生产“更生牌”蜡纸，规模扩大后，更名“浙西义民蜡纸厂”，生产“飞机牌”蜡纸，质量过硬，用此纸包装两斤硬物摔地不破。

浙西诸县及皖南屯溪战时有大量机关、学校、部队、商店，蜡纸供不应求。

△民生工厂

原28军192师师长胡达和欧洲格龙大学毕业的化学工程师朱振武等人，以500元为一股，集资5万元，在河桥上卜村建立浙西民生工厂。民生工厂1941年7月筹备，8月即出产品，10月举行开业典礼。

民生工厂造纸，以桑皮、桐皮、麦草等为原料生产桃花纸、绿报纸；以稻草为原料生产坑边纸。

民生工厂制作文具，如油墨、粉笔、印笺，其中油墨制作由方尧昌、许绳武主持。他们用桐油、松香、锅底煤灰做原料，参照浙西三中教科书所说方法与程序煎熬、提炼，直至成功。

民生工厂也生产笠帽、油纸伞、布伞，都印上“民生工厂”字样，形如广告，扩大影响。民生工厂还附设农场，制造出酱油、酒精、肥皂、蜡烛等。种植蔬菜、芝麻、糖蔗、烟叶，同时饲养生猪。

民生工厂在河桥街上开设商店，销售本厂各类物品，且在浙东余姚慈溪开办分理处，扩大业务。

△行署被服厂

1941年8月，在河桥秀下村，开办行署被服厂，以郑家祠堂为厂房。厂长张明，系法国留学生，全厂60多名员工，清一色为男性。被服厂的宗旨是“谋大众定制服之便利，采集各式服装材料，招收各类服装技工，兼办浙西各机关、学校、团队服装”。工厂设有皮件、洗染、修补、缝纫等车间，各司其职。产品除了衣被，还有皮带、枪套、子弹带、干粮袋、布鞋、线袜等。1944年下半年，由于生产扩大厂房不够，又深入石瑞乡，在金村的陈家祠堂开辟工场。

△民族工厂

为筹建浙西大规模的工业生产地，1944年上半年，浙西修械厂与行署被服厂合并成立“浙西民族工厂”。民族工厂本部设在河桥镇，挂有总务课、业务课、工务课、会计课等部室的牌子。由张明任厂长，韩廷藻、陆恩晖、陈大同任副厂长，彭家书为会计主任，邵金德为业务员，边颂慈为工程师（日本东京高工毕业），其他课长由副厂长兼任。

民族工厂以原有修械厂为机械工场，被服厂为被服工场，另建洗染工场、锯木工场、纺织工场、油脂工场。

由于资金有限，运转半年后，即出现“被服材料告罄，机械材料待购，库存如洗，呼应不灵”的局面，拟打算吸收社会商业股份的措施也没有实施。尽管厂长张明多次向行署告急，请求帮助，但行署似乎也无补救办法，不得不下令关闭工厂大门。行署本想在物资紧缺异常之际开办工厂，生产自救，改善流通，但终究因战时资金匮乏、原料无着而难以为继。

### △ 28军农场

抗战时，在昌化境内活动的主要是国民党28军、忠义救国军。28军素有“浙江的太太江西的兵”之说。军方为解决这些太太（军官家属）就业问题，免除军官后顾之忧，办起农场工厂。1942年10月，十区专员赵炽受聘在河桥筹建军属企业，下设3个农场、1个工厂、2家商店、1个运输船队。赵炽为总经理，魏声震、王捷、许明为副总经理。

第一农场在河桥下阮村，有田30亩，种植水稻、玉米、黄豆、花生、番茄、小麦、甘蔗等。其中玉米酿酒，甘蔗出售，其他送军部补充伙食。农场建大棚若干座，饲养猪牛数十头，鸡鸭更多。

第二农场在坑口阳干，员工30多人，管理近百亩山林，以伐树、砍柴、种玉米为主要任务。

第三农场在天目山，亦称28军林场，既有田地，也有山林，范围较大，由王捷主管，员工近百人。

三个农场统一管理，员工统一调配，全部穿军装，除安排军属就业，也招临时工帮忙。

农场在泥骆、白下开设木工厂，制作一些木制品，还组织了一支水上运输队，配备30多条货船，往返于富春江、分水江、柳溪江之间。农场在河桥镇上还开有两家商店，经营南北货和食盐，同时接管了下阮村洪德顺开的榨油作坊。农场也加入生产肥皂的行列，生产“醒狮”牌肥皂，颇受老百姓和部队欢迎。

28军在河桥的农场，前后历时四年，既为本军增加了经济收入，改善了供给，亦为家属就业开辟了岗位。这种亦军亦农、自给自足的战时生产模式，得到国民政府的肯定，也为兄弟军团效仿。直到1945年日本军缴械投降，农场完成最后的秋收，才拉下帷幕。

## 战时文化

抗战时期的昌化，宣传文化活动热火朝天，无论机关、学校、工厂、农村，到处都能看到演出，到处充满歌声。据统计，1938 年至 1945 年，军队与地方共有各种剧团演出队 60 余个，活跃在昌化各地，他们配合前方抗战进程，演出各种激励人心，反映将士奋勇杀敌、后方人民积极支援前方的剧目。

在昌化，有行署的“民族剧团”，有 28 军的“抗战剧团”，有 192 师的演出队，有江南第三挺进队的“晨钟剧团”，有浙西三中的“抗建剧团”，有昌化县的“联合剧团”“平剧研究社”等，演出话剧、歌剧、越剧、京剧。《雷雨》《日出》都是常演的经典，《血洒晴空》《放下你的鞭子》《戚继光》《上前线》《囚徒的歌声》《东北一角》《凤姑娘》《沦亡以后》《我们的锄头》……大批爱国主义题材的话剧戏曲相继登台。

1944 年 4 月 18 日，浙西行署移驻汤家湾，在庆祝大会上平剧社演出了《四郎探母》《空城计》《黄鹤楼》等戏曲，观者云集，为此，《民族日报》还做了深入报道。而浙西三中的“抗建剧团”，充满活力，演出不断，不仅在河桥、昌化很有名气，在整个浙西教育界亦负盛名。“民族剧团”的《原野》在天目山、方元铺、昌化等地演出，观众上万，惊动东南戏曲界。《民族日报》采访报道说：“居然在物质条件如此匮乏的山区，能演出巨型名剧，不能不说是一大奇迹。”

1944 年 5 月，民族剧团作为浙西文化访问团成员到屯溪，演出《生死恋》《水龙吟》二剧，轰动皖南，安徽的《中央日报》肯定浙西文化访问团的演出，赞扬民族剧团，“以往各剧团在屯溪演出，均无出其右者”。

昌化保衛戰獲捷
各界準備慶祝

不仅舞台上演出热闹，学术团体亦不示弱，其中最出名的要数天目书院了。天目书院古已有之，人才不断。1943 年 10 月，书院随行署迁到颊口阳干山，后又迁株浪，三迁林川桥，四迁教场坪，尽管颠沛流离，但书院始终研究不断，成果频出。1944 年 6 月，天目书院集成《昌化考古录》《天目考古录》，

9月，《张凤字典》编创成功。1945年8月，日军从桐庐分水沿柳溪江到河桥，河桥布满战争硝烟，为保存天目山书院财物、资料，书院雇40余人，肩挑背驮，将重要文物书籍转移至石瑞乡深藏，直至抗战胜利结束后，才搬回天目山。

为满足战时军民阅读之需，充实精神食粮，1944年7月，龙岗设立了“中国文化服务社龙岗支社”（总社在重庆），经营起各种图书、教育用品，支社一成立，即采购大量新书、画刊，弥补了战时图书文化之缺。

1944年8月7日，《民族日报》在龙岗举办“全国书报展”，展出报纸186种，杂志237种，书籍353册。

抗战的号角，把艺术界人士召集到一起，他们联合成立艺术团体，互相切磋，交流技艺，推动了艺术活动的发展，组成了一道亮丽的风景线。其中“浙西文化团体联谊会”最引人注目。他们以歌曲、戏曲、绘画、木刻等艺术形式，参与到抗战潮流中。三中教师林超夏创作了《海岸哨兵》的歌曲，风靡浙西；何其宏的木刻《全国民众武装起来》《我们的马儿高声叫喊》《为驱逐日寇奋斗到底》等影响巨大，且出版发行了《曙光木刻集》。三中教师黄吟笙、王松林的画特色鲜明，他们不仅在学校所在地河桥镇举办画展，还在天目山、於潜县城展出，反响强烈。

在昌化还出现专职画家，其中沈红茶名噪一时。沈红茶，又名寿朋，1902年出生，祖籍吴兴。19岁参禅，投身弘一法师名下，25岁离开佛门，专事学画。抗战时居昌化唐山，以三间茅屋栖身，号称“唐昌农夫”“昌化农场主”。浙西行署主任贺扬灵曾三顾茅庐，聘他为“行署视察员”“文化督导”。28军军长陶广也数次登门拜访。

沈红茶以画山水花鸟著称，1935年首次在杭举办画展一鸣惊人。著名军事家、保定军校校长蒋百里赞他：“红茶笔墨无蹊径，完全超然天地外，其画流传，为浙之光。”浙江省主席黄绍竑题词：“红茶笔墨，江南独步。”

红茶画作不轻易示人，时人皆以得红茶尺幅为荣。欲索画者，必先付钱，约期取件，否则概不理睬。

且看1943年5月12日在《民族日报》上的广告。红茶画例：4尺以上每件300元，5尺以上每件400元，6尺以上每件500元，横幅同，堂幅加倍。册扇面每件均为50元，劣纸不应，点品加倍。润资先惠，约期取件。通讯处，昌化县政府转。

1945年1月16日《民族日报》广告：

红茶先生鬻画润例，34年重订，花卉画每方尺1000元，山水画例照花卉倍之，扇页以一方计，先润后鬻。通讯处，龙岗百丈寺。

沈红茶的画以质取胜，真不二价，其性情孤傲，以画养家，丝毫不装模作样、吞吞吐吐，其画价亦与时俱进、水涨船高。

沈红茶为民国浙派画高人，1948 年 11 月沈红茶参加浙江名家画展，夺得第一名。行家评论他的画是“线条、形式、色彩、调子配合之卓特，神完质充，有以致之，构图可谓臻致完美，工候独到，炉火纯青，在统一中变化，在变化中统一”。

沈红茶曾别出心裁，首创以古文字作画，受到观众喜爱。1945 年 7 月 6 日《民族日报》载：“在龙岗期间，红茶已创作不少古文字画，34 年春避地百丈寺，红茶作古文字画 30 余幅，其中以《飞舟》最为精妙。”

沈红茶开创古文字作画之先河，直至 1997 年 4 月 12 日，还有人在报刊上撰文，重提古文字画第一人沈红茶先生。

（此文摘编自《浙江文史资料》和王国林先生《东南抗日前哨》）

# 昌化越剧团与《杨立贝》

1960年5月，全国教育、卫生、文化、体育、新闻等战线社会主义建设先进单位和先进工作者代表大会（简称“全国文教群英会”）在北京召开，作为文艺战线的先进集体——昌化越剧团成为代表之一（浙江省共179名代表，其中昌化县代表3名，另外2名是朱湾小学教师陈方明、河桥农业技术学校校长章本仁）。

20世纪五六十年代，昌化越剧团是十分活跃的文艺团体，创作并演出的现代越剧《杨立贝》风靡江浙沪，最多时，浙江全省有32个剧团同演此剧。其他剧种亦纷纷移植。在杭州演出时，时任中宣部副部长周扬，文化部副部长夏衍，省领导江华、霍士廉、吴宪、商景才等莅临观看，并给予高度评价。在上海演出时，政府领导和戏曲界名流曹荻秋、田汉、周信芳、袁雪芬等亦到场观看。《杨立贝》在沪连演128场，观众12万，上海各报刊、电台纷纷报道，一时间，昌化越剧团与《杨立贝》成为上海大街小巷和机关、学校、工厂、商场里人们的美谈。据1963年10月的统计，全国众多剧团演出《杨立贝》共计3020场，创下戏曲界同演一剧的世界最高纪录。

爬山越岭送戏上門　千方百計方便农民

昌化越剧团在浙江山区扎根

昌化越剧团的前身是上海市文华越剧团，1956年，响应国家支援山区文化建设的号召，团长张湘卿带领60多名演职员毅然离开大上海，走进昌化山区，成为活跃在浙西山区的文艺轻骑兵。也许是因为昌化山清水秀的田园美景，也许昌化人民渴望戏曲文化表现出极大的热忱，第二年，上海文华越剧团即更名为“昌化越剧团”，下定决心扎根山区为昌化人民服务。上海文华越剧团到达昌化是 1956 年 5 月 16 日，两天后即在刚竣工的昌化人民大会堂演出《大同府》。首场演出非常成功，昌化山城欢声雷动。尔后，剧团上山下乡，足迹遍及城乡，除了演出古装传统剧，大量演出有时代气息的现代戏，深受山区人民欢迎。1960 年至 1962 年，《浙江日报》《文汇报》《新民晚报》等分别连续载文赞誉剧团扎根山区、面向农村、为农民服务的先进事迹。

昌化人民对文华越剧团喜爱有加，剧团虽改名，老百姓仍爱称其为“文华剧团”。演员陈少芳、黄明君、徐桂兰、虞忠花、周素琴、裘宝宝、汤桂凤、沈莲南、张雯霖等妇孺皆知。她们的举手投足，常为少男少女效仿，不少越剧迷把她们当作偶像，以一睹这些演员的风采为快，成为越剧演员是不少姑娘梦寐以求的事。

越剧《杨立贝》是昌化越剧团的成名作，创作于 1959 年。编剧王天一，在昌化县藻溪公社（原为於潜县藻溪乡，现为临安市藻溪镇）体验生活时，采访到民国时发生在该乡的真人真事，把它写成剧本，初名《三告状》，导演张湘卿，作曲金干，舞美设计胡欣鹿，由陈少芳饰杨立贝，梁红玉饰杨素英，周群饰地主吴展成。1960 年 1 月 10 日至 20 日，剧团携该剧参加嘉兴地区现代剧目会演，获剧本、导演、演出、舞美四个奖项，接着参加全省会演，同样荣获多个大奖。1962 年 11 月，《杨立贝》赴上海演出，上海电视台全程转播。《解放军报》《文汇报》《新民晚报》刊载多篇文章评论推荐该剧。中国戏剧家协会上海分会也为《杨立贝》演出召开座谈会。1963 年，上海天马电影制片厂编剧李洪梓执笔，将《杨立贝》改编成电影文学剧本，于 1964 年拍成彩色故事片《血碑》，叙述 20 世纪 30 年代浙西农民林有山，带领全家老少在乱石山上开荒，自耕自食维持生计，当地恶霸地主吴展成撕毁地契，用毒计烧毁山地青苗，并把林有山小儿子摔死。林有山满腔悲愤，启程告状。然而从县政府到省政府，最后告到南京中央最高法院，不仅未告赢，反而被诬关进疯人院，折磨得形销骨立，之后被释放，回家路上，林有山在碑上刻下“深仇大恨永不忘”，饮恨而终。

《血碑》电影摄制完成后，正值“文化大革命”前夜，张春桥（“四人帮”头目之一）审查后，认定《血碑》是“毒草”，不允许放映。原因是一个贫农不可能有能耐和条件去南京告状，要天马电影制片厂调查杨立贝出身。其实电影《血碑》中没有杨立贝的名字，而是改名林有山，作为影视艺术，情节与舞台越剧《杨立贝》有所区别。

先是天马电影厂派人去藻溪调查，未达目的，张春桥又指派爪牙再奔藻溪，然后又去台州杨立贝老家，企图找出杨立贝不是贫农而是阶级敌人的影子，结果统统是白费心机。“文化大革命”结束，“四人帮”被粉碎，电影《血碑》终于上市放映，越剧《杨立贝》亦重新排练演出。

## 附：编剧王天一采访记录的杨立贝真人真事

第4版 1962年12月17日 星期一 解放日报

# 楊立貝的眞实故事

浙江昌化越剧团编剧 王天一

逃荒

告状

斗争

指桥

杨立贝系浙江上八府（今台州）人，因遭水、旱、蝗三灾，于1924年拖儿带女外出逃荒，沿路乞讨，最终在於潜县藻溪乡立足，在一个深山坞里搭间茅棚，租了几亩田地勉强度日。

杨立贝夫妻俩起早摸黑，又种田又养猪，还在附近的荒山开垦种上苞谷杂粮。

藻溪地主吴文执，是保长，也是於潜县土地呈报委员，有财有势。1932年冬，於潜县办理土地呈报，杨立贝到吴文执家里呈报土地，可是吴文执说他在种“黑田”，开“黑山”，要拿出200块银圆重买。杨立贝说他的田有买契，不能说是“黑田”，山上本是一块乱石荒地，是他们夫妻花费了几年心血才开垦出几块零星土地。吴文执拍桌大骂：“我说不准报就不准报，你姓杨的有胆量就种黑田。”

杨立贝忍气吞声去吴家央求了三次，都被吴文执回绝了。有人劝他，你还是凑些钱，买一份厚礼送去。杨立贝没有这样做，最后一次去吴家呈报，和吴文执争吵了几句，气愤地离开了吴家。腊月二十三，杨立贝在地里浇油菜，突然来了两个警察，拿着一张公文，逼着他带着地价银去办理呈报手续。杨立贝跟警察去了吴家。吴文执见他仍旧没有带钱来，就瞪着眼睛说：“你不呈报，明天就不许再种那块田。”

杨立贝见吴文执明显要敲诈，决计到县里去告状。他求亲托友，在於潜镇上找着了一位国民党县党部的文书，花了三块银圆请他写状子，哪晓得这人的顶头上司，是吴文执的结拜弟兄，这人既不敢得罪吴文执，又要拿三块银圆，状子前面轻描淡写几句杨立贝的话，后面写的却是悔过之词。杨立贝不识字，把状子送进法院，被骂了一顿，不许他再来胡闹。在回家路上，杨立贝越想心里越气，如果告不准状，那几亩土地就不姓杨了。一不做，二不休，到家和妻子一商量，连夜赶到杭州省法院去告状。

省法院受理了这桩案子。开庭那一天，法官要杨立贝诉说，杨立贝把吴文执不给呈报土地，硬要重买才能呈报的事说了一遍。法官又问吴文执的意思。吴文执傲慢地说要把杨立贝的黑田充公。旁边的几位先生起哄，法官装腔作势地骂吴文执：“三次不给他呈报土地，你这不是在敲诈吗？真是无法无天。”审完，当场扣押了吴文执。

第二天早晨，杨立贝打算回家，突然看见吴文执坐在一辆人力车上，他一怔，昨天不是亲眼看见他被法院押起来的吗？

其实，这场官司的结局，明眼人一看就心里清楚，法官是要从这位土财主身上诈一些“油水”，吴文执拿出一笔钱，也就安然无事了。

杨立贝回到山坳里，提心吊胆地过了两个月。清明前一天，杨立贝正在家门口附近种田，突然出现几个陌生人，不容杨立贝开口，就拿出绳子把他绑在树上一顿毒打。杨立贝的妻子听到声音，带着子女赶来时，丈夫已被打得不省人事。这伙打手又冲进杨家屋里东翻西砸。在猪棚里，看见两只一百多斤重的猪，就拿出绳子要捆。杨立贝的妻子见他们打伤了丈夫，现在又要抬走自己饲养大的猪，实在气愤不过，拿起粪桶里的粪勺向这伙人头上浇去。这一下，更触怒了这批狗腿子，他们拿起捆猪的绳子把杨立贝妻子也绑了起来，打得她嘴里、鼻孔里鲜血直流。

这批狗腿子打得杨立贝夫妻和女儿浑身是血，还把杨立贝反绑双手押去县里警察局。

杨立贝在县警察局关了两个月，然后被押到杭州的省高级法院训了一顿，就放了出来。回到村里，房子烧了，小女儿死了，幸亏同乡和邻居帮忙，病在床上的妻子和几个不大不小的孩子没饿死。一股冤气，闷在胸膛里散发不出来。他想，难道天下就没有一个讲理的地方？难道就没有一个做官的管管老百姓的冤枉？日思夜想，想起了南京。那时候的南京，是蒋介石、汪精卫执政。他和妻子盘算了几夜，决计卖了14岁的二女儿去南京告状。

杨立贝在余杭，将女儿以100块银圆卖给一户蔡姓人家做童养媳，然后走到杭州，买了一块黄布，请测字先生在黄布上写了他一家的冤屈，写好后就把它背在身上，一路走，一路停。在杭州住了几天后，买了一张三等火车票上了南京。到南京，方知告状不能用黄布，又去找了一位年老脸善的测字先生，请他工工整整写了一张状子。第二天清早，他寻到最高法院门口去递状子，门警告诉他这里不管这些。一个乡下人不晓得最高法院是不直接受理民事诉讼的，还是缠着两个门警央告着。门警见他这副穷样，说他是疯子，把状子掷在地上就不理睬了。两次、三次……接连去了五次，每去一次，总要被门警骂一顿，或是与其争吵一番。最后一次，门警要他离开，不许再来胡闹，他不肯走，门警就用砖头砸了杨立贝的头，砸得他头上鲜血直冒。

后来那位测字先生给他出了个主意，叫他到夫子庙附近院长公馆门口去喊冤。第二天清晨，夫子庙附近还是冷冷清清的，杨立贝就在院长公馆门口摊开状子，跪等院长出门。过了两个钟头，公馆的大铁门一开，两辆小汽车一前一后向门外驶来，杨立贝连忙手捧冤状，不顾死活地向小汽车扑去。这时，第一辆汽车里走出一位穿制服的中年人，瞪着眼睛骂他找死，眼看围观的行人越聚越多，他才接过诉状拿去给后面那辆车内的院长看。他们在车内说了几句什么，穿制服的中年人走来对杨立贝说："状子我们收下了，你回杭州去吧，我们有批示到那边去的。"杨立贝还想诉说什么，两辆汽车已从他身边开走了。

杨立贝在南京告状的日子里，大儿子走了，听说是去当兵了。杨立贝的妻子和小儿子提心吊胆地过日子。几位同乡劝她还是离开藻溪到别处去避一下，她想想也在理，带着小儿子离开了藻溪往杭州方向走。

杭州南星桥附近有一块穷人集居的小天地，住的都是从外地逃来的灾民。简陋的草棚，夏天蚊虫咬，冬天北风吹，草棚周围尽是污水，母子二人就在这里做了一个窝。白天，跟着邻居妇女和孩子们去拾垃圾、拣菜皮……苦是苦，但不怕吴家到这里来寻事。满身伤病的母亲在这里苦撑了一年，最终含恨离开了人间。

杨立贝在南京挨了一段日子，又在外地流浪了几个月才回到藻溪。没田没地，也没有房子，大儿子去当兵了，小儿子跟着他母亲走了，可他还坚信那块以血汗换来的土地姓杨，死也不肯离开这个小山坞。后来打听到妻子和小儿子在杭州南星桥，才去杭州寻找，可他找迟了，只好由儿子领着到妻子的土坟前哭奠了一场。为了留住儿子这条小命，杨立贝把他送到余杭花亭寺去做小和尚。

杨立贝孑然一身回到藻溪小山坞，那时他已是近 60 岁的老人了。开始，村里人还经常看到他：头戴一顶大笠帽，遮烈日，挡风雪，手持一根粗竹竿，还有一张常年背在身后的黄榜。村里人同情他、怜悯他、周济他……时间长了，村里人也渐渐地对他疏远，也有人说他疯了。不久，他带着一条破棉絮、一张破席子，悄悄地离开了小山坞。

1949 年 5 月，於潜解放了。

此时的杨立贝，背着黄榜东南西北已经流浪了十二个春秋。

新任区长得知杨立贝的情况后，在全区农村干部会上说，一定要把杨立贝找回来。没过多久，不知在哪个地方，总算把他找到了。

在区长办公室里，杨立贝像见到亲人一样，泪流满面地哭诉着他家的遭遇。

不久，藻溪镇开万人公审大会。吴文执被镇压了，杨立贝分到了土地、房屋。背了十多年的黄榜也交给了区长。

杨立贝的悲剧到此结束了。他的子女怎么样呢？

大儿子在国民党部队当了几年兵，在一次战役后退伍，先分配在工厂工作，后回农村参加农业生产；大女儿随丈夫去了西北；杨立贝去南京告状前卖给余杭蔡姓的二女儿，此时也是年近七旬的老人了，她儿子蔡 ×× 作为农村故事员，1982 年曾来临安参加杭州地区新故事调讲。小儿子明因和尚，杭州解放后，改名明英，报名参加了革命干校学习，毕业后，分配到浙江中医院工作，直至退休。

1954 年，杨立贝 72 岁，病逝在他儿子工作的浙江中医院。

# 昌化乡歌民谣

公元1834年晚秋的一个傍晚，正是农家主妇生火做饭时分。浙西边城昌化，临河一户人家的屋里，飘出了断断续续的歌声。歌声哀婉凄楚，听来让人心酸——

吾昌千山万山里，上山下山采薇子。
山山岂复旧西山，为叹蕨薇终饿死。
山空地瘠田禾稀，不及蕨根处处肥。
日出年年采蕨去，日没年年采蕨归。
……

这是几位老年妇女在一起吟唱《采蕨歌》。老妪们也许是邻居，也许是姐妹，不知是偶然相遇还是有意组合，她们面对日益干涸的昌化江水，围坐在被阳光晒烫而余热未退的石桌旁，用干涩的喉咙，缓缓地哼唱着这首歌谣。

“薇子”即是蕨菜，是生长在山野的草本植物，根茎较长，横生在泥土中。嫩叶卷曲如雏鸡嫩爪，褐里透红，可做菜，根茎饱含淀粉，全株能入药。

凡蕨、葛类植物，大都生长在背山阴湿之地，年年生发，岁岁枯荣。风调雨顺之年，人们根本看不上它，任由它春绿秋黄，自生自灭，只有到灾荒岁月，它的地位才得以提升。

清道光十四年（1834），包括昌化在内的浙西地区，百日骄阳，三月未雨，山塘干涸，河水断流，就连杭州西湖亦底泥朝天。因田地无收，多数人家断粮，老妇们面对如此天象地貌，难为无米之炊，有感而发，聚而吟唱。

这首《采蕨歌》是明末清初钱塘学士徐学龙在昌化游历采风时整理记录的，它最早是以民谣的形式出现在明崇祯晚期，距清道光十四年已隔190年。

据历史记载，明崇祯十二至十五年，即公元1639年至1642年，浙西地区连年遭旱，塘底龟裂，水田冒烟，草木皆枯。其间又飞蝗肆虐，加上疫病流行，死者无数，城乡僵尸载道，十室九空……

比起平原地区，昌化毕竟山高谷深，尽管田畴无收，但那些生长于深山沟壑涧边石缝的蕨薇、石松、葛藤等仍顽强地伸展着枝叶，它们深埋地下的根茎，依然凝结着洁白的淀粉。

于是人们想起了它，把眼光投向了这些食源。一时间，挖葛根、采蕨薇，成为昌化乡民起早贪黑的主要劳作。

然而，年年岁岁花相似，岁岁年年人不同——

往年采蕨犹尚可，今年采蕨愁杀我。
十旬不雨田尽枯，村村已断三日火。
饿民沓沓满山阿，食蕨还看道殣多。
……

可以想象，百日无雨，三天断粮的日子是何场景。况且，连续四年的干旱，已持续太久，再多的蕨薇也满足不了灾民的肚子。满山遍野采蕨人，躬背挥锄，汗水滴答，当日落西山，拖着疲惫的脚步驮着几株蕨根晚归时，看到的是接二连三倒在路边的饿殍。

面对天灾，村民并不寄希望于神仙皇帝，他们深信，只有靠自己，才能辟出一条活路——

入山不用寻仙叟，仙家不给辟谷方。
只要手脚尚能动，总能活命度时光。
无米不忘蕨根香，来日枯唇得饱尝。
……

老妇们的歌声渐渐地被夜色淹没了，她们悄无声息行走在回家路上，企盼着明日的希望。

《采蕨歌》就诞生在那样一个年代，距今有近400年的历史。歌谣字里行间，有着对老天作恶的诅咒，有着对苦难民众的怜悯，亦饱含对蕨薇患难相助，时穷显节，甘作奉献的赞美吧！

其实，这种山野挖蕨葛之举，我们年少时也经历过。那是20世纪60年代初，连续三年自然灾害，粮食奇缺，食不果腹，上山采橡子、挖蕨葛之根成为生产队社员普遍行动。记得，挖得的蕨根细而长，皮黑，弯曲如蛇；而葛根较粗，外皮如山药，状若丝瓜。为了取其淀粉，先要洗去根上泥沙，然后放在石臼或石板上捶打，捶打后即浸入水盆或木桶中漂揉，让淀粉释出。反复捶打漂揉几次后，蕨根葛根均变成像丝瓜络一样的废渣，这种网渣，晒干后可以让供销社收购，而洁白的淀粉就沉在水盆或木桶底部。

民歌是生活的写照，是时代的吟唱。古语说，治世之音和，乱世之音怨，亡世之音哀。灾荒之年的歌谣，难免显得愁楚凄凉了。

诚然，时代到了今天，采蕨挖根度饥荒的岁月过去了，《采蕨歌》已定格为一幅古时生活风情图画，成为乡关歌谣绝响。

有人说，《采蕨歌》是昌化最早的歌谣，产生于明代。其实，比它更早的应是一则民谣《山核桃》：

高高山上有树木，不怕寒冷和霜雪，
结出果子人不识，不吃果肉要吃核。

据说这是唐朝秀才罗隐编的顺口溜。

山核桃是昌化山中特有的乔木，春天发芽，秋天结果，白露时分果子成熟。古人不知它可食，任其自生自灭。罗隐到昌化，偶然发现此果可食，就以顺口溜的形式广而告之。这则《山核桃》是否真的出自罗隐之口，只是传说，无从考证，但罗隐善吟会唱大家是知道的：

罗隐秀才会唱歌，唱到昌化十二都。
老唱呒头塌脑事，风流才子怎登科？

这是昌化人唱给自己也是唱给罗隐的歌。“呒头塌脑”是昌化土语，意为没头没脑，乱七八糟。罗隐乃饱学之士，性情孤傲，不媚权贵，喜欢与民间草根人士往来，因屡试进士不第，心灰意冷，满腹牢骚，常哼着小调浪迹江湖。罗隐擅长讥讽朝政礼制，与山野村夫农妇打成一片。他作的诗歌，常被人授之以柄，故难以得志被朝廷重用。

罗隐系新城（富阳新登）人，常至昌化游荡，留下不少趣闻逸事，昌化人对他倒是颇有好感。这首民谣似是给罗隐画像，也是对这位才子的提醒爱怜。

昌化为浙西山区，乡歌民谣涉“山”居多，如《甲子山歌》《龙塘山歌》《大明山歌》……其中有则《百丈山》的民谣，只有短短四句，十来个字：

百丈岭高高，纤岭滔滔，
不带冷饭，性命难逃（保）。

这则民谣很有名，几乎妇孺皆知、人人会吟。令人不解的是，昌化境内峰岭众多，古道不少，老竹岭、黄花岭、马头岭、董木岭、荞麦岭、马啸岭、车盘岭、贡岭、昱岭、洪岭、凤凰岭、康山岭 、芦塘岭……这些山岭，人迹亦至，为何偏唱百丈岭而不理其余？

原来，古时百丈岭为县治进昌北的唯一通道。它从龙岗新溪起步，沿途有百丈庄、毛公村、运年桥、黄岭村，过双石桥后开始爬岭。经龙池山、潜山、百丈高峰、五渡坑，而后入纤岭，再过星桥、帅村等，才能到达北区首府岛石，全程 28 公里。《昌化县志》说，百丈岭，县西北六十里，山高而崎险，春冬雾气笼罩，白昼如夜。清康熙六十年（1721）岁次辛丑吉旦立有《纤岭碑记》，上刻民谣：“纤岭高高，百丈岭迢迢，三十里板桥，四十里浮桥。五里一个洞，十里一座桥，不带冷饭，性命难保。”古代曾有过此岭而昏饿毙殁者，故商旅之人常负米而行。山岭长长，身备干粮，路途险峻，结伴互帮。为此，昌化百姓传唱《百丈岭》，既提醒他人，亦告慰自己。

当然，山歌不一定要“涉山”，在音乐著作中，反映山区人民劳动、生活、学习等内容，词句通俗，曲调简朴，又口耳相传的统统可以纳入“山歌”范畴。有一则名为《除了皇帝就是我》的民谣，就是如此：

脚踏炭火炉，手拿苞萝馃，
腌菜豆腐过老酒，除了皇帝就是我。

这首既是山歌亦是民谣的《除了皇帝就是我》，流传于昌化与淳安、绩溪、宁国交界的高山村落，不同村坊字句略有差别，有的以“皇帝不如我”为题。形象生动的语词，映射出从前昌化人靠山吃山、安贫乐道、知足常乐的心态。从现今的眼光看，倒是原生态的农家生活写照，是都市人迷恋的时尚。

苞萝馃即是玉米饼，以玉米粉为之。昌化山里人很擅长做这种饼，无须工具，全凭两只手掌挪腾。好吃的苞萝馃必定有美妙的馅料——精细的咸菜、萝卜丝、冬笋、香干、肉末，还有鲜辣的酱。包裹后，放锅中油煎，金黄油亮，香辣可口。腌菜豆腐是昌化独有的豆制品，是油豆腐经深加工后的鲜味食品，既可佐酒，亦可单食。

进入冬天，几乎每户昌化人家都生火炉，炉中或烧干柴，或燃炭火。炉盆上方悬下一条细链，下钩铜壶，以烧水煮茶。因此，即便室外大雪封山、寒风刺骨，室内照旧温暖如春。

冬天，一家人围着炉火，啃着喷香的玉米饼，饮着自酿的米酒，无拘无束，逍遥自在，偶尔哼几句小调，摇头晃脑，何尝不会发出“皇帝不如我”的感慨呢？此情此景，不由让人醉入唐诗境界——绿蚁新醅酒，红泥小火炉。晚来天欲雪，能饮一杯无？

昌化民歌中，既有像《皇帝不如我》这样自我满足自我陶醉的轻吟喜唱，同时也有面对现实生活，受尽困苦磨难的哀鸣。毕竟旧社会穷苦人占多数，由于生产力低下，经济不发达，更由于剥削压迫的存在，多数劳动人民生活在水深火热之中。“蓑衣当棉袄，辣椒当油炒，松明当灯草，苞萝吃到老”就是过去昌化家庭生活常态。有一首人们熟知的《有囡不要嫁青山坞》，唱出了这样的苦难：

阿姆哎，苦噢，有囡不要嫁青山坞噢！
青山坞，十里深，房子搭在石塔跟。
柴藤瓦，烂树门，风扫地，月当灯。
茅草枕头蓑衣被，指甲挑盐煮野笋。
日里猢狲树上爬，夜里山雉咯咯鸣。
青山坞，好冷清，嫁在青山坞，眼泪滴淋淋。
……

民间嫁女，讲究门当户对，而且都由父母包办。选择深山冷坞人家，也许看中的是山里男子忠厚老实。山上有苞谷，灶前有陈柴，门前有流水，往来少人债。殊不知，深山孤村，远离街市，缺灯少油，没有白米精粮，没有砖瓦盖房。尤其十里山沟，人烟稀少，无客登门，终日与青山为伴，唯有野猴山雉身影。年轻女子到了这样的地方，怎会不怨天尤人？此歌昌南、昌西均有所闻，歌词内容大同小异，曲调凄婉。这是女儿回娘家对着母亲吐的苦水，是旧时代昌化贫苦人家生活的写照。

女孩嫁到青山坞农家苦不堪言，嫁给做生意的商人又怎么样呢？

悔不该嫁给生意郎，三年两头守空房，
宁愿嫁个种田郎，日在田里夜在房。
……

同样没有摆脱痛苦。这是精神情感之苦，比起物质匮乏、缺吃少穿，这种守空房的寂寞难耐之苦层次更深一些罢了。

还有一首诉苦之歌，采录于龙岗乡，系当年一个叫许天才的农民献唱，歌名《梅香苦》：

阿爹阿姆娘，三岁卖我去做梅香。
做梅香，苦难当，吃的是薄粥汤，
穿的是破衣裳，困的是没脚床。
三百六十日，生活做不光！

“梅香”是童养媳或年少女佣的俗称。因为家穷，养不活子女，只得忍痛将女儿或送或卖给人家做用人。当女儿诉说着为人做佣的生活状况时，哪个父母不比女儿更辛酸难受！歌词虽然简单，却是真情的表露，有着鲜明的昌化特色。

诉苦民歌以女性居多，这也说明在封建礼教束缚下的旧社会，妇女受压迫最为深重。清凉峰镇陈葵老太，生于民国初年，97 岁时，尚能记得小时候唱过的《七朵花开苦水来》：

栀子花开，小女出娘胎，前世不修呀，菜汤当奶喂。
碧桃花开，奴长六七岁，没有书读呀，脚趾露鞋外。
金银花开，吾娘只爱财，十三十四呀，卖奴当妻来。
塘荷花开，洪水铺天来，房子被水氽，家中无灶台。
黄菊花开，伤痛生病来，吓钱撮药方，吓人端水来。
寒梅花开，卧床起不来，奴病将要死，可怜无棺材。
明年清明节，油菜花儿开，坟头已长草，无人烧香来。
……

像这样的苦难之歌，撸撸一大箩。《长工苦》《寡妇歌》《死望郎》《哭七七》《凤阳调》……不胜枚举。然而比苦难歌更多的是劳动之歌，这是主流之歌，是财富之歌，也是力量之歌。有首《打铁歌》是这样开头的：

金打铁，银打铁，打把锄头挖田缺。
挖到三斤四两大花鳖，送给丈人丈母过年节。
丈人丈母要留我那里歇（住），我还是要回家去打铁。

接下去，铁匠从正月“打到”十二月，游乡走村，辛苦着快乐着，吃着百家饭，还收获着意外之喜，真切地表达了对劳动的赞美。

劳动之美永恒，劳动之歌不息。《采桑曲》《采茶歌》《锄茶园》《砍柴调》《车水谣》《上梁词》《南山种麦》《纺纱歌》……组成了昌化歌苑的奇葩，散发

着永久的芳香。

“鸡毛换灯草，越换越轻巧。”这是“货郎担”穿村走乡的形象。20世纪五六十年代，“货郎担”随处可见，尤其是乡村，是一道独特风景。拨浪鼓一响，嘌歌（叫卖声）一唱，便有老人、儿童、妇女围上来。纽扣、别针、小剪刀，蜡烛、火柴、洋皮皂，手套、袜子、虎头帽，头油、发夹、雪花膏，花线、手帕、牛角梳，麻糖、香糕、小鞭炮……尽是花花绿绿的小玩意。当大家挑够要买的东西，依依不舍之际，“货郎担”又启程向下一站而去，而身后的歌声便一路悠扬——

> 担子挑上肩，圆鼓调调圆，
> 挑到你家门口歇一歇，人人都来买花线。
> 一卖小洋针，二卖细花线，
> 三卖水粉好搽脸，四卖胭脂点口边，
> 五卖锁鞋边，六卖鞋背沿，
> 七卖背头楦，八卖金丝剪。
> 卖花线、卖花线，人人都来买花线。
> ……

此歌名为《卖花线》，采用灯调演唱，1988年采录于河桥秀下村，献唱者张仙娥，被收编在《中国歌谣集成》。湍口朱臣煜也演唱此歌，歌词略有不同，收录在《临安民间音乐》中。昌化民歌中叫卖类的不多，除《卖花线》以外，尚见到过的仅有《卖草墩》《卖杂货》，这与昌化地域民情有关，昌化历来崇尚耕读，经商做买卖被视为下三流的行当。几首叫卖类的歌谣，也是外来流唱。

昌化民歌题材广泛，内容繁多，既有劳动号子，又有男女对唱，既有叙事道情，也有诲人劝世。原以为，“居山者仁”的昌化人不擅说爱，羞于谈情，出不了情歌。谁知一曲《望郎来》，竟然可以从正月唱到腊月：

梅花正当正月开，梳头打扮出房来，
梅花落地如雪白，开门扫雪望郎来。
兰花正当二月开，燕子衔泥又飞来，
梁上雏燕呢喃语，眉开眼笑望郎来。
桃花正当三月开，柳绿桃红中秀才，
手提花篮采花去，后花园里望郎来。
蔷薇正当四月开，手拿花帚出房来，
满园落春无心扫，绿荫树下望郎来。
石榴正当五月开，百样水果满堂摆，
喝了三杯雄黄酒，口衔金杯望郎来。
荷花正当六月开，满池红花好风采，
轻罗短衫难解热，摇风打扇望郎来。
凤仙正当七月开，七仙七女下凡来，
云霓衣裳飘堂过，七仙台上望郎来。
桂花正当八月开，手折花枝插头盖，
头上花枝轻轻摆，风吹花香望郎来。
菊花正当九月开，手拿花布作剪裁，
针线虽好无心做，眼望窗外望郎来。
芙蓉正当十月开，绣花房里巧安排，
一对鸳鸯双戏水，相思塘边望郎来。
雪花正当十一月开，飘飘洒洒满园盖，
有心看花花不开，有意盼郎郎不来。
蜡梅正当十二月开，花开花落无人采，
窗前剪烛思郎君，更漏三声望郎来。

还有一首，叫《打牙牌》，也是情歌，但风格与《望郎来》迥异。有意思的是，两首情歌都出自当年龙岗乡，《望郎来》演唱者周寿生，时年37岁；《打牙牌》演唱者王长云，时年75岁，两位皆是龙岗农民。歌词是这样的：

姐在房中打牙牌，忽听门外才郎来，
双手把门开唷唷，双手把门开。
叫一声情哥哥莫动手，小妹年轻花未开，
能看不能采嗳唷唷，能看不能采。
等到来年春三月，桃花杏花月季花儿开，

小妹妹挂招牌嗳唷唷，小妹妹挂招牌。
招牌挂到大门外，单等情哥日日来。
鲜花蜜蜂采嗳唷唷，鲜花蜜蜂采。

人类世界，无论都市乡村，还是雅士粗民，哪个男子不钟情，哪位女子不怀春？令人兴奋的是，在搜罗山歌民谣中，发现昌化情歌还真的不少，既有《看娇娇》的质朴真情，也有《月香婶》的率真莽撞；既有《绣荷包》的喜悦，也有《玉美人》的娇嗔。众多情歌中，笔者最感兴趣的是《芥菜歌》，系马啸乡歌手汪爱月用昌化话演唱的：

姐在园里摘芥菜，郎在园外顶石块，
短命个死察要独杠抬，要球个芥菜夜里来（呀）。
等到一更郎不来，芥菜烧得霉灰灰。
等到二更郎不来，鸡子烧得刮开来。
等到三更郎不来，腊肉火腿又下来。
等到四更郎不来，龙肝凤心取不来。
等到五更郎不来，笤帚撑门风打开。
你这个郎哥真不来，你这个郎哥比猪呆！

一对男女在菜园相遇，本当约好夜晚到女方家来，痴情女准备了好吃的东西（火腿腊肉，煮裂了鸡蛋，如果龙肝凤心取得到，也会取来），可是一直等到天亮，虚掩的门被风吹开，仍未见男子身影。女子当然懊恼，给他机会，他不理会，心里骂这个郎哥比猪还要呆笨。情歌唱到这种分上，不要说女主人公伤心，听众也不免动情。还有一首是河桥镇范明唱的，词曲都很简短，情真意切，好听好记，歌名叫《望山郎》：

太阳下山四面黄，娇娘出来收衣裳。
衣裳搭在肩膀上，手扶竹竿望山郎。

好听的民歌，总是很简短，20 世纪三四十年代流传至今久唱不衰的一些金曲民歌，无不如此。

情歌中还有一首《十八姐算命》，出自马啸乡，1982 年被选进《中国歌谣集成》：

十八（岁）姐儿坐窗下，对着镜子学绣花，
听得门外弦子响，花针插在花帮上；
开门对着大街喊，姐要算命测阴阳。

瞎子先生搀进屋，拿条板凳问短长，
问问姻缘可如意，算算郎君在何方；
先生要是算得好，三个铜钿作报偿。

甲乙丙丁戊己辛，姑娘听我实话讲，
姻缘要到二十春，阴阳相配宜属羊；
郎君当在西南方，一根独苗家业旺。

时年八月桂花开，自有媒人到府上，
立冬过后选吉日，年前迎娶进洞房；
夫妻恩爱不必说，来年又添小儿郎。

有记录的情歌尚有《摘胡瓜》《小送郎》《玉美郎》《姑娘相思》《送哥》《乌龙歌》《采兰花》《扇子歌》《绣花》《十杯酒》等，她们组成一畦美丽莳花，开放在昌化民歌花圃中。

昌化歌谣也有红色革命题材。

1934 年 12 月，由寻淮洲、刘英等率领的中国工农红军抗日先遣队一部 300 余人，从桐庐取道昌化北上，途经昌南洪岭、湍口、岔口，以及昌西横溪桥、白果庄等地。红军沿途张贴革命标语，惩处土豪劣绅，并在横溪桥与敌交火。

湍口文化人朱臣煜传唱的《红军歌》就是反映那个年代红军与老百姓的鱼水情：

十月石榴红似火，村里来了红军哥，军哥劈柴我烧火，清茶敬给红军哥。
我给红军来带路，送我铜板三斤多，打把铜壶好烧水，饮水不忘红军哥。
环山路，弯弯多，我送红军翻山坡，送双草鞋万藤编，不怕石万刺蓬窝。

还有一首《红军过唐昌》的民歌，生动叙述了当年红军过境严守纪律、秋毫无犯的情形：

红军过唐昌，夜宿街路旁。笠帽当枕头，油布地上躺。
夜来秋风凉，寒露凝成霜。有人被冻醒，坐起掰手腕。
老乡出门望，不禁泪汪汪。劝说进家住，让出被和床。
连长摇摇手，示意别声张。军队有纪律，不能扰老乡。
鸡叫天刚亮，店家未开张。传来口令声，部队要北上。
立马卷地铺，刀枪背身上。不闻军号鸣，只听脚步响。
……

这首民歌，通俗易懂，意蕴丰富，用词准确，且朗朗上口，完全可以收进中小学语文课本当作分析赏读之教材。

昌化之北（昌北）是革命老区，这里山高林密，人烟分散，与安徽接壤。早在 1932 年至 1935 年，就有中共领导下的工农组织，在浙皖边境从事革命活动，还曾参加过奇袭昌化县城的战斗。龙井桥乡（今属大峡谷镇）有多位烈士被国民党追捕杀害。因此，不少革命题材的歌谣就产生在昌北地区。如大峡谷的《攻打县政府》《中外统一红旗飘》《叹悔歌》，如新桥乡的《四恨歌》《新四军打鬼子》等。这些民谣歌曲，爱憎分明，朴素务实，唱腔明快，富有感染力，实属昌化歌谣中的珍宝。

说到珍宝，忽然想起有一首著名的昌化民歌，叫“李三宝”。那是 20 世纪 50 年代，刚从战争硝烟中走来的新中国，百废待兴，全国人民在共产党领导下，正意气风发投入社会主义建设的高潮中。可是，仍有极少数人，精神不振，没有融入轰轰烈烈、热火朝天的生产建设中。昌化民歌《李三宝》正是在那样的情形下出炉。它以简白洁诙谐的歌词，轻松明快的曲调，对不忠不孝不勤不劳的落后青年“李三宝”，提出善意批评。

李家出了个李三宝，说起那个三宝真正不好，
天天在家困懒觉，田里山头不去哎跑。
嗳刹郎当，郎呀郎子里，
里个里个郎，郎个依子郎！

说起那个三宝真是个宝，说起那个三宝真正不好，
天天在家陪老婆，讨了老婆忘了娘哎
嗳刹郎当，郎呀郎子里，
里个里个郎，郎个依子郎！

说起那个三宝、宝、宝、宝，说起那个三宝真是不好，
别人劝他他不听，你说糟糕不糟哎糕。
嗳刹郎当，郎呀郎子里，
里个里个郎，郎个依子郎！

1957年1月，《李三宝》和另外一首《里郎歌》代表昌化县参加浙江省第二届民间音乐舞蹈观摩演出，同获一等奖。3月，昌化民歌歌手王双凤（时年26岁）随浙江代表团进京参加全国第二届音乐舞蹈会演，在怀仁堂受到国家领导人朱德、周恩来、董必武、彭真等的接见，其表演好评如潮。尔后，《李三宝》《里郎歌》《看新娘》等被文化部列为经典民歌，入选《中国民歌选》，还被灌制唱片发行全国。

《李三宝》从1956年首唱到如今，已经60多年过去了。如今祖国山河面貌大变，人的精神面貌亦与当初不同。“李三宝”再也不是“睡懒觉不干活讨了老婆忘了娘”的那个小子了。尤其是改革开放已40年，新的时代已给“李三宝”塑造了新的面貌与形象。2009年3月，浙西企业集团蓝宝石艺术团创作改编并演出了《新李三宝》：

李家庄有个李三宝，说起那个三宝无人不晓，
村里的房子他最好，开上了宝马城乡跑。

李三宝聪明又勤劳，山珍那个野果都是宝，
电脑网上跑营销，生意红遍长三角。

李三宝都说条件好，不忘那个乡亲和父老，
修桥铺路建学校，老人年年有红包。

李三宝不骄也不躁，当上那个村长劲更高。
致富路上他领跑，家家户户乐陶陶。

李三宝昨天上了报，农村那个青年好代表，
建设家乡新面貌，一年更比一年好。

（注：浙西企业集团董事长兼总经理系昌化河桥人卢寿兰女士）

获奖作品《里郎歌》原是一首祈祷许愿之歌，因其曲调欢快好听，颇具地方特色，1957 年由湍口文化人朱臣煜等填词改编，代表建德专区（昌化县属建德专区）参加浙江省第二届民间音乐舞蹈观摩演出，获一等奖。

说罢成人歌谣，再来说说儿歌童谣。每个地区都有儿歌童谣，昌化也不例外。最为人们耳熟能详的大概是这一首了——

天皇皇，地皇皇，我家出了个哭儿郎。
过路君子念一遍，一夜困到大天亮。

这则广告似的童谣，家喻户晓。它常常写在红纸上，张贴在凉亭、界碑、大树、电杆木等行人必经之处，识字者必看。家儿夜啼不止，总是有原因的，或肚饥或口渴或虫叮或病痛或尿床，也许问医无果，止哭无方，才出此招，既求助于天，也寄托于行人的意念。通常是，青少年看了，觉得新鲜好玩，读一遍，与己无关，蹦跳着走了；年轻父母见了，念一遍，想着自己的孩子，好端端的，似乎关系也不大，悄然离去；唯有老人看了，驻足，若有所思。噢，想起来了，某某家的孩子也类似夜啼，是服了某某郎中的方子好了，于是，老人第二天上门告知。

这首民谣似儿歌又不像儿歌，似广告又不是广告，是昌化人最为熟知的歌谣。将它写在纸上，贴在墙上，念在嘴上，深入人心，流传甚广，也算是一种昌化民俗吧！

夏秋之夜的村野，儿童最快乐的玩耍莫过于在田野或路径上追逐飞舞的萤火虫了，他们手舞足蹈高唱着：

火焰虫，夜游虫，茅草窠里点灯笼。
点得高，吓着猫，点得低，吓杀鸡。
鸡肚肠，蛮蛮长，老鸦衔去搭蒲旁，
蒲旁竖起来老鸦笑出来，蒲旁倒下来，
老鸦哭起来……

这首儿歌形象生动，思维的跳跃很明显，儿童很喜欢这样的歌谣。想着也是，夏秋之夜，萤火虫飞舞在村边田野上、小溪边，一闪一闪的，仿佛飘舞的微型灯笼。孩子们从大人手里接过扇子，朝光点追逐挥扑，总能将萤火虫扑在地上，而后，把它捡起，装进透明的玻璃瓶。当数十只萤火虫装满玻璃瓶，闪闪发光，像一盏宝灯。

有时候也将虫塞进麦草管。麦草管半透明，就像如今的塑料吸管，当一只只萤火虫依次塞满20厘米长的麦管，就像闪闪发亮的荧光棒。唱着这样的歌谣，追逐着萤火虫，远比官门纤女"轻罗小扇扑流萤"来得活泼生动。山村儿童手中的扇，是麦秸秆编织的竹柄土扇，被称为"麦草扇"，它不像折纸扇或丝绸团扇那般娇贵易损，即使掉地上被踩一脚，也无关紧要。用它来扑打飞舞的萤火虫，再好不过了。

"飞得高，吓着猫，飞得低，吓杀鸡"，这是对萤火虫的劝唱。心中希望它恰到好处，便于捉拿。"高者挂在长林梢，下者飘转沉塘凹"，都不易捉到萤火虫。当装满萤火虫的玻璃瓶或麦秸管，兴致勃勃地置于房间床头，孩子枕着萤火虫的亮光进入梦乡。多么美好的山村夜晚啊！

在邻近昌化的徽州地区，也有类似的儿歌：

火焰虫，节节红，公公挑担卖胡葱，
婆婆绩绢糊灯笼，儿子开店做郎中，
媳妇剪布当裁缝，一担米桶吃不空。

这是从成人视角"编写"的儿歌，与昌化同题的《火焰虫》相比，多了寓教于歌的叙唱，少了些许儿童天真烂漫与想象的风趣，似乎与萤火虫关联也不大。但此儿歌词韵整齐，道来有理，很受欣赏。

昌化儿歌童谣很多，难以一一触及，还是让孩子们去发掘歌唱吧！

歌谣是生活的吟唱，时代的录音。饥者歌其食，劳者歌其事，它在人民群众中产生，也在人民群众中传播和应用。每个时代有每个时代的歌谣，有着那个时代的印痕。

新三年，旧三年，缝缝补补又三年。
要同人家比种田，莫与人家比过年。
高山远山森林山，低山近山花果山。
点灯不用油，耕田不用牛，楼上楼下电灯电话。

戴花要戴大红花，骑马要骑千里马，
唱歌要唱跃进歌，听话要听党的话。
——这是20世纪50年代特色歌谣。

手拿锄头柄呀，浑身都是劲，
要问为什么呀，种田为革命！

公社是棵常青藤，社员都是藤上瓜，
瓜儿连着藤，藤儿牵着瓜，
藤儿越肥瓜越甜，藤儿越壮瓜越大。

学习雷锋好榜样，忠于革命忠于党，
永做革命螺丝钉，立场坚定斗志强。
——这是20世纪60年代经典歌谣。

天上布满星，月牙亮晶晶，
生产队里开大会，诉苦把怨申。

泰山压顶不弯腰，顶天立地志气豪。

毛主席著作像太阳，字字句句闪金光，
照得人民心里亮，革命学习有方向。

四个轮子一把刀，白衣战士红旗飘。
活着干，死了算，小车不倒只管推。
——这是20世纪70年代色彩鲜明的歌谣。

1978年，中国改革开放，禁锢的思想像开闸的潮水。一时间，风起云涌，大浪淘纱，商品经济浪潮激荡着人们心灵。宾馆饭店、酒桌茶楼、校园商场、街头巷尾，民谣段子四起，新词酷语频出。四十年来，“万元户”“下海”“大哥大”“超市”“作秀”“上网”“白骨精”“粉丝”“PK”“微博”“闷骚”……可谓层出不穷，民谣、段子流播城乡角落，令人眼花缭乱。昌化不算穷乡僻壤，自然不乏其踪。比如《餐桌酒话》——

感情深，一口闷，感情浅，舔一舔。
感情铁，喝出血，感情亲，喝三斤。

比如《城市季风》——

到了北京才知官小，到了广州才知胆小，
到了深圳才知钱少，到了上海才知房小，
到了海南才知身体不好，到了温州才知不开窍。

比如《贬值谣》——

不到五十是“青年”，短训三月即“大专”。
照书抄录算“考卷”，退出赃款算“清廉”。
不骂顾客称“笑脸”，拉笔赞助当“导演”。
挂个虚名做“主编”，出本庸书是“经典”。

比如《社会百态》——

男人混得好，头发朝后倒。女人混得好，衣服穿得少。

比如给贪官画像的——

一请就到，一喝就冒。一捧就笑，一给就要。
一苦就叫，一劝就躁。一批就跳，一查就倒。

东拉西扯，浮光掠影，说了不乡歌民谣，其实只是走马观花拾得的碎片。想不到小小昌化，有如此丰富的民间歌谣。笔者不是歌谣收集者，亦非歌谣研究者，罗列的山歌民谣既无分类，也无归纳，完全似一盘散沙。不知读者能否从杂乱无章中窥见一幅朦胧的山村风情画，品味出其中的乡风民情？

山歌多，山歌多，山歌多得没奈何。
零碎山歌买酒吃，大块山歌讨老婆。
一个山歌一斗米，十个山歌把年过。
……

这是龙岗乡采录的民歌之“引歌”，本当是用在歌会的开场引子，我把它用于尾声了。

# 昌化“非遗”名录

“非遗”（非物质文化遗产）名录有世界级、国家级、省级、市级、县级五个等级。杭州市的国家级、省级“非遗”项目名列全国前茅。2014 年 10 月 16 日，杭州市在临安湍口镇召开镇级“非遗”名录试点工作现场推进会，浙江省首家申报单位湍口镇最终有 11 个项目入选，成为全国镇级非遗名录领头羊。有报道说，湍口试点工作现场推进会后，我省六级非遗名录齐全，保护传统文化，全覆盖，无死角。

昌化地区“非遗”项目众多，现择国家级和省、市、县级项目简介之。

## 一、鸡血石雕

昌化鸡血石是中国特有的珍贵宝石，以其鲜艳如鸡血的色彩和美玉般的质地而得名。民间传说，鸡血石是凤凰斗凶禽，血洒玉岩山，经亿万年的天地造化所形成。

鸡血石的开采与加工，早在明朝就见之于唐昌（昌化古县）。清末民初，有书记载石工经验，归纳出鸡血石雕刻加工步骤。20 世纪 50 年代，当地政府曾把鸡血石矿当作汞矿开采。1982 年，浙江省地质一大队组织力量，对鸡血石产地进行详细勘查，编制了矿区图。1992 年，省政府发布了《浙江省昌化鸡血石开发利用和保护办法》，使一度无序的开发状态走上正途。

如今，在鸡血石矿区，加工作坊和销售商铺鳞次栉比。政府在临安市锦城镇创建了“鸡血石文化一条街”，还在南屏山对岸昌化溪畔建造了占地 3 万平方米的“国石城”，成为集开采、加工、拍卖、鉴赏、销售、观光于一体的鸡血石多彩旗舰。

昌化鸡血石雕千姿百态，技术精湛娴熟，品类丰富，图案巧夺天工，在石雕艺苑中闪烁着奇异光彩。

1997 年，国务院发布了《传统工艺美术保护条例》，规定了“百年以上，历史悠久，技艺精湛，世代相传，有完整的工艺流程，采用原材料制作，具有鲜明的民族风格和地方特色”的工艺美术保护标准，并且成立了国家评定机构，保护了一大批传统工艺美术品种，命名了 200 余名工艺美术大师，其中昌化鸡血石雕在 2008 年 6 月被列入第二批国家级非物质文化遗产保护名录，钱高潮先生被评为国家级“非遗”项目代表性传承人，邵鑫城先生被评为省级“非遗”项目代表性传承人。

## 二、老坞龙灯（湍口镇）

1947 年，老坞村民方光日根据上辈人的经验扎制龙灯并带人舞灯。1986 年，由他传授的“老坞龙灯”到昌化镇闹元宵。2004 年，方光日把龙灯制作和表演套路传授给章金荣，由章金荣担任龙灯传人，“老坞龙灯”流传至今。

“老坞龙灯”有“乌龙盘颈”“穿龙门”“绞铁索”“龙嬉珠”“龙嬉水”“龙翻身”等传统表演，广场庭院皆能舞弄，整个舞龙表演节奏明快，动作优美流畅，加上锣鼓齐奏，场面热烈。

## 三、首益板龙（河桥镇）

据传，1914 年，首益村接连死人，为祈求太平，村中画匠蒋书鸿（1888 年生）创制了板凳龙，并设计舞灯阵式。出灯后，村中果然太平，从此首益村有了舞灯习俗。

1947 年，村民胡传义跟蒋书鸿学制龙灯并舞灯，后在每年正月初三至十八，由胡传义领队在村里和昌南各地舞龙，直至“文革”停止。1982 年，村里恢复龙灯，1987 年参加昌化地区元宵灯会表演。2005 年，胡传义把板凳龙的制作技术和舞灯套路传给叶志青和赵茂盛，使“首益板龙”延传至今。

## 四、桥川青狮（新桥乡）

起源于清道光年间，传承人有张汉祥（1818 年生）、张荣海（1933 年生）、张正德（1969 年生）。

“桥川青狮”以奔跳、擂滚、翻跟斗为主要表演形式，并有戴鬼面具的引狮人同舞。

“桥川青狮”的狮头是泥塑的，内装木条框架，糊上棉纸，彩绘装饰，嘴能张合，眼能开闭。狮皮用蓝棉布做成，四肢连体，狮皮两侧有九条彩色条纹。狮嘴中装有竹哨，舞动时发出“吱吱”叫声，意为狮子啸天。

“桥川青狮”每年或隔几年活动一次，活动时间由舞狮班自行决定，大都在正月初三至二十四五日，除本村外，还应邀到各村舞狮。

## 五、红毛狮子（湍口镇）

“红毛狮子”流传于临安、淳安、桐庐三县交界一带，已有100多年历史。“红毛狮子”出舞时伴有刀、枪、棍棒等民间武术和杂技的精彩表演，整个场面具有比武性质。如果武术队武艺差，就要被对方剥去狮皮，或改为“青毛狮子”以示取消比武资格之意。

“红毛狮子”狮身长达数米，表演时，根据接狮人家的场地大小、职业门第选择造型内容。一般以“元宝”“利市”开场。如在书香门第、殷富之家，则做“笔架”“挂对”“屏风”；如是士绅官宦之家，则做“轿顶”“六角金盘”“跑马”；如在船家撑排户，则做“摆渡”“造桥”；如在狩猎养猪户则做“猪槽”“吃兔”；如在农舍巧妇之家，则做“飞蝴蝶”“画眉舔腿”等。如狮队要在这个村过夜，狮舞最后必做“进洞”动作，第二天起舞则由“出洞”开始。

“红毛狮子”也称“湍口变狮”，已列入杭州市非物质文化遗产名录。朱永春为该“非遗”项目代表性传承人。

## 六、岛石红狮（岛石镇）

“岛石红狮”流传于岛石镇仁里村张家坞一带，又名“跳狮”，是民间吉祥灯舞，200多年前（约1801年）从徽州传入。相传当年安徽绩溪县良敦村的一位舞狮师傅传授给岛石仁里村张家坞的前辈，前辈们经吸收创新形成了一整套表演技巧，并逐步培养繁衍出吴家村、楼下村、小川村、张家村、银坑村、株川村及新桥乡下川村等诸多狮子班。

每年春节期间，当地及周边安徽宁国、绩溪的富足人家都要用烟花、爆竹迎请狮子班去舞上一场，以示吉利、祥和。据张家坞戴福金老人说，当初狮子班正月初三出门，一直要演到二月二春耕开始才回家，是当地春节期间重要的群众文化活动之一。

“岛石红狮”自徽州传入张家坞后只在“文革”“破四旧”时停过。1985年原昌北区举办元宵灯会，戴福金、戴名礼带队复出，还参加了临安县里的元宵灯会，一直延续至今。

## 七、马啸滚灯（清凉峰镇）

“马啸滚灯”流传于马啸乡路口村。有两个传说：一则为元末时，朱元璋率兵扎营于大明山，一日，朱元璋巡视到山脚下，见一位美貌女子在采桑，朱元璋细看后对姑娘说：“你人长得很漂亮，但你的脚长得太大了。”姑娘说：“脚大才能踏稳江山。”朱元璋听后深以为然，不久后娶其为妻，并封为娘娘。后娘娘回乡探亲，路口村的亲戚就扎起了滚灯，赶到昌化的“接官岭”来迎接娘娘返乡，“马啸滚灯”由此而来。

另一则传说为清朝时，一位徽州人在马啸等地做生意，到年终已挣得很多银子，因担心半途遭劫，无法带回家而苦恼。路口村的人就为他献计出力，用该村的滚灯运银子，最终安全送至徽州。

1922年以后，“马啸滚灯”由一名叫许东盛(1893年生)的人传承下来，直到1966年“文革”开始才停止。1986年，曾随许东盛学艺的王立芳（1953年生）恢复了“马啸滚灯”，使之流传至今。

“马啸滚灯”由2只圆形大轮子，12辆木制手推车组成。每辆车皆有神像，即“如来”“判官”“鲤鱼精”“财神爷”和“八仙”共12尊。

“马啸滚灯”表演时，鸣锣开道，12辆车灯依次出场，两只滚灯分道而入，刀、叉、流星等杂艺穿插而行，场面灵活多变，滚、推相间，灵动自如。其阵式为“剪刀阵”“八字阵”“元宝阵”“倒元宝阵”“绞铁丝阵”等。

“马啸滚灯”独特的表演风格及特征，给节日增添特殊的喜庆氛围。但因灯体较大，故只适合广场、大舞台表演。

“马啸滚灯”已列入第二批杭州市非物质文化遗产名录。

## 八、神兽花灯（湍口镇）

神兽花灯是我国古老民俗的遗留物。民间信仰里，神兽是民众的保护神，可以赐福消灾，寄托美好的向往。湍口“神兽花灯”流传于湍口镇葛家村，距今已有250余年的历史。据民国初年版《周氏家谱》记载：“神兽花灯由安徽同宗师傅来村传艺，学成后每隔五至十年出一次灯，现有一百六十年余……”1890年，葛家村中的领头长老，派人到周家村学此灯。周家村和葛家村都有神兽灯，

而且在制作方法、种类、数量上都完全一致。到民国初年，葛家村的灯每出一次，村里就要发生一次火灾。周家村每5年出一次灯，逢出灯年，葛家村也发生火灾，于是周家村停止出灯。就在同年，葛家村出灯时，烧掉了龙、马两只兽灯。之后葛家村出灯，便少了两只灯。后来老艺人葛水林（1945年生）又扎制龙、马两兽灯，恢复原样，流传至今。

“神兽花灯”表演时，每人持一道具，按次序出场，边跑阵图，边舞动道具。主要阵式有“开四门”“剪刀叉”“四角转”“双狮抢球”“神兽怀堂”“缠铁索”“海马扫台”“文王推车”“旋空柱”“咬元宝”等。其造型有“青狮捧球”“母狮捧小狮”“白象捧金砖”“麒麟捧元”“麒麟捧如意”“麒麟捧七星”“犀牛捧月亮”“海马捧金印”“猴狲捧仙桃”等。“神兽花灯”适合舞台和广场表演。现已列入第二批浙江省非物质文化遗产名录。

## 九、石室辇灯（湍口镇）

“辇”是人力推挽的车，辇灯则是安装在车子上的灯。

“石室辇灯”源自湍口镇岔口村。相传明朝天启年间，岔口村有一方氏女出嫁到石室，其随嫁品中有8盏辇灯，途中吹吹打打，煞是好看。此举启发了石室人，村人遂把辇灯改作每10年举行一次的舞灯活动，从此石室便有了舞辇灯的习俗。1949年，由老艺人朱臣煜(1930年生)在祖传辇灯的基础上，增添彩球、童男童女、关公、大刀等造型，丰富了辇灯的活动内容，使其流传至今。

“石室辇灯”表演先是“彩球引路”，“青狮抱球”紧跟而出；而后，“白象祠位”“麒麟送子”“獬象扶正”“犴神降魔”“青龙行雨”“喜开龙门”“犀牛驱邪”“颠马扫堂”等阵式轮番上场；随后兽灯绕场一周，展示“绕铁索环”“狮子抢球”“一字长蛇阵”等；再次绕场一周，“串龙门”“四开门”等阵式相继而出；最后以关公骑大红马奔前、后、左、右、正、反六个方向，表演阵式新奇、舞姿简洁流畅，体现出民间艺术的朴实风格和特征。

## 十、白下鱼灯（河桥镇）

“白下鱼灯”源于河桥镇白下村的渔猎生产活动，据传已有数百年的历史。白下村是水陆码头，有帆船数百只，船工以青田人居多。距白下十多里的大柳滩、小柳滩水势险恶，经常发生翻船事故。为了祭河神，保平安，按照青田一带的习俗，船工们以扎鱼灯、舞鱼灯来祈求太平。青田船帮的老祖叫张碎彩（1886年生），精通扎鱼灯、舞鱼灯技艺。年轻时就来到白下村，传授扎灯、舞灯表演技艺。传承人有：占岩水（1926年生）、何庭交（1931年生）、张明星（1932年生）和王国根（1954年生）。1982年后，白下村恢复鱼灯活动。1984年和1988年，鱼灯先后两次参加昌化地区的元宵灯会。至2003年，鱼灯已连续4年参加临安市元宵灯会的舞灯活动，并获大奖。

“白下鱼灯”在一般年份有12只，闰年有13只。在欢快的锣鼓声中，一人持小火流星开场，众人成圈，另一人手擎鱼珠以鱼游状绕场一周，10多只鱼灯排列两队鱼贯而入，两队的头鱼均为鳌鱼灯，然后依次表演“双开门”“十字

阵”“四角阵”“六角阵”“八字阵”“梅花阵”“跳龙门”“鱼散子”“谢场”等阵式。

“白下鱼灯”适合广场表演，也能上舞台，若夜晚鱼肚点亮，五彩缤纷，更加好看。“白下鱼灯”现已列入临安市“非遗”名录。

## 十一、彩凉船（龙岗镇）

“彩凉船”流传于龙岗镇汤家湾一带，主要起源于庙会“抢菩萨”的习俗。据传，明朝初期，龙塘山普济寺的龙岩菩萨被老百姓敬为保护神。每年农历十二月二十四日，人们将佛像“抢”下山来，设坛供奉，至翌年元宵节后再送回寺里。接、送菩萨的仪式十分隆重，各村都要舞灯。汤家湾是原唐昌县通往桐庐县城的水码头，常来常往的运粮船多达120多只，热闹非凡。船工们在长期的运粮实践中，创作出“彩粮船”来参加当地的接、送龙岩菩萨活动，祈求菩萨保佑行船平安。后来，在炎夏季节，汤家湾的老百姓常到码头的运粮船上戏水、纳凉。由于“粮”“凉”同音，当地百姓就把“彩粮船”改名为“彩凉船”，并在船工们的指导下，也制作起“彩凉船”参加接送菩萨活动。

“彩凉船”用木条和竹条做成船形，船身蒙以白布或蓝布，画上水纹，船篷是一个十分精美的彩亭。船体灵巧，亭内乘坐一对青年男女，船尾站立一划船艄公。船外有一个扮小丑的开道，引船行进，也有扮《白蛇传》《打渔杀家》戏曲人物的。舞蹈时，以走“碎步”“波浪步”表现船在水上行进时的平稳或颠簸。表演者应能歌善舞，舞中有独唱、合唱、对唱，还有即兴演唱。

1983年，汤家湾村民方敦礼（1940年生）组织发起，由王振国、许志成两位老人做艺术指导，恢复“彩凉船”表演活动。2000年，龙岗镇文化站对“彩凉船”在制作和舞姿上进行了创新，使之焕发出新的艺术光彩。

## 十二、云头舞（清凉峰镇）

“云头舞”流传于清凉峰镇桥东村、桥西村一带。此舞原是迎神队伍的前导或是“叠罗汉”中的一段，由12个姑娘扮演。每人双手持五彩云片走队形，俗称“飘云头”或“翻云头”，20世纪50年代加工成独立的群舞后，遂称“云头舞”。

传说“云头舞”的起源与龙塘山普济寺的龙岩祖师有关。龙塘山是民间遇干旱求雨的地方。旧时逢干旱岁月抢抬龙岩菩萨求雨，继而成为各村保平安祈丰收的传统敬神活动。每年农历十二月二十四日请菩萨下山受香火，翌年十月中护送菩萨上山。各村请菩萨都要显示村民的虔诚和仪式的隆重，为了给本村争得荣誉，便组织起鼓乐、灯舞、仪仗队伍，绵延达数里，“云头舞”由此产生。

另说“云头舞”是“叠罗汉”中的一段，为春节民俗活动之一。整个“叠罗汉”的人物众多，其中草子菩萨是个戴头套的大头和尚，他为农业五谷之神，是民间祈求五谷丰登的对象，“云头舞”随草子菩萨而产生。

1956年，在省文化厅、县文化馆指导下，由清凉峰镇村民童照云(1934年生)老艺人组织，把“云头舞”和“花瓶舞”合二为一，在原基础上重新加以改编，并参加建德专区、省调演活动，皆获奖。1966年活动停止。1986年在张孟云(1938年生)关心下又恢复排练，并参加临安市昌化地区的文艺调演。

## 十三、哑巴罗汉(河桥镇)

“哑巴罗汉”始于石瑞下蒲村(今勤建村)，相传有百余年历史。1883年，石瑞这一带大旱，为了求雨保苗，村里约100人穿古装，敲锣、放铳到新庵里龙岩菩萨庙，摆上供品，进行祭祀。然后把龙岩菩萨抬出来求雨，并在求雨过程中举行“叠罗汉”活动，参加“叠罗汉”的有20多人。从这一年起，这一带每逢旱年，就要“抬龙岩菩萨”“叠罗汉”。

“哑巴罗汉”的表演由锣开道，大旗、锣鼓和持刀、枪、棍、鞭等的武术队缓缓前行；中间为下蒲村的舞滚刀、筛叉、拨叉队；后为表演“叠罗汉”的100人队伍。表演场地设在龙岩菩萨供桌前，先由一个老和尚持云帚上场，打哑语，做手势示范，然后100名表演者上场，按阵式依次表演“单脚牌楼”“三脚牌楼”“七脚牌楼”“熏香”“蜡烛台”“罗汉山”“走马灯”“搭仙桥”等。每表演一个阵式，都要先上演“跑马扫堂”和刀、枪、棍、鞭等武术套路。“叠罗汉”结束后，再挑吉日把龙岩菩萨送回庙里。

“哑巴锣汉”是一项需要力量加技巧的表演活动，融舞蹈、武术、杂技为一体，阵式奇特，动作惊险，场面热烈，深受当地群众喜爱。

## 十四、罗汉灯(昌化镇)

昌化“罗汉灯”始于后葛村，流传于昌化镇一带。相传，在南宋度宗咸淳四年(1268)，昌化龙塘山普济寺有一位明瞻禅师，他因为度宗的皇妃治疗乳痈而受皇上嘉奖。后来，他一心弘法行善、治水救灾，深受百姓爱戴。明瞻禅师圆寂后，被当地百姓神化，尊为“老郎菩萨”。到元朝中期，后葛村为老郎菩萨建庙塑像，祭供老郎菩萨。到明朝末年，村里就组织了“罗汉灯”队，以出灯的形式来祭祀菩萨，而且每年举行一次。自此，“罗汉灯”也就一直在后葛村流传下来。

罗汉灯每到一处，沿途须敲锣打鼓放炮仗。其队形排列为：最前面的是两支长喇叭，两面开锣，两名大刀手，四辆辇车，一支三眼铳，锣鼓队，鞭炮组；中间有舞狮，装扮成老郎和尚、观音菩萨、韦驮菩萨、托塔天王、红孩儿、草子菩萨及30余名“罗汉”的村民，整个队列50余人，后为“叠罗汉”表演。一般常见“大牌坊”“单牌坊”“双牌坊”“彩粮船”“宝塔”“琉璃灯”“蜡烛台”“开荷花”“八仙塔”等阵式。

“罗汉灯”的表演人物形象丰富、气氛热烈、形式多样、演技惊险，节目内容可根据场地大小，随时增减。

## 十五、目连戏

目连戏在昌西、昌南都曾演过。据传，很早以前，在马啸来了一名徽州“戏先生”。这位戏先生来时是个瞎子，到这里后，给村民唱些戏文听，村民们觉得好听，要求其传授。于是他用口传授，村里人笔录。戏先生当时唱的就是“目连戏”。当戏先生用三天三夜唱完这本戏文，他的眼睛突然亮了起来。接着戏先生和村民们一起把口头说的戏文改编成戏剧，搬上了舞台。从此，戏先生就在此地长期居住，“目连戏”也就在这一带到处演出。据马啸乡章迎正（1926年生）老人说：“我在10多岁时看过村里做的目连戏，觉得好奇，好看。当时，这个戏班子的班主是一名叫章金源（1876年生）的当地人。‘目连戏’就在当地得到传承，后来，章金源传给了许志荣（1936年生）。”目连戏有着独特的表演特征。表演人员着古装戏服，按“徽戏”表演的程式、套路，用徽腔进行演唱。每十二年演一次，一旦上演，连续七天七夜不能间断。白天演出时，可以邀请其他剧团、剧种或社会戏剧团体参与演出，晚上则规定要演目连戏。

据该村村民王立芳（1953年生）回忆，中华人民共和国成立后，目连戏就不是十二年演一次了，昌南河桥庙会期间，演过好几场《劈山救母》。1960年，马啸乡路口村的章氏祠堂，也演过此类剧目。

## 十六、八仙戏（清凉峰镇）

很早前，昌西白果陈阁庄里有一位撑木偶戏、演小唱班的老人，名叫方银贵（1827年生），来到了马啸乡陈家塘村表演小戏，其中就有“排八仙”和“翻云头”片断。演出几天后，方银贵招收陈家塘村的陈先生（1850年生）为徒，一起去昌北地区表演。三年后，陈先生和一名昌北岛石的师兄回村组织小戏班，村里人就学会了“排八仙”“翻云头”的表演。每年正月，在马啸路口村的章氏祠堂表演。

中华人民共和国成立前，陈云江（1930年生）老人也学会了这套表演，次年元宵节参加演出。中华人民共和国成立后曾表演几次，1966年停止，2000年恢复，流传至今。

当地的“排八仙”，属于民间流传的“小八仙”。流传到陈家塘村时，又把“翻云头”结合到里面进行表演。所以，该剧表演分三个阶段：翻云头，跳三跳，排八仙。先是翻云头，做“圆场”“翻门”“绕丝环”等阵式的表演，然后是“八仙”出场，做“冲云”“三角”等阵式的表演，再加上戏曲的表演。

陈家塘八仙戏的表演特点是，整个表演由云头舞、小调演唱、戏曲表演相结合，体现了表演手法的多样性，融舞蹈、说唱、戏曲于一体，特别是民间的小调演唱，乡土气息浓郁，整个表演过程体现了民间自娱自乐的特色。

## 十七、索面制作

“索面”亦称“挂面”，其制作方法由明清时期江山人传入昌化地区，河桥七都、湍口三联等村至今仍在生产。

一般制作过程是：将麦粉倒入伴缸，用水、盐、菜油和面，反复搓揉拍打，直至不粘手有弹性为止。然后将面团抓起，搓成手指粗的长条面绳，一圈圈盘绕在缸中。次日早晨，将面绳缠绕在两根一组的竹管上。竹管长一尺五寸，有几十组，缠好后，把其中一支竹管插入晒面架上端孔中，另一端竹管则用手抓住做拉伸运动。当把面条拉伸至一人多长时，将手中竹管插入木架下端孔中以做固定。然后将木架扛到场地上晾晒，待挂面晒至七八成干燥时，用剪刀剪下，一束束盘在箩筐中。

“索面”细长如棉线，一煮便烂，适合老人、儿童食用。按旧俗，昌化地区凡娶亲嫁女，小孩满月，或老人寿辰，“索面”是少不了的礼物，新年早晨吃的“长寿面”也多为“索面”，它象征着和谐、长寿、美好。

索面制作技艺现已列入临安市“非遗”名录。

## 十八、馒头节（湍口镇）

原洪岭乡的几个村（童家、沈家、方家、柴家、二联等村）有“过半年”的风俗，每到农历六月，麦子收割后，家家户户就大做馒头，除了自己吃，还邀附近乡邻来家聚会一起品尝。这一习俗起自宋代，相传与农民起义首领方腊有关。方腊是淳安人，曾是圆木匠，因淳安与洪岭接壤，常到洪岭一带箍桶，老百姓对他熟悉，也有些感情。后来方腊聚众起义，时序正好六月，起义军受困山中，洪岭人就做些馒头送给他们。“洪岭一节，始于方腊，为名取义，气贯长虹，忽因断粮，被困山中，百姓闻知，干粮相送，家家和面，户户蒸笼，救急解围，馒头立功。”方腊起义失败后，洪岭人仍然年年做馒头，以表纪念。

近年来，洪岭馒头节名声大振，每到相关时节，四方宾朋游客都会闻讯到场，既品尝馒头佳味，又欣赏美丽风光，与洪岭人一起欢度节日，场景甚为热闹。

（以上内容的收录截止于2016年底）

## 第二编

# 或仙或人，史牒有声

# 白牛箕山与隐士鼻祖

在林林总总的文化大观中，隐士及隐士文化值得关注和研究。

据专家称，自先秦至民国，中国有隐士万余人，其中事迹言行历历可考者亦数以千计。他们的名称虽然不一：隐士、高人、处士、逸民、幽家、居士、高贤、遗民等，但最终的行为归宿大致相同：或归隐田园，或循居山林，逍遥自在，与世无争。

最为人们所熟悉的，如晋朝的陶渊明，隐居庐山，与农夫樵子相处，以躬耕诗酒为乐，开创“田园诗”派，享誉后世。同是晋代的葛洪隐居罗浮山，以炼丹追求长生不老之术，名垂九州。唐代的李商隐，隐于王屋山，以写“无题”诗著名；此外，孟郊隐于嵩山，李泌隐于衡山，大医家孙思邈隐于太白。还有，宋代的陈抟隐于峨眉山；元朝丘处机隐于苏门山；明代孙一元隐于太白山；金朝王庭筠隐于林滤山……

隐士是中国“特产”，是一群淡泊名利、鄙视钱财、有超群思想与杰出才干，却又有浓厚个人主义色彩的人物，涉及政治、军事、经济、山水园林、饮食养生、医道气功、诗词书画、音乐戏曲、农耕生产等众多领域，构成一道独特的风景线。

中国隐士鼻祖，天字第一号人物，要数远古时期的许由了，他是尧帝时代的人，距今 4000 多年。

尧帝是“三皇五帝”中的一位贤帝，《中国历代人名大辞典》是这么介绍的：“尧，传说中的远古帝王，名放勋。父系社会后期部族首领。初居于陶，后迁于唐，故称陶唐也，史称唐尧。相传曾设官掌时令、定历法。时因洪水为患，由四岳（四方部族首领）推举，命鲧治理洪水。又咨询于四岳，选择舜为继承人。对舜进行三年考核，命舜摄政，死后由舜继位。另一说，尧晚年德衰，为舜所囚夺其位。”

上述中的“鲧”即是许由，是治水祖师爷，相传是“禹”的父亲，晚年隐居昌化白牛箕山，有“箕公”之称。

庄子《逍遥游》说：“许由，或作许鲧，传说为远古时人，尧时隐士。尧欲让天下于由，由不受，遂循于箕山隐居。”

箕山是昌化白牛乡（今昌化镇）境内的一座山，离昌化城约 5 公里，海拔不到千米。上有天池，奇旱不涸。山中原有古井七口，列如星斗，后湮没不知所踪。池畔有红、黄、紫、白、黑五色沙，排列有序，仿如彩虹。有游人把它们聚混在一起，但数日后，五色沙又复归原位，五彩分明，美丽如初。此种神奇现象，别说古代，就是现代科学亦无法解释。

许由是 4000 多年前了不得的人物，据传还是尧帝的老师，他怎么会跑到昌化箕山隐居起来呢？

原来许由是南方人，才高八斗，德可比天，是有名的贤人。唐尧经常向他请教天文地理知识，以及统领部族的本领。其时天降怪雨，三月不绝，江河暴涨，洪水横流，大地一片浑黄，高山变小岛，平原成汪洋，尧令许由治理洪水。许由见老天恶变，铺天盖地的洪水仿佛要淹没整个世界，治理已无从着手，但帝令不可违，他答应先察看水情。许由驾着用竹木藤条做成的筏子，一路漂流。历经七七四十九天，囊中食物吃光掏空，衣衫鞋裤经风吹雨打亦破烂不堪，筋疲力尽之际，他不得不靠岸歇息。弃筏登山，发现山地树下落有许多带刺壳的果子，闻之有香味，剥开一尝异常可口，于是大啖，饱食后倒地呼呼大睡。一觉醒来，日月已轮转数度，睁开眼，顿觉神清气爽、精力倍增，但所乘之筏已不知去向。许由见洪水仍未退去，起身步入山中。他发现这里林木遍山，枝头挂满果实，路旁溪泉淙淙，风水甚佳，吃喝不愁，是隐居养生宝地。既然洪魔难以消灭，干脆就地住下，任其自然，免得见尧帝不好交代。就这样，偶然的避难之处成了许由最终的栖身之地，此地即是昌化箕山。

多少年后，唐尧老矣，体弱多病，力不从心，想把帝位传给别人。他先找到巢父，说要把帝位让给他，巢父没有接受，要尧去找许由，说许由德才兼备，名望在他之上。唐尧想想也对，于是，尧帝收拾行囊去找许由。尧帝花了好多日子，费了好多的力气，终于找到许由隐居的箕山。见面时，许由正在浇地。尧对许由说："你这不是多余吗？天下着大雨，而你却担着水浇地，你有治国平天下的本事，却躲在这样荒僻的山里。现在，是你出山点起火把挑战日月的时候了，别让我这个老朽统领部族了，我把位子让给你。"

许由回答说："尧大人，你这个帝王干得很有建树，手下的人都服你，你想让我接替你的位子，这极不相称。我生活要求很低，不图名不图利，不想坐在高高的位子上发号施令，这不，我在这山沟里多么自由自在，昼沐太阳，夜伴星斗，有何不好？您老还是请回吧！"原来，许由不想做帝王是有考虑的，他对朋友说，唐尧只知道贤人对天下有利，不知道贤人对天下亦有有害的一面，任何事物都似双刃剑，利弊福祸同体。

许由坚持己见，谢绝尧的禅让，始终隐居箕山，锄地种菜，砍柴煮饭，布衣蔬食，过着农耕生活，直至老死。

后来，昌化人在箕山造了一个许由庙，纪念这位先贤。但岁月无情，至唐宋时，除了断壁残垣，石阶古道，庙宇已无踪影，留下的仅是名士章凤喈的《箕山寻古》诗：

欲觅高踪何处是？缘莎板磴到层巅。
疏林不辨悬瓢树，小涧犹流洗耳泉。
凤翥云霄成己事，鹤归华表竟何年。
箕山千顷浑无定，一忆遗编一喟然。

许由是尧舜时代的人物，距今太久远了，史书很难见到记录他的文字。近翻《梦粱录》，发现"历代人物"篇中有只言片语提及："杭城湖光山色之秀，钟为人物，所以清奇杰特，为天下冠。自陶唐至于秦、汉、晋、隋、唐之人物，彬彬最盛；至宋则人物尤盛于唐矣。今以历代人物考之，曰陶唐，箕公许由，隐居昌化晚溪，有千顷山故居……"

《梦粱录》书成南宋，记载宋代以前临安（杭州）府的诸多往事，其中人物皆杭藉或涉杭者，既然许由隐居杭州属地昌化，自然应记录其中。

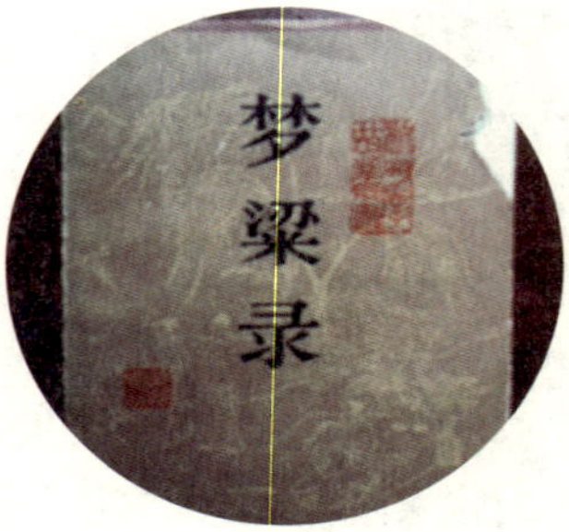


晚溪是现今白牛桥至昌化镇这段河流，《昌化县志》说，晚溪县西七里，无他溪、巨溪诸水会焉，有许由洗耳滩，下为上鼋洲，洲前伏象屏，洲后长湖潭，又其下石壁湾，屿矶如画，章照文诗云，白蘋风断东西岸，赤石滩分上下洲。

千顷山在白牛乡北面，与安徽接壤，方圆百里，摩天踏云，箕山为其支脉。说许由隐居晚溪，或箕山，或千顷山，均没有错，这些地名，如今都在昌化镇范围内。

倘有游人欲驾车寻访许由隐居地，请在杭徽高速公路昌化出口下，然后雇当地人带路前往，看到的会是满目青山，浓荫蔽路，流水清清，一派如画的深山风光。

无独有偶，除了许由，另有一位姓许的高人，亦爱上昌化这片神奇山水。他叫许迈，字叔玄，一名映，东晋丹阳（今江苏南京）人。

许迈出身官宦之家，祖宗几代为官，而他却不慕仕进，终年累月与一班志同者游历名山秀川。因丹阳邻近天目，许迈常涉足天目诸山，效法神农，采百草为药。他曾在桐庐桓山练辟谷术三年，但最终没有成功；又在临安大涤山穴居，养精蓄锐。晋穆帝永和二年（346），许迈行至昌化，听说许由、巢父均隐居昌化箕山终老，想这里一定是风水宝地，于是循迹找寻。他从白牛桥往北深入山坞，越走越觉得山水不错，遂驻足住下，并立终老之志，且改名玄，字远游。但许迈搞错了，他寓居的不是箕山，是箕山对面的晚山，亦称方山，同属千顷山脉。《昌化县志》载："晚山县西十里，高一百四十丈，周回三十里。晋许迈游寓此山，采药遗踪，托许由侣巢父，故山下有洗耳滩白牛桥。"

明代余杭进士孙应龙有凭吊许由庙诗，提及许迈：

何年来许迈？此地侣巢由。遂有箕山迹，难觅颍水幽。
危滩鸣断壁，落日冷荒丘。为仰高风在，瓢悬古树头。

许迈生在东晋朝代，虽也大名鼎鼎，但毕竟距今1600余年，今人不识许迈不足为怪，但提起书圣王羲之，人们似乎都很熟悉，一篇《兰亭集序》，名垂千古。其实，许迈与王羲之是同时代的人，且两人是很要好的朋友，许迈结庐昌化，王羲之还曾来探望过他，他们的友情，史称“世外之交”。

箕山，名不见经传，即便在昌化当地，知晓者亦不多。可是我在写此文时，发现宋代大文豪欧阳修写有《箕山》一诗。有人说，此《箕山》不是写的昌化箕山。我未作细考，现把它抄录在此，即便张冠李戴，也算是给咱箕山增光添彩吧！

### 箕山

宋·欧阳修

朝下黄卢坂，夕望箕山云。
缅怀巢上客，想彼岩中人。
弱岁慕高节，壮年婴世纷。
漱流羡颍水，披衣嗟落尘。
空祠乱惊鸟，山木含余曛。

## 附：陶唐许箕公

公字仲武，讳由。隐于箕山，师于啮缺。尧知其贤，逊以帝位。公闻之，乃临河洗耳。每飲，无杯器，以手捧水。或遗一瓢，得以操饮。饮讫，挂木上，风吹历历有声。公以为烦，去之。死后，尧谥曰“箕公”。

按：乐史《寰宇记》：杭州灵隐山，公尝隐于此。入志忘归，因名曰稽留山（今中天竺左山是也）。昌化县西北六十里，有千顷山，父老亦相传，云公故居。县境又有溪，名洗耳滩（事见《庄子疏》并《逸士传》）。

临安志赞曰：一身蓬庐，万物士苴。黄屋垂裳，何有于我？洗耳之泉，昼夜不舍，稽留之山，可眇天下。

# 何仙姑，昌化女

在中国，“八仙过海”的成语及其神话传说可谓家喻户晓，尤其“八仙”中唯一女性何仙姑更是路人皆知。

民间神话故事中的何仙姑，一说她是广东增城人，其源出于明代《罗浮志》所载：“何仙姑，广东增城县何泰之女也。唐天后时，住云母溪，年十四五。一夕，梦神人教食云母粉，可轻身不死，因饵之，誓不嫁，常往来山顶，其行如飞。每朝去暮归，持山果贻其母，后遂辟谷。天后遣使召赴阙，中路失之。中宗景龙中，白日升仙。”

又说她是湖南零陵人，来源是宋代《东轩笔录》：“永州有何氏女，幼遇异人，与桃食之，遂不饥无漏。自是能逆知人祸福，乡人神之，为构楼以居，世人谓之何仙姑。”

另有《安庆府志》，言称何仙姑本是山鹿所生，幼栖何道人家，故以何为姓。

如今我们见到的白话故事，大都是后人依据以上文言所载编写，无非是大同小异扩充文字而已。

在浙西尤其在浙皖接壤地区，民间却传闻何仙姑是昌化人。她出生在昌南七都比坞村，这里的村民都姓何。

相传，何仙姑本名何秀姑，父母是忠厚老实的种田人，常年给富贵人家做工。秀姑出生时满屋生辉，瑞气盈门，异乎寻常，亲朋好友、邻居乡亲都来贺喜。

何秀姑不仅聪明、漂亮，而且很勤劳，年少时就懂得为父母分忧，十二三岁就能上山砍柴。有一天，她去村庄旁的竺云山采野菜，在山间忽然听到有声音在招呼她。秀姑抬头一看，见有三位陌生老人坐在高高的岩峰上，其中一位喊肚饥，无力气下山，希望秀姑带点吃的救救他。

秀姑身上正好带有当中饭的“青馃”，见老人受困，决定将“青馃”送给他们。但岩峰高高，怎么给呢？秀姑想了想，要老人放根绳索或藤蔓下来，好把“青馃”吊上去。老人说，只要把食物抛向空中，他们会有办法接住的。秀姑照着做，果真，“青馃”像长了翅膀似的飞到岩顶，落到了老人手上。

原来，这三位正是神仙吕洞宾、张果老、铁拐李。他们四海云游，今日到竺云山，见此山高耸入云霄，古木参天，仙雾缥缈，遂在此歇脚观景，当看到有小姑娘独自进山，有意与她见面交谈。

不一会儿，三位仙人飘然来到秀姑面前，问长问短地问了一番。见秀姑心地善良，聪明漂亮，对答如流，就喜欢上了她。于是掏出仙桃、仙枣和云母粉给她吃。秀姑吃了后，感到身轻如燕，行步如飞，且从此肚子不饥。

自从遇到三位仙人后，秀姑就经常往外跑，有时几天不回。父母问她做什么去了，她回答说：“在名山仙境，跟神仙习道。”

有一年，昌化县令到昌南赈荒，前呼后拥。何秀姑也挤在人群中看热闹。大家发现秀姑身放异彩、毫光四射都惊叫起来。何秀姑见众乡亲瞧着她惊诧，连忙涉过昌南溪奔跑起来。她脚底生风，不一会儿便腾云驾雾，渐渐地飞上竺云山，隐得无影无踪。群众见此惊讶万分，县令也觉得很神异，遂将此事呈报给朝廷。时为武则天称帝，即诏何秀姑入宫。秀姑受诏，临近京城洛阳时，却未入宫廷，忽然隐身不知去向。从此，人们知道秀姑已成仙，于是称秀姑为何仙姑。

昌化白牛村有个叫“铁砧坪”的地方，山高千尺，林木苍翠，流水叮咚，风景宜人。“铁砧坪”有一口池塘，开满荷花，香气怡人。

有一天，何仙姑驾云至此，看到满池荷花，灿烂艳丽，非常喜欢，就挑选了一朵，采摘下来带上。她边走边唱：“此地莲花不寻常，柄粗花圆有奇香。小女带它随身走，逢凶化吉无阻挡。”从此，荷花在仙姑手中一年四季永不枯萎，成为她云游四方的护身之宝。

何仙姑不忘家乡，每当她生日这天，七都比坞村所有人家，清早开门，都会发现门前石阶上有山珍鲜果，那是何仙姑采来送给乡亲们的礼物。乡亲们知道何仙姑已得道升天，也感谢她每年馈赠仙果，便在村里盖了一座庙来纪念她。乡民称她飞身登临的竺云山为“何上坪”，还在何上坪的山顶上建起了神仙庙（宋代庵庙，至今遗迹尚存）。

何仙姑在昌化的影子颇多，何家、何村、何桥、何仙潭的地名随处可遇。柳溪江有“仙姑岛”“浴仙潭”“仙人脚印”等旧迹，景区开发后，建起了何仙姑庙。湍口有“仙姑洞”“仙姑桥”。浙西大峡谷内原有“八仙潭”的景点，后因造发电站被淹没，根据何仙姑的传说，又造了一个古色古香的仙姑庙。

其实，何仙姑在昌化出生、得道升天的故事，并非空穴来风，清康熙《昌化县志》有记载：“何仙姑，县南览村人，早孤贫，年三十不字。采樵自给，见山间桃实如杯大，取啖之，自是不饥。元祐中，邑令郑滂赈荒，姑混入稠众就视，人争异焉。姑即遁涉双溪，忽云雾覆之不见，观者骇愕。令上其事，勅祀之，乡人立庙于七都比坞。”

有当地文化学者考证，说何仙姑出昌化确有其事，不光《昌化县志》有载，《浙江通志》《歙县志》和《民间三百神》也有记载。在临安市，有“昌北出侠女，昌西出宫女，昌南出仙女”的说法，其中宫女指的是邵氏娘娘，仙女指的就是何仙姑。

# 罗隐其人

“秀气鼍江夜亘长，鸡鸣山下产诗狂。”

这两句诗，咏的是唐末五代时期的文学家、大诗人罗隐。鼍江（今渌渚江）、鸡鸣山都在新城（今富阳新登）。相传鼍江上常有云团仙气缥缈，昼夜不绝，当地百姓说是山水“秀气”，而鸡鸣山是罗隐读书的地方。在新登中学校园里，至今还存立着明万历二十五年（1597）铭刻的“鸡鸣山记”碑，记载着罗隐的生平。

常见文字介绍都说罗隐是新城人，但罗隐的许多传说却多出在离新城百里的昌化，《罗隐讨饭》《罗隐讨茶》《罗隐换骨》《罗隐夸昌化》《罗隐说山核桃》《罗隐开金口》《风流才子与落魄秀才》等，或故事或传奇。有人说，这些故事传说都是昌化民间人士编的。但让人奇怪的是，中国古代文星武魁多如牛毛，为何不编其他而偏偏钟情于罗隐呢？

近翻《昌化县志》，发现罗隐原来是昌化人。清康熙十二年（1673）《昌化县志》卷八“文苑”上载：“罗隐，字昭谏，邑濂溪杨村（今属昌化镇）人，工诗善文，博物多知，长从居新城，屡举进士不第。僖宗光启中，吴王钱镠辟为从事节度判官副使。讽谏忠切，镠虽不能用，心甚义之。朱全忠以谏议召不行。开平中，魏博节度使罗绍威慕隐名，推为叔叟，表授给事中，年八十终余杭。性傲睨，好评议人物。著湘南甲乙集十卷，行于世。墓在钱塘定山乡居山里，今县北濂溪有罗公墓，其祖墓也。隐祖址在铜锣畈。”另有宋《咸淳临安志》卷八七“冢墓”载：“吴越给事罗隐墓，在钱塘定山乡居山里。昌化濂溪之杨村，俗号罗公墓湾，盖其祖墓。”《昌化县志》“丘墓”也载：“唐罗公墓，县东北濂溪之杨村，曰铜锣畈，吴越给事罗隐祖墓也。”

从上可知，罗隐生在昌化，数年后迁往新城，就像当今许多昌化人迁居杭城一样。罗隐自小聪明，“龆年夙慧，稚齿能文”，15岁即中秀才。隋唐时期，朝廷科考，除了秀才科，还有进士科。罗隐博物多知，满腹经纶，于咸通元年（860）进京参加进士科考，因恃才傲物，轻狂直言，所写诗文多讥讽，触怒权贵，以致屡试屡不中。罗隐曾滞留长安，寻找机缘，但一无所得。其间又突遭丧妻之痛，悲苦相接，穷饥相连，只得靠投送书启行卷、写诗卖字赖以糊口。

罗隐困顿长安眼看无望，于是浪迹大江南北，足迹遍及川、湘、鄂、鲁、晋、苏、浙、赣、闽、粤等省。其间虽有短期任衡阳主簿的经历，但终因命途多舛，怀才不遇而心灰意冷。

唐僖宗光启三年（887），备尝艰苦而年逾半百的罗隐返归钱塘，拜谒雄踞江南的吴越王钱镠（时任杭州刺史，相当于今杭州市长），面呈诗稿一卷，权当见面礼。钱镠览诗会意，十分欣赏这位老乡的才华，即授他为钱塘县令，兼秘书著作郎。罗隐被钱镠赏识录用，心怀感激，顿生报答之情。有一天，钱镠命僚属沈崧拟写奏章，内有夸耀浙西富盛之句，罗隐阅后觉得不妥，倘此章上奏，必引来朝廷多征税赋，增加百姓负担。罗隐更改之，删去炫富之语，增添“兵火凋敝，万木萧疏”“天寒而麋鹿常游，日暮而牛羊不下”等句，以显荒凉景象，遂免加征之患。又，曾几何时，钱镠令西湖渔民每日上缴鲜鱼，供官府食用，名曰“使宅鱼”。渔民即使捕不到鱼，也得到市场买来献送。罗隐作诗曰：“吕望当年展庙谟，直钩钓国更谁如？倘教生在西湖上，也须供缴使宅鱼。”以此讽谏劝免。钱镠领悟，取消捐鱼，民怨不再。

公元907年，朱温（全忠）在开封称帝，国号梁，慕隐之才，召罗隐为谏议大夫（四品衔），罗隐不就，以为朱温废唐称帝不忠，是乱臣贼子，建议钱镠举兵伐讨，认为“纵无成功，犹可退守杭越”。钱镠不敢采用，但心感其义，表荐他为给事中（五品衔）。

梁开平三年（909），罗隐染疾，钱镠亲临抚慰。离开时，题诗壁上，云：“黄河洵有澄清日，此后应难有此才。”罗隐视见，热泪纵横，继而接上两句：“门外旌旗屯虎豹，壁间章句动风雷。”君王与文臣，一唱一和，以诗互褒，肝胆相照，留下一段佳话。

十二月，罗隐病逝，终年76岁，墓葬钱塘定山乡（今西湖区）。

罗隐本名横，因年少轻狂、愤世嫉俗、直谏敢言，不得志而改名隐。自54岁投靠钱镠后方得转机。据悉，吴越国的文告、奏章、大事记，大多出自罗隐之手。其著作有《甲乙集》《吴越掌记集》《淮海寓言》《谗书》《湘南应用集》《两同书》《广陵妖乱志》等。鲁迅先生认为，观其遗著，忠愤溢于言表。当时海内鼎沸，乱臣贼子，狼恣蜂屯，致翠辇幸蜀，而昭谏亦流离落魄，故所作诗文，皆有不平之鸣与忠愤之气。鲁迅赞其文章是“唐末烂泥塘里的一抹风采与光芒”。

在中国文学史上，罗隐与皮日休、陆龟蒙齐名，与罗邺、罗虬并称唐末“三罗”。罗隐的书法也是一绝，尤其擅长行书。《宣和书谱》中有罗隐行书数种，言其风格为“唐人典型”。

罗隐祖宗在昌化，其根亦在昌化。作为唐代文化名人，宋代昌化县治即有祭祀罗隐等人的“三贤祠”。既然如此，当今昌化人更不该忘记这位老乡，应想方设法为他做点什么才好吧！

# 非凡孝女盛氏

宋理宗宝庆二年（1226），时任临安府（今杭州）知州袁韶上奏朝廷，提议在杭建“旌德观”，以祭祀昭彰杭州历代先贤。朝廷批复下诏后，即在南山下西湖新堤第一桥（今苏堤映波桥）旁建起了祠观，且将从陶唐至秦、汉、晋、隋、唐、宋历代39位杭州名贤列入祭祀对象。其中有许由、钱镠、罗隐、褚遂良、严子陵、林和靖、张九成等帝王、名臣、文豪、高士。除此外，宋代昌化县民章钦的儿媳盛氏也在其中，成为39位名贤之一。

一位山乡普通民女，与帝王将相、英雄豪俊并列一祠作为名贤祭祀表彰，可以说开天辟地，绝无仅有。如果没有感天动地的德行，怎么会出此先河？

盛氏生于北宋治平三年（1066），系昌化县永丰乡（今昌化镇）人，18岁时嫁给章钦儿子章琼为妻。两年后，章琼不幸患病身亡。悲痛之余，盛氏坚守婆家，一心一意侍奉公婆。白天缝补浆洗，一日三餐无微不至，悉心照料，夜晚点灯纺纱绩麻，换取薄钱维持家计，几十年如一日，毫无怨言。婆母性子急脾气躁，盛氏不厌其烦，总是顺其意愿，和颜相待。婆母得疾，因家贫无钱，盛氏卖掉头簪耳环裙襦以满足其需。盛氏不仅对公婆孝敬有加，百依百顺，妯娌间相处也十分和睦，诚心付出从不求回报。婆母病情加剧后，盛氏心焦如焚，寝食不安。听人说人肝可以疗重疾，于是躲进房间，持刀剖腹取肝，做成药膳让婆婆食用。长嫂潘氏，见盛氏如此舍命救母，深为感动，亦向盛氏学习，提刀割股，用人肉做成药糜。真是孝感动天，在盛氏的精心调理下，婆婆的病竟神奇般地痊愈了，身体日渐康复！

盛氏如此大德孝行，不仅轰动乡梓，还惊动官府。宋徽宗政和六年（1116），盛氏事迹被上报朝廷，皇帝下诏旌表，恩准在昌化建孝妇牌坊。同时，盛氏的大孝德行，写进了《钱塘先贤传赞》与吴越王等一道供奉于杭州“旌德观”中。

## 附：《钱塘先贤传赞》中《宋盛氏孝妇》文

昌化县民章钦子妇，事舅姑恭谨，躬纺绩烹饪以养。钦妻何氏性急，盛氏怡声下气伺颜色，终日侍立，无惰容。处娣姒敬顺和睦，亦皆化之。姑病，贫无医药资，且乞甘旨，盛氏鬻簪珥裙襦为费。姑病剧，盛氏闻人言病者哺人肝则愈，乃闭阁援刀刲胁取肝，为常膳以进。长姒潘氏亦刲股焉。姑食而愈。时政和六年七月，权知州事转运使刘既济上其事，诏旌表门闾（以《国史》《乾道志》《淳祐志》修）。

赞曰：

妇之事姑，难于事亲。乃眷淑德，今昔异闻。

里阙表懿，史册扬芬。闺门之化，式是国人。

# 章嫂让儿

“章嫂让儿”故事发生在南宋时的昌化县河桥览村。明代文学家吕坤把它写进了《闺范》。民国时湖州学者蔡振坤编辑《八德须知》，把它选入其中，并用白话解释。2000年，华侨出版社又把它编入《德育课本》。中国古代圣贤传统美德“孝、悌、忠、信、礼、义、廉、耻”有768则故事，“章嫂让儿”作为“悌”篇内容，成为其中典范之一。

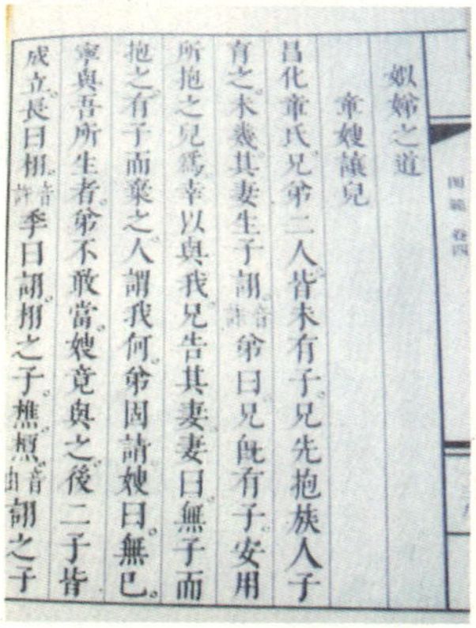
娰娣之道
章嫂讓兒
昌化章氏兄弟二人皆未有子兄先抱族人子
育之未幾其妻生子詡弟曰兄旣有子安用
所抱之兒爲幸以與我兄告其妻妻曰無子而
抱之有子而棄之人謂我何弟固請嫂曰無已
寧與吾所生者弟不敢當嫂竟與之後二子皆
成立長曰栩季曰詡栩之子樵槱詡之子

原文如下：

宋昌化章氏，兄弟二人，皆未有子。兄先抱族人子育之。未几，其妻生子诩，弟曰：“兄既有子，安用所抱之儿为，幸以与我。”兄告其妻，妻犹在蓐，曰：“无子而抱之，有子而弃之，人谓我何？”弟固请，嫂曰：“无已，宁与吾所生者。”弟不敢当，嫂竟与之。后二子皆成立，长曰栩，季曰诩。栩之子樵槱，诩之子铸鉴，皆相继登第，遂为名族。

吕坤曰，世俗兄弟可笑也，借马而饥渴在怀，借衣而揉浣是嘱。况乏嗣始得之儿，分以与弟，无德色，无吝心，顾不难哉？要之嫂氏之贤，不可及矣。割肉相与，虽舅姑难强之从，况意不出于夫子耶。

# 富贵皇朝第一家

临安市河桥镇西南约5公里，有一块风水宝地叫览村。览村又名览川、览溪、浪村或瀛川，因村旁有一条蜿蜒秀丽的览溪而得名。

走进览村，方知此地不同凡响。说风光，览村南有葱翠的鸿山，北有绵延的蒲岭，皆林木婆娑，鸟语花香。鸿山多岩，石骨玲珑，色呈红色，当地亦称"红山"。山下有小镇，名"赤石"，古代是水路通达、山货集散之码头，繁荣时为唐昌"四市"之一。说人文，赤石镇曾有"鸿山书院"，明代翰林学士袁炜在此讲学。袁炜系浙江慈溪人，嘉靖进士，探花出身，文学犹长。他才思敏捷，擅写"青词"（道教中斋醮仪式上献给天神的祝词文章，因写在青藤纸上得名）。"青词"是骈体文，要求辞藻华丽，对仗工整，尤其是要把设醮（设坛祈神）人的想法表达出来，而袁炜善于体察皇帝心思，嘉靖皇帝命他写青词，他举笔立就。信奉道教的嘉靖皇帝对袁炜很是赏识，袁炜很快就从普通的翰林学士升为太子少保、礼部尚书。正因袁炜是饱学之士，名震江南，来鸿山书院听课的学生挤破门庭，鸿山书院亦名扬浙西。

紧邻览村的寺坞，有恢宏的寺庙，系后梁乾化五年（915）所建，初名"龙华"，宋治平二年（1065）改名"法会"。法会寺是江南最早建的名刹之一，比国内四大丛林的九华、峨眉、五台、普陀等寺庙年代还要久远。当年，朝拜者甚众，旺盛的香火烛烟飘出数里，在览村上空凝成祥云彩霞，美丽壮观。

览村是个古村落，章氏为村中第一大姓，"一门五进士，浙西第一家，二代三封爵，世代有荣华"，说的就是章姓人家。

被章氏家族奉为始祖的，是宋仁宗庆历年间（1041—1048）朝廷宰相章得象。章得象系福建浦城人，宋真宗咸平五年（1002）进士，授大理丞，知玉山县。历任台州、洪州（今南昌）等知州。入翰林十二年，为龙图阁大学士，宋仁宗宝元年间晋升为宰相。在位八年，为人庄重，持守法度，处事廉明公正，用人唯贤，不徇私情，深为仁宗皇帝厚爱。仁宗曾赐诗赞其家："阆苑仙翁福寿遐，孙登龙首戴宫花。文章紫殿无双客，富贵皇朝第一家。三代姓名喧上国，七闽声誉冠中

华。凤凰池上标余庆，他日新堤又筑沙。”章得象与范仲淹是同时代人，且经历大致相同。章得象拜相时，范仲淹为副相；前者字希言，后者字希文；前者谥“文简公”，后者谥“文正公”。章得象位高权重，久居相位，但政绩平平，无大建树，有史学家评说是他书生气太重之故。而范仲淹在位时锐意革新，尤其一句“先天下之忧而忧，后天下之乐而乐”流芳百世，名垂九州。

1127年，北宋南渡，建都临安（今杭州），文简公孙辈随之南迁，在踏勘风水民情后，于宋高宗建炎二年（1128）选中皇城州治属县昌化，在河桥镇览村落脚生根。

最早进驻览村的是章家两兄弟，老大章元方（世穆），老二章元正（世庆），前者为“朝议大夫”，后者为“朝散大夫”，按宋朝官阶分，大约四至六品衔。

他们到览村后，恭承祖训，耕读传家，睦姻孝义，积德行善。由此，家道通达，子孙繁衍，登科入仕一发不可收。

章元方育有一子，名章翊，系从堂兄章世善家抱养；抱养一子后，又亲生一子，名章诩，因其弟章元正无子，求元方将抱养的章翊过继给他，元方与妻商量，妻子高风亮节，宁愿将亲生儿子过继给叔弟，养子留在自己身边。南宋时，此事以“章嫂让儿”的故事记入典籍《二十四悌》。明万历时，士大夫吕坤又把它编入《闺范》。元方将亲子过继给元正后，两个儿子长大皆有出息，章翊官至徽州婺源主簿，章诩为仓部员外郎（仓部为户部下的司，掌管国家仓库储存出纳，员外郎为六品官阶，相当今司长级）。章翊娶妻生子：一为章樵，一为章槱；章诩成家后亦生一子：章椿。章椿又有三子：章鑑、章铸、章镕。接着，鑑、铸、镕又有儿孙……

从宋开禧元年（1205）至嘉定十六年（1223）的18年中，章家接连出了五位进士：章櫄、章椿、章樵、章鑑、章铸。父子叔侄，一家两代，朝野上下无不震惊，弹冠相庆者络绎不绝。

古代的科举起自隋文帝开皇七年（587），终止于清光绪三十一年（1905），是封建王朝选拔人才授官的制度。应试者不论农工士商，不论年长年幼，亦不论贫富尊卑，同场竞争，均一视同仁，唯成绩是举，可谓公平公正。

这种选拔官吏的制度，朝代不同，略有差别。明清时代，凡入学者必经“童试”，录取者为“童生”。再经“岁考”，录取者称“生员”，俗称“秀才”。

科举考制主要分三级，即乡试、会试和殿试。

乡试三年一次，农历八月在省城举行，应试者为“秀才”，录取者称“举人”，也叫“孝廉”，第一名称“解元”。

会试在乡试后的次年三月进行，地点在朝廷礼部，应试者为“举人”，录取者称“贡士”，第一名叫“会元”。

殿试又叫“廷试”，是级别最高的考试，由会试取得“贡士”资格的人参加，在京城保和殿由皇上亲自主持下进行，录取者称“进士”。

录取进士皆张榜公布。进士榜称“甲榜”，因用黄纸书写，故又称“黄榜”，或称“金榜”，中进士就是“金榜题名”。新科进士由以皇帝为首的评审团排出名次，按成绩分三甲。一甲取前三名，赐“进士及第”，第一名状元，第二名榜眼，第三名探花。二甲取前二十名，赐“进士出身”；其余为三甲，赐“同进士出身”，数量不等。唐代中进士后，还须经吏部再考试才能授官，宋代简化了程序，殿试后即可授官。

章家五进士，均出自宋代，“金榜题名”不久，便由朝廷授官，走上仕途。

章樵，宋嘉定元年（1208）进士，字升道，号峒麓，历任山阳教授，吴县县令，常州通判，最后官知处州，即浙江丽水地区的最高长官。毕竟是进士出身，章樵著作颇丰，有《宋史翼》、《补注春秋繁露》18卷、《补注古今文苑》20卷，还有《万姓统谱》《集曾子十八篇》《章氏家训》等。章樵曾在览村创办义学，名“南塾”，招延名师施教，从学之士甚众。章樵当年是非凡人物，名流士大夫。明朝初

年，杭州地区选祀先贤，唐宋两代共16人入杭州府乡贤祠，包括富春严光（子陵）、钱塘褚遂良、新城罗隐、盐官张九成、临安俞烈、於潜洪咨夔、钱塘林逋等，其中也有昌化章樵。

章椿，宋嘉定元年（1208）进士，通议大夫，相当于四品官阶。人们对他一生的评价是“立朝蹇谔，贞论昭彰，存心忠厚，身殁名扬”。

章櫄，宋开禧元年（1205）进士，江西玉山主簿。主簿是州县一级地方官，官阶八品，分管州或县财物进出，每地设一至二员，相当于今日分管钱财物的副县长。

章鑑，宋嘉定十六年（1223）进士，字君宝，初授永嘉簿，后调判吉州，又出知衢州。进入中央皇室部门后，成为政要高官。曾为太常丞、太府卿，后被皇帝召入资善堂做讲官六年，兼掌内外，制时相专政。资善堂系给皇子、皇太子讲课的地方，同时也是议政场所。章鑑在做讲官的同时，还兼有监督制约宰相言行的权力。官衔至正奉大夫，赠光禄大夫（官阶正二品），封爵钱塘开国伯。章鑑天资聪颖，操笔著文立就，人品忠厚淳直，故深为理宗皇帝赏识重用。章鑑自号“艺翁”，著有《友山文集》10卷，《四时杂兴》《众芳集》各1卷，《内外制资善堂讲读》若干卷。

章铸，宋嘉定十三年（1220）进士，鑑之弟，授官江西信州（今上饶地区）知州。主政期间，兴学校，造浮桥，扶贫戡乱，百废俱举。同时考察古今，撰写《上饶志》1部。后调福建路转运使（相当于今省交通厅厅长），兼知建宁府，又迁吏部郎官（吏部主管全国官吏的任免考核升降调动等，郎官是尚书下的副职，相当于今中央组织部副部长或司长），官阶四品“朝议大夫”。封爵昌化开国男，食邑三百户。

章家除了五进士，尚有众多为官者：

章镕，系章鑑、章铸同胞兄，文学名士，五品朝列大夫，官至安徽宁国知事（即宁国府行政首长）。章祖义，章铸之子，昌化知县，袭封昌化男，著有《壶中遁稿》15卷，《道德经疏》2卷，《读书记》20卷。章鑑有两个儿子，一为章祖邵，一为章祖康，分别是浦江知县和监赡军酒。章鑑孙子章欣之、章运之分别为安徽铜陵县主簿和从仕郎。接下去还有章著，系宋钦宗年间昌化知县；章恬，宋绍年间昌化知县；章淳，宋太学生，淮东总领干办官；章沅，元浙东宣慰司，承直郎；章琛，明崇祯训导；章烇，明汉阳知县；章卯，清扬州通判……除此以外，尚有章家后代武官多人，其中章壇，清康熙戊辰武进士，授山西平阳府守备，在任12年。其弟章壎，同是康熙戊辰进士，授四川提标左营守备……

据记载，两宋历经320年，共录取进士4万名，按全国1250个县计算，每县32名。殿试每三年一考，共考106次，平均每县每榜只录取进士0.3人，而河桥览村章氏一家就出进士5名，不能不说是个奇迹！千百年来，章家子孙后代走

上仕途的官员层出不穷，世代绵延，即便在今天，留意身边章姓，其人才之多，仍让人刮目相看。

宋仁宗时，有两个宰相分别在其家乡建有“昼锦堂”，一个是韩琦，在其故乡相州（今河南安阳），另一个就是章得象，在福建浦城（与浙江龙泉相邻）。“昼锦堂”取自《汉书》中的句子“富贵不归故乡，如衣锦夜行”。“昼锦”即显贵荣归故里，衣锦还乡的意思。章得象浦城“昼锦堂”，得到仁宗皇帝赐诗赞赏，大文豪欧阳修还为之作《昼锦堂》美文一篇。章氏后裔迁昌化后，按浦城格局，在览村也筑“昼锦堂”，并将入仕登科的章姓名单镌刻于墙，标榜在堂，以耀祖光宗，激励族人。元代名士舒由在览村见证“昼锦堂”的精致与辉煌后，大发感慨，特地撰写《昼锦堂记》，描写览村的景色，赞颂章家众多杰出人才，为后人留下一段光彩可人的历史。

而在“昼锦堂”之前，览村就有章氏山庄、丰山草堂、藏书楼等。其中章氏山庄掩映于翠柏苍松、时花香草之中，别具一格。走进山庄，山静风微，泉清雨细，晓听鸟鸣，夜赏月轮，是一处极佳的读书静思养心之所。这些山庄别业，园艺匠作，章家为它倾注无数财力、物力与精力，对它深怀感情。撰文赋诗赞赏不乏其人，其中山庄主人章诩的一首《章氏山庄静观堂书怀》，尤为到位，像一道时鲜佳肴，色泽鲜亮，明丽可人：

杖策下层岭，来憩云外庄。檐低绕颓垣，淡泊在一堂。
山高户牖虚，风清长夏凉。翳翳动林影，潋滟浮溪光。

心远与世隔，独有文史香。汲井资燕漱，莳药助体强。
园中橘为奴，沼内芰堪裳。苍松青不老，篱下明秋方。
陶情在庶物，养性归琴觞。翘首起遐观，此中有濠梁。

章家名门望族，长盛不衰，显赫一方。为官五进士年老退休均叶落归根，身后都安葬在河桥览村及其附近。其中章樵墓在览村枫树下，章樐墓在仁山梯云桥，章鑑墓在朱贵峰，章铸墓在红山下，章椿墓在云老庄，还有章镕墓在首坞鸿雁岭……

## 附一

### 昼锦堂记

元·舒迪

瀛川处士章运之，重建昼锦堂成。处士之世孙、宁国路同知讳镕，字麒卿，予表兄也，嘱予文记之。按章氏家谱，运之，宋平章氏郇国文简公后钱塘伯之孙也。文简公居浦城，筑昼锦堂于南峰，刻仁宗赐诗，凡子孙登科仕宦者，镌名于此。南渡时，朝散大夫元正，由浦城迁昌化，代多显者。翊，主徽州婺源簿；樐，玉山县簿；樵，受知处州；椿，奉直大夫；鑑，爵钱塘伯；铸，爵昌化县开国男，淳，准东干办官。祖康，监赡军酒；祖邵，知浦江县；颀之，桐陵县主簿；运之，从仕郎。运之始迁瀛川，乃大其阖闾，以奉先祀。则仍取郇国故居之名，榜诸厅事，所谓礼不忘其本，示后世犹有考焉耳。

史称文简为人庄重深厚，持守法度。在中书八年，宗党亲戚一切抑而不进。建帮启土，今百几十年，运之值兵戈倥偬、救死不赡之余，乃能表扬之，天殆将复兴章氏乎！宁国今以武功显爵，秩盖未艾也。夫文简公诗书之传，辅相之业，其可复者盖不止一堂而已。运之积而未施，施于未竟，必更有图复其大者、远者，足为邦国光而非闾里荣也。则浦城与昌化，不均有垂裕于无穷者哉！且后之子孙，复能图其远大而表扬之，以无忘先业而不忝所生，则庶几于此堂无负也。是以记。

## 附二

### 瀛川章氏家训

宋·章樵

传家两字曰读与耕，兴家两字曰俭与勤，安家两字曰让与忍，防家两字曰盗与奸，亡家两字曰淫与暴。休存猜忌之心，休听离间之语，休作生分之事，休占公共之利。吃紧在各求尽分，切要在潜消未形。子孙不患少而患不才，产业不患贫而患喜张，门户不患衰而患无志，交游不患寡而患从邪。不肖子孙，眼底无几句诗书，胸中无一段道理，神昏如醉，休懈如瘫，意纵如狂，行卑如丐，败祖宗之成业，辱父母之家声，是人也，乡党为之羞，妻子为之泣，岂可入吾祠而葬吾茔乎？戒石具在，朝夕诵思。

## 附三

### 瀛川章氏族谱序

宋·陆秀夫

唐登天下谱牒于廷而进退之，章氏得与于进之数者，盖先世之德业闻望，其著见也有人矣，余姑未遑远引。当我皇宋，若丞相郇国公文简公得象孙，仓部郎中元方，由浦城徙居杭之昌化，其后有：婺源县主簿翊，玉山县主簿樀，监登闻院、知处州事樵，通议大夫椿，文华阁待制、钱塘县开国伯鉴，福建转运使、昌化县开国男铸，宁国府同知镕，淮东总领所干办官淳，临平江府军咨祭酒祖康，袭封开国男祖义，知浦江县祖邵，桐陵主簿颀之，从事郎运之，是皆后先济美，冠舄联辉。世绪之克缵，祖德其不坠矣。文简公世孙胜迁于徽之歙县，其后运之复迁瀛洲，继承正未有艾，今修谱牒而藏之于家，不益有光前烈欤。

——选自清·章贻贤《章氏会谱德庆初编卷》

# 闲说帅姓

在省城杭州，如果遇见姓帅的朋友，估计十有八九是临安人。他们的老家大都在昌化，而以昌北居多。于是，我不禁揣想，帅氏出昌化？抑或昌北是浙江帅姓最密集的地方？

据考，五千年前的黄帝轩辕氏时代，是没有帅姓的。那时，黄帝为了平定天下，请了一个叫“力牧公”的智者当军师，在力牧公的策划布阵下，黄帝率军在涿鹿打败蚩尤，夺得了天下。黄帝升为天子后，感恩于力牧公的辅佐，赐力牧公以“师”姓，并封城拜相。从此，力牧公成为师姓祖庭。力牧公居山东琅琊，古称大泽，因此，大泽被认为是师姓发源地。

从力牧公始，到春秋战国，师姓传承了两千余年，但仍没有多大的发展，特别杰出的人才很少。族中人大都以制乐为生，或为乐工，或为乐师，或为乐官。例如师旷，是春秋时晋国的乐官，他双目失明，但辨音能力极强。有一年晋平公铸大钟，众乐工听后都觉得音色精准，无可挑剔，唯师旷不以为然。果然，他的判断为后人证实，大钟确有瑕疵。还有一次，同为乐官的师涓，在濮水闻夜半鼓乐声，状似鬼神。师涓把曲谱记录下来，并在宫廷援琴演奏。晋平公及文武百官在场赏舞听乐，未终，师旷大声制止，说，"此系亡国之音！"师涓拨断琴弦，众官大惊。师旷善弹七弦琴，乐技精湛，"师旷调琴，曲无不悲（动听）"。据说，《阳春》《白雪》《玄歌》等都是他的作品。

又如师襄，是春秋时鲁国的大乐师，孔子学琴时拜他为师。孔子学琴非常投入，"三月不知肉味"，从曲调、节拍、感情到作者生平、为人等，都认真钻研，这让师襄很是感动。

除了上述三位，师慧、师叔等亦为那时较出名的乐师。但是战国时期，天下大乱，你争我夺，互相吞并，师姓被取消了，变成了"帅"姓。公元 263 年，司马昭伐蜀，刘禅投降，司马昭被封为晋王。265 年，司马昭去世，其子司马炎继位称帝，立国号为"西晋"，建都洛阳。司马炎称帝后，追其伯父司马师为晋景帝，并下诏避"师"讳。凡国中师姓者，师字头上去掉一横，改为"帅"。当时晋国兵部尚书叫师昺，是师姓改帅姓的最大官了，因而被奉为帅姓始祖。有人用联句归纳揭示师姓帅姓的来龙去脉："轩辕旨赐力牧公是师姓乃称远，武帝诏改昺公为帅氏方谓始。"

中国文字独特有趣，每个汉字皆有形有声有意，一撇一捺都有墨脉的灵动。看到"帅"字，就会想到军中主将，统领三军，运筹帷幄，发号施令。吴越国钱王，称兵马都大元帅，横刀立马，所向披靡。穆桂英 53 岁出征挂帅，英姿勃发，一剑能挡百万兵！抗金英雄岳飞，率岳家军英勇抗金，高举元帅大旗，南征北战，屡建奇功。孙中山领导革命，当上民国总统，亦以大元帅称号。现代人见到"帅"字，即与"阳光、英俊、潇洒、伟岸、爽朗"挂钩，立现美好形象。帅乃句中骄贵、字里黄金，帅乃军中首领、人中俊男，帅字遒劲，帅旗高扬，怎不让人敬仰？

但不知什么原因，比起其他姓氏，历史上帅姓人才不多。《中国人名大辞典》仅载 8 位姓帅的人。最早的要算宋元祐初年（1086）进士帅范，河南灵石人，官至江南茶税督理，七品小官。另有帅子连，宋代武士，其"形貌魁奇，膂力绝人"。还有帅家相，乾隆进士，官至浔州知府。帅颜保，系满洲里旗人，康熙初授国史院学士，曾任漕运总督，仕至礼部尚书，算是帅氏中最大的官了。其余几位，为清代进士或举人，没有官衔，也无杰出成就。

也许帅姓占比太少，不成气候，宋编《百家姓》上找不到"帅"。明代编《百家姓》在宋版基础上增加单姓、复姓近百个，才把“帅”姓收进去。在总共504个姓氏中，“帅”排在第475位。

纵览全国，载入史册的帅姓人才寥寥，倒是浙江昌化，一个僻远小县，帅氏宗族，枝繁叶茂，瓜瓞绵绵。

追根寻源，最早迁昌的帅氏名叫帅宝，字仲珍，江南濠州（今安徽凤阳）人，宋咸淳元年（1265）进士。初授浙江海盐县丞，后升调昌化任县令（“县官形象”篇有介绍）。帅宝工作勤勉，积劳成疾，不幸在任期去世，在昌化县民的劝挽下，留殡于昌，安葬在县治之东园，建了帅祠。帅宝魂归昌化，两个儿子帅端、帅靖从此入籍昌化，成为昌人。帅端安家昌化永丰，帅靖住昌化西晚，其后世迁往岛石。由此开始，帅氏在昌北发脉繁衍，且文人武士层出不穷。记录在册有名可查的有：

帅显轻，帅宝四世孙，元至正八年（1348）投身朱元璋部下，跟随宣城奕元帅打仗，立下战功，被授“进旗哨”（哨为元代军事建制，下辖百十余兵丁），继而晋职新安路。帅彦斌，系帅显轻的孙子，于明景泰年间（1450—1457）征讨云南平定两广有功，升新安卫百户。帅彦庆，系彦斌胞弟，善读书，乡试中举，授济南通判，官衔六品。帅旻，元延祐二年（1315）进士，中宪大夫，正四品文散官，系唐昌帅氏中品级最高的官衔。帅镛，明弘治十二年（1499）例贡，官至漳州府知事。帅标，明万安司巡检（地方治安官）。帅文，明南直隶盱眙县典史（知县属官，分管缉捕、狱囚等事务）。帅耿，明扬州场官，掌管盐务之类。帅齐，明正统年间岁贡（科举时代州县选送生员中品学兼优者赴京国子监深造者称贡生；有拔贡、例贡等。贡生毕业即贡士，由朝廷授官）。帅镇、帅涞昌，二人同为清康熙岁贡。帅华国、帅拜相二人同为乾隆岁贡。帅卫、帅人杰、帅漠三人都是岛石人，清咸丰年间，因组织民团护乡抗匪有功，被奖授六品衔。帅承统、帅麟二人系清光绪岁贡。帅维桢为清宣统举人。还有帅镶，清廪生（明清两代由府、州、县按时发给银子和粮食的秀才），家多藏书，博学多才，著有《龙池赋》《力林遗集》等。

以上杰出帅姓，生在宋元明清。而今，昌化帅氏，继往开来，后裔遍地，其中不乏名家大款、才子佳人。但因他们分居省内外各地，无法一一统计收录。好在我案头恰有一本《昌化同乡杭州联谊会通讯录》，上有一串帅姓老乡，观其业绩建树，不亚于他们的祖先。于是，我把他们抄载于此，以佐证帅氏兴旺发达，后继有人。

帅大元，昌北人，曾任中共杭州市委宣传部副部长，系第一届杭州市摄影家协会主席，后调杭师大工作。退休后潜心书画创作，功力颇深，已成为当今杭州著名书画家。

帅新武，昌北人，曾任中美合资康茗有限公司常务副总、华立医药集团副董事长、浙江华凯新农业开发公司总裁。2010 年创立岛石集团并一揽子收购 6 家企业，名声大振。同时受聘担任浙江大学、浙江工商大学、浙江财经大学客座教授。

另外，昌北人中尚有帅文华，杭州华铁置业公司总经理，现移居澳大利亚。帅武平，浙医一院副教授。帅燮琅，浙江政协研究室主任。帅瑞芳，宁波大学教授。帅明山，杭州市经委主任。帅昌林，杭州下城交警大队副大队长。帅建筑，临安市旅游局长……

宗传宋令、脉接濠州。昌化虽不是帅氏发源地，昌北却真的是帅姓最密集的地方，倘若深入采访挖掘，说不定可以编写出有声有色的《昌北帅氏演义》来。

# 忠臣赵昴发

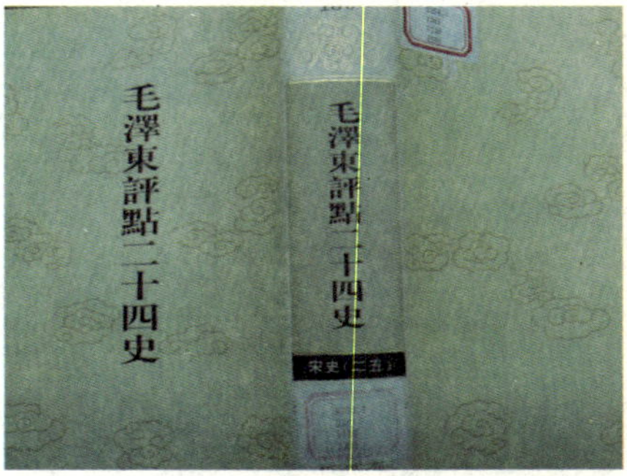


《中国人名大辞典》（商务印书馆 1921 年版，1958 年重印）是辑录秦汉至明清各朝代登科入仕及有作为有影响人物的巨型辞书。其中 1392 页载有昌化人赵昴发的简介：赵昴发，宋昌化人，字汉卿，咸淳间池州通判。元兵渡江，昴发缮壁聚粮为守城计。既而都统张林降，昴发知不可收，置酒会亲友与诀，散家资与弟侄仆婢，遂与妻雍氏盛服同缢。谥文节，雍赠顺义夫人。而在《毛泽东评点二十四史》（中央档案馆毛泽东藏书）第 13 册宋史（25）第 437 页有更详细的记载。

明嘉靖《昌化县志》载，赵昴发系昌化八都塘溪（今湍口）人，字汉卿，因生于卯时取名昴发（昴是二十八宿星辰之一，与卯同音）。南宋淳祐十年（1250）考中进士，初授遂宁州司户（遂宁在四川，掌管户籍、赋税、仓库进出的官员，每州一人，官阶八品），曾任潼川签判（潼川在四川，宋代为潼川府。签书判官，系协理郡政之官员，官阶八品），后调任安徽宣城知县，因蒙冤被罢官。咸淳七年（1271）朝廷重新起用他，先任彭泽县令，后任池州通判（通判每州一员，官阶六品，相当今副市长），并代理“知州”。

时值宋元之交，红巾军揭竿造反，池州守将夏贵率军出征，兵败回城。途中军纪大乱，掠店家、抢财物、淫妇女、扰百姓，放荡无束。赵昴发以知州之权，整顿军纪，严惩夏贵部，逮捕违法乱纪者数十人，其中十余人被斩首。如此以儆效尤，恢复军纪，平复民心。第二年正月，元兵大肆进犯池州，在离池州尚有百里之遥，守将王起宗望风而逃，都统张林怕战，几次劝赵昴发向元军投降。赵昴发怒斥张林厚颜无耻，不忠不孝，贪生怕死，背叛朝廷。张林无言以对。南宋时，军事施行都统制，池州为全国十大都统地之一，作为主帅的张林，心虚胆怯，表面上仍派兵出巡防御，暗中却贪纳军款，收罗心腹，买通将士，私立兵营。德祐元年（1275）

二月，元军势如破竹，兵临城下，昴发感到城池难保，心想身为朝廷命官，一州之长，决不可背信弃义，头可断、血河流，城池不可丢。赵昴发吩咐同僚和亲戚，让他们离开府第出城避敌，尤其关照妻子赶紧出走逃难，然而妻子表示不离不弃，甘与昴发同守节义，誓与城池同存亡。

元军破城，都统张林屈膝投降。元兵如入无人之境，冲破城门，直达州府。当元军冲进州府，赵昴发与其妻宁死不屈，双双缢于从容堂，只见墙上留下“国不可背，城不可降”八个大字。“从容堂”三字原系昴发所题，想不到真的在此从容赴死。元丞相伯颜随军进城入府，看到这悲壮一幕，深为叹息。因感昴发夫妇尽忠，节义成双，备棺衾在池州给他俩厚葬。

赵昴发为官忠正，守土持节，遇敌不惊，死而从容，南宋朝廷谥号“文节”，赠他为“华文阁待制”（待制是掌管历朝皇帝御笔、书画、典籍、宝瑞等物的职官）。赠其妻雍氏为“顺义夫人”，同时录用昴发两个儿子为京官。据载，赵氏孙辈赵砺官至监察御史。

塘溪源赵家坪有昴发衣冠冢，明清时，常有文人雅士前去谒墓。因山深地僻，乱岗荒坟，狐兔出没，留下的诗文多有凄凉伤感之句。

为纪念忠臣昴发，塘溪源曾被唤作“通判故里”，八都湍口也曾名“文节乡”。但因朝代更迭，年代久远，如今，就连当地人也不知道赵家坪的地址，更不知赵昴发是何人。

2015 年 10 月 3 日，笔者偕好友李民飞等驱车湍口寻访“文节”故地，在塘溪源上周村 81 岁方姓老人带领下，找到原赵家坪所在。但见山色青翠，草木芳菲，庄稼茂盛。老人说今上周村即当年赵家坪，文节墓已湮没，赵氏家族在此亦无后人。是啊，800 多年过去了，天地无常，人事沧桑，即便史书记载，哪能敌得岁月碾磨？世间多少事，都在苍茫中。

尽管无功而返，但笔者仍感满意，毕竟找到了赵家坪，听到老人讲述“文节”的故事。何况，在长满青藤芳草的山路旁，还发现一块清咸丰七年（1857）周氏太公的墓碑。

# 韩世忠及其墓葬

韩世忠是和岳飞齐名的抗金名将，为南宋中兴四将（韩世忠、刘光世、张俊、岳飞）之一。在史学家眼中，岳飞以“精忠节义”著称，而论功业之伟，则推世忠。

韩世忠经历大小战事数百起，名震朝野。最有名的为黄天荡之战。建炎四年（1130），南宋在临安（今杭州）建都不久，金军即南下侵犯。宋金双方在黄天荡（今南京东北长江下游一段）交锋。韩世忠率八千水师与兀术统领的十万金军在江上激战，世忠妻梁红玉亦擂鼓助威。经40余天的厮杀，终使金军溃败，兀术乘机逃亡。这场大战，以少胜多，前所未有，故名载史册，后人还把它编成戏剧来演出。有评论说，这是韩世忠“建中兴以来首功”，是“南宋立国之基”。因韩世忠英勇善战，屡获奇功，皇帝亦多次赐奖，或银帛，或黄金器皿，甚至将平江府（今苏州）1200亩土地也赐给他。

韩世忠生肖属蛇，传闻他年少时全身生满疥癞，又痛又痒。有一天，他在门前溪中洗澡，忽遇一条蟒蛇缠住他腰身，怎么也拉不开。世忠干脆紧握蟒蛇七寸，上岸回家，进厨房拿菜刀把蛇头剁下，而后剥皮剖肚，将蛇肉放进锅里煮熟吃了。很奇怪，第二天，他身上的疥癞消失了，皮肤也变得光滑，感到一身轻松……于是，邻居街坊都说世忠与蛇有缘，说不定是蛇精转世。后来，韩世忠参军入伍，每到郊野驻停休息，他总喜欢坐在草丛中，说话时伸颈吐舌，尽现蛇性。

故事传奇，不知真伪，但至少说明韩世忠从小就不惧险恶，胆略过人。

韩世忠南征北战，为南宋朝廷立下了不少丰功伟绩，却在53岁时被解除兵权。其原因是不满当朝宰相秦桧屈膝求和、祸国殃民的行径，“秦桧擅国，屈已和戎，举朝畏威，务为朋附。公独排和议，始终不渝”。同时，他也为岳飞鸣不平：

“……飞死年三十九。初，狱之成也，韩世忠不能平，以问秦桧，桧曰，飞子云与张宪书虽不明，其事体莫须有。世忠怫然曰，相公，莫须有三字，何以服天下乎？”

韩世忠自剥夺兵权后（虚职和待遇尚存），几近隐退，十年间，不言兵事，只带着家人穿行于山水间，放意壶觞，逍遥自在。岁时年节，原部下偏将登门拜访，也婉言劝谢，尤其晚年，他喜与佛门结缘，常与僧人来往，自号“清凉居士”。

韩世忠前后有四任妻子，共生4男8女，孙辈25人，加上儿媳、女婿、家佣侍妾一大帮。公元1151年8月5日，韩世忠病危。临死前，世忠向他们交代三件事：一是身为将帅，杀敌无数，虽然是国家行为，但其中亦可能有误杀无辜，故应该设“黄箓大醮”祭奠亡灵；二是家中侍妾颇多，生前未安排她们出路，死后让有父母的回家，无父母的嫁人；三是在外有不少人向其借钱举债，死后一律免除，借据债券全部烧毁，省得儿孙今后去讨要扰人。三件事交代完毕，世忠闭目而逝。

几日后皇帝颁诏，说要选吉日莅临祭奠。秦桧得知后，立即派心腹上门威吓。家属惧怕，以道路窄隘，车马难至为由，请皇上免行。

韩世忠死后归葬何处，年谱没有明确记载，民间说法也莫衷一是。有说世忠身葬苏州吴县灵岩山西南，那里有“神道碑”，铭刻了其生平功绩。有说在湖州长兴一带，那里发现有世忠儿子、孙子的墓葬。也有说世忠墓在无锡某地的。但在昌化人的眼里，那些地方即便有坟墓，也是衣冠冢或刀枪冢，真正的世忠墓在昌化清凉峰义干村。说法是这样的：

韩世忠得罪秦桧后，被罗织罪名，幸亏他两次救驾有功，上奏的罪名被高宗压下未允，最后只是被罢兵权，未被杀头。世忠深知秦桧毒辣本性，随时有被谋杀的可能。有次秦桧派兵截路暗杀，世忠得知后连夜往杭州西线逃奔，一直撤到昌化县治，在南屏山的南屏塔里躲过一劫。

韩世忠本是陕西延安人，远离故乡，在昌化逃过一难后，继续沿杭徽路西行。在浙皖交界地方，他并不陌生，这里曾是征讨方腊的战场。旧地重来，看到山水风光旖旎，环境清幽，而且又发现与他家乡同名的清凉山峰，顿感亲切，仿佛回到故乡，于是遂生在此安度晚年之意。后来，他带了儿女离开临安城（今杭州），隐居在昌化义干。《唐昌韩氏宗谱》《南阳韩氏宗谱》都载：“韩世忠，字良臣，陕西延安人，迁昌始祖也。”“蕲王世忠公痛和议之非计，退隐唐昌。”“世忠公辞爵禄而驰湖上之风宛在，爱山川而归隐义干，卒遂葬于其地，冢犹存。”清康熙《昌化县志》也说：“宋蕲王韩世忠墓在县

西四十里义干。”

南宋皇城在临安，皇帝赐给韩世忠的府第也在城内，本当西湖山水是最合适的魂归处，因为有岳飞的前车之鉴，因为有奸臣秦桧作难，他不得不远离皇城，去200里以外的昌化避险安身，直至终老。《杭州历史大事记》有载：“宋高宗绍兴二十一年（1151）八月，韩世忠卒，年63岁。世忠，字良臣，延安人。屡立战功，追封蕲王。绍兴中，秦桧当国，世忠以和议不合，恳疏气解枢柄。逍遥家居，常顶一字巾跨驴周游湖山，童吏四五人相随，混迹渔樵，自号清凉居士。好事者遂绘成《韩王湖上骑驴图》。世忠生于战火年间，未尝知书，晚岁忽有所悟，能作字及小词，皆有志趣。死后墓葬其故址昌义干村后。谥忠武。”

据说，韩世忠死后，为迷惑仇人暗算捣坟毁墓，家人特地为他做了七口棺材，分别掩埋在七个地方，只有他儿女知道父亲的真身落在何处。每年的忌日，世忠女儿只在昌化义干上坟祭奠，韩氏后裔也在每年清明到义干祭拜。

听说昌化义干的世忠墓保存完好，2016年10月初，我与李民飞先生特地驱车前去探寻。李民飞老家离义干村很近，我们毫不费事就找到那里。义干村如今已更名为杨溪村。村里老人说，义干原名“义涧”，之前又叫“义江”，再往前推，则是“义将”。猜想此村名与韩世忠有关，韩世忠是“忠义之将”啊！

韩世忠墓在村旁小山下（村民称韩坟山），坐北朝南。墓后竹木扶疏，绿荫

如盖，墓前平坦宽阔、幽静肃穆。据测，墓高 3.6 米，宽 9.5 米，进深 14 米，石牌楼式，庑殿顶，面宽 3 间，高分 3 层，墓碑高 1.2 米，宽 0.9 米，竖书“宋韩蕲王之墓”。左右分列 4 石柱，柱高 1.2 米，宽 0.16 米。左右两柱有碑，左镌“重修世祖蕲王碑”，右镌“故刊防卫录韩蕲王传”。中层额镌“日月争光”，顶额镌“恩荣”。始建年代不祥，今墓为清乾隆九年（1744）修葺；民国十年（1921）昌化县政府告示严禁侵损；1999 年 12 月公布为临安市级文物保护单位。

我们伫立墓前，凝望沉思。四顾无人，寂静无声。“忠武”碑默立不语，像是守坟卫士。几株年逾 300 岁的银杏树，不时飘下金黄的花叶，铺出一地缤纷。

韩世忠，南宋第一名将，一生官职繁多：宣抚使、节度使、制置使、观察使、开府仪同三司、太师、太傅、郡王、英国公……皆为一品高官。死后 17 年（1168）被追封为蕲王，死后 25 年（1176）谥“忠武”。

而今，他已在此沉睡 860 多年，真的永远隐居昌化山乡了。诚然，与杭州西湖边同时代的勇士墓相比，显得有些冷落，没有墓阙门楼，少了神道石兽，更无香炉供桌、牌坊楹联。然而昌化毕竟也是南宋皇城畿辅之地，山水清丽，人淳地厚，没有车马喧嚣，不见人群纷扰，且有杨溪村民永久相伴。一代英灵安息于此，宁静安详，无忧无虑，这何尝不是苍天赐给世忠的福分！何尝不是昌化山水之荣耀！

# 兵部尚书胡世宁

在临安市河桥镇七都村一带，有着胡姓人家上代出过兵部尚书的传言，但具体哪个朝代，官者是谁却说不清楚。因此，长期以来，听者均把其当作民间传闻。

去年，笔者在编撰《河桥古镇》时，因查阅史籍资料，发现传言中的兵部尚书，即是明嘉靖时的高官胡世宁，清代《湖山便览》和《仁和县志》都有记载，只不过一直以来都把他当作“杭州仁和人”介绍。其实胡世宁是昌化人，且在昌化读的“县学”，考取功名后才举家迁往杭州，在横塘（今杭州江干区笕桥镇）置田造屋，繁衍后裔。

笔者作为昌化人，因记挂这位“老乡”，一直想把他推荐给昌化，让家乡的山水有点历史名人的光辉。

胡世宁，字永清，号静庵，浙江昌化人，明成化五年（1469）生，明弘治六年（1493）进士。其祖上均为农耕人家，终年与耕犁锄耙为伴。世宁少时家贫，靠外祖父资助学业。他自幼聪颖，志存高远，酷爱读书钻研，父母亦指望他文章经世，考取功名，出人头地。

寒窗苦读，十度春秋后，世宁于明弘治五年（1492）一考中举，搏出了一条为官之路。山乡农家，出了举人，无异于鸡窝里飞出凤凰。小镇沸腾了，亲朋好友登门贺喜如过江之鲫，而世宁气定神闲，受宠不惊，继续埋头读经问史，不分昼夜。时有州署奖掖世宁银钱百两，世宁初不肯受，后来想到要孝敬父母报答外公，接纳了50两，其余一半捐给乡里公益救灾。

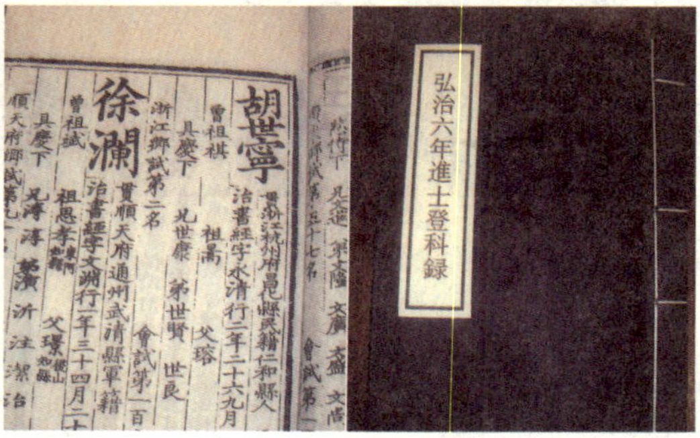


明弘治六年，即举孝廉的第二年，适逢三年一次大考，胡世宁赴京

参加“殿试”，不料高中进士，喜登龙门。连续两年的顺利成功，别说世宁父母，整个胡氏宗亲无不欢欣鼓舞。

按惯例，“金榜题名”该携厚礼拜访京城权贵大腕，以图日后授官安排个好地方好差使，但胡世宁没有理会，他认为那样做有失人格气节，因此，发榜后即返程回故乡。

三个月后，驿马送来文件，授世宁为德安府推官。德安地处湖北，府辖安陆、应山、应城、云梦、随县、孝感等县，推官系管理府治司法刑狱之类的基层官员。世宁在任两年，因干得出色，即升调至南京刑部主事郎中（相当于今司法部官员）。

南京时称“南都”，机构林立，人才济济。胡世宁业余常进书馆，访名师，坚持研经阅典，且与三位好友相互切磋，探讨学问。那时，世宁正青春年少，风度翩翩，又才学出众，是标准的青年才俊，时称“南都四君子”。

弘治十八年（1505），孝宗皇帝病逝，武宗即位。新帝登基，向天下发诏求言，征集治国良策。世宁厚积薄发，上奏十件要事，条分缕析，有理有据，非常到位，被皇上采纳。次年，即被派往广西，任太平知府。太平府地处西南边陲，与安南（越南）接壤，下辖凭祥、崇左、宁明、龙川、大新等县，地广人稀，又系少数民族地区，风土人情与江浙迥异。长期以来，这里山高皇帝远，当地乡绅土司对朝廷命官一向厌恶排斥，暗中捣乱作梗是家常便饭。世宁到任伊始，不耻下问，一一登门拜访当地权贵大佬，以诚相见，以礼相待，同时刚柔相济，恩威并施。不出二月，当地官民对这位新任知府就好感有加，且服帖从命。

太平府治在崇左县城，崇左古称“壶城”，山水风光极佳，人文古迹众多，为保境安民，胡世宁首倡筑造“壶关”。征檄一出，万民响应，尤其与朝廷作对的那些土司乡魁也积极响应，主动募集数千银两，召集民工上万，运斤伐木，挑石垒土，日夜施工。不出数旬，雄关建成。落成典礼那天，崇左万人空巷，爆竹声中高呼“知府英明”。世宁执政太平，廉明公正，整顿役赋，减免税银，帮贫扶困，剿寇捕盗，在边境治理出一方安宁和谐的领地。

三年后，世宁调任宝庆知府（今湖南邵阳、新化、邵东、武冈、新宁、城步等县），不久因川蜀江浙贼寇蜂起，而世宁在沧州有退敌之功，又将他调任江西按察使，主兵剿寇。世宁果真文韬武略，提出并实施一整套独特富有成效的平贼方针，捷报连连，为同僚刮目。

明王朝为朱家天下，宁王朱宸濠却不满足，蓄意谋反篡权。胡世宁发觉后向皇上举报，谁知朱宸濠串通贿赂当朝权奸，以“妖言诽谤”加罪世宁，并遣凶徒追杀。幸亏好友李承勋（时为浙江按察使，南都四君子之一）帮助，才逃过一劫，但仍没有改变坐牢的命运。

在狱中，世宁不断上疏，认定宸濠必反，要皇上明察并防范，且表明自己赤胆忠心，至死不渝。不少老臣也看出宸濠端倪，遂附世宁奏议，为世宁开脱。

果然，朱宸濠按捺不住狼子野心，于正德十四年（1519）起兵反叛，先是血洗南康、九江等地，接着刀光剑影，直逼京城。

43 天后，朱宸濠被诛灭，胡世宁也因此平反出狱，官复原职，并于嘉靖初升佥都御史，巡抚四川。巡抚四川期间，他发现诸多弊端，一一力陈朝廷解决。回京后，调吏部任右侍郎（尚书助理）。吏部是管理全国官员的机构，相当于今日中央组织部。胡世宁立足本职，平息了一场朝廷内乱，制止了兵戎相见，为朝廷安定、君臣和睦立下汗马功劳。

路遥知马力，日久见人心。胡世宁的朴直忠良为嘉靖皇帝赏识，不久召为兵部左侍郎（副尚书）。

大明王朝中有名的宰相，于谦算是一个。他的一首《石灰吟》，名垂千古，妇孺皆知。于谦亦任过兵部尚书，约比胡世宁早 60 多年。世宁常以这位杭州老乡为偶像，激励自己。

胡世宁文韬武略，气壮才雄，像于谦一样，抵外寇，平内患，忠心耿耿，极尽所能。他洞察秋毫，上奏均能抓住要害，提出解决方案，为皇上所重用。此后，胡世宁的职位多次变动，从工部尚书到刑部尚书，最终官至太子少保、兵部尚书。至嘉靖九年（1530）身故时，共计为官 37 年。

胡世宁志节清峻，刚正不阿，是明皇朝不可多得之人才，亦是昌化人杰的骄傲。他的经历与后来的兵部尚书胡宗宪（1538 年进士，比胡世宁晚 45 年）十分相似。

胡世宁行为规范，站如松，坐如钟，行如风，据说他死时也“岿然端坐”，皇朝为褒其荣，谥号“端敏”，同时恩准在家乡昌化县治建四柱三门功绩石牌坊一座（尚书坊，又称立极扶纲坊）。

胡世宁留下很多著作，有《读易私记》4 卷，《春秋志疑》18 卷，《自述年谱》16 卷，《沧州退敌》1 卷，《桃源建昌征案》和《东方抚案》11 卷，《胡端敏公奏议》20 卷，《新河奏议》1 卷，还有《德安行稿》《抚蜀杂稿》《太平宝庆杂稿》《天慈见录》等多卷，可谓著作等身。

胡世宁的弟弟胡世臣系金溪训导，其子胡纯官至广东肇庆知府。

# 太皇太后邵氏娘娘

明朝历史中故事最为丰富同时也最曲折离奇的当数明嘉靖时期。讲明朝历史，说明朝故事，编明朝戏曲，言必称嘉靖。

明嘉靖皇帝朱厚熜，是明朝皇帝中最聪明好学的，他的著作也是最多的。他的血脉里有浙江昌化人的基因，因为他的老爹朱祐杬是昌化人邵氏娘娘的儿子，即是说，嘉靖帝是邵氏娘娘的亲孙子。

皇帝的母亲称皇太后，皇帝的奶奶称太皇太后。中国历史长河中，能成为太皇太后的女人仅四位，其中邵氏娘娘是一位，史称“孝惠太皇太后”。

一个山乡女子，如何成为太皇太后？说来话长。

浙江昌化十都邵家村（今清凉峰镇），有一个叫邵林的人。明朝正统年间，邵林应征在杭州漕运司当淘沙军，其职责是疏通河道，指挥往来船只有序航行，仿如今天的海事管理部门。邵林虽出身山乡农家，但身材魁梧，形象挺拔，且颇有志向，欲干一番大事，衣锦还乡。

其妻杨氏，亦为昌化同乡。夫妇俩初入杭城，寓居太平巷，得钱以换米粮，生活清苦，难有积余。杨氏怀孕期间，曾梦见七彩凤凰飞临其家，在堂前桌上停驻，留下一根美丽羽毛后飞离而去。不久，杨氏分娩，生下一女，取名世贞。其时天气晴朗，华光照屋，一派祥和气象。此后的数年，杨氏又生四个儿子，分别是邵琮、邵琇、邵玘、邵琪。如此，邵林一家生活更显艰辛，意欲将世贞早点嫁人。世贞 14 岁时，有媒婆登门劝说，先后介绍七位男子上门聘娶，邵林皆未允诺。最后答应许配给一指挥使（中级军官），已准备停当上马来娶，谁知烈马发飙，指挥使坠下马鞍，触地而亡。痛定之余，邵林割爱将世贞卖给在杭镇守太监。太监视世贞长得眉清目秀，出落有容，又温静聪慧，遂供她读书识礼，习诗练琴。天顺年间，皇帝在江南选妃，太监把世贞携至京师，因世贞天资聪颖，端庄秀丽，于庚辰年（1460）被选入宫。由于世贞出身贫贱，只好居掖庭外院，从事礼宾方面的一些细务。红墙深院，宫女三千，世贞进宫三年未曾见皇上一面，只能冷清度日，消磨青春。一日，月光皎洁之夜，烦闷落寞的世贞走进御花园，踯躅于花前月下，有感幽怨，不禁轻吟起亲作的《红叶诗》来：

宫漏沉沉滴绛河，绣鞋无奈怯春罗。
曾将旧恨题红叶，惹得新愁上翠螺。
雨过玉阶秋气冷，风摇金锁夜声多。
几年不见君王面，咫尺蓬莱奈若何？

红叶诗是题于红树叶上的诗笺，其中有个典故。相传早在唐宣宗时，有一个叫卢渥的诗人，去长安应考，途经皇城宫墙，见御渠上漂来一片美丽的红叶，他捡起一看，上题有诗句：

流水何太急，深宫尽日闲。殷勤致红叶，去找好人家。

卢渥对此诗很感兴趣，把它收藏进书箱。后来，卢渥娶了一位从皇宫中返家的韩姓宫女，卢渥谈起题在红树叶上的诗，韩说正是她写的。卢渥不信，她便提笔写了一遍，一看笔迹，果然一样。这件事被传为佳话，红叶诗也因此成为宫廷女子思乡，对深宫寂寞日子不满而宣泄的一种方式。邵世贞入宫三年见不到皇帝，就模仿唐代女子写了这首诗，以排遣心中情感。

诗毕情至，无限惆怅。恰巧这时宪宗皇帝路过此处，闻而异之，走至身旁，见其低眉颔首，姿容秀丽，很是惊异。与之交谈，得知世贞来自江南佳丽地杭州，知书达礼，才貌双全。宪宗不觉动心，遂召应侍寝。

《红叶诗》虽然让世贞受宠，获得皇上欢心，让她摆脱冷宫孤寂的难熬日子，但她仍必须小心谨慎度日。因为在宪宗皇帝的嫔妃中，有一位万贵妃最为骄横得势。万氏比宪宗大 18 岁，简直可以为母。但因其长相妖艳，又会要手段，善揣摩皇上心思，宪宗非常纵容和宠爱她。万贵妃为争独宠，想方设法打击排挤其他嫔妃，尤其宫中妊娠女子，都难逃脱万氏的残害。曾经与宪宗生下朱祐樘（后来的孝宗皇帝）的纪贵妃即被万氏所害致死。万贵妃权倾后宫，心狠手辣，宫眷们都怕她，纷纷避而远之。聪明的邵世贞深知万贵妃的厉害，主动到一座冷僻的宫苑居住，以避万氏锋芒。

但毕竟邵世贞年轻貌美，文静温顺，深得宪宗喜爱。明成化十二年（1476）世贞生下皇子朱祐杬后，被封为宸妃。

自从纪贵妃被害身亡，宪宗对万氏有所疏远，万氏的气焰有所收敛。邵世贞被封宸妃后，住进了未央宫（今称太极殿，明嘉靖年间改建，更名为启祥宫，为紫禁城西六宫之一），后来的几年，又生下祐棆、祐标等皇子，不久邵世贞晋升为贵妃。看到宪宗十分钟情邵世贞，一贯骄横的万贵妃自感徐娘半老，不及年轻貌美且有才华的邵贵妃，渐渐与邵氏亲近结交，讨好世贞，还企图说动皇帝，以邵氏所生祐杬取代纪氏所生祐樘的太子之位。

成化二十三年（1487）朱祐樘即位，成为孝宗皇帝，邵世贞的儿子朱祐杬被封为兴王，派往湖北安陆藩邸，邵氏不能同行，与儿子分别，十分难过。明武宗正德十四年（1519）43 岁的兴王朱祐杬在藩邸病故，母亲邵世贞闻知后，伤心至极。本已年迈的邵氏，两眼生翳，目力不济，加上丧子之痛，不断流泪，两年后双目失明。

在湖北安陆的朱祐杬，娶妻蒋氏，生下儿子朱厚熜。明武宗朱厚照（朱祐樘儿子）是朱厚熜的堂兄，驾崩后，根据“兄终弟及”的皇制，由 15 岁的朱厚熜继承皇位，庙号世宗，史称嘉靖皇帝。年迈眼盲的邵氏娘娘，得知其孙为帝，异常高兴，经常呼唤世宗至卧室，双手从头到脚抚摩爱孙，久久不肯释手。世宗甚为感动，想起祖母从小对他百般疼爱，如今垂垂老矣，理应好好报答祖母。他即位不久，将祖母居住过的未央宫改建，并更名为启祥宫，以此纪念和彰显祖母之恩德，同时，在嘉靖元年三月（1522），世宗为祖母正名，颁诏天下：“自古帝王以孝治天下，尊亲之礼其来远矣，朕祖母邵氏，圣善慈仁，静专明哲，克事宪祖，赞理内政，燕谋兆祥，泽隆启祐，睿发庆源，若斯之远，而徽号未加，朕甚恚焉……”颁诏不久，邵世贞被朝廷封为“孝惠太皇太后”。

邵世贞成为太皇太后之后，以自己切身体会，与朝中百官言：“女子入宫无乐可言，饮食起居皆不自由，终日幽禁寒宫。”建议朝廷：“今后选妃，毋去江南，此我留大恩于江南女子者也。”自此后，明朝帝王选妃不再下江南。邵氏娘娘为江南女子解脱了被选妃而遭罪的命运，结束了明朝廷在江南选妃的历史，也算是赐给江南人家的大恩大德吧！

邵氏娘娘在宫里六十年，庄顺自持，不私其家，常告诫后人，曰吾家祖上浙江昌化，起自行伍，赖以祖宗积德，当荷国恩记。

邵氏娘娘于嘉靖元年十一月（1522）崩逝，享年七十有八，尊谥“孝惠康肃仁懿顺协天佑太皇太后”。世宗有意将她葬于北京茂陵（宪宗皇帝墓），但群臣议后觉得不妥，因皇陵不宜数度开合，以免惊扰祖皇，破坏风水，败渎社稷。后来，娘娘玉体运回杭州，葬于西湖橡子岭，也算是情系故土、叶落归根吧！

邵世贞入宫，自被册封宸妃那一天起，住在杭州的父亲邵林一家就成为皇亲国戚了。先是将他居住的太平巷更名为“皇亲巷”，在巷口立“戚婉”牌坊一座；靠近太平巷的贡院街，因杨氏身孕时梦凤凰仪庭，里人呼此地出凤凰，为纪嘉祥，亦改名“凤凰街”。不久又封邵林为“昌化伯”（封建王朝封爵分五等：公、侯、

伯、子、男），食禄千石，并且于正德十六年（1521）补赠授邵林为锦衣卫指挥使。邵林的几个儿子亦时来运转，个个授官。其中长子邵琮早在成化丙中（1478）即授锦衣卫指挥使（皇家卫队最高长官），食俸正千户；次子邵琇亦升锦衣卫指挥使，封“昌化伯”，食禄千石，并赐“铁券丹书”；三子邵玘授官至信校尉；四子邵琪赠明威将军，食俸副千户。

邵林被封爵后，一改先前清苦拮据的生活状况，很快就在杭州皇亲巷筑造新居，名“邵园”。邵园落成，精致恢宏，颇有江南园林之胜，观赏之人络绎不绝，皆赞誉称奇。但因邵氏后代无人修缮，至清时，邵园已衰败。清黄模《过昌化伯故园》可见一斑：

择里鲍公社，密迩邵伯园。
邵伯亦已矣，名园空复存。
板桥入小市，春草生断垣。
百年易几主，乔木苍烟昏。
惟应池上月，照见绣盖翻。
比邻艳生女，能说前朝恩。
指点皇亲宇，居然榜巷门。

邵林和杨氏去世后，暂厝杭州北山青芝坞（今浙大玉泉校区旁）。嘉靖十八年（1539）邵林孙请于朝廷厚葬，钱塘守臣接诏，择地选茔，最后迁到南屏山原法因寺旧址入土安葬，且辟地八亩，拨银数万两，建“发祥祠”，又筑坛十四处，以作祭祀。明田汝成《西湖游览志》第三卷“南山胜迹”载：“发祥祠，以祀昌化伯公邵林。公者，孝惠皇太后父也。太后侍宪皇，生皇考睿宗献皇帝，于今上为祖母，以戚里恩封公伯爵。嘉靖十九年，葬于此，给银五万余两，阡隧崇严，甃斫工巧，江南所无者。”

据说，有农人在发祥祠旁种蚕豆，所得蚕豆形美颗大味鲜，杭人称呼“皇坟豆”，皆言地沾皇气所致也。

发祥祠旁邵、杨之墓，后来遭盗挖。《清波小志》载：“康熙四十年（1701），盗入冢中，刚及外层，便为行人发觉，惊慌而散。地方闻于官，时邑侯王毓美亲至墓地踏看，命人掩其穴……”清代桑调元的《昌化伯墓》诗也反映了邵坟被盗挖且荒芜的景象：

皇陵锢三泉，金凫出抔土。
矧兹外戚坟，芜没讵足数。
荒荒野蔬青，翁仲立暝雨。
萤火照烟墟，兽石散秋圃。
嵯峨改葬初，穹封迈堂斧。
等是付扰锄，不异青芝坞。
谁家营巨圹？宰木更新主。
我心无块垒，酒亦宜烧取。

后来得知，盗墓贼是邵氏后裔中的不肖者。古代中国，盗墓之仇不共戴天，然不肖子孙自为之，可谓狗屎不如。可见，人心难测，贪图钱财鸡鸣狗盗者，自古至今皆然。

大明皇朝历经 277 年，龙庭宝座上有过 16 位皇帝。其中在位最长的是万历帝明神宗，48 年；第二位则是嘉靖帝明世宗，45 年。但因万历帝 10 岁登基，年幼无知，毫无执政能力，后又长年抱病，20 余年不理朝政，比较起来，嘉靖帝在位最为久远。嘉靖是明朝第 10 位皇帝，嘉靖以后的皇帝基本没什么建树。嘉靖从小聪明好学，由于父亲死得早，全赖祖母邵氏娘娘教养。嘉靖的成功与祖母邵氏娘娘自小倾情呵护、言传身教不无关系。据说嘉靖小时候怕冷，祖母邵氏娘娘把昌化竹篮火熜给他搁脚暖身。此竹篮火熜为太皇太后邵氏特制，细篾铜钵，精致玲珑，作为皇太后遗物，至今仍收藏于故宫。嘉靖帝真名朱厚熜，“熜”与昌化火熜的“熜”为同一字，这其中是否有某种关联呢？

邵氏皇太后系昌化人，但据徽州文化学者考证说，邵氏娘娘祖籍在绩溪伏岭，封为贵妃后，曾回过伏岭老家祭祖。当时，族人精心准备，忙作一团，在娘娘经过的街巷，铺上“金砖”（其实是从京城运来的“京砖”），还建造气派富丽的“仪门”。伏岭邵氏成为皇家亲戚，顿时蓬荜生辉，修祠堂，树旗幡，大兴土木，热闹异常。邵氏宗祠的柱联可见一斑：“铁券丹书，伯锡浙江昌化；子孙派衍，族繁徽邵华阳。”当年娘娘经过的街道，因铺了“金砖”而被呼为“金街巷”。如今，绩溪伏岭“金街巷”的地名仍在，而邵氏娘娘荣归故里的往事，亦真亦幻，没有多少人记得了。

说到绩溪，顺便叙述一下邵氏族人争嗣的事。邵世贞被封皇太后，除其父邵林外，世贞的几位兄弟也被授官晋爵，享受朝廷俸禄。封建王朝，官爵袭封，财产俸禄皆可宗嗣继承。邵林子死孙亡后，无直系后代，于是族人纷纷仿冒，或兄弟或叔伯或侄孙，企求朝廷封爵继承，实为争夺邵氏财产。嘉靖皇帝高高在上，搞不清谁真谁假，要求吏部议出一个方案解决此事，又令身边几位重臣提出看法。

最后采纳了胡世宁的奏议：“革外戚，封停嗣。”胡世宁时为兵部尚书，一言九鼎。他亦是家住杭州的昌化人，知道哪些是邵氏真传，哪些是旁系末友。据说，冒乱者，既有昌化邵氏后裔，也有绩溪邵氏族人。

胡世宁奏议于嘉靖七年（1528）生效，自此后，凡封袭福荫，均详考纲常伦序，一切旁枝亲属皆无继承的权利，即便是本家直系子孙，若父辈封爵辞世，也只能择其中杰出者继承，为期八年，逾期失效，不再世袭延伸。

至于皇帝赐给邵氏家族的“铁券丹书”，是长 50 厘米，宽 20 厘米，厚 0.5 厘米的弧形铁板，上铸金文，文为朱砂楷字，熠熠闪光。据说是严嵩手笔，历代为昌化邵氏宗族收藏。中华人民共和国成立后，邵氏后裔将其捐赠给国家，作为重要历史文物，今藏展于西湖旁的浙江省博物馆。“铁券丹书”亦称“丹书铁券”，是帝王赐给开国功臣世袭爵位及免罪的证明文件。赐给邵氏的“铁券丹书”全文如下：

> 柱国昌化伯，食禄一千石，子孙世承袭。今与尔誓：除阴谋不宥，若犯杂犯死罪，身免二次，子免一次，于戏，延赏援世，虞典之盟言具在，保全富贵，汉家之恩泽常行。尚克歆承以彰殊渥。一犯死罪减禄米三分，二犯死罪减禄米七分，三犯死罪禄米全不支给。

唐昭宗颁赐给钱镠的“金书铁券”，是我国目前现存最早的免死金牌，现存中国国家博物馆。

# 明显陵与“皇考之争”

明嘉靖皇帝的父亲，也就是昌化人邵氏娘娘的儿子朱祐杬，没有做过一天皇帝，死后却享有帝王之荣。为其所建寝陵，规模之宏，水平之高，超越明代所有皇陵。翻阅历史档案，原来，这与嘉靖年间一件轰动朝野的“大礼仪”事件有关。

在中国的世界遗产中，明孝陵与明显陵赫然在目。这两座南方的皇家陵园，相比于北方的明十三陵毫不逊色，它是明清皇家陵寝的重要组成部分，代表了中国古代陵墓修建的最高水平，充分展示了皇权至上的思想。

明孝陵在南京紫金山，系明朝开国皇帝朱元璋与皇后马氏的陵墓。明显陵在湖北钟祥市东北的纯德山，安葬的是明朝第十一任皇帝明世宗嘉靖皇帝的父亲朱祐杬和母亲章氏。朱祐杬是邵氏娘娘的儿子，其实没有做过皇帝，但他的陵墓却是明代帝陵中最宏伟也是建筑水平最高的。

明显陵占地1.83平方公里，背山面水，自然环境十分优美，处处体现风水理论。长达1300米的神道两侧，有华表、人像、动物白玉石雕，肃穆庄严。陵园两重，外围为罗城，内城正门为隆恩门，其后是隆恩殿。隆恩殿后依次为陵寝门、二柱门、石五供、方城明楼，楼内置“恭睿献皇帝之陵”碑，相连有前后宝城。前宝城顶下有玄宫，后宝城顶下内停放恭睿献皇帝和章圣皇太后的棺柩。这种一陵两冢的结构，为历代帝王陵墓绝无仅有。

没有做过一天皇帝的朱祐杬，死后却享帝王之荣，何也？

这就牵涉到明代的“大礼仪”事件。

明正德十六年（1521），31岁的武宗皇帝朱厚照驾崩，因武宗没有子嗣，皇室决定遵循“兄终弟及”的祖训，由武宗堂弟朱厚熜继承皇位，武宗临终前也留下遗诏，由“兴献王长子厚熜嗣皇帝位”。由此，顺理成章，朱厚熜登基做了皇帝，以“嘉靖”为年号，庙号“世宗”。

按照封建传统伦理，朱厚熜应过继给孝宗皇帝（即武宗的父亲，世宗的大伯朱祐樘）做儿子，但世宗为了自立体系，没有这样做，而是效仿朱元璋追尊四世先祖为皇帝的先例，敕谕礼部“加兴献王为本生皇帝恭穆献皇帝”，即追尊父亲朱祐杬（邵氏娘娘的儿子）为皇帝。此举引起很多朝臣反对，在宫廷内形成两派激烈争辩。其中反对者200多人，有一天“相继跪伏左顺门，自早至午不起”。世宗见状，数次下令要求众臣退去，但不见效。一怒之下，世宗将这些大臣全部逐出宫廷，分别处以入狱、夺俸、贬官、戍边等惩罚。

时为礼部尚书的胡世宁，是支持世宗追父为皇一方的代表人物，主张早日完成“大礼”，但对世宗惩罚群臣的做法亦不赞同。他在上疏中表达了如下思想：众臣都是效忠皇上的，无非言辞过激而已，皇上应大度量，消除成见，不要怪罪他们，以求安定团结。

世宁上疏后不久，即调离礼部，召为兵部左侍郎，说不清是升官还是降职。

“皇考之争”（亦称左顺门之争）前后长达三年，最终，朱厚熜以更定大礼告捷，称孝宗（大伯朱祐樘）为“皇伯考”，父亲朱祐杬为“恭穆献皇帝”，完成了自己的昭穆（宗庙）体系。这一历史事件即是史称的“大礼仪”。据说在整个事件中，世宗的祖母邵氏娘娘（史称慈寿皇太后）功不可没。

明显陵建于1519—1566年，历时47年，是明代18座皇陵中的第12座，明显陵的竣工之日，也是世宗嘉靖皇帝的寿终正寝之时。

# 《聊斋》故事里的昌化人

传世名著《聊斋志异》是我国清代文学家蒲松龄的“一生精力所聚”之作。全书 12 卷 491 篇文言小说或故事，构思奇妙，语言生动，多以谈狐说鬼的形式暴露当时社会的黑暗和官场和罪恶，对科举礼教也有所批判。但书中数量最多也是最精彩的部分是那些描写婚姻爱情的篇章。其中第 6 卷上有篇《细侯》，说的是浙江昌化人和一位青楼美女相见、相知、相爱的故事，读来颇感传奇，亦让人感动。

故事梗概如下：

昌化人满生，在余杭开办学堂教书。有一天他去逛街市，忽然有荔枝壳飘落到他肩头。他抬头一看，发现一位妙龄女子正倚在阁楼的栏杆上，姿色艳丽妩媚，满生痴痴地注视着她，不禁心旌摇荡。女子朝着楼下的满生微微一笑，而后转身进屋。

满生打听到，此位妙龄女子是妓院贾氏之女儿，名叫细侯，她颇有名声，身价亦高。满生很想与她交往，但怕难以如愿。回到住处，苦思冥想，通宵未眠。第二天，满生带着名片进妓院访细侯，和细侯见了面。想不到两人相谈甚欢，共同的话题很多，这让满生更加喜欢，甚至迷恋上了她。几日后，满生找借口向同行筹借了若干钱，带着来找细侯。两人见面很是亲热，简直如胶似漆。满生在枕上随口作了一首诗赠给细侯，表达深爱之情：

膏腻铜盘夜未央，床头小语麝兰香。
新鬟明日重妆凤，无复行云梦楚王。

细侯听后感慨地说："我虽然卑贱，但每每总盼望能见到一个情投意合的男子，来侍奉他。你既然没有妻室，看我能否给你当家？"满生听了心中大喜，叮嘱再三，约定坚心要娶她。细侯也很高兴，说："吟咏诗词我认为不难，每当无人打扰时，我也想模仿写一首，但又恐怕写不好，让人讥笑。如果能跟了你，你一定要教我啊。"

细侯接着问满生家有多少田地房产，满生回答："薄田 50 亩，破旧房屋数间。"细侯说："我嫁给你后，咱俩要长相守，你也不要去教书了。40 亩田的收获足能自给，另 10 亩可以植桑养蚕，织 5 匹绢，太平岁月纳税不成问题。咱们关门相守度日，你读书我织布，闲暇饮酒作诗消遣娱乐，这样快乐的生活，即便千户侯这样的大官也不足贵呀！"

满生问细侯，赎你出妓院大概要多少银钱？细侯说，"估计最多 200 两银子吧。我年幼无知，不懂钱财的重要，每次所得均交鸨妈，自己积蓄少得可怜。这样吧，你准备 100 两银子，余下的你不必操心。"满生忧心地回话："我家境贫寒，你知道的，100 两银子不是小数目，如何弄得到？不过我想起我的一个结拜兄弟，他在湖南当知县，曾几次邀我去，因为路远，不敢涉足。今天为了你，我决定壮胆前往，试着与他商量，估计三四个月才能回来，望你耐心等待。"细侯听后点头应诺。

满生辞掉教书差事前往湖南，到了那里方知结拜兄弟已被罢免官职，失势后住在普通民宅，钱囊空空如也，不能资助满生了。满生陷入困境，难以返回，就在当地找了一家学馆教书度日，三年未能回家。有一次满生用竹板责打学生，那位学生竟自己跳河不幸淹死。东家大人痛惜孩子，把满生告到官府，满生因此被捕入狱。好在有学生同情老师，认为老师没有过错，经常送一些东西去看他，所以也没吃多少苦。

细侯自从与满生分别后，闭门不出，也不与任何人往来。鸨母问其缘故，得知她许身满生心思不可改变。鸨母也只能听之任之。

当地有一个富商，迷恋细侯容貌名声，托媒人向鸨母求亲，且不惜高价，志在必得的样子，但细侯不答应。富商到湖南做生意，暗中打听满生消息，得知案件即将了结。于是富商贿赂办案官吏，让满生长期关押。同时又回来告诉鸨母，说满生已病死牢里。细侯听后怀疑他的消息不确。鸨妈对细侯说："别说满生已死，就是不死，你嫁给这样一个穷书生吃苦一辈子，怎么比得上跟富人锦衣玉食享荣华富贵呢？" 细侯回答说："满生虽穷，但人品清高。跟着满是铜臭龌龊的商人，不是我的心愿。况且传的消息只是道听途说，如何让人相信。"那个富商一计不成，又托别的商人伪造满生绝命书寄给细侯，企图断绝细侯希望。细侯见到书信，信以为真，整日哭泣悲伤。鸨母对细侯说："我自幼接纳你，抚育良苦，你成年这几年来，我也没有得到多少回报，现在你既不愿做妓女，又不想嫁人，用什么来维持生活呢？"细侯想想确实难以为继，不得已就嫁给了那个富商。富商对她很用心，做衣裳买头饰打耳环，供给十分奢侈。一年后，细侯生了个儿子。

时间没过多久，满生在学生的帮助下昭雪出狱，得知是富商施计将自己长期监禁，但与其平素无冤无仇，想来想去找不到缘由。学生们解囊相助，凑足了路费，满生终于返乡，打听到细侯已经嫁给别人，非常难过。于是就把这些年的遭遇托市场卖酒的老妇人告诉细侯。细侯知晓后大为悲伤，这才明白此前种种事端，皆是富商的阴谋诡计。有一天，她乘富商外出，狠下心杀死了襁褓中的儿子，并立即带着自己的物件逃到昌化满生那里，富商的东西她一样都没要。

富商外出回来，发现妻子所为，怒气冲天，把细侯告到官府。但官府认为细侯所作皆因富商引起，情有可原，因而把案子搁置下来，没有问罪。

## 附：《聊斋志异》之《细侯》原文

昌化满生，设帐余杭。偶涉廛市，经临街阁下，忽有荔壳坠肩头。仰视，一雏姬凭阁上，妖姿要妙，不觉注目发狂。姬俯哂而入。询之，知为娼楼贾氏女细侯也。其声价颇高，自顾不能适愿。归斋冥想，终宵不枕。明日，往投以刺，相见，言笑甚欢，心志益迷。托故假贷同人，敛金如干，携以赴女，款洽臻至。即枕上口占一绝赠之云：

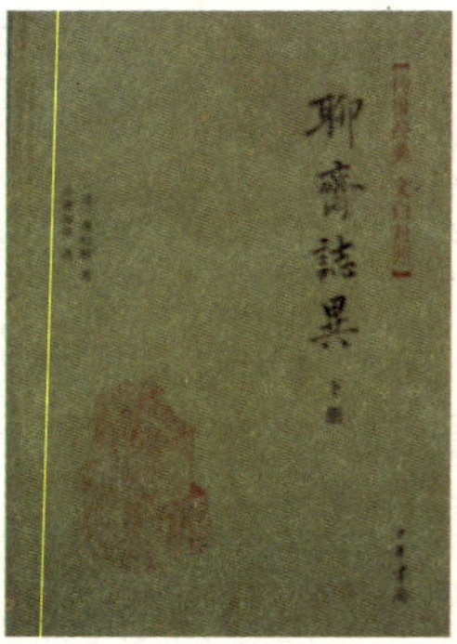

膏腻铜盘夜未央，床头小语麝兰香。
新鬟明日重妆凤，无复行云梦楚王。

细侯蹙然曰："妾虽污贱，每愿得同心而事之。君既无妇，视妾可当家否？"生大悦，即叮咛，坚相约。细侯亦喜曰："吟咏之事，妾自谓无难，每于无人处，欲效作一首，恐未能便佳，为观听所讥。倘得相从，幸以教妾。"因问生家田产几何，答曰："薄田半顷，破屋数椽而已。"细侯曰："妾归君后，当长相守，勿复设帐为也。四十亩聊足自给，十亩可以种黍，织五匹绢，纳太平之税有余矣。闭户相对，君读妾织，暇则诗酒可遣，千户侯何足贵！"生曰："卿身价略可几多？"曰："依媪贪志，何能盈也？多不过二百金足矣。可恨妾齿稚，不知重赀财，得辄归母，所私者区区无多。君能办百金，过此即非所虑。"生曰："小生之落寞，卿所知也，百金何能自致。有同盟友，令于湖南，屡相见招，仆因道远，故惮于行。今为卿故，当往谋之。计三四月，可以复归，幸耐相候。"细侯诺之。"

生即弃馆南游，至则令已免官，以罣误居民舍，宦囊空虚，不能为礼。生落魄难返，就邑中授徒焉。三年，莫能归。偶笞弟子，弟子自溺死。东翁痛子而讼其师，因被逮囹圄。幸有他门人，怜师无过，时致馈遗，得以无苦。

细侯自别生，杜门不交一客。母诘知故，不可夺，亦姑听之。有富贾慕细侯名，托媒于媪，务在必得，不靳直。细侯不可。贾以负贩诣湖南，敬侦生耗。时狱已将解，贾以金赂当事吏，使久锢之。归告媪云："生已瘐死。"细侯疑其信不确。媪曰："无论满生已死，纵或不死，与其从穷措大，以椎布终也，何如衣锦而厌粱肉乎？"细侯曰："满生虽贫，其骨清也；守龌龊商，诚非所愿。且道路之言，何足凭信！"贾又转嘱他商，假作满生绝命书寄细侯，以绝其望。细侯得书，惟朝夕哀哭，媪曰："我自幼于汝，抚育良劬。汝成人二三年，所得报者，日亦无多。既不愿隶籍，即又不嫁，何以谋生活？"细侯不得已，遂嫁贾。贾衣服簪环，供给丰侈。年余，生一子。

无何，生得门人力，昭雪出狱，始知贾之锢己也；然念素无嫌隙，反复不得其由。门人义助资斧得归。既闻细侯已嫁，心甚激楚，因以所苦，托市媪卖浆者达细侯，细侯大悲。方悟前此多端，悉贾之诡谋。乘贾他出，杀抱中儿，携所有亡归满；凡贾家服饰，一无所取。贾归，怒讼于官。官原其情，置不问。呜呼！寿亭侯之归汉，亦复何殊？顾杀子而行，亦天下之忍人也！

# 清贫志士汪亦澄

汪亦澄，清同治年间生，昌化石瑞牛胫村（今河桥学川）人，号颖川。汪出身山村农家，家境贫寒，但他从小聪明过人，才思敏捷，挥笔成篇，16岁即中秀才。

有一年，他满怀信心赴杭城参加三年一次的乡试，不料夜宿青云街客栈时，盘缠被窃。迫于生计，临考前一日，忍痛将一篇绝妙文章卖给同考的富家子弟。结果是此富家子弟中举，汪亦澄落榜。乡人得知，无不为之惋惜。

汪亦澄虽不曾进举，但才学过人。青年时期的汪亦澄，身材魁伟，风度潇洒，因能言善说，被聘执教昌化一带，同时参与撰文修志，书法、文章为人称妙，名噪一时。

清光绪进士、刑部主事方克猷，於潜方元铺人，曾参与康梁维新，是清末有名的数学家（被誉“几何大宗”）。汪亦澄与方克猷交往颇深，其接受新学、务求进取的精神，为方所赏识。

汪亦澄才识渊博，志节清峻，乐于助人。周边百姓闻其大名，常求教于他，而他从不拒绝，为乡人办事，分文不取。

邻县有位商人缠上官司，七次上诉，七次败诉。绝望中，得知昌化汪秀才深谙法律，文笔犀利，便登门请做律师。汪亦澄听了诉讼经过，又详细看了历次诉状，心中有数，答应前往。行前在诸诉状中抽取一份携带，折叠妥当塞在衫袖内。

数天过去，诉讼主人见汪秀才整日与人下棋，谈笑风生，而对诉状只字不提，不免焦急。便问汪先生：“不知诉状写好没有？”汪亦澄见主人心急如焚，答说：“要慢能慢，要快能快，我现在即可完稿。”说完，汪亦澄从袖笼中取出状纸，只在上面改了十几个字，交给主人抄呈。第二日开庭，诉讼反败为胜。

民国初期，昌化县知事王渡，是个贪官，到处搜刮民脂民膏，损公肥私。老百姓畏其权势，敢怒不敢言。汪亦澄对此义愤填膺，深恶痛绝，力陈罪状，带头弹劾，直至王渡下台。然而天有不测风云，后来王渡买通上司，官复原职，于是变本加厉，伺机报复。王渡一手遮天，想方设法罗织罪名，欲置汪亦澄死地，拘他入狱。

汪亦澄得知后乔装改扮，连夜逃离昌化，流浪于杭州、湖州、绍兴一带，数年不归。

在杭州西湖，他写下一首《萍踪漂泊》的诗：

人到穷时百念消，萍踪漂泊惯船寮。
窗临万顷西湖景，茗煮千声东浙涛。
仅有青衿题画笔，绝无红粉咏桃夭。
不知今夜穿云月，光照仙潭第几桥。

汪亦澄为民请命，一身正气。他恨贪官、爱英雄，疾恶如仇，心怀澄清天下之志。在杭期间，常在岳王庙、于谦祠、秋瑾墓等地徘徊思索。他曾在岳湖楼题写长联，以表志节。上联"省城浪游常思负，且莫问湖山负我，我负湖山，但对此累累青冢、漠漠红墙，许多烈士健儿，生也壮，死也烈，愿当道食粟诸君，须知先辈头颅铁血凝成民主国"；下联"酒楼酣饮总相宜，毕竟是风月宜人，人宜风月，况相与梅寻孤屿，花品公园，尽可及时行乐，得何荣，失何辱，倘他日结庐小住，好把平生块垒玉壶浇尽古今愁"。此联一出，轰动杭城，震惊湖山，市民纷纷打听汪亦澄是何方人杰，有何来历？

然而汪亦澄贫病交加，一生不济。49 岁那年，得疾病卧在床，数月不起，自知不久于人世。临终前，自撰挽联，张贴于墙："只此半百光阴生我为何十载贫磨十载病，回告二三知己死期不远一年过去一年难。"昌化乡友闻知，无不唏嘘叹息，一片愕然。

# 贺扬灵是谁

贺扬灵，人称“培公”，1939年10月至1945年10月为浙西行署主任，是统领包括杭、嘉、湖三府在内的23个县市的最高行政长官。

抗日战争时期，国民政府以钱塘江为界，把全省划分为浙东、浙西两大政区，并分别在两区建立代行省府职能的“行署”。其中浙西行署1938年在金华成立，1939年1月迁至西天目山，行署机关设在禅源寺。因天目山几次遭日军飞机轰炸，1943年下半年，浙西行署移驻昌化三民乡汤家湾（今临安市龙岗镇）。

贺扬灵是江西永新人，1901年生，字培心，因家贫，12岁方入学读书。中学毕业后，考取了武昌高等师范学校，高师毕业后工作了几年，29岁时赴日本早稻田大学文学院攻读研究生。

在赴任浙西行署主任之前，贺扬灵有如下履历：

国民政府交通部秘书，内政部编审，浙江省民政厅主任秘书，绍兴县县长兼浙江第三区行政督察专员，第三区保安司令，湖北宜昌区行政督察专员兼宜昌县长，浙江省府委员，第二区行政专员兼保安司令等。

浙西行署原名“浙江省政府暨浙江省国民抗敌自卫团总司令部行署”。1940年9月，抗敌自卫团改编为国民党正规军，总司令部撤销，10月起改名为“浙江省政府浙西行署”。

当领导的，所虑无非是决策、用人两件大事。培公扬灵主政浙西行署，最为人称道的是他用人唯贤。抗战需要各方人才，需要团结奋斗，因为当年有“后方政治看赣南，前方政治看浙西”之说，许多志士仁人涌向东南前哨。人流中凡学术造诣高、有德望的人，贺扬灵安排他们到天目书院、昭明馆任职；如果是写作高手，文化艺术人士则安排他们去《民族日报》、民族文化馆或民族剧团；倘若是思想先进、觉悟高的人，贺扬灵则鼓励从政，并推荐到各县行政机构；如果遇到作战军人，善谋军事的他又会把你安顿在青年营、妇女营或游击纵队、保安团等。在浙西行署，才有所用，人得其所，不管是哪个人的安排，哪个人的调遣，都能因时因地，细针密缕地加以斟酌派用。

培公爱护青年，用人唯才，不论党派，许多年轻共产党员在浙西行署都得到重用。共产党员丁虎荪从延安来，被贺扬灵聘为长兴县政工队长；共产党员乐培文被任命为新登师范学校校长；共产党员吴德贞被聘为军事少年营副营长。还有共产党员何文潮为民族通讯社社长，郎玉麟为经济游击大队队长兼第二行政区保安大队长，等等。如此重用共产党人士，以至国民党二十八军军长陶广质疑："贺主任与何文潮、郎玉麟这些共产党，究竟有什么特殊关系？"

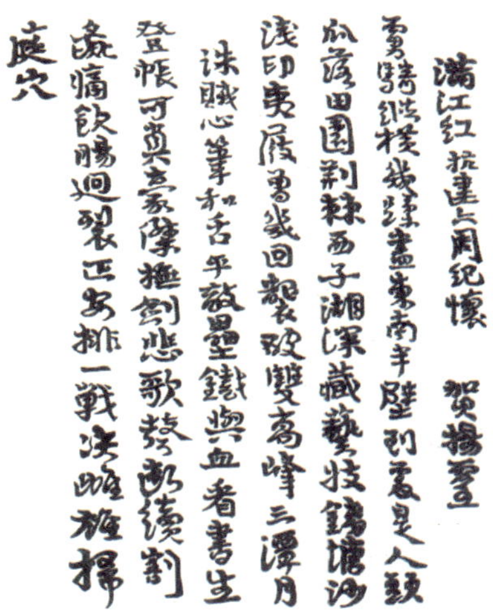

贺扬灵本质上是一个文化人，早在武昌高师读书时，就出版过诗集《残叶》，曾写下 800 行长诗轰动武汉。著名大作家沈从文在他的《文学运动杂说》中说："武昌高等师范学校，胡云翼、贺扬灵、刘大杰三位是当时较知名有活动的青年作家。"在浙西主政期间，贺扬灵先后写下近 200 首诗词。在《民族日报》和《劈天集》上刊登、出版，多数反映抗日情势和自身感受。有评论说，"他每次巡视归来，带来的不是荣誉权力，而是各方面对当前局势的判断与对方针政策的意见，还有他沿途所见所闻而感发的诗稿"。例如 1940 年 10 月 8 日晚，天目山遭日机轰炸，10 月 9 日敌骑过临安边岭脚，多处乡镇沦为焦土。贺扬灵和同仁巡察山中青年各营，回头即写下一首七律：

酒后披襟唱大风，立马天南第一峰。
敌骑冲过边岭脚，我军伏击四山中。
炮火弹烟处处起，几家啼哭几家空。
十万横磨剑如雪，不杀倭头不肯红。

1943 年秋，《民族日报》刊载贺所作《卜算子》词，忧国忧民，满腔仇恨，颇有陆游诗风。其时正是行署搬迁昌化之际：

倭奴犹未灭，有家归不得。
子规叫破山花血，声声如诉急。
多少伤心事，国仇是第一。
酒入愁肠和泪滴，拔剑向天劈。

培公不但诗词歌赋信手拈来，写得豪放大气，而且长短文章亦写得很精彩。较有影响的有《古诗十九首研究》《农民运动》《察绥蒙民经济的解剖》《论第三区水乡战》《杜立特降落天目记》等，字数逾百万。行署在昌化时，写下多篇军政论文，其中有《消灭侵略者的野蛮文化》《浙西自卫武力的昨天与明天》《三十三年之浙西敌情》《战斗浙西》《浙西初期抗战史话序》《天目山保卫战序》等。这些文章，对浙西抗战形势分析到位，对指导抗战极有意义。

贺扬灵学识渊博，激情澎湃，善于演讲鼓动，提出的政治口号，能抓住要害，振奋人心，总能调动大家的情绪与干劲，无论同僚还是下属皆认可他“是一位有思想有魄力的领导人”。

培公主政浙西，抓政治、抓军事、抓经济、抓教育、抓文化，尤有成效。他组织抗战政治工作队，深入沦陷区、敌伪区，鼓动民众，宣传抗日，夺回失地；他组建青年营、妇女营、少年营，扩充自己团队，建立游击纵队，动员男女老少全民抗战；他创办学校，培育青年，做持久抗战准备；他设立书院、报社、通讯社、文化馆、剧团等文化宣传机构，研究历史，传递信息，活跃文化，赞誉军民，激励士气。贺公还执行对敌经济作战，封锁沦陷区通道，杜绝战略物资为敌所用。这一切都已载入抗日史册，为人民所称颂。

贺扬灵身材魁梧，脸色紫铜，平时总穿着灰布军装，冬天披件大衣，加上行走大步流星，在记者眼里俨然是位“将军”。是的，贺公虽未上过军校，亦无当过兵，但他行事果断，性格爽直，临危不惧，敢于担责，有着良好的军人性格。

1943 年秋，日寇三攻天目山，行署人员大部西撤，唯独贺扬灵不肯离山。在距敌十几里的　深夜，还在伏案给《民族日报》写稿。他胸有成竹，对着劝离的警卫说：“我军已全面部署，敌将陷于包围，我决不离开天目山一步。”行署迁往昌化汤家湾后，敌寇最后一次流窜河桥镇，几及行署机关，贺公亦沉着指挥，镇定应对，最终配合国军全歼顽敌于河桥。贺公的军人气概和硬汉形象，美国的杜立特中将（1942 年轰炸东京领队，在天目山跳伞被当地军民救助，受到贺扬灵热情接待）几次写信皆称他为“贺将军”。

贺扬灵虽为学者文化人出身，富有情感，但主政一方领地，却绝不感情用事，徇私枉法。有几桩典型事件，可见贺公战时作风。

一是日寇扫荡浙北平原时，海宁县长田某率其警卫和部分县府职员渡江退至绍兴，贺扬灵知晓后给予撤职查办。在贺公看来，县长守土有责，部队与敌交锋，地方政府尤应协助军旅作战，岂能贪生怕死擅自逃离！

二是十区专员赵某，原系国军28军少将处长，调任他地路过安吉，与旧部同僚在旅社搓麻将，贺扬灵据报得知，明令严加训诫，28军军长请求解免亦未采纳。

三是昌化“租妻案”，主角是陈诒之亲戚某君，他依仗陈诒财势，强迫租妻，以致发生纠纷上告。事为贺公所知，即令昌化县长董中生查实严办。陈诒是昌化人，时任省府某级主官，与贺扬灵有共事之谊。陈诒闻讯赴昌调处，面见贺公，以租妻为昌化百年旧俗为由，劝贺宽谅和解。贺扬灵查得此案某君，家有妻小，仗势租妻，实属遂其淫欲，非寻常穷苦百姓无奈所为，已逾伤风败俗之槛，且纠纷业已发生，政府自应依法处置。结果未给陈诒面子，依法判某君一年徒刑，罚二倍租金，同时明令再有此类事件发生，乡保长连带处分。

四是青年营某君，1940年在孝丰县采办物资，收受商人20元回扣，被举报至行署，军法人员透露贺公意欲严惩，于是有关人士纷纷进言求情为之开脱，而贺扬灵率直训示：“战争本已残酷，而贪污最易腐蚀士气民心，倘不能根绝，如何保持优良风气一致杀敌?”最终，某君被枪决。自此后，整个抗战时期，浙西地区鲜有贪污事发生。

贺扬灵在浙西地区做了6个年头的抗战领导者，有人把他做人行事作风总结为8条：一、身体强健异于常人，每日工作均在18小时以上，从无倦容。二、对事分析能力极强，遇事无不条分缕析，穷其究竟，一经决定，从不犹豫。三、政治上很有修养，他不但善于辞令，发表演讲能使人感动，且善于写作文字，无论新旧文章诗词歌赋均能心到笔随。四、有毅力，硬干作风，做事从不落伍，从不退却，从不悲观，此种精神影响极大，为全国沦陷区所罕见。五、对事从不消极，当时环境之艰苦，不言而喻，而贺先生非但从不灰心消极，且从无流露对其本身工作没有兴趣之感，故其事业能天天发展进步，甚至作为各方示范。六、事业心强，好胜心亦强，任何一桩事业，做得都比一般人好，以致遭人误会妒忌。七、创造力强，警觉性高，见解行动最为独到，很少挫败。八、清廉自洁。贺先生生前毫无积蓄，死时几无以为殓，治丧之资和子女教育基金均靠好友之筹集。可是贺先生在工作时，虽感经济之困迫，但从无向人乞怜诉苦，对于亲友部属之酬酢仍勉强应付。此种作风真所谓大丈夫打脱门牙和血吞也。如贺先生者，确可称为近代政治界之完人。

1945年8月，抗日战争胜利，浙西行署撤销，贺扬灵随军抵杭州，兼任浙江省行辕主任，9月3日，在富阳宋殿村参与接受日军投降仪式。1946年10月，贺任国民党中央组织部第五处处长。令人震惊的是，1947年7月，贺扬灵在南京寓所突然得病，不幸身亡。1948 年 4 月，国民政府发表对贺扬灵褒彰令：“已故浙江省政府委员兼浙江省政府浙西行署主任贺扬灵，保卫地方，有功抗战。该员在浙先后服务十年，著有劳勋。抗战期间，组织营队，建立陷区政权，振奋人心，尤收实效。乃以积劳病逝，悼惜良深。应予明令褒扬，以彰忠荩。”

贺扬灵的女儿贺绍英，从小跟随父亲长大，现为物理学家，常居北京，如今已是 80 岁的老人，抗战时她曾在昌化汤家湾读小学，退休后曾几次来昌化龙岗，寻访当年小学同学，踏看浙西行署旧址，追思父亲业绩。2014 年她还把家中珍藏的抗战史料及父亲遗稿捐献给临安档案馆。

## 附一：杜立特给贺扬灵的第一封信

浙西行署主任贺扬灵将军阁下：

此次同人到达天目山，承蒙赐予种种招待和协助，鄙人谨代表本人及各同伴对于阁下及赵秘书及其他同事表示感谢。此次经过贵国，得获有机会让吾人予共同敌人以打击，深感满意。盼此仅无数次打击之开始，更盼于最近期内能自贵国将侵略者驱逐出境，而建立满意与永久之和平。此颂大安。

美国空军上校杜立特谨启

1942 年 4 月 22 日

## 附二：贺扬灵在昌化龙岗写的两篇“序”

### 序

（为温延龄[1]《浙西初期抗战史话》作序）

乌程温君延龄，撰《浙西初期抗战史话》既成，揖余而言曰：此亦一家乡血泪史也，请为之序。

余惟夫切肤者其痛深，历身者其审言。当淞沪沦陷，国都播迁，寇氛飑及嘉湖，冯陵杭海，血腥遍城邑，荼毒穹乡井。谁无家室，一朝残破；谁无妻子，忍填沟壑。有志之士，黯然以伤，瞿然而起，曰：男儿宁忍耻死耶，要当奋袂以求生耳。于是揭竿者踵接，而三府之生机以萌，寇氛稍杀矣。夫国破家亡之恨，奚止切肤之

1 温延龄，抗日战争时任浙西行署民族文化馆总干事。

痛，宜乎志士之有以激而兴。然话其颠由，缕其史实，则固非身历其境者所得详而尽之。温君当日举义乡闾，固出于爱国救国之一念，而斯篇之作，原其见闻之真，故能言之亲切而有味也。

虽然，史未易言也。详于识小，则失之芜；忽于识大，则病在略。而抗战之史，宁详勿略，其搜畴也不易，故著笔尤难。温君之草斯编也，于任事之余，独力采访，参以记闻，阅时虽暂，而成帙则丰，可谓视难若易矣。览所叙次，虽于吴德之间较详，而于杭海等地抗战史迹，则或不免挂漏，此固知搜畴之难，然举一反三，则浙西初期抗战大事，观此亦可以了如指掌矣。

抑有感者，抗战入八稔矣，浙西一角，寇氛尤炽，我忠义军民，近数年来，承初期抗倭诸君子之后，与敌殊死搏斗，前仆后继，英烈之气，久而弥坚。披览兹编，觉初期抗倭诸君子手创之业，幸尚维持于不坠，而近年光荣杀敌之史，其基盖实由初期奠之，所谓相得益彰者非欤。

嗟乎！寇祸方亟，大任孔艰，前事不忘，后事之师，吾侪其深念之哉，是为序。

甲申夏日永新贺扬灵于龙岗

## 序

(为彭一麟、施孟融[1]合编《天目山保卫战》作序)

予尝造天目山巅，俯瞰三府，群峰如削，之水萦纡，乃喟然叹曰，此浙西之脊也，于是悚然而作，朝惕夕厉者，瞬及五载矣。

中华民国三十二年十月，敌又蠢动於浙皖苏之边境，复分兵以窥天目，狼奔豕突，势亟亟不可终日，因部署袍军，伺隙而进，时国军亦严师待焉。迨寇抵山麓之东，已陷绝境，乃骤予迎击，其时凶焰虽张，实强弩之末，告岭一役，遽奏全功。敌伪铩羽而退，遂不敢复作偏师之窥矣。

是役也，虽将士喋血所致，而党政军民之精神合作，实为制胜之道也。其间尚有可歌可泣之事，宁止一端。彭一麟、施孟融二君虑夫史料之淹没，乃合编《天目山保卫战》一书，详叙始末，书成请序于予。感夫浙西为反攻之前哨，将来规复钱塘，重光三府，其责艰任钜，自在意料之中，则是书当有所益焉。是为序。

民国三十四年三月贺扬灵于龙岗宽庐

---

1 彭一麟，某团团长。施孟融，抗日战争时任浙西行署民族文化馆编辑。

# 杂说昌化人

400多年前，有一个叫王士性的人（1547年生于浙江临海），写了一本叫《广志绎》的书。这是一部将自然、文化、政治、经济融为一体的杰出的地理学综合著作。在《广志绎》中，他谈到浙江人与地理环境关系时说："杭、嘉、湖平原水乡，是为泽国之民；金、衢、严、处丘陵险阻，是为山谷之民；宁、绍、台、温连山大海，是为海滨之民。三民各自为俗。泽国之民，舟楫为居，百货所聚，闾阎易于富贵，俗尚奢侈，缙绅气势大而众庶小；山谷之民，石气所钟，猛烈鸷愎，轻犯刑法，喜习俭素，然豪民颇负气，聚党与而傲缙绅；海滨之民，餐风宿水，百死一生，以有海利为生，不甚穷，以不通商贩，不甚富，闾阎与缙绅相安，官民得贵贱之中，俗尚居奢俭之半。"

王士性是能和徐霞客比肩的地理学家。徐霞客注重的是山水地理，王士性感兴趣的是人文地理，同为明代人，王士性比徐霞客早生40年，而且旅行的足迹比徐霞客还要广，可惜少为人知。

王士性分析浙江人的这番话，是把地理环境与人文现象联系起来，即自然环境的差异决定那里生活人的性格特征，所谓“一方水土养育一方人”是也。

昌化（县）地处浙江西北部，山耸四围，路塞疆封，故昌化人基本属“山谷之民”，具有“丘陵险阻”下的人性特征。清康熙《昌化志序》上说，“昌据浙上游，为徽宁衢壤，其山川盘郁，重冈叠嶂，泉石幽奇，而民俗敦厚，士女忠贞守孝，有农桑之利，少斗狠之习。名贤喜读，弦诵时闻，人文所聚皆勤俭礼让，深知节义”。《志序》上这番话，虽然说在300年前，却相当真准地道出了昌化地貌与昌化人的基本特征。

有道是“居山者仁，临水者智”。连绵的群山会挡住人们的视线，阻拦人们的出路。昌化山多水少，因而昌化人的性格特征里亦多“山性”，少“水性”——多稳定性，少流动性；多封闭性，少开放性；多原则性，少灵活性；多质朴无华，少夸夸其谈……

## 昌化人的故土情结

昌化地境，东接芦岭、太阳，西至浙川、浪广，南抵二联、角山，北达华川、银坑，四周山立如墙。高山四围中的昌化，仿佛是一座围城，围城内村庄棋布，田园阡陌，鸡犬相闻，是既封闭又安乐的家园。昌化人钟情这片土地，日出而作，日落而歇，周而复始，千百年来，从来没有想要离家到外面世界去开辟一片天地。

昌化这方土地，谈不上“地肥水美”“物华天宝”，但也绝不是穷山恶水、荒蛮不毛。只要不是懒汉，拿着锄头、镰刀，走向山野，撒下种子，化三分的力，必定至少有一二分的收获。况且历朝历代下来，少有兵燹战火、大灾大难。由于地广人稀（人口最多时每平方公里只有100人），环境平静，百姓生活相对安定，衣食无忧。

昌化经济，自足自给，除了食盐不能生产，粮棉丝麻、烟酒茶糖、五金陶瓷、衣食住行等等都能自给。安居乐业的昌化人不想也不必外出闯荡另觅生途。

与昌化迥然不同，一山之隔的邻县绩溪，外出经商是普遍行为。绩溪人走南闯北，四海为家，开辟出广阔天地，塑造了“徽商”的辉煌形象。昌化人对此却不屑一顾，认为绩溪人为了生计，白天背雨伞，晚上睡门板，严寒酷暑，风里雨里，成年累月在外奔波，甚至几年不归，丢下儿女不管，还让妻子独守空房，弄得全家都苦，连绩溪人自己也说“生在绩溪，前世不修”。昌化人留恋故土，重农轻商，

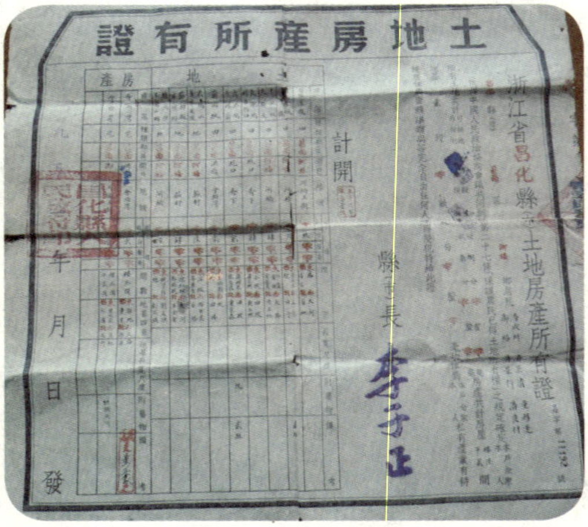
土地房產所有證
浙江省昌化縣土地房産所有證
計開
縣長
年 月 日 發

在他们心里，“当官一时鲜，经商一蓬烟，种田万万年”。坚守家园就是务农种田。他们宁要家门口的乱石滩，也不要远离家门的肥田畈；宁在家啃苞萝粿，也不愿离乡背井去淘金米饭。昌化人生性胆小，喜静怕动，怕到陌生的地方，怕与陌生人打交道。在他们心里，“在家千日好，出门时时难”，“金窝银窝不如自家草窝”，“蜒蚰不动自来肥，蚱蜢跳来跳去一层皮”。昌化人一天看不到熟悉的山水，心里就会失落；倘若某天出门夜宿他乡，定会辗转反侧，想着家中的温床，牵挂家里的鸡鸭猪羊。

事实上，昌化确有优越的地方。昌化人喝的是源头活水，吸的是清新空气，烧的是优柴大灶，一间厨房宽比城市一套房。追溯岁月，当平原一些地区还在住草棚的时候，昌化人早盖起了砖瓦楼房；当平原有些乡村把露天粪缸当茅房的时候，昌化人就有了厕所坐坑；昌化人吃火锅的历史要比城市以火锅为时尚的年月早出 500 年。

早在明清时代，昌化人在杭州、桐庐等地就开设会馆，为进城赶考的学子、水上往来的船夫排工提供落脚的地方。会馆是家乡的领地，是故土情结的延伸，在这里可以会见乡友，交流乡情，聆听乡音，身处他乡而不孤单。据悉，在杭的昌化会馆颇具名气，朝廷官员常有光临。民国时，杭州昌化会馆门前的马路改名为昌化路，长达 700 多米，这在同类型的马路中算是最长的了，可见昌化昔日在省城的影响还挺大的。

昌化人难离故土的心理定式，可以说千百年来未变，在中华人民共和国成立后的相当长一段时间里亦然。直至公元 1978 年中国实行改革开放后，局面才有所改变。此时，有人离家打工了，有人外出经商了，有人他乡创业了，但所去也都不远，至多不过杭州、上海，没有跳出长三角圈子，不像他县人走西口下海南跨省走九州，更不像温台人行遍全球。

昌化人家乡观念重，到一个新的地方，总爱找老乡，抱团取暖是他们的习惯做法。这实际上也是故土情结的表露。在杭州、上海、北京等大城市都有昌化同学（乡）联谊会，为乡友搭建互助的平台，构建交流信息的桥梁，成为寄托乡愁、修复心灵的港湾。

20世纪80年代，时任浙江绍兴市委书记的章耀德先生（1930—2008，昌化石瑞人）致信给杭州昌化同学（乡）会，其中有段话这样说："热爱祖国，首先要热爱家乡。昌化人爱父老，重乡情，这是爱家乡的表现。试想，一个连自己家乡都不喜欢的人，怎么谈得上热爱祖国呢！"

这是一位老领导对昌化同学（乡）会的勉励，也是对家乡人故土情怀的肯定。

## 昌化人崇尚读书

尊师重教、崇尚读书，是昌化历来之风气。虽然没有"万般皆下品，唯有读书高"的说法，但始终认为"面朝黄土背朝天""柴刀刮屁股""锄头削脚趾"等与泥土、山林打交道行为是无出息的。要"出山"跳出农门，唯读书是从。在昌化，只要孩子肯读书、会读书，哪怕家里再穷，父母也要想方设法供孩子上学，即便吃糠咽菜、卖田卖地卖房子也在所不惜。

过去，昌化许多徽式老墙门上，常常雕凿"耕读传家"之类的题额，堂前也总挂着有关耕读的对联，如"传家无别法非耕即读，裕后有良图唯俭与勤""几百年人家无非积善，第一等好事仍是读书""书里自有黄金屋，书里自有粟和帛"，等等，可见崇尚读书家风之盛。

昌化书院的历史很长，隆山书院、南溪书院、百丈书院、屏山书院、赤石书院、鸿山书院，其中最早的出现在南宋初年。这些书院皆有自己的房屋田产，大部分免费供县人子弟就读。明朝时设有县学、社学、义学，清朝时设立劝学所、教育局、通俗讲演馆。民国初，大兴学校，城乡市镇相继开办，或县立或区立或私立，到民国十年（1921），学校多达90所。有记载说，"学务之发达，已于此造其端焉"。

被称为昌化地区最高学府的昌化中学，创办于抗战时期的1941年，是由昌化籍热心人士联名上书政府，且立项奠基的。昌化各区乡的群众听说要办中学，纷纷自带口粮、被褥、工具，组成泥瓦木工队伍，自愿捐助木材、砖瓦，集合在建校现场。后来，把任务分派到各乡镇，由各乡镇分别承包捐建教学楼、大礼堂、学生宿舍、膳厅、操场……

自古至今，昌化人因读书而跳出农门走上仕途者众多，而经商贸易者罕见，这与昌化人重学轻商有关。昌化人视读书做官为正道，做生意搞买卖为“逐末微行”。相传有这样的故事：清康熙时，有个昌化人叫章桔，在顺天府当官，其儿子章元辉在老家读书。章桔一心企望儿子好好读书考取功名，不料做父亲的章桔暴病死亡，家道一落千丈，直至贫困无以自给，家中除了一对玉盃（杯）别无值钱的东西。章元辉侍母至孝，不忍心让母亲辛苦操劳维持生计，欲将玉盃变卖得钱作本去做生意。母亲得知，怒斥元辉不思进取，舍本求末，还当着儿子的面把两个玉盃摔个粉碎，了断儿子做生意的念想。元辉被母亲行为震惊，醒悟后心无旁骛，发愤读书，终致乡试夺魁，走上仕途。

望子成龙是中国父母普遍的期望，但昌化人表现得尤为强烈。也是在清朝，昌化有户人家父亲长期忧郁，整日有气无力，一副病态。后来，儿子中了举人，他立即变得精神焕发，上山下田生龙活虎，干劲十足，仿佛变了个人。而另一户人家，儿子考场失利，父亲竟跳河自杀。

古代如此，现今也无两样，每当中考、高考之际，昌化父母总给孩子大补特补，乌鸡甲鱼、人参蜂王浆，一切家务劳动不让孩子沾手，哪怕扫一扫地，洗一双鞋。倘若孩子被名校录取，父母便喜形于色，笑口常开，逢人便夸，一旦名落孙山，则骂得儿女狗血喷头失魂落魄，自己亦像瘟鸡般垂头丧气。

崇尚读书的另一种表现形式是褒奖有功人。清末民初，昌化贤妇陈氏，因“助夫成学，教子成名”得到社会认可，县署以“立本树人”为榜样，大肆宣扬。陈氏在98岁时，耳聪目明，子孙满堂，得到孙中山总统赐匾并发给银质证章，同时加给褒词的重奖。

至于21世纪的今天，那些在教书育人岗位上做出贡献的教育工作者，更受到社会的尊重和奖赏。“省市优秀教师”“教坛新秀”和“春蚕奖”获得者比比皆是。“全国优秀教师”“模范教师”也不乏其人。

清凉峰镇岭下村，是昌化人读书成才的典型。全村186户，考上大学的160人，有硕士博士研究生15人，被省、市有关部门认定为“大学村”“教师村”“人才村”“文化村”，成为山村崇文重教传奇。

在临安市境内，昌化人的文化程度普遍较高。临安市离退休干部诗书画协会会员，绝大多数是昌化人，不少成为省级会员，人人都有作品问世。其中九90多岁的郑洁泉先生，诗、书、画样样精通，全国450种报刊登载其诗词、书画作品，被人们誉为“临安诗词第一人”。临安市委市政府各委、办、局、科的干部中，昌化人占比很高，光一个宣传部，几十号人，昌化人占半数以上。临安有所艺术学校设在昌化，系昌化人创办，开设有钢琴、民乐、书法、绘画等专业，由于办学优秀，收费低廉，报名要求进该校的学生络绎不绝，省、市电视台多次采访，成为浙江山区艺术教育的一朵奇葩。

## 昌化人的忠孝观

昌化虽不是孔孟之乡，但孔孟教化泽及城乡，忠孝文化渗透宗族祠社及每户人家。“忠为国纲，孝是家梁。”人们膜拜关公，信奉“忠孝传家”。父母对出门的儿女总是一句话：“做人做事要忠心。”一个人的品德，忠为最高境界，忠即可靠，家长喜欢忠实的孩子，领导喜用忠厚的下属，帝王喜爱忠勇的臣将。

南宋淳祐年，昌化八都（今湍口镇）塘溪村有个叫赵昴发的进士，官至安徽池州通判，主政州事。其时元兵造反，声势浩大，兵临城下时，守城统帅里通外贼，竟不战而降。赵昴发作为一州之长，眼看城池难保，面对劝降元军，高呼“国不可背，城不可降！”然后与夫人一同自缢，节义成双，显示了宁死不屈的忠烈形象。

无独有偶，昌化七都（今河桥镇）人胡三极，明崇祯时任山东乐安知县，任上体恤士民，善政有德，深得民心。时值明末清初，清军攻城，胡三极自知势不可逆，长吁一声：“今日得见先帝于地下，吾志毕矣！”遂碎首以死。乐安人民感其尽忠殉国，立碑“忠臣”赞颂。

文官不贪财，武士不惜死。古代昌化人读书做官离家任职，无论名臣小吏，多数留下“忠义形象”。也许你会说古代离我们太远，现今如何呢？答案是肯定的。昌化洪岭清水坞有一处烈士墓，内埋本乡黄茂富烈士。黄茂富生于 1941 年，1960 年参加解放军，1965 年退伍回乡在昌化建工队工作，1977 年进洪岭信用社，由于敬业，工作负责，被评为杭州市金融系统红旗手。1981年除夕前夜，外来盗贼潜入信用社行窃，被黄茂富发现。窃犯行凶，用铁器砸黄茂富后脑，黄奋起搏斗，由于流血过多，不幸牺牲，但信社钱款分文未被窃走。

黄茂富深夜值班，忠于职守，为保护人民财产献出生命，被临安县人民政府追认为烈士。此类事多如牛毛，我们无法一一举例，恰好身边有份打印的文件，是杭州昌化同学（乡）会1997年新春联谊会总结发言稿，可以佐证昌化人的忠孝。有段文字是这样叙述的：

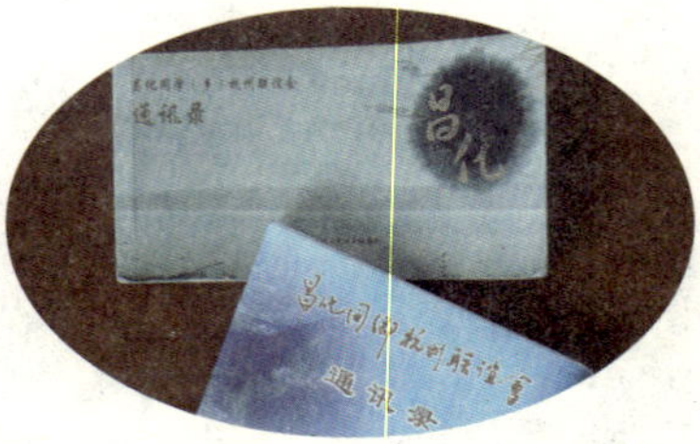

> 昌化同学（乡）在杭数以千计，他们分布在各条不同的战线，既有众多的读书人，也有成批的打工者；既有身居要位的党政领导，也有腰缠万贯的经理老板，更多的当然是兢兢业业、平平凡凡的工薪阶层。但不管是谁，都没有忘也不会忘记生养我们的那块土地。因而，绝大多数同学（乡）始终保留着家乡人的那份情感，保持着家乡人淳朴、正直、谦和、与人为善、忠心踏实的那种德行。可以告慰家乡的各级领导与父老乡亲，昌化人在杭州都很团结，在单位里人际关系都很融洽，在工作上都忠心耿耿、全心全意、尽心尽力，深得领导与同事的好评。

所谓“忠”，不光是忠于国家，忠于上司，对事业的忠心耿耿，对家乡父老乡亲的忠爱，对同事朋友的忠诚，同样是“忠”的内容。昌化同学会这段文字，描绘当今昌化人整体忠、淳形象。

至于昌化人的“孝”，比之“忠”有过之而无不及。

孔子说，孝道是所有德行的根本，一切教化都在此基础上产生。又说，一个人行孝的方面是很广博的，首先从侍奉父母开始，其次是侍奉君王，最后是修身立世实现自己的志向。

昌化可谓孝义之乡，孝子贤孙历代不绝。宋代农家子梅来儿为救母，掏心剜肝，死而后已，其事迹被载入《梦粱录》。同是宋代，昌化县民章钦儿媳盛氏大德孝行，侍奉公婆，舍生忘死，被收录进《钱塘先贤传赞》中，奉祀西湖“旌德观”。元初昌化眉川乡（今清凉峰镇）陈斗龙为寻亲生母，行程数万里，涉足六省市，历时六个春秋，与《孝经》朱寿昌弃官寻母无异。清代永丰乡（今昌化镇）王正培，九岁失父母，为侍奉年迈祖母，冬为暖足，夏为打扇。祖母中风瘫痪，王正培床边守坐，颈不贴枕。祖母身故，王正培居丧三年，不入燕室。每年冬至、清明节为祖母上坟祭祀，至 80 余岁仍不懈怠。其孝行于嘉庆十八年（1813）立牌坊旌表。清同治元年，孝女周月兰，年 15 岁时偕母避难。母遭强盗绑劫，月兰为救母挺身与盗搏斗，最终强盗逃跑，月兰因身被强盗棒打刀砍身亡。

翻看古代《昌化县志》人物卷，记载最多的就是这类孝行。

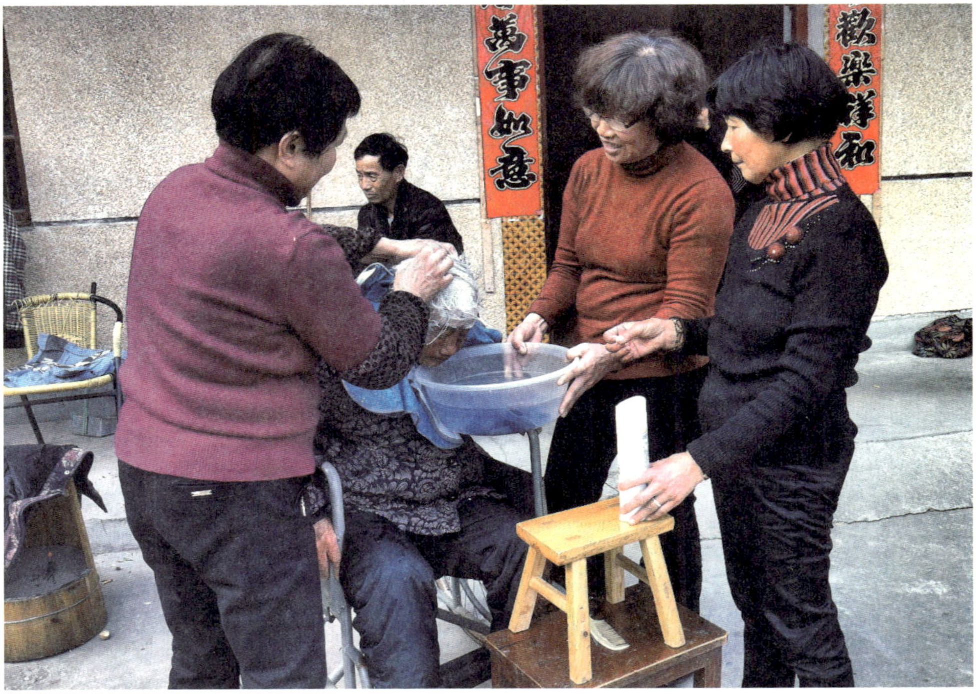


孝顺父母是昌化人最为称道的品德，三婆六姨街谈巷议最多的议题也是儿女孝事。因此，作为妻子，千万别在昌化籍老公面前试探“我和你妈同时落水先救谁”的特级难题。倘硬要逼出一个答案，必定是“老娘只有一个，而可做老婆的女人……呵呵”，仅此而已。

过去，昌化人调动工作的原因，多数是父母年老多病需要照顾。找对象最后的结论常常是“听听父母的意见”。昌化人家，服侍父母一般不请保姆，非亲为不可，认为请保姆服侍父母是不孝行为。如果儿女与父母对着干，甚至打骂父母，则“大逆不道”，必遭“雷打电劈”。

昌化人的忠孝观是孔孟教化所及，是严格的家教所致。“筷子头下出败子，鞭棍下面出孝子”就是最好的注释。

有一首《老乡见老乡》的歌曲，是昌化人创作的，其中一段歌词映射出昌化人的忠孝观：“老乡见老乡，都是热心肠，逢节倍思亲，总想孝爹娘，他年若得志，富贵不相忘，待到理想化宏图，倾心报故乡。”

## 昌化人的职业取向和生活态度

在一篇从管理学角度谈浙江人性格特征的文章中，我看到对浙西地区的人有如下的评述：

浙西人是浙江人中最淳朴自然的，比之其他地区，浙西人最接近原生态。他们尊重领导，服从分配，吃苦耐劳，有黄牛般的韧劲；他们守纪律，不喜欢出头露面与人争锋；他们懂得感恩，记得报答；求和退让似乎是祖辈传下的乡风……不足之处是因陈守旧，缺乏创新思维与变革精神。

昌化人正是这个群体中的典型。

昌化人安分守己，与人为善。历史上，既无揭竿起义革命造反的壮举，也无拦路抢劫杀人越货的行径。昌化不出英雄好汉，亦不见大盗巨匪。昌化人实在、忠诚，很“听话”。执行上级命令、落实会议精神、完成工作任务，显得坚定给力。他们办事认真，掌握分寸，绝不马虎，且注重细节，追求完美。当领导的很喜欢有这样的助手或下级。诚然，昌化人做事缺乏创意，少有奇思妙想、别出心裁之举，甚至不善变通，故而昌化人与科技发明、文艺创作、策划设计、改革创新等领域少缘，鲜有科学家、作家、设计师问世。职业取向多为工人、教师、医生、护士、秘书、法官、军警、商场营业员等，一本杭州昌化同乡通讯录500余人，可见一斑。农民则是钟情田野，坚守山林。长期以来，昌化乡村，一直保留着传统的格局，在当今如火如荼的新农村建设中，亦不见令人振奋的新面貌出现，甚至没有一个先进典型。

昌化人谨慎有余，魄力不足，习惯循规蹈矩。他们有田头地角精耕细作的耐心，却无冒险冲动大干一场的气魄；有儿女情长左顾右盼的优柔，无冲破樊笼浪迹江湖的放达；有小聪明而无大智慧，有小成功而无大担当；历史上多小吏而无重臣，即使今天，在单位部门担任一把手的领导也极少，至多弄个中层干部或副职干干。

昌化人行事低调，不善作秀，不喜张扬，不愿抛头露脸，自古如此。明宪宗邵氏娘娘，昌化洲头邵家（今清凉峰镇）人，为太皇太后，是嘉靖皇帝的亲祖母，可谓了不得的人物了，但无论历史书籍还是民间传说，都很少见闻。虽说她才貌双全，深得宪宗皇帝宠爱，却自持庄重，深居简出，口不多言，更不耀武扬威、骄横跋扈。倒是安徽绩溪，说邵氏祖籍在伏岭，于是在当地大兴土木，造祠堂、立庙宇、建仪门，还铺造“金街”大肆渲染。在昌化老家，不见任何动静。同样是明嘉靖时，昌化人胡世宁，官至太子少保兵部尚书，文韬武略、气壮才雄，其经历与功绩和于谦、胡宗宪相似，然而人们只知道后二者的姓名。现代画家胡天池，昌化河桥人，16 岁离家，四海漂泊，67 岁回国，一生传奇。他的山水画雅俗共赏，甚至被选挂省长办公室。有文艺评论家说“完全可与国内大师比肩”，但因缺少宣传，少有人知晓。有记者上门劝说给他登报，胡天池连忙摇头：“我一把年纪，没必要往脸上涂脂抹粉了。”胡天池于 2013 年 4 月 8 日辞世，发现遗物中有许多国外报纸刊载文章和各种证书、证章，都默默沉睡在箱子里。

当今的经济大潮中，商海搏浪者无数，在“风云浙商”“品质杭商”中不见昌化人的影子。不是昌化没有企业家，也不是没有贡献没有业绩，而是不喜露脸，不愿参加评选所致。

昌化人注重诚实劳动，踏实生活，不会去做冰河潜水、危崖飞渡、徒手断砖、赤脚蹈火之类“显眼”“扎骨”的事，也绝不可能深更半夜从被窝里爬出来，风风火火赶往三里外的绿林小店去吃一碗馄饨。昌化人缺优雅的风度，没有浪漫情调。伴着流水弹琴，傲立山巅歌唱，捧着 99 朵玫瑰去向情人献花的场景不会出现，甚至对赞美别人的词句也很吝啬。他们不善迎来送往，不善结交八方宾朋；他们的口才思辨力也差强人意。

昌化人吃苦耐劳，但不能吃大苦，倘要在大险大恶的环境里坚韧不拔、负重耐劳，到一根稻草压倒一头蛮牛的极限而不折，恐难做到。他们缺乏“泰山压顶不弯腰”的气概和承受力。昌化人能在烈日下耕作、寒雨中推车，也能在急流中放排，坚土上掘井，但不能忍受流离失所、风餐露宿的凄苦。他们对“住”特别看重，“不求三顿饭，只要一张床”是最低的要求。在昌化人眼里，“前半夜做官做驸，后半夜稻草戳屁股”（指旧时代戏子生活）或者“白天当老板，晚上睡地板”的生活不能忍受。昌化人崇尚细水长流安安稳稳过日子，不举债度日，不寅吃卯粮，“烧陈柴吃陈米”被视为富家的象征。昌化许多食品体现出这种乡风，例如昌化油豆腐干，可存放数月而不变质。炒冻米、炒米粉、炒芝麻、炒番薯片、炒黄豆、炒苞萝（玉米）……尽量炒制而不用水煮，就为的是延长食用时间。至于这个干那个干，多如牛毛，统统是过日子的安排和打算。

昌化人冬天离不开火。灶膛里燃着柴火，餐桌上泥炉燃着炭火，厅堂里有火盆，房间里有火缸。老人拎着火熜，孩子站在暖桶，聊天围坐火塘，开会看戏坐着火桶……林林总总的取暖火具，成为冬天昌化的特色景观（这与昌化气候有关。昌化夏天炎热冬天寒冷，据省气象台统计，浙江有气象记录以来，极端高低气温均出现在昌化。1967 年 1 月 16 日气温 -13.3℃，1966 年 8 月 6 日 41.9℃）。

山核桃是昌化最著名的特产，昌化人常以山核桃作外交，成功率很高。20 世纪 50 年代，在周恩来总理过问下，昌化山核桃换取了捷克斯洛伐克的机器，开办了昌化首家机械厂（即后来的临安内燃机厂），成为山核桃外交最有名的案例。民间还有这样的故事：20 世纪 60 年代，三位昌化人出差上海，找了五家旅社都说客满，无法安排。找到第六家时，天已黑，还下起蒙蒙细雨，他们就坐在旅馆大堂吃山核桃，并恰到好处捧上一把给前台管理员。趁着管理员高兴之际，说我们从昌化乡下来，人生地不熟，能否在大堂坐一晚。管理员系上海阿姨，知道"小胡桃"产自昌化，马上吩咐后勤想法加铺，解决他们投宿之困。这也是山核桃外交（公关）的成功之例。在杭州、宁波、湖州、嘉兴等城市，有昌化人工作的单位，山核桃肯定是新年第一天上班的礼物，让同事朋友品尝昌化人的友好和热情。有人说昌化人像山核桃，圆而不滑，外硬内酥，味道香脆，令人爱戴。

## 方言交织中的昌化话

昌化地处吴语方言区，但昌化人说的不是吴侬软语。昌化东面是杭嘉湖平原，西面是徽州歙绩，北面是宁国，南边是金衢严睦。昌化话在这些方言区交织，形成各种语言都搭一点的昌化土话，仿佛是山川夹缝中叫不出名的异草，有特点却无特色，有规律却不成体系。

昌化古分四乡，说话亦分东、南、西、北，隔山有异语，十里不同音。尤其是昌北，受徽绩方言影响，较为难懂。其他区乡虽不统一，但大同小异。从汉语拼音声母发音法析解，普通话中于 j（基）、Q(妻)、X（西）发音，在昌化话中变为 Z（资）、C（翅）、S（思）。例如：飞机——飞资，红旗——红时，关系——关丝。而普通话中的工 Z（资）、C（翅）、S（思）发音，在昌化话中有时又变成 j（基）、Q(妻)、X（西）。例如：杭州——杭基，吃饭——切饭，胜利——兴利。

在昌化话中，"西游记"会说成"私有制"，"社会主义"会说成"谢位举你"，"大跃进"成"大妖精"，"戏台"成"死抬"，"鸡蛋"变"子弹"，"吃东西"变为"七董事"，"胜利"成"姓李"，"期望"变"时房"，"骑马"成"食马"，"珍珠"变"京菊"……还有更搞笑的，说是 1978 年恢复高考时，杭州一所大学，老师在课堂上让刚入学的新生谈谈感想。一位昌化籍的新生说，他第一次来"性事"，什么都觉得新鲜，昨天晚上他去了"红姬妓院"，节目很丰富，红男绿女，激情澎湃，令人大开眼界，自己享受之余，兴奋不已。

开始大家听得莫名其妙，一片愕然，待弄明白后，捧腹大笑。原来，他是说第一次来到大城市，晚上到杭州剧院看演出，很兴奋。昌化话"城市"发音如同"性事”，“杭州剧院”音同“红姬妓院”。该同学初到杭州，一口昌化话，弄出经典笑话。

昌化人常自嘲“天不怕地不怕，就怕昌化人打官话”。这里所说“官话”有两层含义：一是说昌化人不能当官，一当上官，就会高高在上脱离百姓，唱高调，打官腔，不接地气，忘其根本；二是昌化人说的普通话不标准，常夹着本土方言，不三不四，很难听，上不了台面。

现在看来，第一层意思不太确切，第二层意思像是那么回事。昌化人在外工作，说话常被同事认为乡音重，七分洋三分土；而一回到家乡，街坊邻居又说他话语变调，七分土三分洋。

昌化人喊姓名，陈程秦一个音，胡吴不分，黄王不清，赵邵同声，李吕一音。某中学有黄老师、王老师、汪老师，为了区分，只得根据年龄长相，分别以大王、二王、三王老师称呼之。

昌化话是一种古老的语言，其中保留了不少古文言字句。光是与水有关的就有：水沸腾谓“滚”，水涨水溢谓“漫”，米汤稠液溢出锅碗谓之“潽”，挡住渣物把水分逼出来谓之“滗”，液体从某物往下滴谓“沥”，斟酒冲茶谓“洒”，凌空喷涌谓“滮”，雨点斜打谓“潲”，水从容器晃出来称“滃”，拉肚子称“泻”，水不清谓“浑”，水含在嘴里，清口腔成润喉咙谓之“渥”，淘米水称“泔水”。

与火有关的字词同样古味盎然。金属熔化谓之“烊”，密闭锅盖微火煮谓之“焖”，食物冷了拿到锅上蒸谓之“熯”（音汉），微火烘烤谓之“煏”（音别），饭菜烧焦谓之“煳”，火灰埋烤番薯、芋艿之类谓之“煨”，滚水烫动物去毛谓之“煺”，砂锅慢煮谓之“炖”，还有称厨房为“灶户”，火炭竹篮称“火熜”，等等。

其他像粮食，蔬菜、家具等物中亦保留了古称。苋菜，昌化人叫“汗菜”，古书中“苋”字，读音恰恰是“汗”，意为夏天流汗时吃的菜。

面粉，昌化人叫“麦碎”，亦为古人叫法。凡此种种，不一而足。

昌化民间俗语也丰富多彩、生动有趣，比如：

**跷子赶渡船** 昌化人把跛脚者称作跷子。跷子因腿脚不便，即使拼命赶路，到了渡口，还是赶不上船，过不了河。此语表达“因存在某种不足或缺陷，想做某桩事赶不上趟，来不及了”，或说“跷子赶到市面散”。

例句：“文革”期间，大学停止招生，直到1977年才恢复高考，尽管政策允许“老三届”参考，但毕竟中断学习这么多年，既缺复习资料又无复习时间，有的连书本都找不到了，许多人泄了气，说“跷子赶渡船”，拉倒吧。

**老笋蒲头** 老笋蒲头煮不烂，咬不碎，难咽。比喻形貌老相，说话老成，喜欢在长者面前吹嘘、没大没小的孩子（未成年人）。

例句：王家老三真是个“老笋蒲头”，天南海北无所不知，夸夸其谈，好像比德庆阿公知道得还多，他不过是十来岁的小鬼也。

**背末梢** 末梢是树木或竹子最顶端的细枝。伐木砍竹，末梢被弃之山中，有的人要将它驮回家当柴烧。昌化话“背末梢”是指受人之托，答应替人办事，但该事办起来有难度，不仅费力费神，最终还不一定能办妥，但既然答应了人家，只好硬着头皮死撑，以致成为心理负担。

例句：张小鹏进城当了科长，乡下的堂兄表妹娘舅外甥七姑八姨都找上门要他帮忙。有的要他采购特效药，有的要他帮助贷款办企业，有的要他介绍找工作……张小鹏虽然嘴上应诺，但心中没底。类似这样“背末梢”的事，张小鹏一年办过总不下十起。

**武大嫂** 此语与《水浒》中潘金莲无关，它是“武”与大嫂的组合，而非“武大”与“嫂”的搭配。昌化人把腰圆膀粗、风风火火、武里武气，喜欢折腾的女人称为“武大嫂”。

例句：这个孩子，一点不像女娃，整天弄枪使棒、爬树上梯，比男伢还要顽皮，长大了肯定是个武大嫂！

**木头菩萨** 菩萨泥塑木雕，或坐或站，既不会说话，亦不能动手，除了摆设供人膜拜观赏，能派什么用场呢？比喻不动脑、不开窍、笨拙、迟钝的人。

例句：陈二毛这个人极木讷，这么简单的东西，教了三天还没学会，真是个

“木头菩萨”。

**狗不认骨** 久养之家犬，对主子一家均有感情，不仅认得主子家人的相貌、穿着，还能分辨家庭人员走路的声音。但作为构成人体的五脏六腑、筋络骨骼，狗是无法透视识别的。这是昌化话中的骂人之语，被骂人有三：一是坚持原则，不徇私情，执法如山，六亲不认，一身正气的清廉官员；二是不领亲情，不懂礼数的宗亲族人；三是翻脸不认人，甚至恩将仇报的熟人朋友。

例句：这个不肖子孙，竟诈骗到我头上来了，被我当面揭穿后，还想挥拳打我。我是他的叔公哎，李家怎么会出如此狗不认骨的东西，定是祖坟出气了。

**打铜打铁** 从前昌化有户人家，想请匠人打制一把茶壶，丈夫说要打铁壶，妻子说要打铜壶；丈夫说铁壶便宜，妻子说铜壶热得快；丈夫说铜会生铜绿有毒，妻子说铁会生铁锈易漏水……就这样夫妻俩你一句我一句，互不相让，喉咙越来越响，争不出结果。邻居以为他们吵架，隔墙一听，方知是为“打铜打铁”争论不休。此事成为街坊谈资，渐渐约定俗成。“打铜打铁”比喻为某事争辩，公说公有理，婆说婆有理，你一锤子我一榔头，一记铜鸣一记铁响，你来我往，无休无止。多指夫妻或家庭人员之间争吵不休。

**充军胚** 充军是中国封建时代的一种流刑。官府衙门判定的罪犯，解押到边远的地方关押或服役。昌化人把脾气暴躁蛮不讲理动不动挥拳相向的人斥之为“充军胚”，有时父母也以此骂不听话的顽皮孩子。

**捧大卵泡** 与抱大腿一个意思，意为巴结权势，找靠山。

例句：俺村的娇娇最会捧大卵泡，凡是县里局长科长到村里来，总是被请到她家去吃饭，说一些好听的话，谄媚的样子，令人肉麻。

**翘排头** 昔时，昌化人常要在水上放排，木排长达几十米，由一块块木排联结组成。最前面的那块叫“排头”。“排头”上按有木桨，用来把握方向。放排总是顺水而下，前进中，排头应该平稳，不偏航道，倘若排头翘将起来，不是触礁便是搁浅，结果很麻烦。

昌化话“翘排头”是指人际活动中某个体的赌气甩脾气行为。如果是集体活动中翘排头，则影响活动开展，也影响团结，倘若在家中翘排头，则影响家人之间感情。

明星大腕耍脾气，人们说他“耍大牌”，意思与“翘排头”一样。如果在影视拍摄现场，某主角翘排头，拍摄工作就难以为继。倘若新娘在婚礼上翘排头，那么全场也会乱了套路。“翘排头”也可说成“翘牌头”。

**老来学木匠** 木匠既是体力活也是技术活，光工具就一担挑。过去农村孩子十几岁就跟师傅学，三年学徒，三年伙计，“出师”后方可独立操作。

昌化话“老来学木匠”比喻两种意思：一是年老眼花，体力不支，错过了最佳学艺时机，辛苦付出，然既学不像样，也难以成功。二是壮心不死，改行到原本不熟的专业，从头开始，坚持不懈，精神可嘉。

**唱洋戏**　说得很动听，但过于夸张，言过其实。完全是说大话、虚话，令人难以信服。

例句：高金龙竞选村主任承诺三件事：一年内全村喝上清洁自来水，二年内家家盖起小洋楼，三年内户户小汽车。蓝图真够美的，但能做到吗？村里底子这么薄，钱从哪里来？真是信口开河唱洋戏，说梦话，吹得也太离谱了。

总之，昌化民间俗语很丰富，如果用心收集，完全可编出一本专著。

## 第三编

# 灵山秀水，异宝奇珍

# 浙西大峡谷三题[1]

《临安风景旅游词典》2012 年版：浙西大峡谷位于浙皖接壤的清凉峰国家自然保护区内，地处杭州与黄山两大旅游胜地的中间。浙西大峡谷分柘林瀑、剑门关、老碓溪、白马崖四大景区，有 100 多个观光点。峡谷走势呈环带状，全长 83 公里。峡谷内山水雄奇，山为黄山余脉，水为钱塘江源流，以“六个之最”的优势被专家誉为“华东第一旅游峡谷”。

1　该文初稿写于 10 年前，如今通往大峡谷景区的 18 省道早已改造拓宽至 10 米，不再那么艰险。景区的面貌大为改观，游览内容也比先前丰富得多了。

## 大峡谷的霸气

这种霸气首先来自广告：“千年峡谷无人问，一举开发天下闻。”“假如一时无法去美国大峡谷，不妨先到浙西大峡谷过把瘾。”

在满是桃红柳绿、小桥流水、粉墙黛瓦的江南，忽然有巍巍大峡谷横空出世，这无异于裙裾飘逸、莲步轻摇的小女子堆里突然冒出个铁甲银盔、威武轩昂的大将军，谁人不惊，哪个不讶！况且，从沉睡千古的“无人问”，到妇孺皆知的“天下闻”，仅是“一举”之间。这“一举”，气贯长虹，酣畅淋漓，终不可收；这“一举”，令浙西大峡谷堪与美国大峡谷比肩，力拔山、气盖世。但倘若没有真山实水做背景，雄才大略做底气，料不敢口吐狂言。

有一副对联赫然悬于进山门楼：“两百里大峡鬼斧神工这里起步，十万顷苍山龙飞凤舞哪里为界。”

不说对联的笔力遒劲浓墨重彩，光从内容就叫人惊叹。峡谷实长 80 多公里，为华东之最。要知道，长江中的巫峡才 8 公里，瞿塘峡才 40 公里，最长的西陵峡也不过 75 公里。以“两百里”喻峡谷之长还嫌不过瘾。而 10 万顷苍山则是 1000 万亩。立于峰巅，四顾苍茫，山海云浪，无边无沿。近望鬼斧神工，远眺龙飞凤舞，告示问鼎须臾间，顿觉豪情万丈，霸气冲天，似乎大峡谷就是我，我就是大峡谷。

浙西大峡谷的车行路皆盘山而凿，有时呈 S 形有时现 U 形，忽高忽低，忽左忽右，如龙蛇飞舞。坐在车上，适才还听得流水潺潺，不一会便升入云中，伸手可触摸云彩。听说，曾有一位城市司机，驾车至此，探头窗外，见右边壁立千仞，左边万丈深涧，感觉车轮好像悬在半空，于是头脑发晕，手心冒汗，双脚发抖，竟缓缓熄火，不敢继续前行。早些年，峡谷垭口也竖过一块木牌，老远就能看到漆黑的大字：“龙岛路弯多弯急，陡岩又绝壁，过往司机须紧握方向盘，丝毫不得马虎。”虽是好心提醒，但在司机眼里仿佛是景阳冈下的告示，汗毛倒竖，反而心理受到恐吓，后来被拆除。但不管怎样，大峡谷的路，弯而窄，高而险，非平川大道可比，一旦失手，粉身碎骨，任何高手都不敢轻蔑妄言，它毕竟是华东第一的高山峡谷！

浙西大峡谷引领江南生态旅游之风骚，业界专家学者给了它六个“最”。“最”者，独一无二也，十全十美也，登峰造极也，王者之尊也。小举两例为证：其一，据国家林业部门调查统计，国家一级野生保护动物梅花鹿全国仅存两群，一群在江西，一群就在浙西大峡谷，且数量之多，远非江西可比；其二，举世无双的昌化鸡血石，被喻为印石皇后，就出自浙西大峡谷的源头玉岩山。一块几十斤的优质鸡血石，其价可达几百万元，抵过一幢别墅。九岭天书、山巅石堡、天池佛灯、

白云人家等许多奇异的生态之谜，均倾倒游人，进山者无不赞叹。

大峡谷傲视群雄，夺霸江南，峡谷内题词、联语皆名家大腕所作。原浙江省委书记薛驹，潇洒泼墨，以“浙西大峡谷”五个大字首开纪录，独冠峡谷。接着，著名画家肖峰（中国美院原院长）、著名书法家王伯敏（中国美院博导）、浙江省诗词协会会长戴盟、中国第一位书法博士王冬龄、原浙江日报社社长于冠西、原省政协主席商景才，以及著名书法家朱关田、刘江、蒋北耿、赵志远、方志恩等相继挥毫，或摩崖，或勒石，或题壁，使得峡谷内墨迹与青峰争秀，诗文和景观同辉。

而报道过峡谷的大牌媒体更是数不胜数：《人民日报》、新华通讯社、《中国日报》、《经济日报》、《中华工商时报》、《文汇报》、中央电视台、香港凤凰电视台、江浙沪电视台……一时群雄逐鹿，浙西大峡谷旌旗风靡大江南北。

再来看一看游人。

有人说，游客的脚印就是景区的门票，景区的名气是游人脚步踩出来的。

2000 年，《都市快报》做五一旅游调查，得票最多的六个点是：浙西大峡谷、黄山、上海、千岛湖、普陀山、柯岩，其中浙西大峡谷名列榜首。

2003 年，“浙江十大最佳旅游景区”评选，浙西大峡谷以 35000 张票入选。

浙西大峡谷非山野小店，乃是大手笔、大投入、大规模、大气派的王牌生态旅游区，有霸气而无霸道，有霸主之尊而无霸王之蛮。

如今，浙西大峡谷的开发锋芒向着纵深推进，峡谷内华光潭电站大坝雄姿展露，霸（坝）气徒增，高峡已现平湖。白马崖索道如彩虹飞渡，直上云顶。更令人惊喜的是，一个环峡谷带大旅游圈正在构思设计，不久便会形成。

## 大峡谷的石头

从来没有见过如此多的石头，铺天盖地。它从门楼起步，一头向山外倾泻，一头朝峡谷深处推进，浩浩荡荡，绵延两百里！我想，即使有数清牛毛的勇气与本事，即使有对石头痴迷成疯子狂人者，面对如此浩瀚的石头之河，除了惊叹，料他也徒然无策，做不出任何举动！奇怪的是，去年我首次进大峡谷，却没有发现这一壮观景象。回想起来，可能是乘车时只系心于千回百转、凌空飘舞的盘山公路和窗外风景，徒步时又被悬崖劲松、飞瀑流泉、栈道悬桥、白云人家等所吸引，才会错过吧。

从来没有遇见过如此庞大的石头。核桃大小的不能算石头，只能是石子：拳头大小的不能算石头，只能称石蛋；即如足球、脸盆大小的，亦可忽略不计。在这里，所谓石头，小则几百公斤，大则上千吨。至于几吨到几十吨的巨石，比比皆是。它们只可眼观，无法称重，只能毛估，难以测量。

如果沿峡谷涧底溯行，会发现一路的石头颜色之古怪。靠山的多有暗红，近路的却见黄褐；滩上的多为白灰，水中的常显幽绿。就是在同一地，有时隔一溪一路，两旁的石色也截然小同，仿佛有神仙划过线似的。

石头们无声，或浑圆或方正，或刚阳或柔润，或蹲踞或平卧，似这似那，奇怪而不狰狞，抽象又不失逼真。

被喻为山水盘景的柘林瀑，有一“咕咚石”像海豚般伏在溪中，露着光滑的背。流水从它腹下钻过，每逢雨后溪涨，就会发出“咕咚咕咚”的悦耳声音。导游说，它是欢迎的鼓点，是山脉的律动。

“不转石”在雄奇的剑门关下，为中流砥柱。多少年的狂风急浪、地裂山崩，始终没能挪动它半步。有人断言，此石的根底在地层下几十米，如果露出地面俨然就是岩山。人立其上，但见石下水流湍急，浪花激溅；仰望两岸，青山及云，树摇风动。其情其景，最相宜的描写诗句就是“水流石不转，云走山似移”了。

八仙潭那尊八米高的巨石，昂首翘尾，如舰船破浪前行，人称“船头石”。有幅经典彩照，就是于此拍摄。只见一位红衣少女，站立“船头”，张开双臂拥抱太阳。那个展翅欲飞、豪情万丈的样子，谁见了都想模仿。只可惜“船头石”真的如“泰坦尼克号”，将随着华光潭电站大坝的崛起而沉入水底。然而天下就有巧事，消逝的船石，最近竟在老碓溪景点浮现，其高低大小模样与八仙潭无异。石上的树木就像船上的旗杆，挂下的长藤仿如锚链。

梦笔潭附近的溪中，有一群特别的石头，它们孔洞相连，极似牛鼻，故取名“石鼻孔”。“石鼻孔”可以系绳索，可以插竹木，东东西西约十几个。但人们不解，这些“石鼻孔”究竟作何用？是人工还是天然？生于哪个年代？议来议去，始终得不出结论。

如果说“石鼻孔”是一道谜题，那么那些古碉堡、古灰窑身上的石头就是历史了。野藤荆棘从石缝中窜出来，缠绕在窑堡周身。青苔厚厚的，一半贴着一半已剥落，有黑蚂蚁爬来爬去，甚至有乌梢蛇出没。望着如此原始古朴的石头，一股苍凉感油然而生。

色彩斑斓、形状各异的大峡谷石头难以穷尽：情侣石、观音石、香炉石、棋盘石、牛腿石、鳄鱼石、鞋楦石、元宝石、兰花指石、仙人床石……仿如满天星斗，灿烂河汉！

大峡谷的石头风采翩然。如果矗立于公园，就是一道风景，将它锯成石板，就是建材；劈成碎片，能察地质；垫于脚下，就成道路；布为石阵，可玩游戏，即使磨成细粉，也是矿砂……

大峡谷的石头慷慨无私。前段日子，有杭州游客在淘金坪拾得一块有兰花图案的溪石，回家后配制了一副座架，题名“峡谷幽兰”，带到花鸟市场换得800元。上个礼拜，又有人看见他在峡谷溪涧寻寻觅觅。看来他尝到甜头，想发点大峡谷的石头财了。

## 走进老碓溪

早春二月，野蜡梅未谢，山茶花已开，田间路边已遥现嫩嫩的绿丝。我沐着微雨后的温阳，走进老碓溪。

这是浙西大峡谷新推出的景点。峡谷深处，照例是郁郁葱葱的山、清清澈澈的水，悬桥、栈道也始终是与双足最亲近的风景。只是山垭到此更显狭窄，轻轻地掷颗石子，就能划出两山间的距离，甚至有人拍胸脯，说他纵身一跃，能从这山跳到那山。

路边发现奇怪的石头，像秤砣，像石锁，更像牛鼻。每块石上都有碗口大的两个洞孔，左右相通，伸得过手臂，能系绳索。它牢牢扎根于岩石上，提不起、带不走。景区介绍牌上称它为“鼻孔石”，名副其实。这些“鼻孔石”叫人费解，环顾四周，这里没有放牧的条件，不是系筏的地方，也无造桥的痕迹，且十几处“鼻孔石”排列无序、朝向不一，既不在同一条线上，亦不处同一层面，究竟作何用场？

是人工凿就还是天然巧成？它成于何年代？均无人知晓。正当我们边走边猜时，空中飘来一般油香，且愈走愈浓。是谁在这深山峡谷中倒翻了香油？

无人倒翻香油，是我们走近了“油车”。

“油车”非燃油之车辆，而是古时人工榨油的工具，亦指榨油作坊。五十年前，在徽杭古道浙皖交界的一些村庄还用着它。如今，“油车”被岁月的车轮碾没了，就连胡子最长的乡村爷爷也记不得了。

但老碓溪的“油车”，是真物而非仿造，它像小火车头横卧于作坊堂前，据说是从皖南古村落挖来的，光装配就花了数天时间。因此，用文字描绘它的结构、原理和操作有点力不从心。倘若游客能亲临现场，亲自推动石碇撞击木楔，体验香油从木槽里汩汩流出的情景，那才是乐事。如果想留作纪念，装一小瓶带回去也无妨。

连着古“油车”，老碓溪还有“水碓”“水磨”两件古物。近其跟前，它会将你引向远古，仿佛去探视尘封的《天工开物》。

“碓”，舂米的器具，在木石架的杠杆上，一端装有杵石，另一端脚踏，使杵石在起起落落中于石臼中捣米。“水碓”则是山水作动力替代脚踏，只要水不断，“碓”就不停。

我们步入“碓”房，只见水流从高处泻下，冲动水轮，水轮通过木轴齿轮间的传动，让磨盘旋转、碓杠上下。于是乎，势能变动能，动能转变成机械能，机械能又变动能。古代的水工机械，在这里组成了一幅绝妙的经典力学图，演绎着古人的创造力与才智。

正当我们沉浸在有趣的赏玩中，一位本地老农却把我们带进他的故事。原来，他从小就生长在大峡谷，白云深处就是他的家，一条羊肠小道从家门蜿蜒到老碓溪。12 岁那年，他从老碓溪的水磨坊出发，挑着几十斤重的苞谷粉回家。谁知在上山的路上遇到一条黑蛇，他猛一后退，双脚踩空，人倒担翻，两只篾箩骨碌碌地滚下山，金黄色的苞谷粉泼满山路。全家人等着下锅的食物，就这样喂了老碓溪的山峦，而他只能坐在山路上大哭。

听着老人的述说，我的心情一下变得沉重起来。老碓溪深埋着历史，每一座山峰、每一条泉水都有说不尽的故事，或奇特或婉丽，或悲壮或辛酸，就像这碓房。磨房和磨盘里碾出的不光是温饱，更多的是无奈与叹息，碓下舂着的，亦不尽是稻谷苞米，何如没有汗珠与艰辛！

老农似乎觉察到什么，连忙补充说：“那是小时候的事，不值得讲给你们听，不值得。”其实，老碓溪本来就是怀旧之地，抚今追昔乃人之常情，何况回忆是一种幸福，对比现在的生活能产生动力。想到此，我亦释然。

老碓溪也有新鲜的事。

“流水是红娘，青山作嫁妆，白云深处筑新房”——一个以婚育文化为主题的风情苑悄然而现。

跨进园门，即被一组石雕所勾引。在这山深寂无声、空谷听鸟鸣的山沟腹地，居然能见到如此明快耳目一新的群雕，不能不叫人惊讶。栩栩如生的雕群，诠释了从恋爱到相知到相爱相亲到结婚生子到育儿的人生历程，表现了人生最美丽最动人的篇章，五分抽象五分逼真，令人无限遐思。

徜徉风情苑，见有“八卦壁”“丘比特箭场”等建筑小品，有“月老殿”“三拜堂”“云雨阙”等仿古厅堂，还有“映播厅”“诗画廊”等宣传场所，加上吹吹打打、古朴热闹、撩人心弦的民俗婚嫁表演，再现了一幅色彩艳丽的浙西山区婚育世情图。

离开老碓溪的时候，太阳已经西斜。从车窗回首，老碓溪更显得幽深苍古。

# 湖峡对口词

1. 千岛湖在浙江淳安
大峡谷在浙江临安
2. 千岛湖是国家风景名胜区中的绿色明珠
大峡谷是国家自然保护区内的生态长廊
3. 千岛湖的山在水中
大峡谷的水在山中
4. 千岛湖的水好看，碧波万顷、秀美无比
大峡谷的水好喝，曲折绵长、纯鲜至绝
5. 空中俯视，千岛湖的山似螺似蚌，似龟背鱼脊，似群牛卧水、蛟龙嬉波，千姿百态，仿如瑶池仙境
谷底仰望，大峡谷的山如狮如象，如神犬天马，如将军出征、少女梳妆，千奇百怪，简直鬼斧神工
6. 千岛湖烟波浩渺，游船熨波，令人心旷神怡
大峡谷峰回路转，皮筏冲浪，让人精神振奋
7. 千岛湖大大小小形形色色的船是流动的风景
大峡谷高高低低弯弯绕绕的桥是凝固的雕塑
8. 千岛湖看水上歌舞，非常精彩
大峡谷观空中杂技，十分惊险
9. 千岛湖百米水底探千年古城
大峡谷千米高山访白云人家
10. 千岛湖鱼宴叫人垂涎
大峡谷野味让人吞舌
11. 千岛湖龙眼洞有海瑞“青溪制砚”的故事
大峡谷千顷塘有济公“古井运木”的传说
12. 千岛湖有宋代农民领袖方腊起义的身影

大峡谷有明朝农民皇帝朱元璋练兵的足迹

13. 千岛湖有十大风景名胜
大峡谷有十大生态谜题

14. 千岛湖九姓渔民新安江上演婚礼
大峡谷八乡村民龙王庙前祭山神

15. 千岛湖“人行明镜中，鸟度屏风里”
大峡谷“白马岩中出，黄牛壁上耕”

（注：文中大峡谷指的是浙西大峡谷，具体地址在昌化境内龙岗镇）

# 大明山“四绝”

大明山原名大鸣山，群峰耸天，云蒸霞蔚。山顶草甸千亩，蛙壮虫肥，常引鸿鹄（天鹅）盘旋飞临。附近村民进山劳作，总闻鹄鸣阵阵，声彻山谷。后来，朱元璋举旗造反，在浙皖一带招兵买马，将大鸣山作为屯军操练之地，兵强马壮后，杀下山去，最终得势灭元，做了明朝第一个皇帝。于是，大鸣山便跟着改称大明山，赞说此是“大明江山”也！

古时大明山，山势峥嵘，荆棘丛生，野草没径，名气不及本地竺云、龙塘。除了僧人进出寺庙，并无多少游踪。留下的咏诗仅三四首。其中宋代名僧维琳大师《题慧照寺壁》算是一首，但不见得高妙：“手里筇枝七八节，石旁松树二三株。闲来不敢多时立，恐被人偷作画图。”另有一首是民国昌化人章绍齐写的，常被今人借用：“千亩田前万仞山，列如北斗七星环。高尖耸入云霄里，遗迹仙棋石不顽。”与当今的许多大明山诗赋比，也不怎么样。

然而今非昔比啊，如今的大明山，经若干年的装扮打造，意气风发，鸟枪换炮，已是长三角著名风景区了。有人称其“可与黄山比肩”，甚至扬言“类似黄山，胜似黄山”。

本人曾三次登临大明山，分别在开发前、开发中、开发后，跨度20年。既有徒步攀爬，亦有缆车飞越。在我看来，大明山遗世独立，我最感神奇的是“大明四绝”。

## 一、万米岩洞

20世纪80年代前，昌化有个钨铍矿，开采钨石铍砂。钨是耐高温用作灯丝和特种合金钢的材料，铍是用来制造X射线管和飞机、火箭的材料，均为国家重要战略物资。为保密，对外宣称是国营208矿。

208矿主矿区就在大明山。几十年来，铁锤叮当，钻声隆隆，声震山谷，大明山真的“鸣声大作”。直至80年代末，矿脉已断，矿床掏尽，才撤走矿工和设备。除了留下职工宿舍，还留下无数矿洞。这些矿洞，高宽均约4米，纵横交错，曲折幽深。洞口云雾缭绕，时隐时现。冬天结挂冰凌，夏天爬满藤萝，神秘而野性。矿洞上下好几层，横向穿透6座山峰，总长逾万米，像穿行在云峰里的蟒蛇长龙。

旅游开发后，为串连山上景点，有些矿洞装上了电灯，成了可穿越的游步隧道。游人走入其中，凉风嗖嗖。路虽铺平，但半明半暗，必须小心翼翼，谨防碰壁，一旦走出洞口，豁然开朗，便一身轻松，飘然若仙。

有一处“天缝”特为壮观，长百米，高数丈，窄得只能挨过一人。仰视，绝壁如削，危岩欲倾，只见天光如线，水珠如帘。正叹大自然鬼斧神工时，有人介绍说，这也是人工杰作，是矿工们一锄一镐掘尽矿脉后弃下的“成果”。真的，仔细瞧，石缝间一根根松木撑还在，未清理的废石矿渣还在，似乎保留着当年撤退时的原貌。在这漆黑的洞中忽现一线天光，真让人惊喜。想不到劳动者的创造，竟在如此不经意的状况下产生。心想，倘若当年采矿人站在此处作讲解，那该会感动多少人啊！

有人忽发奇想，是否可在坑道按装轻轨，通上小火车。游客坐其上，时而招摇过洞，闭目瞑想，时而峰回路转，看万千气象。也有人妙思，灌水进洞，使其变身高山悬河，或成浙西“红旗渠”，甚至可漂舟渠上，高歌迎风，荡漾天河瑶池！

这些创意都很精彩，但依我看，还是维持现状“走为上”好。进洞脚踏实地，摩壁慢行，如入时光隧道；出洞则腾云驾雾，飘若天仙，岂不心旷神怡，悠者游哉？

## 二、千亩草甸

清康熙《昌化县志》载："大明山，县西九十里，其巅广千亩如平地。相传唐宣宗微时尝隐于此。中有龙潭，山半有瀑布，又有七峰尖，白蛇岩、鹞子峰、昆仑岩，俱森耸峭拔，足称名胜。及登山绝顶视之偃然下伏，直与嵧嵝等耳。其南接严州界。"

描述大明山如何挺拔峻峭、神奇壮美，总要把"千亩田"搬出来说一番，毕竟它是大明山组成部分。

"千亩田"是大明山顶一块平缓的大草甸，因广逾千亩而得名。这里海拔1000米，北面是千丈深谷，南面是一马平川，从此地鸟瞰好似神仙境界。游人从十里幽谷攀登，一路是杂花生树、飞瀑流泉。正当精疲力尽，山尽疑无路之际，忽然柳暗花明、别有洞天，让人焕发精神，顿生惊喜。

这里小溪潺潺，终年不涸，四周低缓山坡，野竹遍地。白昼飞鸟成群，夜晚蛙鼓虫鸣。涓涓溪流一旦从悬崖壑口跃下，便成百丈飞瀑，喷珠泻玉，响声震耳，游人的尖叫欢呼声也被淹没。

李忱尚未成唐宣宗时，逍遥自在，到处游山玩水。行至浙皖时，由名僧黄蘖陪同，从白岳（齐云山）到大明山，在千亩田慧照寺住留。未几，逢唐武宗李炎病逝，朝廷诏李忱进京继位。36岁的李忱豪情满怀，与黄蘖俩在玉龙飞瀑前诵诗唱和。李忱曰："穿山透石不辞劳，路远方知出处高。"黄蘖接上："溪涧岂能留得住，终归大海作波涛。"诗句看似吟颂千亩田飞泻的瀑布，实则是以壮丽的飞瀑喻赞李忱雄才大略，即将登基做皇帝啊！

20世纪50年代，昌化县组织青年垦荒队，驻扎大明山开发千亩田。沉寂的大山里升起了炊烟，响起了青春的歌声。千米高山出现了战天斗地热火朝天的景象。“麦浪滚滚，瓜果飘香”一度成为现实。中共嘉兴地委（当年昌化属嘉兴专区）宣传部长杨铭特地寄诗表扬：“云霄之上千亩田，英雄踏云种田园。奇异瓜果大丰收，你们才是真神仙。”时任杭州市委书记王平夷对艰苦创业者也以诗勉励：“轻纱薄雾锁山间，战天斗地千亩田，僻地荒山献宝藏，高山创业多辛艰。”

当年的垦荒队员，健在的如今也多八九十岁了，回忆起那段迎风冒雪、激情澎湃的岁月，他们无不感慨。

如今的千亩田，静悄悄，已无人耕种。春漫杜鹃，夏盈萋草，秋飞芦花，冬覆白雪，天苍苍，野茫茫，一派塞北风光。然而游客至此，只能望山兴叹，原来，一道铁网篱笆封锁了千亩田，阻挡了他们的脚步。仅从网眼观望，只能见千亩田一隅。听说，千亩田早已划给淳安县管辖，那些书写大明山和朱元璋的地名，大部落在淳安境内，这道铁网是淳安与临安（昌化）的县界线。这也许是真的，2017 年春，浙江公布全省十大著名湿地，“淳安千亩田高山湿地”赫然其中。但我想，归属管辖不影响它的存在，千亩田作为大明山最值得观赏的景致，人为设置障碍阻挡游人脚步不可取。

## 三、悬空栈道

群峰摩天竞葱茏，晴岚雨雾江海容。
最是栈道高危处，笑拍岩前一株松。

这是一位杭州游客留在大明山的诗句，真实描写了大明山群峰争秀以及行走在云中栈道所见景象。

走过大明山的人都知道，大明山的景致神韵，只有在栈道上才能全面看清。全长 1500 米的栈道，凌空飞架，筑在海拔千米的岩峰绝壁，好像系大山颈部的宝玉彩链。人行其上，腿脚发软，心惊胆颤。有恐高症的人不敢走，患高血压心脏病的人不能走，即便健康正常人，也必须小心慢走。我们去的那天，正碰上一对上海老夫妻，他们走到中途发生头晕，蹲在岩壁旁闭目安神，说：“老心慌咯，吓煞宁（人）来!”

走路不看景，看景不走路。这是旅游途中常有的提醒，尤其在如此高的云中栈道，只能七步一停，立稳望景。伫立栈道，置身千里云海，脚踏无底空谷，环眺眼前风光，大明诸峰真的可与黄山比肩。昌化县志上说的与峿嵝（南岳衡山）等耳亦非虚言。飞来峰四面凌空，前临深渊，后牵仄径，孤石一块，独立成峰。相传此石原在蓬莱仙境，八仙中的铁拐李被它绊了一跤，铁拐李老羞成怒，奋起一

脚，把它踢到此处。独秀峰清奇峻险，直刺云天。御笔峰灵动神奇，顶尖诸松张臂伸肢，移步变景，赛过黄山“梦笔生花”。门联峰斧削峭壁，左右两爿相对，似乎等待谁来挥写巨联。而最有名的明妃七峰，携手环立，摩天擦云，光听它们的名字就知道有多秀美：广袖、玉筝、湘愁、羞月、霜冷、剑媚、落雁。

观景之余，坐而沉思。如此栈道，怎么造就？悬崖绝壁，人无立足之地，物无输送之径，猜想只能垂绳系腰，半悬空中，在摇摆晃荡中，手持钢钎，钻凿岩孔，而后横插钢筋，浇铸水泥，继而铺上路板，架设栏杆。1500米栈道，要凿多少孔，浇多少梁，铺多少板？高空作业，倘若安全稍有疏忽，脚下就是万丈深渊啊！

看来，古今中外，任何壮美的事业，都产生在最艰苦的劳动创造中，大明山横空出世的云中栈道，就是最好的说明。

## 四、高山雪场

大明山以“一泓碧湖、十里幽谷、千亩草甸、万米岩洞、群峰啸天、林海无边”闻名遐迩，但切不可忘记，它还有一个人造雪境，即华东地区海拔最高、规模最大的高山滑雪场。

每年的12月至次年3月，是大明山气温最低的季节，海拔1200米的山顶积雪不断。雪花飘飞后，白茫茫一片，雪峰、雪原，雪湖、雪径、雪松组成洁白晶莹的世界，无比妖娆。此时，最适宜人工造雪了，合天时、地利，能省电、省时、省工。山顶10万立方库容大明湖，原是清洗矿石的水库，此时恰好为造雪提供不竭的水源。

滑雪场选择在一个叫万松岭的山岗，这里有平缓的斜坡，视野辽阔，上万株黑松随坡起伏，仿如翠绿的屏障。经过两年的建设，2011年1月18日，万松岭滑雪场掀开面纱，宣布正式开放。立马，游人蜂拥，人气爆棚，遂成江浙沪冬季最佳旅游胜地。从此，大明山无闲月，一年四季人流如织。

据称，万松岭滑雪场面积达8万平方米，有1000米长的雪道，同时可容纳3000人滑雪玩耍。造雪机，以及魔毯运送带、滑板、双层雪圈等，均是进口设备，在国际上都是先进的。

服务大厅不仅提供滑雪所有装备，还准备了丰富的地方食品和餐饮。每到冬天，滑雪爱好者成群结队，乘索道缆车上山，而后更换行头，脚套滑板，手执撑杆，迫不及待走上雪地。无数红男绿女在雪上飘飞，那情景，像苍鹰、像蝴蝶、像仙人……

# 走马道场坪

第一次听到“道场坪”这个名字，是在58年前，那是1960年，我们小学毕业，进入武隆初中读书。新建学校尚无围墙，校旁的路上，常有枣红色的马队奔踏而过，看去很是威风。老师说，那是军马，驮的是粮食或其他物资，要把它送到“道场坪”去，那里驻守着解放军部队。

就这样，从那时起，我们知道昌化有个叫“道场坪”的地方。猜想，肯定是古代百姓拜天求雨驱灾做法事的道场，离天近，高而广，有和尚寺庙龙王，有锣鼓香火爆仗。

后来，有关“道场坪”的信息渐渐多了起来，有了真实的影像——道场坪在昌化城北40里，海拔近千米，远眺是山，近抵是原。顶部地势平坦，广达万亩，

可停直升飞机。20 世纪 60 年代，美蒋勾结扬言反攻大陆，道场坪被列为防空战略要地，曾一度有兵驻守。70 年代，部队撤离，变身国有农场，几百名杭州知青荷锄进山，屯垦拓荒。80 年代，省市农业部门在此试点，开辟高山牧场，养殖奶牛奶羊，终因气候多变未获成功。进入新世纪后，道场坪被列为清凉峰国家自然保护区一部分，设立野生梅花鹿保护站，成为野生动物天堂……

带着探秘和观光的心态，2016 年 9 月 4 日，我们一行七人去道场坪，这一天，正是著名的 G20 杭州峰会开幕之日。

面包车从河桥村出发，到昌化镇买了几份早点后便沿着濂溪向北。一条 20 公里长的新修村道直通道场坪山脚，沿途串起五六个村庄。公路尽头，就是盘山“马”路，这条“马”路，想必是当年部队所开，路宽刚好扣着汽车两个轮子。因少有行人车马往来。“马”路半是荒芜。路中间拱起一条棱，长满杂草，堆积着乱石。车轮在两条撤印上滚动，车底盘不时发出被石块磨撞的嘎嘎声。如此崎岖山路，一边是悬崖，一边是岩壁，不要说两车交会，单车独行都相当艰难，城里的司机决然不敢开。而对给我们开车的河桥村民小陈似乎不在话下，他说比这更窄更坎坷的路都经历过，何况不止一次到过道场坪。意思是要我们放心。

从河桥到道场坪车行 50 分钟，其中山路约化 20 分钟。抵达山顶是上午 9 时半，见有一部越野车停在保护站门口，几顶彩色帐篷搭在草坪上，五六位年轻人或坐或站，看来他们是昨日上山过夜的游客。

时值夏秋之交，蓝天白云，气候宜人。伫立山巅，极目远眺，只见群山似海，苍苍茫茫。远处有几座与道场坪平起平坐的山峰，在云岚缥缈中沉浮，仿佛相互招呼致意。此时，倘身生翅膀，真想飞过去握手。

其实，道场坪比遐迩闻名的大明山千亩田更辽阔壮观。碧绿的草甸平缓起伏，看不见尽头，仿如川藏高原的景色。一条小溪从远处蜿蜒而来，钻沙穿石。溪水超级清冽，任尔掬手灌喉俯卧牛饮。小溪旁边，山楂垂枝，野菊金黄。被雨水冲刷干净的石块，大大小小，一路逶迤。已一个多月未下雨了，山下村庄都喊旱情了，而这千米山巅的小溪，居然潺潺湲湲，流声不断，让人称奇。

横贯道场坪南北有条旧路，是古代昌化与宁国商贩往来的捷径，人称“昌宁古道”，古道上曾有庵庙。我们在庵庙遗址上徘徊，在草丛里竟发现一块残碑。

擦去碑上泥沙，文字隐约可辨："道场坪庵，在县北 40 里，黄花关界，连宁国。南北至巅，崎岖皆 10 余里，肩贩络绎。向止茅亭一椽，殊艰宿食，寒暑尤苦。国初，僧观如募建瓦舍，邑人余有庠□□助，前后庭摄成构，邑衿师承宣舍小岭头田壹拾贰亩，永资香火。僧以渐募砌山径，历来称善，勒石坪上。"

石碑已看不清年月，估计是清代所立，记载的是道场坪庵所处位置和捐建者义举。应该是文物吧，可怜它半掩半埋在人迹罕至的荒原，无人知晓，无人打捞。我想，历史是不会腐烂的，但容易被埋没，就像这块石碑。

道场坪是梅花鹿保护地，但梅花鹿呢？我们很想见到它的芳容。路遇巡山员，他说梅花鹿灵性很高，白天躲在密林深处，不轻易露身，何况数量极少，故难觅踪影。正感失望时，忽见两群山羊东西相向而来，白花花一片，数百只之多，一男一女两位赶羊人，与之交谈，知是山下同村人，养的是波尔山羊。两群羊各有其主，各有地盘，各吃各的草，各走各的路，互不干扰。据说他们的羊，形体健美，肉味鲜美，均被杭州餐饮老板收购了去。山间尚有数十头放养的黄牛，毛色金黄亮丽，草木丛中时隐时现。黄牛们知道天晓日暮，待夕阳西照时会结队上路回棚，那时，牧归路上又是一道独特的风景。

道场坪正在建造水库，两山间筑起了圆弧状大坝，走近看颇显雄伟壮观。工程尚未结束，估计明年可以蓄水。那时再来游览，将可看到高峡出平湖的景象。

走马道场坪，半日来回，匆匆忙忙。心想，这个高山草原极宜开辟跑马场、野营训练基地或高山度假村。但因它是国家级自然保护区，一切额外创意都属歪点子。

# 温泉小镇——湍口

驾车上杭徽高速公路西行，至昌化出口下，然后往南，折向昌文线再行20分钟，即达一个叫“湍口”的小镇。

湍，是指急流的水。顾名思义，“湍口”应是水口要冲。果不其然，从群山狭缝里挤出湍、塘、沈、凉四条溪流，蜿蜒于山谷盆地，弯弯绕绕若干里，而后合力汇成一道昌南溪，推开山峦豁口，急匆匆向东。湍口就处在这个青山环抱，四溪交汇的地方。

凡有人居的地方总会有水。湍口除了清澈的溪水，还有一股特别的水：“……芦荻墩，在县南四十一里，平阳突起。小墩高不盈丈，广余亩，清泉仰泻，夏凉冬暖。隆冬暖气熏蒸，叠叠上浮，环墩无积雪。”（清康熙《昌化县志》）

这是从地下冒出的有热度的泉水，年年喷涌，昼夜不息。20世纪60年代，

经地质勘探测定，此为含氡古温泉，出口水温 47℃，品质上乘，有康体价值。

当地村民称它为“芦荻泉”，多少年来，他们一直用来饮用、洗刷、沐浴、溉田，直到公元 2010 年，杭州有家公司与湍口镇人民政府挂钩，签约开发，投资近 4 亿元，小镇才有后来翻天覆地的变化。

8 年过去了，如今的“湍口”已是远近闻名的“温泉小镇”了，每到节假日，大巴、小车接成长龙，小镇的街路及村道上尽是穿梭往来的人影。

温泉度假酒店是小镇最为庞大的建筑群，占地近 200 亩，建筑面积 7 万多平方米。宏宫巨宇，鳞次栉比；亭台轩阁，错落有致；花树泉瀑，声色互映。全景客房、景观别墅、高端会所、康体中心、生态果园、水上乐园、养生餐厅、会议厅、滑草场、名医馆、各种形态的温泉泡池……无所不有。各种功能区，像影视区、足浴区，游戏区、棋牌区、球类区、休息区，一应俱全。据介绍，酒店能同时容纳 2000 人泡澡，1000 人食宿，600 多人开会。

酒店的整体风貌、园林格局，直至装饰细节，豪华精致，无不洋溢印尼巴厘岛风情。大大小小的佛像，栩栩如生，都系巴厘岛打造，就连二十几座亭子的木材和屋顶草披，也是从巴厘岛运来。游客在此不仅享受温泉沐身的乐趣，同时还能感受异域建筑艺术的风采。

2015 年 11 月，湍口温泉度假酒店凭借其旖旎的自然风光、迷宫般的山水园林建筑和顶尖的高品质温泉，获得中外酒店最高荣誉奖——白金奖。颁奖词是这样写的：

“起源于明清，以氡元素为核心，提供高端度假疗养服务的最佳温泉度假酒店。坐拥百亩绿色景观以及 69000 平方米建筑面积，其规模规格居华东之首；既充满原始野性的自然美景，又融合了巴厘岛建筑风格和典雅柔美的温情。”

其实，温泉养生不是冬天的专利。古代医书早就说过：“春日沐浴，生阳固脱；夏日沐泉，暑温可祛；秋日泡泉，肺润肠蠕；冬日洗池，丹田温灼。”

四时气候变化，决定了生命体的不同状态，温泉养生，也因时而调节。哪怕湍口没有温泉，这里满目青山，风景优美，春可赏花采茶，夏可玩水避暑，秋可登高采摘，冬可烤火狩猎，一年四季都有不同的趣味。

2016 年 7 月，四季恒温激情水上乐园开园，总面积近 7000 平方米，沿袭了温泉酒店的巴厘岛风格。水上乐园有三条旋转滑道，有六种冲浪模式，有激情水寨，可穿越洞河，且与美食美味搭配，奇趣无比。

酒店西侧，建起了浙江温泉博物馆，图文并茂地介绍世界各地温泉的形成、浙江温泉的形成和湍口温泉的特色。馆内还有各种温泉矿石、鱼化石展出，成为一处动静结合的科普教育基地。

湍口温泉虽然隐藏在大山中，却是离杭最近的温泉度假地，有大杭州地区唯一的地下水采矿证，水质堪比阿尔卑斯山泉水。这里森林覆盖率 90%，金钱松、红豆杉等珍贵树木特别多，空气中负氧离子数量全省第一。

湍口东距杭州 110 公里，西至黄山 110 公里，南去千岛湖 48 公里，是黄金旅游三角的中心。况且，在半小时车程内，尚有河桥古镇、柳溪江、中国石花洞、大明山、浙西大峡谷、十门峡等著名风景区，可谓得天独厚的佳境。

# 千年古镇——河桥

临安市有个河桥古镇，在杭州以西100公里处。

要给河桥下一个确切的定义很难。它既不像高原古城苍凉厚重，也没有水乡古镇的风雅灵动。比之桂湘黔丛山密林烟笼雾锁的边塞小镇，它缺少神秘诡异色彩；而与皖南徽歙那些牌坊矗立满目祠匾的古村落比，又少了官邸科甲文脉幽香。

诚然，河桥头顶上的高帽已经不少：浙江省第二批历史文化保护区，杭州市首批风情小镇，长三角最佳慢生活旅游古镇，全国环境最美乡镇，省级教育、卫生、体育强镇，省级旅游重镇……可惜这些桂冠，并没给河桥百姓带来多大的红利。省市电视台、报社、新媒体或肩扛背包、手提摄像机的都市时尚人，不时来河桥探营。他们行走在老街上，一番东张西望，有时也好奇地走进哪户人家，对着明塘天井、花窗老墙、稻桶谷箩拍几张照，而后跨出门槛，丢下一句“没花头”，便不屑一顾扬长而去。

是的，到目前为止，河桥尚未公开自己是一个景区，它至今仍是原生态小镇，是最自然、最朴实、最平静、最民生的现实模样。

那些泡过湍口温泉，游过柳溪江顺道进河桥的客人，或者偶尔闯进河桥的游人，浮光掠影，走马观花，留下“没花头”的印像并不奇怪。他们不知，河桥是一个深藏不露的古镇，任凭别的地方花花绿绿，轰轰烈烈，龙飞凤舞，锣鼓喧天，河桥照样气定神闲、不露声色，不紧不慢、不卑不亢过自己的日子。有人说，河桥深藏的是历史，不露的是容颜，一旦揭幕，必有好戏。说实话，在临安市，再也找不出像河桥这样深藏底蕴极具开发价值的潜在景区了。这里毕竟有雄奇的山，秀丽的水；有悬崖白云间的寺庙，有蜿蜒江边的老街；有美妙的故事，旖旎的风光。

## 三溪口

临安两昌地区有几十条山溪，分别被昌化溪、昌南溪、蒲溪吞并。而这三条

溪经过几十里跋涉又在河桥汇成柳溪江，然后冲开镇龙山峡，浩浩荡荡向分水江钱塘江而去。三溪口，是昌化溪、昌南溪、蒲溪的终点，也是柳溪江的起点。

站在三溪口的堤岸上眺望，眼前赫然是三座大山，它们各自为政，独立成峰。

留尖山，峰峦摩天，形如笔架，俗名笔架山。山中多奇松异柏，飞瀑流泉。20世纪五六十年代开采莹石矿留下的矿洞神秘莫测。一条运矿石的独轮车道像长蛇般盘旋而下，绵延十几里方至山脚。几十年过去了，想必车道早就荒芜了吧！

竺云山，又名何上坪，形似泰山，重峦叠嶂，气势磅礴；瀑挂云间，树生绝壁，鹰击长空，雨带晚烟。山巅有寺庙，是宋代遗迹，至今石墙断壁尚存，明塘天井依稀可辨。传说何上坪是何仙姑登临处，故而仙雾缭绕。竺云山早在宋元就名闻遐尔，我们从留存的数十首古诗词中可见一斑。

双峰山，又名扁担山，远望如横卧之朝笏。扁担山多危岩峭壁，大片的山岩裸露在阳光下，雨后或积雪时闪烁着耀眼的光芒。扁担山盛产龙须草，慕名去采龙须草而葬身危崖深涧者不在少数。

三座大山莽莽苍苍，雄伟壮观，海拔皆千米以上。它仿如守护古镇的将军，巍然屹立，无比威严。

三溪口是古时唐昌山货集散码头，这里百船泊岸，帆影如云。从桐江上溯的货船全在此地靠岸。清代红顶商人胡雪岩满载药材山珍的船队，也从这里下水，直达杭州。沿河有几处烧制陶器的火窑，每到春天，柳溪水涨，篷船往来，窑烟袅袅，一派田园风光。清代名士周龙骐《三溪即事》吟颂的就是此地：

平畴踏偏到东皋，仄径如肠滑似膏。
白箬短篷来野艇，青泥暖灶出新陶。

已惊拜墓携春酒，更讶迎巫献社羔。
故园风情休自忆，满头白发不堪搔。

从前，三溪口有两处水碓，是百姓加工粮食的作坊。只要河里有水，水碓就日夜不停。尤其是冬天的夜晚，四周寂静无声，唯有这碓坊还在运动。流水冲击水轮发出的吱呀声，碓头起落响起的嘭拍声，磨盘转动的嗞嗞声，在清冷的河边组成了劳作交响。悬挂在碓房上空的橙色灯笼，一边倾听这水碓的歌谣，一边也成为寒夜行舟的航标。

三溪口还是放排人的聚集地。早上，从颊口、龙岗、白牛或湍口、石瑞等地出发的木排，到河桥已是傍晚，排工们系排于岸，投宿河桥。江边设有排埠会馆，供放排人歇脚、食宿。他们在这里聚会，交流心得，传授经验，在这里祭拜水神，祈求水上平安。第二日拂晓，排工们抖擞精神，解开揽绳，重新启程。春夏水涨，三溪口众排接成长龙，陆续离埠，彼时，岸上水上，人声鼎沸，一派热闹繁忙景象。放排盛景一直延续到公元1969年，一场特大洪水使航道淤塞，河床变浅，礁石裸露，从此，木材改由汽车陆上运输，放排人远去或改行，三溪口亦复归平静。

如今，三溪口风光依旧，廊亭古渡，排埠船屋尚存。柳溪江竹筏漂流在此停泊，让游客抖落水珠上岸观光。

## 行 宫

行宫是古代皇帝在京城以外建造的宫殿，是皇帝和嫔妃离京后沿途停驻或活动的宅邸。

河桥老街东端也有一处叫“行宫”的地方，它在三溪口附近。吴越国钱武肃王时期，有一水利大臣柯宁，受钱王派遣到昌化治水，在柳溪江劈礁斩浪，疏通航道。柯宁所率领的治水大军驻扎河桥镇，他在河桥建造宫殿、官邸、营房，一则为钱王出巡浙皖提供居处，二则亦为治水大军食宿服务。柯宁一边在柳溪江指挥施工，一边在河桥监理建宫。正当河桥殿宇完工时，柯宁不幸在柳溪江身亡。河桥百姓敬仰柯老大人，为其塑像，供奉在柯宁建造的殿宇。每年农历十月十二，柯宁生日，河桥百姓汇聚于此举行庙会，祭祀这位治水英雄。这处宫殿或者这个地方，河桥人称为“行宫”。

而今，“行宫”早已不见踪影，只留下岁月亦真亦幻的叙述。现在我们在“行宫”遗址上见到的建筑群——城门、钟楼、店铺、场馆、庭院……从外围看，好似一处城池，入内浏览，又仿佛是一处大庄院。也许，策划人把其当作古镇历史形象展示，有意让人徜徉怀想。

走进“城池”，“相公殿”迎面而来，飞檐翘角，高槛重门。当年治水大臣坐在庙堂正中，祭祀演出的戏台与正堂遥遥相对，台上所有的动静，柯老菩萨一目了然。

与“相公殿”毗邻的是“观音堂”，金碧辉煌。观音菩萨慈眉善目，端庄美丽，立在莲花座上。但见佛光普照，挥洒吉祥。

“庄院”内，开辟了“浙西抗战纪念馆”，既有图片，也有实物，还有人物造型。屏风上有条标语震奋人心“抗战起自卢沟桥，结束在河桥”，完全可以制成河桥的LOGO。

除此外，还有河桥的农耕博物馆、民俗风情馆、十里红妆展示馆、青楼文化馆、河桥钱庄等，错落有致，曲径通幽。如果进入参观转悠，至少需逗留60分钟。

最让人称道的是洗手间，其建筑堪称五星庭院。入口处的对联，风趣幽默，读之叫人捧腹。

“城池”也罢，“庄院”也罢，都是远方来客停留游览的地方。不是说游客是上帝吗，如此这般，还是尊循古称叫行宫最为贴切。

## 老 街

唐昌一千年地贯徽杭浙皖，首镇两百里水通富春钱塘。

这是进入河桥老街东门城楼上的楹联，短短两句，囊括了河桥作为“唐昌首镇”的历史、地理位置、所辖面积和水陆交通等要素。

河桥老街东西走向，长达千余米，为徽式建筑，颇似屯溪老街。街道用石板和鹅卵石铺设，平整而干净。街道窄窄的，宽不过三五米，看得见对门人家端碗站着吃饭的情景。店铺里的伙计如果把手伸出来，能拉住街上行人。街两旁二层楼房居多，两排对峙的屋檐，最窄处几乎相碰，只留下一条带状的天空，倘若拿根竹竿，一头搭在对门屋背，一头搁在自家楼窗，就可以晾晒衣服了。

一家家紧挨着的店铺或民房，被固有的封火墙分隔，高踞屋顶的“马头”，静静地俯视街面和行人。街上的房子新老交替，但多数是清朝遗老，一两百年的

年纪，也有明代的高龄，老态龙钟，摇摇欲坠。有的老宅几道天井深幽如潭，一到夜晚，黑咕隆咚，陌生人不敢迈进一步。

街道微弯，不能一眼看穿，留一半平白留一半神秘。除了早上买菜吃早餐，街上很少有行人，连通常孩子追逐嬉戏打闹的情景亦很难见到。老街静得让人惊讶。

只有石板下一条称作“奥沟”的水渠在日夜不息的流动。这条以“太平沟”为名的流水是老街的命脉，它流经每家每户门前，既是生活用水，也是消防用水，洪水袭街的时候还是排涝的通道。

老街的墙上残留着不少标语。“野营训练是一种好方法”，落款为杭州轻工系统野营团，刷写时间1971年2月。“大批资本主义，大批修正主义，大搞社会主义”“要斗私批修”“深挖洞广积粮不称霸”“农业的根本出路在于机械化”“阶级斗争要年年讲月月讲日日讲”“无产阶级专政万岁”等， 都是“文革”时期的产物。“严防台湾特务”“粉碎美蒋勾结反攻大陆”，虽然写于20世纪60年代初，但依旧矾红未褪，历历在目。再早一些，“打倒日本帝国主义”“誓死抗战到底”等，须仔细辨认才能看出，毕竟70多年了，上面又被“伟大的领袖毛主席万岁”所覆盖。这些标语是时代的烙印，历史印痕，也是追忆往事的触角。

随意地走进一户人家，跨进尺把高的门槛便站在了主人房屋的前厅。要是早些年，这里必定还是店堂，因为看得出当年排门柜台的形象，门槛上还留着上排门的沟槽。再往里面走是天井、中堂，挂祖宗像的地方。从中堂边门继续进去，就是别有洞天的后院了。厨房、柴屋、猪圈、菜地都有，有的可通河边或山脚。

沿河缓行，见到的又是另外一种风景：远处的山峦、近处的田野、河中的石堰、水上的木桥、桥下的鸭群……沿河的路很窄，脚步几乎碰着墙根。石缝里窜出的桑枝，墙上爬满的野藤蒿草，还有路边颜色苍老的系船石，都在诉说着古镇的历史，仿佛拄杖伫立河边的古稀老人，向人们讲诉悠远的故事。

据说，民国时期的河桥街异常热闹；如果置身其中，同大强、胡福隆、同怡昌、永和财、胡森盛、张瑞华、许益隆、物育堂、积善堂、惠元堂、光裕堂、胡升号、余义泰、卢永兴、胡震丰、兴隆商、夜旺阁、汪益茂、同立祥、柴志振等数不胜数的老字号便一个接一个映入眼帘，黝黑的门框上贴着红底黑字的对联，空气中弥漫着蚕茧、生丝、茶叶、药材、萸肉的幽香，叫卖声此起彼伏，或急促，或高亢，或悠远，如同跌进了一条涨水了的商业小河，似乎有无形的手拉着你驻足店前，又有汹涌的波涛推着你继续往前游。店有店规，商有商道。一家紧挨着一家的店铺，都秉承着谦恭而守规矩的徽商遗风，无论掌柜伙计都站有站相，坐有坐姿；立不倚门，笑不露齿；热情而不强行拉客，交谈而无太多寒暄。

那时，在街道的开阔处，往往歇着竹木柴炭的担子，挑夫们坐在街沿的石条上，啃着烧饼，擦着汗水，一言不发等待买主上前问价。而刚上岸的船工，腿肚上还滴着水珠，就忙不迭地走进酒店。他们是“灶头打在脚背上”的男人，“喝大碗酒，吃大块肉”，是人生中必不可少的风景。夜幕下，店家点亮了煤汽灯，两边并排的“灯光”摇曳着一字铺开，就像两条暖色、动感的线条，柔情地延伸开去，圈住了两边的房子，热辣辣地撩拨着行人的思绪。人流丝毫不比白昼少，算盘照样拨得啪啪响。望着熙熙攘攘的行人，灯影里的老板显得更精神，更底气十足了。

走在老街上，踩着脚下的石板路，望着斑驳古旧的街房，抚摸着老墙门上生锈的铜环，或干脆坐在磨得油光发亮的青石门槛上遥想，感觉像是在触摸古镇的根须，阅读一本泛黄了的线装书。

## 白云山

白云山，又名白山头，在河桥镇南边，海拔550米，因山势险峻，风光绮丽，山顶又有原生态古寺庙，供奉的菩萨据说有求必应，十分灵验，故而远近闻名。古谚“山不在高，有仙则名”，白云山正是体现了此番意蕴。白云山南摩双峰，东临柳溪，悬崖百丈，且延绵千米，气势非凡。峭壁下有“白下潭”，水深莫测，色呈暗绿，传说晨昏暮合之际，有水妖在此出没，从前经常有人看见浮尸现于河湾石窟，都说是水妖作怪所为。白下潭上方几十米处曾有古道栈桥，一座凉亭筑立在石壁间，陡峭的山路从凉亭穿过，仿如长链拴古锁。过去，牧童放牛、樵夫挑柴，路经此亭，总会驻足歇息玩耍一番，或掷石于潭，或呼叫于空，或涂鸦于壁。站在凉亭路口，向上望是危岩欲倾，往下看是百丈深渊，仰俯之间，令人眩晕。

明隆庆二年（1568），昌化知县周易踏勘柯桥，看到白云山水，仿如紫墨古画，兴之所至，以“半山亭”为题，写下二首七律，其中一首诗是这样描述的：

绝壁孤亭紫翠攒，轻袍洒半不胜寒。
山高气岚晴犹锁，径滑苔痕雨未干。
胜览望余飞鸟外，朗吟声入白云端。
独岭曲磴三千丈，老大须时籍健翰。

白云山绝壁悬崖间，藤萝缠树，苍鹰盘旋，有神秘的岩洞隐藏其中，相传古时有神仙居住，人称神仙洞。每天早晚，翠岚仙雾氤氲，缠绕于山腰，飘浮变幻，而后慢慢升腾至天空，结为白云，如诗如画，恍如仙境。明朝给事中（皇宫文秘）有一年春至唐昌。县官陪同他泛舟柳溪，面对白云山水，他留下了“天开石壁”“峻拔层峦”“气凌草树”“窟长蛟龙”“日光浮浪”“山影人流”等赞词，最后还引吭高歌：“行酒杯从天上送，狂歌人向境中寻，遨游不尽坡公意，欲望沧州试采花。”白云山的西面，是有着美丽传说的金牛坞，上白云山要从金牛坞起步，沿寿桃山石径拾级而上。寿桃山紧临昌南溪，形似仙桃，《昌化县志》说，居民在寿桃山开石采料，河桥镇立即会有火灾出现，因此，寿桃山永禁采石，古时有禁碑立于山脚路口，民国时尚存。唐宋盛世，昌化全县有寺庙庵观百余处，其中规模大者二十几处，而“白云寺”山房栉比，殿宇辉煌，香客如云，正在其中。然而天有不测风云，白云寺在明朝末年一次雷击中起火，炽烈的大火将寺庙烧毁，仅留下几间平房及边阁。

白云寺被焚后的百余年间，白云山变得沉寂无声。寺院的残垣断壁间，成了附近村民栽种苞谷荞麦的园地。直至光绪初年，新任知县巡视至此，觉得白云山状如蛟龙，有宝地之气、太古之相，提出恢复寺庙，重振白云禅风。绅士乡民群起响应，捐资出工，各出所有。终于，不出三年，一座新的寺庙立于白云山头。如今的白云山寺，只能算是山乡小庙，无法与当年相比，但此地风景依旧。站在殿前遥望，但见山峦、河流、田野、村庄尽收眼底。敞开衣襟，挥臂迎风，顿生豪情。“莫道白云山不高，临崖一呼气自豪。展望前程三百里，唐昌到此景最娇”。这里山房虽简，但香火不断，尤其到观音诞辰、得道、升天的几个节日，更是人流如织，一派热闹景象。

白云山寺是昌化地区唯一经宗教局批准备案的寺庙，不光本地人常来常往，周边邻县，甚至嘉兴、平湖、上海的香客亦有光临。有人设想在白云山修筑游步道，在悬崖上造天桥，在峭壁间架栈道，扩建殿宇堂庑，增建亭台塔楼。倘若这一构想变为现实，白云山将重新崛起。它配套于柳溪江，一座山一条江，一竖一横，必将给风情小镇增添新的历史景观。

## 白下村

白下村是个古村，因地处白云山下而得名。它与河桥老街隔溪相望，中间以百米木桥相连。白下村有点八卦，小巷窄弄纵横交错，陌生人走入其中会迷糊一阵子。

白下村北临昌南溪，东依柳溪江，从西到南又有水渠环流，可以说是四面皆水，是最亲近水的村庄。村里人的祖辈大多与水打交道，撑船、放排，捕鱼是他们的生计。过去，多数人长年累月在柳溪江分水江劈波斩浪，用木船运送货物，往来于杭州、桐庐与河桥、昌化之间。紫铜色的肌肤，粗壮的臂膀和坚毅的目光，呈现一副水上汉子的形象。白下村老老小小即便不是青田人，都会说青田话。村里人碰面均以青田话交流，《临安知识词典》把它列为青田方言岛。

白下的鱼灯引人入胜，它是临安市最具特色的灯彩之一，已被列入非物质文化遗产名录。每年春节元宵，白下鱼灯舞动河桥，而后走出村镇，去县、市表演。为了祈求水上平安，寄托美好愿望，每年农历七月十五，白下人还要放“水灯”。最早的水灯系木板或秸秆片上放盏小油灯，倒上青油，点烧灯草，任其漂流，后来，水灯制作变得越来越精美，用彩纸扎成荷花形状。水上放灯要搭台祭神，道士作醮。夜幕降临时，家家户户纷纷捧出荷花灯，在锣鼓爆竹声中点燃放漂，千百朵荷花在江上随波逐流，交相辉映，无比美艳。放水灯的风俗至今已延续400年，是当地重要民俗活动。

白下人善造木桥。春夏时节，洪水常常把连结河桥老街的木桥冲垮卷走，而当洪水一退，木桥很快又展现在河桥白下之间，屡垮屡建，白下人对此毫不怨天尤人。

白下人也会造船。每当冬闲，河滩上搭起工棚，成修造木船的工场。造船要选黄道吉日，要祭拜天地水神，而后方能动工。工作现场锯木的声音、敲打的声音和桐油香味弥漫在一起。木船造好后，要办“下河酒”，邀请亲朋好友、匠人、帮工同饮。宴席上的鱼尽量不碰，更不能用筷子翻身。

白下村风光绮丽，桑园蛙鸣，竹林飞莺，田陌平整。云山雾岚飘渺，江风吹来鱼香。最近，听说有杭州大款青睐这块宝地，欲投资建民宿度假村。此项目合天时地利，不知他决心下了没有？

## 老宅事

老房子、老店铺、老作坊、老手艺、老器具、老风俗……毕竟千年古镇省级文保，“老”是本钱，“老”是真谛。这里择几处老宅，说几件老事，算是揭点河桥老底。

十灶堂。20世纪五六十年代至改革开放前，这里住着10多户人家，40多人，18个姓，来自4个生产队，籍贯包括6个县。清晨，大家拿着锄头、铁耙鱼贯而出，雨天人人蓑衣笠帽，如同铠甲士兵出征。傍晚，10多个烟囱同时开灶，烟熏火燎，远望像火烧房子一样。有人撰打油诗一首：“十户人家四个队，十个灶头八个盖，十只粪桶堂前摆，十张桌子三样菜。”打油诗诙谐地表现了当年大家同住一屋檐下，拥挤而热闹，贫苦而快乐的生活。

以前，十灶堂由富商胡森盛开办茶业行。森盛茶行曾是昌化地区唯一集收茶、制茶、拣茶、评级、封包、运输为一体的专业商号。每到收茶旺季，光是拣茶女工就得四五十人，街坊邻居全是帮工，茶香飘满街巷。当完成装袋封包这最后一道工序后，即差人肩挑背驮送至水埠码头，然后雇船运往苏沪杭等地。抗日战争时期，十灶堂成为浙西军民合作站。部队要派民工，选挑夫，送军货，或民众捐赠

衣被鞋子食品等，均在这里办理。抗日胜利后，这里成了“排棚”，是放排人的会所。他们在这里聚会、议事、派工。由“棚主”定规矩，付工钱，提供食宿。

积善堂。老街59号是建于清顺治年间的老宅，距今300多年。道光五年（1825），胡氏在此开出了河桥最早的药店——积善堂。

积善堂有临街店面三间，药柜俨然。屋柱上有对联“聚蓄百药，平康兆民”及“但愿世人无病，不怕药架蒙尘”。积善堂的中草药，多为自行采购，且严格遵循“炮制务精、货真价实、老小无欺”的宗旨。清道光十四年（1834），绩溪人胡芝田携12岁的儿子胡光墉（雪岩）到河桥绩溪乡友家作客，并留胡光墉在河桥糕饼房学做糕饼。闲暇时，爷儿俩常来积善堂串门。后来，胡雪岩在杭州发迹，开办了胡庆余堂中药店，每年委托积善堂收购白术、萸肉、何首乌、三叶草、五倍子等精良药材，并雇船沿柳溪江送至杭州。胡庆余堂后来的“戒欺”“真不二价”等著名店训，与胡雪岩年少时在河桥积善堂的耳濡目染不无关系。

《易经》上说：

“积善之家，必有余庆。”积善堂和杭州胡庆余堂同宗同根、一脉相承，店名也是相互关联的。

崇武堂，人称“石墙门”，位于上街66、68号，为胡姓宅第，明末清初建筑。“石墙门”完全遵循风水规律，吸纳徽派建筑精华，讲究四围高墙，二尺小窗，方丈天井，四水到堂。走进石框大门，有屏风遮拦。屏风后有天井，过天井即中堂。中堂一壁之隔是后厅，后厅正中又是天井。再过石框门，就是后院，有花园树木，厢房小楼厨屋畜栏……迄今，此宅轮廓完好，只是年久失修，寂寞破旧，但隐约中仍可现当年的轩昂。

中堂上方原有匾额“崇武堂”，系江西吉安府千总胡文翰所题。胡文翰，又名德安，清顺治丙戌（1646）武科举人，他被朝廷授官，赴吉安上任之日，也是“石墙门”竣工之时。他因武举得官，特题此名。

崇武堂胡氏宗祠在下阮村，清道光、光绪年间分别办过武馆，除了本族弟子，也接纳外乡人，出过武进士、武举人多名。清末民初，社会变革，人们崇文厌武，胡氏将“崇武堂”改为“敦叙堂”。堂前挂胡氏祖宗像，案台上红烛高香，两旁有对联“大贤秉高鉴，上德表鸿名”，据说是石室寺高僧法云和尚所书。

抗战时期，国民党军统头目戴笠来河桥督查军务，先后两次（1942年、1944年）住在“石墙门”（有说住在昌南区署，有说住在双溪小学的），前门后门，严布岗哨。

杭州耶稣教堂出现在清同治十三年（1874），当时只有两间平房，传教士是司徒雷登的父母，美国人，两年之后，司徒雷登出生在这里。司徒雷登后来成为美驻华大使，名气很大。杭州的这处原教堂，就成了司徒雷登的故居。

河桥的耶稣教堂也是美国人于1920年开立的，是中国最早的乡村基督教堂之一。最初有美国传教士在此布道传教。后来，受上海美国传教协会派遣，绍兴人许云卿继任牧师，主持河桥、湍口两地教堂，人称“许教父”或“许先生”。

1932年，时任国民党行政院院长的孙科抵河桥，适逢教堂做礼拜，在路过教堂门口时，听到唱圣歌，即令随从掏出十块银圆“献爱心”。孙科是孙中山的儿子，为国民党重臣，年轻时在杭与胡琏有一面之交。胡琏当过余杭县区长，回乡后任河桥双溪小学校长。双溪小学当时颇具名气，孙科曾给题词。

抗战爆发后，来河桥读书、避难者蜂拥而至，其中信教人也多，教堂座无虚席。1949年中华人民共和国成立后教会停止活动，教堂改作他用。

河桥教堂为美式建筑风格，90多年过去了，至今仍在老地方，面貌如初。

逸庐是河桥老街上的一幢民居，系民国初年建造的，是中西合璧的小洋楼。因与街坊间那些前店后坊的排门店铺相异，故常引人注目，乡人呼它为“洋房”。“洋房”占地180平方米，坐北朝南；高三层，阔三间；矮围墙，小庭院，地铺黑白鹅卵石菊花图案，门前有水沟通过。

洋房的主人是位名医，姓陈名玉林，字轶材，曾名再生，河桥人尊呼他“伯贤先生”，20世纪50年代曾给省、市领导治过病。“逸庐”经历了百年风雨，伯贤先生在此住过几十年。抗日战争时期，浙西行署王捷少将夫妇曾居于此。王捷系黄埔军校四期学员，著有《王捷步兵操练法》《步枪射程及技要》等书。国民党江南抗日先遣队总指挥丘玉林也曾在逸庐短暂居住。1948年，昌化县县长裘正策动起义，曾住“逸庐”。中华人民共和国成立前夕，裘正以浙西游击队名义与国民党192师的谈判也在“逸庐”进行。

如今，“逸庐”虽轮廓依旧，但已几经易主，门楣上方的“逸庐”二字也被铲去。留下一地清晖。

“怡和”曾经是唐昌望族，距今已有200年的历史，出过文臣武将，大门口的旗杆石，抗战时还赫然在目。

十三个天井，从前门一直通到后山。道道石门，条条巷道，交错穿连；花瓦粉墙，雕梁画栋，所有的屋檐水管，全用紫铜打造；所有的门窗，都镂刻着花草虫鱼、渔樵耕读、福禄寿禧之类的图案。走进大门深入其内可以发现，各房屋既相对独立，又相互连通，显示出封建时代宗法家治的轨迹。

“怡和”主人姓程。清道光年间，“怡和”托骡帮送货，顺便从杭州带回几张“博彩”之类的赌票，谓“白鸽票”，不想一举中奖，得5000大洋。

当官衙差人敲锣打鼓、摇旗呐喊把满满一箱银元送到河桥时，程家无异于金榜题名，大办酒席招待来宾，邻居街坊也都应邀赴宴庆贺。据说，程家就靠这笔意外之财造起了大宅。清同治初年，“怡和”被太平天国军付之一炬。20世纪五六十年代，一到阴雨还潮天，“怡和”有堵内墙，仍显出“太平天国”四字，据说是一个太平天国兵身受重伤，临死前卧在地上用血书写的。

如今，走进曙光157—163号“怡和”旧址，只见石门无言，石条无声，古井石栏无影，石磨石臼埋在地下。

河桥下街，有一个地方叫“墙里”，是一处大杂院，按“五家为邻，五邻为里”的说法，这里大约有二三十户人家。

“墙里”入口处，原有门亭，门墙呈“八”字形敞开，两旁有对联，字迹斑驳脱落，隐约可见“神灵哉不敢自畏，公老矣有德而尊”。多数人不知其意，估摸是此地出过神仙或住过高人贤达之类吧。

原先，“墙里”由洪姓一统天下。他们是明朝洪武（1398）前从徽州迁来的首批住家。洪氏在“墙里”建有祠堂，祠堂里还办过“镖行”。厅堂正中挂关公像，上书“忠义千秋”。

后来，洪姓衰落了，“墙里”的房子卖给了门氏，其他姓氏也陆续搬进来，“墙里”终成大杂院。

“墙里”曾有一位草药郎中，青田人，医术一流，专治蛇狗咬伤、跌打损伤、刀枪内外伤，慕名而来的外地人络绎不绝。抗战时，离“墙里”不远的“许尼和”大宅里，驻有部队一个团，常要他去给士兵治伤。

墙里有一条深邃的弄堂，长百米，宽二三尺，比西塘石皮弄有过之而无不及。过去的小孩常在这里穿梭，双脚抵在两边墙上，双手支撑着向上攀登，然后忽啦啦滑下。

“墙里”离水埠不远，但“墙里”人都喜欢用井水，二十几户人家有七八口井。这些井互相渗通，天旱不涸，井水冬暖夏凉。有趣的是，时至今日，在老年人嘴中还流传着“墙里七口井，侄郎追阿婶”的故事。

警报山本名“后山”，在河桥老街北面。“墙里”紧挨警报山，有小路通往山顶。

抗战时，河桥人流如潮，不少军队驻扎于此。为防日本飞机轰炸，在此山特设哨所、警报亭，派兵驻守。警报亭内悬挂大铁钟，每当日本飞机来袭或遇其他紧急事态，即鸣钟示警，告诉军队、民众做好准备。那时，河桥人家里都备有一种简易布袋，内装干粮、衣裤、饮水之类，一旦警报敲响，立即背起“警报袋”转移。中华人民共和国成立后，大铁钟抬下山，放置胡家祠堂中。1958 年大炼钢铁时，大钟被砸，投进高炉，熔为铁水。

如今，警报山满是竹林，宁静苍翠，只有电视转播塔高高耸立。站在山巅环顾，山水河桥如一幅绿色画图，美不胜收。令人叹息的是，如今年轻人已不知道这座山名，更不知它曾经的故事，警报山已淡出河桥人的记忆。

# 昌化多溶洞

2015 年 2 月 15 日，湍口镇洪岭村来了 7 位陌生人，5 男 2 女，其中一位是外国人。他们都是野外探险爱好者，听说这里发现神秘溶洞，就从杭州赶了过来。溶洞在天井塘山中，早先有村民冒险进去过，深入 600 多米还未见底。这 7 个人身穿登山服，带着绳索及防险器械，在没有向导的情况下，毅然进洞。上午 10 时左右进洞，结果到天黑还未出来，有村民发觉不对，立即报了警，昌化派出所召集了 10 多位民警火速赶往现场救援，折腾了好几个小时，至晚上 11 时，这 7 位探险队员才陆续爬出洞口。那个“老外”是意大利人，会一点简单的汉语，事后描述道：“溶洞好大好深，我们在里面迷失了方向。”

昌化地区，山高岩多，像这种“好大好深”的溶洞何止一处！

早在 20 世纪 80 年代初，河桥镇曹家村金牛坞的龙门山上，几位年轻人就发现一个离奇岩洞，因为没有探险设备，又缺乏胆量，不敢贸然深入，只搬了几

个像西瓜一样的石头，抛进洞试探深浅。结果石头滚落的声音响了很久才消失，由此方知洞深莫测。

还有，新桥上许村，曾有人窥探当地“白蛇洞”，费时一天，行进10公里。发觉该洞纵横交错，曲径相连，洞中有洞，仿如迷宫。钟乳、石花、石幔、石林，形态各异；瀑布、泉潭、沙洲，地下水景，别开生面。这无疑是一处深藏不露的神奇溶洞。可惜至今仍在沉睡，悄然无声。

至于坐落在河桥蒲村的瑞晶洞，如今已是4A景区，被誉为江南洞穴中的明珠。可有谁知，它原来只是百姓口说中的“老石洞”，不见记载，名不见经传。后来因为有勇士探险，数番深入，才发现惊天秘密。当年，临安市有关部门将发现“老石洞”的情况报请杭州市政府。省市专家经实地考察，写出了《老石洞专家踏勘报告》，评价极高。在领导的关心和专家的肯定下，老石洞得到开发，最终成为今天名闻遐迩的“中国石花洞”。

昌化山区岩洞到底有几何？无人知晓。清代钱塘名士周龙骐旅居昌化时，曾留下一首诗：“昌山多奇洞，锁在烟雾中。恐为蛟龙橐，灵猴亦迷踪。”著名地质学家彭加木，20世纪60年代考察大明山、龙塘山时，曾与同伴言，临安西部（昌化）山间，可能存在溶洞群。后来一打听，光是龙塘山，叫得出名字的就有悟道洞、罗汉洞、龙涎洞、军马洞、石鼓洞、佛手洞、云霞洞、青龙洞……这些洞，原始、犷野、神秘、奇异，各有传说故事，值得考察探究。

更让人惊讶的是，早在明清时期，就有许多洞穴就被记录在案。近翻民国《昌化县志》，在“水利·山川”册中，发现记载的岩洞十多处：王仙洞、石燕洞、龙洞、七里洞、甲子洞、仙姑洞、丁当洞、泉水洞、老鹰洞、滴水岩洞、孤魂洞、天门洞、玉井洞……这些岩洞，散落于昌化各处的大山中，沉睡千古，而今多数湮没，无人知晓。《昌化县志》上的介绍也只寥寥数语。

如“王仙洞”：

王仙洞在百丈山，石洞幽深，仙人王太伯常居之，昔人有见盐数十袋暴于洞口，就之不复见人，始信为仙所居，今为崩石塞门，不可入焉。

又如“泉水洞”：

在石朋庄下坞枧头山脚，泉出石洞，源通五都，可溉田数十亩，冬暖夏凉，清洁可爱。光绪初冬晴，变为黑水，竟日居民不敢饮。阅数年，又变为黄水，人皆莫名其故。七都下余亦有泉水洞，倒涌若旋涡。

“老鹰岩洞、滴水岩洞”：

以上二洞均在县西北荆州庄沙坝源头，咸丰间洪杨扰昌，避入洞者数百人。

“孤魂洞”：

县西四十三里，距侯川三里亭数武。洞口狭小，蛇行可入，内有石室，咸丰间有方姓者五家避乱其中，被敌侦知，尽为熏死，因名孤魂洞。

“石燕洞”：

县西四十五里，南义庄前坑壶瓶冈，深邃莫测。石门高丈余，中如巨室，可坐数百人。巅有窍，受明如牖，泉流淙淙，绕石如筝琵声，四时不绝，昔有石燕飞出，故名。

“七里洞”:

县西四十里,其深七里,每春夏水涨,冲沙激石,涧壑为之屡迁,流过石湖而入晚溪,有诗入艺文。

当然,有的山洞也被文人雅士踏勘旅游,写成游记。

清顺治年间,有一个叫王守矩的贡士,偕友去龙塘山,写了一篇《丁当洞记》:

鹫峰禅室后有大麓焉,绿萝如缭,斑竹成垣,蛇盘虬攫,环诡殆不可状。山多石,嵌空玲珑奇杂,犹如战夫伉壮,持弓矢剑戟,凌凌欲刺。人坐其下,寒气沁肌骨。游者至此,每旋踵。余以暇偕诸客至其地,曰,是必有异乎?僧讯之曰,离此数十步,有丁当洞,投以石,铿然有声,响数刻而止,风日晴和时,有白虹紫霞,气如游丝,缕缕从洞口吐纳,直上幽篁松柏间,林麓皆湿。乃扒蘡薁,穿石罅盘躄而上,诣洞口,仰视,岩窟若颔,齿咢累累;下垂俯视,峥嵘洼窱,窈冥不见底,投以石,冬冬如鼓声。因笑语僧曰,凡洞空中多窍者,投之即有声,独此丁当洞乎哉？语未竟，老僧具酒食觞其下，抛一石饮一卮，以为觞政。半酣，客有善箫者按节吹之，俄有声从洞中出，奄奄抑抑惨惨切切，忽浏亮激越，振动林木，归禽野鸟呼噪相答。客乃绕洞，大叫曰，是所谓丁当洞也！惜前此未及游，游者又未及洞口而返，遂使兹洞湮没至今也。余曰，否否不然，仙窟灵薮芜没邱墟间，千百年未经过而问焉者，不知凡几，独丁当洞哉？今斯洞遭余兴致，而其奇以显，则亦未可谓不幸也。因磨石，记岁月而还。

清光绪贡生章守和，也写有一篇游记，名《甲子洞记》，读后让人向往，直觉此洞不同凡响：

由历村过溪而南，一山横峙，山半有洞，名甲子洞。此洞面朝桃子尖，下临深潭，好奇者从仄径攀藤躄蹇而上。洞口含岈如小屋，可坐百余人。进数步，势渐高，拾级而上，过小坡，渐洼下。秉烛前行，愈入愈深，而境亦愈奇。其中岩窦玲珑，如狮或如人立，或如牛眠龟伏，又有如几如榻之类，怪石累累，难以言状。尤异者，钟乳下垂如玉筋，烛光所及，晶莹璀璨，骇心眩目……

甲子洞在今龙岗镇前山下。据记载，元时，堪村姚姓人家十余人躲在甲子洞避难，因为有一孩童走出洞外，被强盗发现，穷凶极恶的强盗竟在洞口堆积柴草，烟熏火燎，结果除一人幸免外，其余人皆死洞中。清咸丰“长毛扰昌时”，又有数十乡民藏甲子洞避锋，结果重蹈覆辙，无人生还。

章守和探游甲子洞时，路径已经荒没，洞口也不知所向。但他坚定信心，不畏艰难，拨草攀藤，四处寻觅，终于发现并进入洞中。

章是昌化本地人，在他看来，甲子洞比宋代王安石记录的褒禅山洞要好，褒禅山洞因有名公巨卿光顾而名扬天下，倘若甲子洞有名家莅临，必定也在洞天福地之列。

看来，无论是志载还是口传，无论是有知还是无名，昌化山间似乎藏着庞大的溶洞群，如果把大明山万米矿洞、石瑞江岭千米洞河等人工杰作包括在内，无疑能构成壮观的洞穴世界。这些洞穴若能择优打包连锁开发，或作旅游，或作仓储，或作洞疗，必将震惊江南，造福乡梓，利莫大焉！

# 鸡血石传奇

## 一

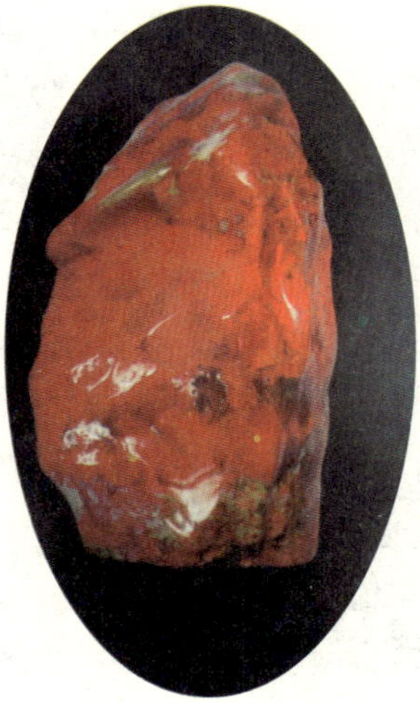

鸡血石是中国特有的宝石，举世无双，因产于浙江昌化，故名“昌化石”。《辞海》给的定义是：“昌化石，以产地浙江临安之昌化命名的一种以地开石为主要矿物成分的印章石。质地致密，微透明至半透明，蜡状光泽，灰白、浅黄等色，硬度2—3。用作雕刻和印章材料，其中含辰砂而呈朱红色如鸡血者，称鸡血石。”

我国著名宝石学家王福泉教授和郭景峰博士，在美国《宝石与宝石学》的权威刊物上撰文，称鸡血石是“中国最珍贵的玉石之一”，它和福建寿山田黄，浙江青田灯光冻并称“印石三宝”。台湾著名收藏家李文寿先生称“鸡血石是世界上最红的宝石”，到目前为止，他还“没有发现比它更红更稀有的奇石”。另一位台湾收藏大师陈京也说，“昌化鸡血石是世界上最珍贵的宝石，她具备国际级身段，要是哪一家博物馆没有一件像样的鸡血石，那就称不上国际级的博物馆。”而台中的著名古玩家吕武烈先生，在一本台湾出版的鸡血石专著的序言中，更是精辟独到地说：“中国古来品石以润、细、腻、温、结、凝为六德，笔者赏玩鸡血石多年，深深感受到鸡血石是最具观赏生命力的一种奇石，一方上好的鸡血石材，除兼具上述六德之外，其质地细腻、剔透，色泽之娇艳，色彩之丰富，连被喻为‘印石之王’的田黄石也无法望其项背，尤以其地色与血色所造成的意象更是千变万化。一石在手，神游其中，伴随品赏者的不同体悟，幻化出各种不同的意境、趣味，怡然自得，那一份心灵的愉悦与满足，真是人生一大享受，印证了‘石不能言，最可人’的禅意。”

鸡血石是中国特有的文物，最能代表中国，曾几次作为国礼，馈赠外国首脑。

1972年，中断关系近四十年的中国与日本恢复邦交，日本首相田中角荣访华。周恩来总理将一对白冻地鲜红色鸡血石对章作为国礼馈赠。杭州市也送了一对鸡血石印章给田中。著名篆刻家刘友石先生当年负责篆刻田中角荣印章时介绍：“鸡血石章一对，而只刻一方，面积约 2.7 × 2.7 厘米，高10厘米，血色鲜艳，如云彩块面，石质细腻，白中带黄，是鸡血石中珍品。”

周总理以鸡血石印章馈赠日本首相，富含意蕴。鸡血石独一无二，只有中国有，而中国人崇尚红色，红旗、红花、红领巾、红灯笼、红地毯、大红标语、大红喜字……无不以红为贵，鸡血石正是中国红。印石文化，源远流长，中国与日本相通，印玺是权力的象征，送上宝石红印，实是表达对田中上台执政的尊重与祝贺。除此外，也许还有提醒田中首相别忘记中日之间血染的历史之意吧！

1986年，美国总统里根访华，中方也送了高档鸡血石印章，并刻上“罗纳德里根”相赠。

鸡血石作外交国礼，一时被喻为“外交红颜”，消息一经媒体披露，在日本、美国及所有海外华人界立即引起轰动，鸡血石身价大涨，收藏鸡血石成为最大时尚，鸡血石文化从此也走出国门。

鸡血石鲜红艳丽，不仅象征富贵吉祥、热情忠贞，而且有安国镇邦之美好含义。清代官吏服饰中，以花翎红顶代表最高官位品级，鸡血石红就曾代替珊瑚红、玛瑙红而成为最高顶花品饰。民间则把它奉为兴家避邪至宝。

皖南徽州有一位老教授，民国时朋友送他一枚黑底夹灰白的鸡血石章，老教授细心呵护，多年秘藏不露，他视此藏石为保护家境平安之物。20世纪60年代，浙江地质工程师吴植民先生因探矿调研登门拜访，想一睹此石风采，老教授婉言谢绝，不肯示爱，生怕被别人瞧见而丧失平安吉祥。后来出于情面，老教授只肯提供鸡血石照片给吴植民。其对鸡血石的信仰、崇拜与忠贞，既让人敬佩亦叫人惊讶。

昌化地处浙西边陲，有史以来很少有兵燹战火，大灾大难也不曾遇见，即便在抗战时期，杭嘉湖及周边邻县全被沦陷的境况下，昌化依然平安无事处之泰然，此是否也与昌化出产灵吉之鸡血石有关呢？

## 二

鸡血石产地在著名风景区浙西大峡谷源头，杭州往西约200公里，这里与安徽绩溪接壤，危崖深谷，云遮雾障，矿脉所在的玉岩山海拔千米，古称“玉山”，《山海经》有记。可见玉山产玉是天旨地意，历史悠久，源远流长。

鸡血石雅称“凤血石”，相传是凤凰之血凝化而成，在当地有一个古老而美丽的传说。

很久以前，浙西昌化山区遭旱灾、蝗灾，尤以玉岩山附近几个乡村为重。蝗虫袭来时，密密麻麻，像乌云落地，庄稼顷刻扫光，加上病随灾行，原来林茂粮丰的村庄变得满目荒凉。

离玉岩山不远有座凤凰山，山上栖有一对五彩美丽的凤凰。一天，她们飞临玉岩山上空，发现这里遭灾受难，善良的凤凰决意要为民除害，拯救乡村田园，于是降落玉岩山，与蝗虫展开搏斗。几日几夜的搏杀奋战，凤凰终于消灭蝗虫，也引来雨露甘霖。从此，包括玉岩山在内的整个昌化地区恢复了生机，草木葱茏，农田丰收，百姓生活康乐安宁，凤凰也就留居玉岩山，与当地人民为伴，欢度岁月。可是没多久，不知从哪里闯进一头强横凶悍的猛禽——乌狮。它见玉岩青山绿水、风景如画，企图赶走凤凰，独霸此山。一天，乌狮扬言要与凤凰决斗，胜者为王，败者出走。凤凰不怕蛮横，勇敢迎战。她们凭借机灵的翅膀与善飞的本领，与乌狮周旋。凤凰飞到东，乌狮窜到东，凤凰飞到西，乌狮窜到西，几天下来，乌狮筋疲力尽，昏昏欲睡，凤凰乘机啄瞎了乌狮眼睛，乌狮痛得狂吼乱咬，在双方的激战中，乌狮被弄得晕头转向，最终落入百丈深渊，一命呜呼。

凤凰终于战胜乌狮，玉岩山恢复往日的平静，但凤凰也遍体鳞伤，鲜红的血滴洒在玉岩山中。

多少年后，玉岩山露现丹石，在阳光下熠熠闪光。人们认定这是凤凰之血化育，是惩恶扬善的结晶。为感谢和纪念这对善良勇敢的凤凰，昌化人把这种红色的岩石叫“凤血石”。因凤凰俗称“凤鸟”或“凤雉”，故又称“雉血石”。在昌化话里，“雉”“鸡”同音，口传声译，文字一写，就成了“鸡血石”。

## 三

传说总是美好的，寄托着人民的愿望，但它毕竟不是科学。按地质学说，鸡血石是辰砂矿脉渗透在地开石、高岭石及叶蜡石等矿床中生成的，是多种矿物的集合体，是火山爆发后的产物。岩石中的“血量”之多寡、“血色”的深浅，均由辰砂的含量所决定。

鸡血石生成概率极小，通常开掘几千万吨石头，才可能得到百来斤或几百斤鸡血石毛料，其中难得见到精品。随着时间的推移，连续不断地开采，矿源几乎枯竭，新出的鸡血石越来越少，大而好的鸡血石几近绝迹，而且一旦采出高档相品，立即被有财力的商家或藏家抢购了去，平民百姓难觅真容。因此，鸡血石将越来越少，越来越宝贵，收藏鸡血石肯定是一项只涨不跌的极佳投资。

## 四

鸡血石的发现与最初的开采纯属偶然。

明朝初年，昌化上溪乡几位农民上山砍柴，柴担捆好后，坐在岩石上休息。无意间发现屁股下的石头与众不同，灰白色中夹着斑斑红色，有的像一抹丹霞，有的似缕缕血丝，出于好奇，农民用柴刀连凿带撬地弄了几块回家。擦洗干净后，顿觉好看好玩，将它磨光，愈加显得圆润光亮。自此后，大家凡上山砍柴干活，都会弄几块回来，相互比试，谁的更红，谁的更好看。有乡友某日去唐昌首镇走亲戚，随带磨光的丹石沿街显示，被在镇上开店的徽商买下。消息传到屯溪，不久就有经营文房四宝的老板前去上溪探寻。当觉得有利可图时，老板雇了十几个民工来到上溪，搭起茅棚，吃住在山上。他们先是在有矿脉露头的岩石上堆积柴草，点火猛烧，待岩石发红发烫时，迅速地用冰冷的溪水泼浇，一热一冷，岩石爆裂，然后用钢钎铁棒凿撬。几日后，民工每人一担，挑了回去。那位徽商回到屯溪，把艳红的石头加工成印章及小玩件销往各地，获利甚丰。

原本默默无闻的深山岩石，出山后就能变成白花花的大洋，于是乡民纷纷仿效，火烧水泼，钢凿锄挖，一时间，玉岩山烟火升腾，满山都是挖宝人。自明清至民国，玉岩山的康山岭、灰石岭，终年人影不断，整个山头仿佛翻耕似的，变得千疮百孔一片惨白。民国续修的《昌化县志》说：“这些山头的玉矿，历经开采，已状若蜂房。”

20 世纪 50 年代，表层裸露的鸡血石已被采竭，原始古老的火烧水泼法失去效能，以手挖机掘的硐采代之成为主要途径。而后，炸药的运用和风钻的加入，使矿洞越来越多，越开越深，出货量远非表层凿撬可比。1958 年，国家急需水银，而鸡血石中的辰砂恰恰富含水银。于是昌化县在上溪乡建立水银矿，从鸡血石中提炼水银。为保密，1960 年水银矿改名 203 矿，职工 300 多人，1966 年又改名 207 矿，仍以炼汞为主。进入 80 年代后，情形大变，矿山亏损，工人流失，先是 207 矿被撤销，改由当地人民公社开采。此后的几年，由于管理无序，鸡血石遭到疯狂的掠夺,偷挖盗抢成风,整个矿区人声鼎沸,爆声隆隆,硝烟弥漫,盗抢团伙残杀火拼,乱成一团。不仅山体生态被毁,面目全非,而且采矿人死的死伤的伤,纷乱的局面犹如影视中的战争场景。于是政府三令五申,封坑护矿,甚至派武警部队进驻,但因鸡血石强大的经济诱惑力,铤而走险的人们不绝于山,抢掠斗殴残杀的事件照旧发生。

## 五

鸡血石自明初问世至今已700年历史,上至帝王将相,下到黎民百姓,无论巨贾名流、高士贤达,都视鸡血石为高贵、吉祥、富有的象征。民间流传着许多趣闻轶事,留下颇多鸡血石佳话。

清康熙五十八年(1719),昌化县令方城(安徽望江举人),期满离任,返家时,除了一身布衫两箱纸书,仅有一块鸡血石章随身携带。谦谦君子,对金银珠宝、钱财外物不屑一顾,唯对其为官之地的昌化石情有独钟,从中可见鸡血石有多么的高洁!方城在昌化任知县三年,对昌化很有感情,临行前写下一首《留别昌化父老》诗:

三年幸得返吾庐,投砚高风愧不如。
检点衙斋收入好,半方图石两箱书。

诗中的“图石”即是昌化印石,“半方图石两箱书”是他为官三年的总资产,是他留给昌化人民的清正自律之形象,也成就了一段关于鸡血石的佳话。

1784年,乾隆皇帝巡游江南,来到西天目山禅源寺。皇帝驾临,寺院上下无不惊宠,拿什么孝敬皇上呢?住持想来想去,把寺中最珍贵的一方鸡血石献给乾隆致礼。乾隆见此石晶莹艳丽,精美绝伦,很是高兴,回京后立即要名匠刻上“乾隆玉宝”的印玺,并注明是浙江昌化鸡血石。此印玺一直珍藏于故宫博物院珍宝馆,为历代68颗帝王印玺中最珍贵的一颗。

清咸丰帝也存有一对鸡血石方章,印迹一圆一方,方者“咸”,圆者“丰”,

一方刻两印，甚为少见。而清同治帝的鸡血石的印玺为珠联两方，一方是“同治敬书”，一方为“同治敬绘”，意蕴“珠联璧合”。方章立面有字注明“昌化石”。以上帝王印玺笔者在《古印传奇》中偶然发现，是历代帝王印玺之宝也。

1900 年，清廷庚子之变，慈禧太后出宫西逃时，向宫外转移了不少珍奇稀宝，其中就有鸡血石珍品。据说，鸡血石小件是让太监们一点点偷带出去的，大件则藏在棺木中，以出殡的名义送出京城。如今，古玩市场偶有古代鸡血石名品显现，有人说就是当年慈禧带出宫的那些东西。

清朝末年，京城流传着一个“昌化十二方石”的故事，说是有位叫宗彝的收藏家，经常徜徉于北京琉璃厂的古玩市场，每见鸡血石等宝贝，总是摩挲于手不肯离去，有时还不免斤斤计较，讨价还价。一时得不到手的，回家后要追记其形状色彩，写下观感。他的一篇《式古斋昌化十二方石》，就是对鸡血石的描述。他把十二方鸡血石分类评级，按重量、尺寸、质地、血色等写下观感评语，最后，宗彝总结说，这十二方昌化石，“可称中华文物之菁华，天地之尤物也”。

原来，这十二方石，来头不小，最早出自山西太原一落魄知府家中，被太原古玩铺王老板收购。北京式古斋的孙秋帆先生一次去太原买货，发现王掌柜店中的十二方石。听王掌柜讲，此十二方石是李自成从明朝宫廷里拿出来的，也有人说是从王爷府中偷来的，每块石上原先刻有王爷的名号，怕被人发现，故意磨掉了。孙秋帆听后很是惊讶，又觉得奇怪。若是经李自成之手，兵荒马乱多年，至今完好无缺，实乃宝物，难以想象。若是从王爷府偷得，又怎么跑到太原来了？这不是小偷而是大盗了。孙秋帆寻思半天才吐言跟王老板谈价。王老板要价 200 两银子，一番你来我往讨价还价，孙秋帆以 150 两银子成交。

孙秋帆购得十二方石，回京后即奔封疆大吏端方家，让端方过目鉴赏。端方不仅是慈禧宠臣，且乃京城古玩名家，官高权重，财大气粗，当得知十二方石来历后，甚感兴趣，当场以 800 两银子将其买下，孙秋帆无比窃喜，想不到这么轻松一转手，就赚进 650 两银子，真是福星高照、鸿运降临也！

20 世纪 50 年代末，时任国务院副总理的现代大文豪郭沫若先生，自杭州去黄山，途中经过昌化，在昌化疗养院小憩，县长陈汉吉送给郭老一块歙砚和一对鸡血石印章。郭老很欣喜，离开时口占一首七绝，题给昌化石：

走遍海角与天涯，相逢方知是昌华（化）。
此石不再补天用，留作人民好当家。

郭沫若是吟咏鸡血石的名家中名气最大的一位。他的句子意蕴深长，极其宝贵，可惜当时走得匆忙，没有让郭老留下墨宝。

大家都知道，伟大领袖毛主席，独步书坛，字如龙蛇，潇洒飘逸，但他从不在书法作品上盖印。毛主席一生为公，外国元首赠送的礼品全部交由国家，唯有两颗鸡血石印章一直放在身边。这两颗印章是大画家齐白石送给的，一颗刻有“泽东”，一颗刻有“润之”。为何主席独爱昌化鸡血石印章，又藏而不用？不禁让人遐想无穷。

## 六

如今，鸡血石头上的桂冠不少：天生尤物、稀世瑰宝、印石皇后、中华国石、外交红颜、爱情信物……

然而在几十年前，昌化产地的乡间并不把她当作一回事。那时，玉岩山下的村庄，随便走进哪户人家，围墙上砌的，地坪上铺的，甚至牛栏猪圈里，都有这种石头，有时候走在山间石子路上，不小心一个踢脚绊，可能就踢着了鸡血石。

听说上溪乡有个泥水匠，一次帮人家砌猪圈，看到猪槽边有块滑溜溜的石头，又脏又臭，用手一抹，露出一缕红光，他把石头端出猪圈外，向房东讨了去。过了几年，改革开放了，有人进山收石头，泥水匠把此石亮了出来，结果卖了1万元。开放初年，“万元户”这个词刚刚见报，1万元是不得了的数字，泥水匠那个高兴啊！然而他不知道，这块东西是“大红袍”，鸡血石中的上品，人家拿到上海，一拍卖拍出30万元！

上溪乡还有一个小孩，放学回家路上捡了一块石头，说是“鱼脑冻”，叫人估价，值5万元，但小孩不懂事，偷偷将她卖了，收得3.5万元，而从小孩手中接手的那个人，一转手变成18万。小孩的老爸知道后，打得他半死。

鸡血石值钱的消息，像星星之火，一下从昌化点燃，蔓延至杭州、浙江、长三角直至台湾、日本东南亚，有头脑的石商纷纷进驻昌化。

青田人刘旭刚，常年驻守在昌化上溪，家中藏石无数，只要听说某矿洞有好货出来，立即赶上山，直接在矿洞口讨价还价。一次，在山上拍卖一块鸡血石，起价3万元，当叫到21万元时，被他买下，雇人抬下山到店中清理，发现此石“大有花头”，是“朱砂冻”高档石。半个月后，有人登门要它，出价120万元，但刘旭刚不想出手。

本地艺人也不甘寂寞，工艺美术雕刻大师钱高潮，昌化上溪人，他曾花了100万元买了块鸡血石料，雕刻成《桃园结义》，有人从他这里买走，出价9100万元，后有新闻消息说，现在已飙至1.2亿元了。

鸡血石最初是按分量论斤按筐卖，村民赚的是小钱。不久，价格狂升，报出的价格越来越吓人，离奇得过头了。产地的几个村，家家都有人在山中掏石挖宝，人人都参与拍卖，鸡血石让他们大富。走进当地村庄，满眼是漂亮的房子，高级的车子，很多人还在临安、杭州等城市买了商品房，把家都迁往城市了。

鸡血石富了当地农民，也带动一方经济，造就了奇石产业。2010年10月，一条“鸡血石文化街”在临安市横空出世，80家艺术公司入驻，成为临安城市新的名片。2011年金秋，又一规模更宏的“国石城”在昌化镇拔地而起。“国石城”占地50亩，紧临美丽的昌化江，面对翠绿的南屏山，它集鸡血石生产、加工、展示、销售、鉴赏、品玩、拍卖于一体，是浙西乃至华东最大国石专业市场，而且将成为国内外大有影响的宝石销售与旅游产业结合的集聚型胜地。

# 与鸡血石关系最密切的几个人

**钱高潮** 1956年生，昌化上溪人，中国工艺美术大师，昌化石博物馆创办人，是鸡血石工艺界最著名的人物。45年（截至2018年）的工艺生涯，雕刻作品上千件，其中不少为构思奇妙、刀工精良的名品。1994年创作的《蝉鸣》入选中国工艺美术名家作品展；2001年的大型作品《钱王功绩图》获中国国石精品展特别奖，而后被中央美术馆永久收藏；2003年的《千古一帝》《日出东方》获第三届国际民间工艺品展览会金奖；2007年《桃园结义》、2008年《历代帝王印章》分别获第八第九届工艺美术大师作品暨工艺美术精品博览会特等奖；2009年的《万世师表》获中国工艺美术文化创意金奖。2016年9月，由其选用著名昌化石设计创作的36枚各国政要肖像印章，典雅高贵，寓意深刻，成为G20杭州峰会赠予各国元首的国礼，让世人领略到独特的中国风格与中国气派，以跨文化、跨国界的艺术语言，赢得了各国政要的一致好评。

钱高潮是学者型的工艺名家，文艺红人，他撰写出版有关昌化石、鸡血石著作数本，为弘扬鸡血石文化作出卓越贡献。

钱高潮被评为2018首届“浙江工匠”，是国家级非物质文化遗产代表性传承人，如今，仍不遗余力活跃在鸡血石工艺美术大舞台上。

**姚宾谟** 昌化上溪人，临安教委干部，从小在鸡血石产地长大，深知鸡血石文化，退休后潜心研究昌化石，著有《昌化石志》一书。现为临安鸡血石研究会秘书长，为研究昌化石挖掘鸡血石文化第一人。

**吴植民** 安徽休宁人，1937年生，毕业于北京地质学院。60年代参加昌化鸡血石普查探矿工作，有30多年山野外探矿经验。90年代初，吴植民出任省地矿厅杭州鸡血石国有公司经理，接着出版了《鸡血石》专著，对鸡血石矿的形成、矿床结构、采矿历史、矿石工艺以及鸡血石成分、分类、鉴定等作了系统深入的分析研究，堪称当代对鸡血石研究最深入的地质专家。

**赖荣刚** 昌化河桥人，临安市最有名气的鸡血石商，其创办的“抱石斋”是一家集鸡血石开采、加工、销售、收藏为一体的企业。他以“抱诚守真，石艳天下”为经营理念和奋斗目标，先后开发了多个鸡血石矿点，创办了鸡血石雕刻厂和鸡血石商行，拥有极其丰富的鸡血石收藏。抱石斋自1999年办至今，抱着灵石不放，心系顾客难舍，获得多项国家级荣誉奖项，有十几件藏品登上《中国国石》书典。

赖荣刚正直少壮，是昌化鸡血石界传奇人物，凡鸡血石拍卖或重大活动，他无一缺席，其拥有的资产与日俱升。而今赖荣刚正和同行一道，为弘扬鸡血石文化而作不懈努力。

**邵城鑫** 字石缘，昌化人，自1978年至今，从事石雕40年（截至2018年），先后荣获中国玉石雕大师、浙江省工艺美术大师、省“非遗”文化“鸡血石雕”代表传承人，首届“杭州工匠”等称号。现为中国工艺美术学会玉石雕专业委员会副会长，浙江珠宝玉石首饰行业协会大师专业委员会副主任和昌化石行业协会副会长。

邵大师作品以福建青田雕法为先导，结合昌化石雕技法，三雕合一，因色取巧，按材施艺，突出石雕神韵，形成匠心独特的艺术风格，邵城鑫爱石如命，每一件作品问世，都要经几个月甚至几年的琢磨。其作品在《昌化石志》《中国国家级工艺美术精品集》《中国现代玉雕精品大全》《中国四大印石图典》等书籍上登载。有《十八罗汉》《女娲》《金蟾》《后羿射日》《钟馗醉酒》《佛光普照》《灵山仙境》《万象更新》《道济》等数十件作品在国内外各大展览上捧回金奖。

**梅思香** 1972年生，昌化上溪人，高中毕业后走出昌北大山，独自在杭州打拼，因她来自鸡血石之乡，依据家乡美石之优势，创办了以鸡血石为文化的几家公司，现为杭州一支梅工艺品有限公司、一支梅艺术品投资公司、杭州金玉满堂文化公司董事长总经理。

自1998年8月首次参加绍兴举办的中国古玩展后，便一发不可收，之后年年参加省市及全国的各种工艺品博览，其中不乏金奖、银奖殊荣。2005年8月，梅思香策划了“丹青引”艺术书画活动在宝岛台湾举行，获得空前成功，而后“丹青引”延至芬兰、荷兰、法国、摩纳哥、意大利、梵帝冈等国，首创把中国美术与玉石文化结合的展览模式，为弘扬民族文化作出较大贡献。由梅思香策划并主编的《浙派画家介绍》《丹青引》画册出版发行，在美术界产生很大影响。

梅思香钟情玉石文化，为此投入巨资与全部精力，其一支梅公司已成全国规模最大藏品最多的专业昌化石收藏基地，3万余件各色各样形态万千的鸡血石藏品令人惊艳！

梅思香不仅爱昌化石收藏昌化石雕凿昌化石，还进中国美院习画作诗，诗、画、石成为她一并的艺术追求。2007年第3期《浙商》杂志为此对她此进行专访，并以“梅石总是丹青引”为题标为封面人物，被誉为“冰雪聪明”“财智丽人”“鸡血石王后”。中央电视台《乡土》栏目也曾为她拍摄纪录片广为传播。

# 山核桃，坚果之王

浙西天目山区，有一片神奇的山林，茂密的枝叶间，每年都会结出累累的果子。这种果子，白露时节成熟，外壳呈金黄色，有四条拱棱，形如槟榔，亦像小灯笼。果子内核坚硬，破之有仁可食，加工后尤其味美。然而初识不知其味，食多方知妙不可言，甚至有人由此上瘾不能自拔。

这种金色之果，人们称它为“山核桃”，产地昌化人叫它“山哈”。

也不是天目山每寸土地都能长出这种树果，它只是在天目山主峰以西黄山主峰以东，即北纬 30 度东经 118 度至 120 度的狭小区域才现其踪。换句话说，它生长的范围只在以昌化为中心，30 公里为半径的浙皖交界圈内，包括於潜、淳安、歙县、绩溪、宁国等地的部分地区。

有人说，它是圣洁之果，上沐甘露，下吮清泉，风吹雨打，心形不变；有人说，它是长生之果，日月相伴，青山相护，水火洗礼，千年依旧。而昌化人说，灾荒之年它是患难之交，是粮食油料，丰裕岁月，它是挂在枝头的金丸，是手中的钞票！

## 一、山核桃的前世今生

山核桃原本是山中野果，自生自灭，不为人所知。据说是落魄秀才罗隐旅居昌化时，偶见山中猴子在剥食此物，他有意拾得几颗，敲去外壳，咬破内核，拣仁尝之，觉得涩中有甜，味道不错，于是顺口溜出歌谣告诉山农:“高高山上有树木，寒冷不怕霜和雪，结出果子人不识，去掉外壳吃里核。”

这个叫罗隐的人，生于唐末五代，家住新城（今富阳新登），离昌化不远，因屡举不第，心灰意冷，常至昌化一带游荡，与农夫村姑说笑调侃，编一些奇闻趣事消遣时光，因此，昌化人对他很熟悉。山核桃是否罗隐发现并广而告之，未作细考。但此传说至少是告诉人们，一千多年前的唐代，人们已知道山核桃的食用价值了。

明清后，有关山核桃的文字记录陆续见世，如清康熙《广群芳谱》说：“山胡桃，底平如槟榔，皮厚而坚，多肉少仁，内壳甚厚，须椎之方破，此南方出者。”从中已表明，山核桃出产地，山核桃之形状、构造、肉质以及吃法了。

随着时间推移，山核桃越来越被人所识。清末民初，昌化人将采来的山核桃，用石臼捣或木砻磨，脱去其外壳，然后水煮，去除涩味，再放在炭火上烘干，便拿来食用。或盛于口袋，或包在纸中，边捞边走，走到哪吃到那，其乐无穷。当发现山核桃含油脂较为丰富后，又别出心裁地用来榨油。民国三十一年（1942）编印的《昌化经济》说：“从前山核桃不为人注意，民国初年才开始榨油而向外营业，嗣后被有闲者发觉以之为茶助，于是逐渐推广……成为昌化新兴财富。”

那时，昌化各乡镇都有榨油作坊，人称“油车”。“油车”除了加工菜籽油、芝麻油，就是榨制山核桃油了。先是将山核桃晒干炒熟，然后碾碎用铁箍和稻草把碾碎的山核桃包扎成竹笠大小厚约一寸的“筒饼”，最后放进油槽挤打。每百斤山核约能出油二三十斤。榨油后的山核渣用来喂猪或当庄稼肥料，饥荒年也用作人食。

从前，山核桃只是产地农家自己食用，并未当作商品买卖，渐渐地，沪杭一些店家老板，发现其价值后，便来昌化收购。那时的产量极低，价格十分便宜，《杭州供销社志》:“民国二十五年，昌化产山核桃 1000 吨，每 100 斤售价 8 元，翌年升至 17 元，民国三十年产量增至 2000 吨，主要贸易地为顺溪、颊口、昌化、河桥等。”也就是说，1936 年山核桃只有 8 分钱一斤，价格何其低廉。1964 年，炒好后的山核桃也不过 2 角 8 分一斤。20 世纪 80 年代，山核桃升至 5 至 6 元一斤。而今，山核桃每斤 50 元左右，是 1936 年的 600 多倍，是 60 年代的 200 倍，是 80 年代 100 倍。

山核桃从最初不为人知的野果，到民国初年广被用作榨油成为百姓营生之物；从被炒煮成干果助茶飨客，到如今跻身休闲食品新贵，已走过千年历史。而从昌化山区农家的竹篮谷箩走进沪杭都市的商店柜台甚至漂洋过海，只不过是百年旅程。

因昌化地属临安市，如今的昌化山核桃已被正式冠名为“临安山核桃”，且被国家工商局注册为著名商标，2013 年品牌价值 3.5 亿人民币。山核桃种植面积 50 万亩，产值达 6 个亿，年加工山核桃 3 万吨，临安市被授“中国山核桃之都”，昌北岛石被授予“中国山核桃第一镇”，山核桃也荣登“杭州七宝”之首。目前，在临安，经营山核桃的商家店铺几百家，而在杭州城，多达 2000 家。过去所售山核桃多为散装，顶多也只是纸袋包装，而今高档礼盒、精美罐装琳琅满目，比比皆是。近几年，山核桃文化节渐火爆，从昌化乡镇到临安人民广场，从杭州吴山广场继而到上海人民广场，各种山核桃的文化活动层出不穷。

国内外林业专家、健康营养专家、营销专家纷纷现身，从各自专业角度大言此果。可以说，在杭州，上至省长书记，下至社区老妪，无不知晓山核桃。听说山核桃近几年还被定为“省礼”，登上大雅之堂。从来没见到有这么一颗果子会引起如此多的人关注与喜爱，从来没有见到哪一种果子会被摆上如此光鲜的舞台。

## 二、山核桃好吃果难采

采收山核桃，昌化人谓之“打山哈”。“打山哈”要爬上树，脚踩枝丫，手持长竿。挥打之间，山核桃纷纷落下。“白露到，竹竿摇，满地金，扁担挑……”这新编民谣，朗朗上口，充满轻松喜悦。殊不知“打山哈”是极其艰辛的劳作，死伤的风险随时会发生，有人称它是“树枝上的赌命舞蹈”。山核桃树满山遍野，根枝相连。它们长得很特别，看上去总像倾斜的样子，似乎努力要与山坡面保持 90 度。尤其在陡峭的高山或悬崖深壑边生长的山核树，枝干横斜，形如倒状，爬上这样的树胆战心惊，十分危险，即使打下山核桃，也不知落在何处。

上树挥竿是男人的活，他们脚穿草鞋，踩在树枝间，攀上攀下忽左忽右移动，眼睛盯着头顶的果实，注意力集中在竿尖，使力之际，忽视了脚下的危险。山核桃树皮光滑，枝干松脆，树枝有的被虫蛀易折，倘一失足，摔落树下，非死即伤。每到“打山哈”季节，昌化人民医院就像战地医院，抢救伤者成突击任务，有时日收伤员五六十人。内脏破裂者，骨折者不在少数，病房、走廊满是叫喊呻吟声。据统计，每年从山核桃树上摔落丧命至少五六人，伤者七八十人。虽然有关部门及媒体事先常吁安全生产，提出这样那样的措施，但均无济于事。高山冷坞没有电源，机械手尚未发明出来，系保险带不切实际，难以操作推广，等待自然落果利弊各半……因此，除了强制参加意外伤害保险，简直别无良法，摔伤死人的事照样年年发生。

上树的人有风险，树下捡拾果子的人也不轻松。山核桃从树枝间打下来，飞落无定，有的钻进草丛，有的落到刺蓬，有的滚入岩缝，要一颗颗用手捡起来。从早到晚，低头弯腰，累得直不起身来。难怪在“打山哈”前十天半月，产地山农就要养精蓄锐大补身子，杀鸡宰鸭炖甲鱼，各种营养保健品堆满桌子。

待山核桃肩挑背驮进家门后，山上的活才算忙完，接着在家门口继续。刚打下的山核桃称“蒲”，脱去“蒲”后才能见山核桃真容。过去，脱“蒲”用石臼捣或木砻磨，如今算是用上电动机械，但搬上搬下仍需人力，腰酸背疼不可避免。脱“蒲”的山核桃经过水中飘浮，去除空籽，留下饱实，在阳光下翻晒，恰到好处后收储入仓，然后，要卖要煮要炒要送人，自作主张，各取所需。

总而言之，山核桃从树上到嘴中，劳作甚辛，工序特繁，所付汗水非产地人无法感知，况且，每年还要付出那么多伤残甚至生命的代价！

## 三、吃山核桃有讲究

在江浙沪人的眼里，山核桃是最佳消闲果，是坚果之王，穷吃猛吃也不会伤肠胃，从来没听说哪位吃山核桃吃坏肚子的。

虽说如此，但要把山核桃吃出健康、吃出美感、吃出艺术，还是有讲究的，至少得明白“五W”。

**为何要吃？**当然是味美！此物原是野果，云里生雾里长，毫无污染。其营养价值、医疗价值均为一流。据测定，山核桃主要成分为亚油酸甘油酯，这种不饱和脂肪酸对软化血管、防止血管硬化和高血压、冠心病的发生都有大裨益。

山核桃所含的微量元素锌、锰等还是垂体的重要成分，常食山核桃能健脑益智。山核桃中的维生素、矿物质丰富，特别是维生素E可使细胞免受自由基的氧化损害，是医学界公认的抗衰老的物质，及钙、磷、锌、猛、铬等矿物质，具有抗衰防老作用，故常食山核桃可以延缓衰老、促进健康。山核桃所含的亚麻油酸，

是人体理想的肌肤美容剂，经常食有润肌肤、乌须发的作用。

调查显示，我国儿童营养摄入中锌缺乏相当普遍，导致婴幼儿食欲下降、体重不增、抵抗力差。山核桃富含锌，常食有利于改善营养失偏。老年人，各种生理机能减退，在消化系统上表现为舌头上的味蕾减少、胃酸分泌不足，易导致食欲下降，而锌能参与味蕾素的合成，增强味蕾机能，促进食欲。

**何时吃？**双休日，节假日，上午 10 时下午 3 时或晚上 8 时。此时工作无牵，家务已尽，没有约会谈判之类，心静神定，且青黄不接、将饥未饥，食欲始动，唾液方浓，是吃山核桃最佳时机。

**何处吃？**院子里，阳台上，茶几一张，小椅三把；野外则草坪上，花树下，塑布一摊，屈腿盘坐。白天应有暖暖的阳光，微风吹过，有阵阵花香。如果在夜晚，则在茶座、客厅，伴着适度灯光，旁边收录机播放着轻柔的音乐。冬夜，添一盆炭火，山核桃壳丢进炉中缓缓燃烧，升起缕缕幽香。

**哪些人吃？**当然是你我她了。倘要优化食客结构，最佳搭档是同学、情侣、小兄弟、小姐妹。其时，无拘无束，边聊边吃，从山核桃生发散开去——相亲与婚托，汽车与飞碟，廉租房与宫廷剧……直至“海阔凭鱼跃，天高任鸟飞”的境地。

**怎样吃？**一杯香茶是必不可少的，所谓“助茶”是也。山核桃不能囫囵吞咽，只能一颗一颗衔起，用齿嘬咬，如果光吃山核桃仁，满把塞进嘴，反倒不得其美味，就像食湖蟹，一定要边剥壳边蘸姜醋佐料，慢慢品尝，方显趣味，倘给一块蟹黄，一口吞下，有何快感可言？吃山核桃也是如此，这也是体现边劳边吃不劳动者不得食的原则吧。如果能把一颗山核桃剥出完整无缺的仁肉（团圆仁），可视为超级水平，能一分为二（龟板仁）则为一级水平。

龙岗镇的康太炒货食品厂当家人章爱琳女士，历经五年的艰苦摸索实战，首创完整不碎的山核桃仁——“团圆仁”，将山核桃佳果变成艺术精品，2010年浙江省农业博览会被评为金奖，轰动市场。其出厂的“团圆仁”系列产品独一无二，成为山核桃食品中最高档的礼品。当然，章爱琳所在的企业也当之无愧进入“杭州市农业龙头企业”，其拥有的万亩山核桃林亦成为“农业标准化示范基地”。

## 四、几则山核桃故事

▲收打山核桃，爬树是男人责无旁贷的任务，妇女儿童只能在树下捡拾。可偏有女人不信，一定要上树试试。民国某年，白露过后，九都株柳庄70多岁老妇，架起梯子爬上屋后山核桃树。谁知没攀几枝，粽子似的小脚就被卡在枝丫间，不能动弹。疼痛难忍之际，只得大声呼喊“救命”。直至天黑，月上东山，儿子孙子回家，才知老人被困树上。儿孙见状目瞪口呆，哭笑不得。万般无奈，只得借来锯

子，将树丫锯断，解救出小脚，老人才重获自由。当地小学老师闻知，作打油诗一首：“七十老妪被鬼差，爬上高树打山哈、三寸金莲卡树丫，儿孙月夜救奶奶。”

▲ 1958 年春天，昌化县供销社的刘子成主任跑到北京，闯进了国际工业产品博览会。博览会展出的各种机器，正是老刘想要采购的。当得知这些东西来自捷克斯洛伐克时，他又赶到位于王府井的捷克斯洛伐克大使馆，一番周折后，终于进得大门，并与大使馆官员接上头。老刘想要用山核桃换捷克斯洛伐克的机器。几小时的商谈，有苗头，但无结果。而后的数天，老刘不光让对方听他描述山核桃如何的美好，还让捷克人尝到山核桃的美味。最后，对方同意，用昌化山核桃换捷克斯洛伐克的机器：2 万担山核桃换成 20 万元外汇，购买捷克斯洛伐克工业设备。

山核桃换机器，很新鲜，此事得到了中国外交部的支持。周总理知道后，特别指示要把它办好。几个月后，经过不懈努力，最终的成果出来了：电动机、柴油机、发电机、水泵、各种机床共计 100 台，另有电线电缆 500 吨，远渡重洋，飞抵杭州，而后陆续转运昌化。翌年，用这些设备，开办了全县最大的机械厂——昌化机械厂（临安农机一厂，临安内燃机厂前身）。

一个山区小县的供销社干部，用土特产换取了先进的工业机器，这在当年是非常了不起的事，时任省委书记江华将此事向毛主席做了汇报，毛主席很高兴，赞扬说，好啊，这是民间外交家！后来，在全省县委书记会议上，省委书记陈伟达特地表扬了刘子成同志和昌化这种勇开先河做法。

▲ 20 世纪 50 年代，上海文华越剧团来昌化演出，昌化人盛情招待，演出结束回沪，每位演员都得到昌化人馈赠的山核桃。上海人称山核桃为“小胡桃”，对此情有独钟。爱屋及乌，剧团演员对昌化山区亦喜爱有加，曾编出唱词赞赏昌化山水风光。昌化县领导忽发奇想，能否从上海文华剧团聘请几位老师，帮助创建昌化越剧团？有的人还脑门大开，说，干脆用山核桃作代价，换取文华剧团冠名。不想与上海方面一谈，竟一拍即合，对方欣然同意。

1956 年 5 月 16 日，经上海市文化局批准，上海文华越剧团支援山区文化建设，正式落户昌化县，成为本县编制的文化单位，翌年更名为 “昌化越剧团”，团长张湘卿，演职员 60 名。1957 年 7 月，昌化越剧团《桃花岭》参加浙江省第二届戏曲会演获奖；1959 年 4 月，《父子恩仇记》参加嘉兴专区戏由会演获奖，1960 年 1 月，现代戏《杨立贝》参加嘉兴专区会演获剧本、导演、演出、舞美四大奖。1962 年《杨立贝》赴上海演出引起轰动，连演百余场，10 月《杨立贝》改编成电影文学剧本《血碑》，于 1963 年摄制试映，1984 年全面发行上映，风靡全国。

有人称喻昌化文华越剧团是“山核桃剧团”，是当年大城市支援山区文化建设的先进典型，用今天的话说，是文化体制重大革新。

▲ 20 世纪 70 年代，杭州知识青年下乡农村，其中有省级机关干部子弟主动要求到昌化的。一是因为昌化离杭不远，二是这里山水空气好，三是有山核桃吃。

一日，知青张某随生产队社员出工，肩上扛着锄头，腋下夹着一本书，衣袋里装满山核桃。他单手操作，低着头，边走边吃。也许太专注于山核桃美味了，双眼盯着指间不放，顾不及锄头与山核桃之间的“平衡”，结果一脚踩空，跌进路边池塘。同行社员立即把他拉上岸，看他全身湿透，嘱他快回去更衣。小张却站着不动，呆呆望着池塘。正当大家莫名其妙之际，他突然指着池塘水面漂浮的山核桃，高喊：“我的宝贝！我的宝贝！”众人一时茫然，待弄明白怎么回事，恍然大笑，哈哈不止。

▲ 1972 年美国总统尼克松访华，行程是北京—杭州—上海。

“周总理指示，要求给尼克松做山核桃糖，立刻准备，不得延误。”杭州利民食品厂突然接到这样一个指示，感到很吃惊。

杭州美味食品很多，为何单单挑了山核桃糖这一款？众人不解。原来，周总理十分了解尼克松的喜好，在周总理看来，山核桃是杭州著名特产，最能代表地

**尼克松重游杭州**

**1982年9月10日《杭州日报》**

美国前总统理查德·米尔豪斯·尼克松先生一行三十三人，昨日由我外交部美大司司长朱启祯等陪同，乘专机由北京来杭州访问，今天上午乘火车离杭，前往上海访问。

尼克松先生在祝酒时说：十年前我第一次来杭州，从那时起就期望再来杭州。上海公报作为历史性文件的桥板是在杭州敲定的，可说在杭州诞生，在上海向全世界宣布的。我希望中美两国的友谊能象红杉树那样生长、持久。

昨天下午，尼克松一行，乘游艇游览了西湖风景区，参观了灵隐寺，并前往杭州植物园观看了象征中美两国人民友谊的红杉树。

**山核桃糖系列产品**

**1988年1月27日《杭州日报》**

杭州旅游食品厂利用临安山核桃资源，开发系列山核桃糖，已推出夹心、双仁、摇果等四个山核桃糖品种。并改半斤一块为不同规格小包袋装投放市场。

**上世纪70年代杭州利民食品厂的山核桃糖包装**

方特色，且不施农药，没有污染。做成糖，还得高温熬制糖浆，不可能滋生细菌变质，安全可靠。

但领导们仍很紧张，唯恐出什么纰漏，万一尼克松吃了肚子不适，有辱家国门楣，还要追究责任。

此差使最终落在利民食品厂杜雪根身上，他是中式糕点名师，技术过硬，政治上可靠。

杜师傅找了两位助手，躲进食品厂一间密室，只在夜深人静无人觉察的时候悄悄加工，旁边还站着杭州市委派来的监督干部，好像谍战片中的情景。

山核桃仁从临安采购，品相完整，均为四分之一核仁，粒粒新鲜。然后加以茴香、食盐等调味品烘制。接着熬煮白砂糖浆，火候恰当，浓稠适度，颜色润泽。

这一切全凭杜师傅经验感觉。最后把糖浆浇注到山核桃仁上，待冷却成型，刀切包装。

山核桃糖很对尼克松口味，让他尝到了中国杭州的甜头，吃过后，他在周总理面前连声点赞。十年后的 1982 年，尼克松再次访华，仍念念不忘山核桃糖的美味。

▲十一都马啸乡，有 10 岁儿童玩弹弓，见晒场满地山核桃，便抓一把放进口袋当弹珠。走了没几步，发现不远处有三只黑羽鸟停在竹竿上打盹，即拉弓猛射。不偏不倚，其中一只中弹倒下。儿童甚喜，上前一看，击毙的却是小鸡。正想逃离，被人一把抓住后领。回头一看，是隔壁陈姑。陈姑喝问，射杀她家乌鸡，拿什么东西赔？小孩搔头摸耳，不出声。陈姑把孩子拉进屋，罚他敲剥山核桃，肉归肉，壳归壳。孩子用锤将山核桃砸碎，用手指蘸着口水把核仁吃个精光，留下一堆乱壳。陈姑进门，面对顽童，又气又恼，哭笑不得，最后叫小孩把死鸡拎去，由他娘看着办。

▲ 有位林先生，家住杭州西湖区翠苑小区，自小爱吃山核桃，扬言每年要吃掉山核桃 20 斤，且吃的速度无人可比。

2010 年 10 月，临安市举办山核桃文化节，移师杭州吴山广场宣传，电视现场直播，除了领导讲话等仪式，主要是文艺表演，其中有观众互动节目，当场邀请市民登台比试吃山核桃。

林先生也在场，上台与其他 9 位同场竞争。规定 10 分钟，既比速度，又比吃的质量。当哨声吹响，观众喊叫声与咬山核桃的咯吱咯吱声交织在一起。谁知天外有天，比赛下来，林先生只排名第 5。虽然也获得三斤山核桃礼盒的奖赏，但付出的代价是——断裂两颗大牙！

此后，林先生爱吃山核桃虽不改初衷，但必须借助钳子、锤子等工具了，每年 20 斤的指标，也泡汤成为过时皇历。

# 九死还魂草

昌化山中，长有一种仙草——九死还魂草。光听这个名字，就让人惊奇。据说，它能使伤者康复、死者还阳，常服此草的汁液，能使人长生不老。

九死还魂草又名万岁草、长生不死草，这种只有在武侠小说影视作品中出现的神仙之草，如今很难找到其正踪。有行家说，要采一株上了年份的野生还魂草，比登天还难。

2016 年新年伊始，《钱江晚报》登出消息，说临安某山村发现九死还魂草。它们长在高耸入云的石壁上，无路可达，采挖艰难，可望而不可即。

发现地湍口镇塘溪源，正是在昌化境内。发现者胡茂华，塘秀村人，50 多岁，平日以放羊为生，曾爬遍塘秀方圆几十里山头。石壁上的还魂草，他不到 20 岁时就见到过，30 多年来一直长在那个地方，除了他无人知晓。最近因同镇病友需求，才冒险攀岩采了一株回来。据他观察，石壁上尚有 50 多岁的还魂草数株，甚至年逾百岁的也傲然显身。他上上下下数了数，大概总有 20 多株吧。如此集中生于一地的还魂草，实属罕见。塘秀村，可谓仙山宝地了。

杭州临安传来消息：高耸入云的石壁上找到了十几株九死还魂草
这听起来武侠味爆棚的药材，究竟有多珍贵——
起死回生，这个只是传说
做了标本还能复活，这个真的有
还魂草到底有多金贵：
一株好草抵两只羊

九死还魂草，昌化人也称还阳草，山民用来治胃出血、跌打损伤等，据说效果立竿见影。明朝嘉靖初年，淳安、昌化两县交界处，边民争夺山利，引发斗殴。双方锄头、刀把、棍棒相加，结果两败俱伤。其中昌化童某被打击中要害，伤势严重，神志昏迷，生命垂危，抬至家中已奄奄一息。有乡医郎中程某，采来九死还魂草，内服外敷，不多时，血止痛消，气脉重生。

九死还魂草在李时珍的《本草纲目》上有记载，学名“卷柏”，别名豹足、交时、求股、长生不死草等。“卷柏生于常山山谷间，春生苗，高三五寸，叶细如柏叶，卷曲如鸡爪，无花无籽，多生于石上，气味辛、温，无毒。主治五脏邪气，女子阴中寒热痛，久服轻身。止咳逆、治脱肛、散淋结。强阴益精，令人好容颜通月经、治尸疰鬼腹痛，百邪鬼魅啼泣。镇心，除面头风，暖水脏。生用破血，炙用止血。”

现代药理证明，卷柏有抗菌消炎、抗肿瘤作用，能增强人体免疫，对消化系统、血液系统的疾病都有较好的治疗作用。作为一味中草药，如今药店里也有售，但那是人工种植的，草龄大都一至二年，根本无法同野生的相比。几十年生的九死还魂草，极其“金贵”。在行家眼里，每根草茎就值百元，用胡茂华的话说，一片茎叶能抵两只羊。

昌化地区，山高谷深，危岩峭壁 ，云雾缭绕。清凉峰、龙塘山、浙西大峡谷及昌南诸高山都有九死还魂草的踪影。但你如果没有山民那样的锐眼，没有强健的体魄，又缺少一不怕苦二不怕死的精神和爬壁攀岩的本事，绝不可能采到它，只能听听“天方夜谭”一样的故事。

其实，九死还魂草的神奇，不在让人起死回生的传说，而是作为苔草类植物极强的生命力。它生长的环境很是险恶——悬崖绝壁少泥土、缺水分，更背阴无阳光。但它却干旱不枯，严寒不伤，虫蛀不死，鸟啄不衰。即便采下晒成干草，放置数年，一旦浸入水中，照样复活——卷曲的茎干舒展变成直立，枯黄的叶子恢复成翠绿，就像刚采挖的一样。也许这就是“九死还魂”的真谛吧！

说到此，我忽然想，九死还魂草作为昌化草木三宝（野兰花、夏蜡梅、还魂草）之一，能否把它人工盆栽，作为纪念品，在昌化境内各景区售给都市游客，让他们带回城里，置放于家中阳台，既可观赏，亦能药用，岂不两全其美！

# 外婆的白云山[1]

外婆家住嘉兴，开窗即见南湖。年逾古稀的她，鹤发童颜，腰挺腿健，在老年大学练书画，其中有幅《祖国颂》的水彩，被老师誉为倾情之作。外婆把它挂在卧室，孤芳自赏。

不知何故，每年三月，外婆总有几天心烦意乱 ，甚至坐卧不安。周围人说是冬尽春来，万物复苏，致人的肝阳生发带来的生理反应，而我舅舅心里清楚，那不过是外婆要出远门前的精神亢奋——农历二月十九，她要去白云山烧香拜佛！

外婆要去的白云山，在杭州临安柳溪江风景区，那里有千年观音庙。外婆的健康和年轻态，她归功于观音菩萨的恩赐与佑护，因此，她无论如何，年年都要按时去那里报到感恩。

可是今年她去不成了，前段日子大雪，冰冻路滑，外婆摔了一跤，至今腿伤未愈。外婆似乎更显焦躁不安。

于是，她把希望寄托给我："阿芳啊，你替外婆走一趟吧，白云山是个好地方！"她怕我犹豫，又补充说："外婆就你一个外孙女，我知道你最疼外婆了，以后外婆的好处统统给你！"

我本想问："朝山进香能代替吗？"但话到嘴边又咽回去了。因为我明白，外婆要我去白云山，除了代为礼佛祈福，主要还是催我去那里求签许愿，早点嫁人，毕竟二十有八，已入"剩女"之列，外婆比谁都急。我不止一次地听外婆说，"白云山观音很灵"。

肩负外婆嘱托，二月十九这天早上我准备出发，刚发动马达，外婆匆匆送来一卷画："带去给白云山的余师太，就说是江水娥所画，她会知道你是谁的。"

车子上路，车轮滚滚。从嘉兴到杭州，然后沿杭徽高速一路向西。橘红色的"斯柯达"在有"江南最美"之称的高速公路风驰电掣，无疑是一道动人风景。

1　该文为潘观根 2015 年参加杭州市旅游微电影故事比赛应征稿。

车窗外，闪过青山湖、临安、天目山、昌化等地名。一路风光，一路畅快。

约两个小时后，车停在柳溪江边。我打开车门，钻出车外，眺望江景。

这是多么秀美的一条江啊！阳春三月，风和日丽，群山环抱中的柳溪江温婉清纯。江上有竹筏漂流，有渔人撒网，有白鹅游弋，有村女捣衣。古宅、古亭、古桥、古树的倒影，在一江春水里荡漾。

白云山就在江对面。云岚缥缈中，山巅的寺庙山房隐约可见。临江的一侧，峭壁百丈，绵延千米；山脚岸边村居农舍，粉墙红瓦，古朴宁静，仿佛一幅经典国画。

江边挨着一个叫“河桥”的古镇，因为房屋临水而立，很有几分湘西凤凰古城的韵味。河桥是省级历史文化保护区，2012 年 2 月被列为“杭州市首批风情小镇”。去白云山，须徒步经过镇旁的高脚木桥。这天是观音诞辰日，木桥上往来的人络绎不绝。

我走过木桥，跟着朝拜的人流上山。石径小路，曲曲弯弯，几十分钟后达庙前。但见香烛烟火升腾，庙门内外，善男信女进进出出，摩肩接踵。想不到山乡小庙有如此热闹场景。

穿僧尼服的一老二少。我想年长的那位定是余师太，一问，果然。当我报出外婆江水娥的名字，递上外婆所送画作，余师太又惊又喜，连忙领我到她庵房，端坐泡茶，问长问短。好一会，才展开外婆那张画。

这是四尺宣纸彩墨图，题款《松柏常青》。余师太凝神端详着这张画，目光片刻不离，久久没有作声。忽然，余师太眼睛有些湿润，不一会，竟绽出晶莹的泪花！

这是怎么回事？难道此画有什么不妥，刺痛了余师太吗？

余师太看我一脸茫然，欲言却又无语。沉默许久后，终于忍不住心中澎湃，第一次向一个外来小辈讲述尘封弥久的往事——

那是60多年前，柳溪江边一群土生土长的少年，在江边草滩上玩游戏——跳绳，踩高跷、斗草、摸盲……其中江水娥、余善珍、黄祖国、盛松柏最为活跃。欢声笑语像燕子般飘飞在竹林、桑园、麦田上空。

“快来呀，这里有船！”不知什么时候，男生黄祖国已手持竹篙，站在江边停泊的一条木船上，挥手招呼大家。

少男少女们一齐涌上木船。黄祖国站船头，盛松柏立船尾，他俩挥动竹篙，让船离开了岸。

正是春暖花开的季节，柳溪江上蓝天白云，两岸山青树绿，山花点点，景色十分宜人。

木船顺水而下，山渐高，水渐深，景色也越来越美。江水娥、余善珍仰望着高处，发现山崖上火红的杜鹃花，高兴得站立起来：“你们看，多么漂亮！”“真的，很美！”

黄祖国、盛松柏合力将船靠向岸边，跃出船舱，奋勇攀上陡峭山崖，把花采了下来。当他俩把花献给江水娥、余善珍时，两位少女脸颊泛起了美丽的红晕。

船至“白下潭”。这里水深得发绿，竹篙已撑不到底，只能在水面划。抬头望，白云衔山，绝壁如削，险峻非凡。石壁上有神仙洞，氤氲迷蒙。半山腰，一条栈道穿过一座凉亭，仿佛悬在峭壁上的长链古锁。

盛松柏指着头顶：“这个上面就是白云庙。”

江水娥说：“我还没有到过。”

余善珍说："什么时候去一趟吧。"

黄祖国说："今天不早了，回去吧！"

几天后，黄祖国、盛松柏、江水娥、余善珍四人来到了白云山。江水娥、余善珍俩拎着竹篮，篮内有刚采的碧绿艾草（用做清明馃）。

他们登上庙前峰台，极目远望。脚下绝壁千仞，眼前一览无余，顿时豪情万丈地喊："白云山，我们来了！"回头，他们走进庙堂，学着大人的样子，在观音像前合掌膜拜，心中默念愿望。走出庙门，他们继续在白云山采艾草，在山上追逐奔跳。

阳光少年，无忧无虑。她们在白云山既"挑青"（采艾草）也尽情玩耍，度过了最开心的时光。下山时，走到一岩壁下，江水娥说咱们每人在上写一个字，留作纪念。黄祖国拣了块白石头，首先写了个"永"字，江水娥接着写了"结"字，而后余善珍写上"同"，最后盛松柏写了"心"。这两对少年，青梅竹马，于今情窦初开，似花蕾绽放，在人生路上写下最甜蜜的汉字，白云山留下了他们初恋的芬芳。

日子如柳溪江水。不知何时，天空飘来乌云，跟着有闷雷滚动。朝鲜战争爆发了。

河桥古镇，敲锣打鼓，载歌载舞，欢送青年参军。街上拉着的横幅上写着"抗美援朝，保家卫国"。黄祖国、盛松柏等数位小伙子胸戴大红花，走在队伍前面。打着腰鼓扭着秧歌的十几位姑娘热情奔放，紧随其后。其中江水娥、余善珍舞姿尤为出挑耀眼。铿锵的锣鼓，妖娆的舞步，合着《志愿军进行曲》向前行进。河桥街上人潮涌动，不少人从楼窗探出身子。慢慢地，锣鼓声渐稀，队伍渐远……

日历翻飞。半年后，江水娥、余善珍收到从朝鲜寄来的信，信中夹着两张照片，背后分别有题词。送给江水娥的是黄祖国，端着机枪，英俊威武；送给余善珍的是盛松柏，吹着军号，挺拔伟岸。读看信，望着照片，两位姑娘沉浸在幸福的爱河中。

日历不断翻新。时间跨进 1953 年。3 月的一天，风吹树摇，传来不幸消息，黄祖国、盛松柏在一次冲锋杀敌时被敌机轰炸，两人同时阵亡，尸体不能运回，就地安葬在朝鲜白云山。这一天，正是中国农历二月十九。

晴天霹雳！江水娥、余善珍万分悲痛。她们重走白云山，在"永结同心"石壁下相拥大哭，泪水倾泻，仿佛柳溪江波涛。痛哭之后，她们在观音庙后的山坡上，找了一处向阳地，垒土为坟，插草为香，给志愿军战士黄祖国、盛松柏树立墓碑，碑前摆放着碧绿的艾草。她俩从此约定，无论走到哪里，每年的农历二月十九，一定准时来白云山，为儿时伙伴、少年好友、梦中恋人、心中英雄祭奠祈祷，愿他们能重生，以便来世相会。

几年后，江水娥远走他乡，余善珍削发为尼。60年来，花开花落，多少风雨，多少变迁，但她们每年二月十九的白云山相会，从未间断。60年，两位如花似玉的少女，系着烈士英魂，矢志不渝，无怨无悔，直至白发苍苍的老年。这一切，除了她俩自己，没有人知道。

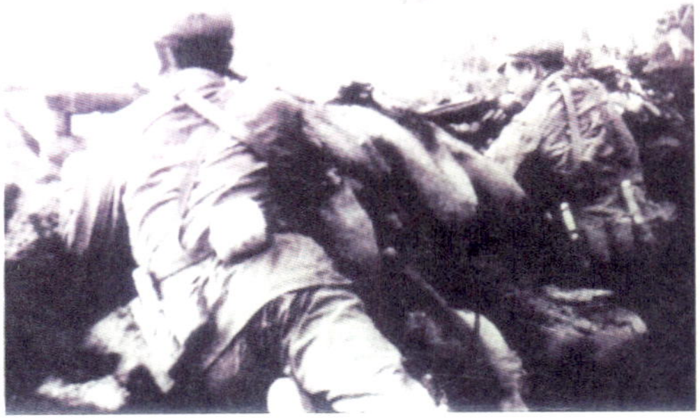

听完余师太叙述的故事，我心潮起伏难以平静。我走出庵房，来到外婆她们年少时欢呼雀跃的烽火台眺望河山。好像眼前白云山与朝鲜白云山相连，柳溪江似和鸭绿江融为一体。外婆守藏了60年的秘密，此时已化作《祖国颂》《松柏常青》之巨屏。我从背包里取出笔记本电脑，坐在岩石上，思绪万千，油然打出一页诗稿：

外婆的白云山
浸润在柳溪江[1]
那是美丽的女人河啊
岂止相思流淌……

1 柳溪江又称女人河、相思河。

# 后记

当天空转过千轮太阳，换过千盘月亮，当大地染过三度春色，收过三遍秋光，我终于将全部书稿画上句号。由此，可放松神经，改善一下睡眠了。

为编写这些文章，进过许多村庄，访过许多老乡，查过好多资料，到过好多图书馆。有时在书店翻书，偶尔发现某页有启发自己的句子，就干脆买下全书。还有，书中的几十篇文章，最初全是手工书写，涂涂改改，反反复复，耗掉近 200 支圆珠笔。将纸稿拿到图文社录入成电子版后，又三番五次地校对修改，直至觉得无差错，方才安心。

如此写作，费力劳神，常常弄得头昏眼花、腰酸腿麻。如此写作，又费时耗纸，在科技发达的今天，实在显得落后，但没有办法，谁叫我不会用电脑写作呢？

检阅文章内容，大多归属地方文化。书中往事，即便是昌化人，亦少有人知。曾想用“感知昌化”“话说昌化”“走进昌化”“发现昌化”等作为书名，但都觉得与其他书有雷同感。后来听取几位乡友的意见，遂定名“你不知道的昌化”。

浙江工商大学出版社，是在杭众多出版社中最年轻、最有朝气的。在我看来，这里的编辑不仅热情、认真、守信，其审稿、设计等专业水平与能力更是一流的。交由浙江工商大学出版社出书，能让粗糙平常的稿子变成精彩的书页。

感谢张婷婷编辑和她的同事为本书付出的劳动，为了赶时间，她们放弃了很多节假日。也感谢西湖区湘彩图文社的小曾，是他将手写稿逐字录入，变成电子稿，后来又一次次修改。书中照片，除了编者自备以外，许力强先生、潘冬青女士也提供了不少素材，包括封面在内的几张最精彩的照片，均出自许力强先生之手。同时，也用了李晨阳先生、陈洁女士的几张照片，在此一并表示感谢。

昌化山高水长，岁月流淌着故事，风土孕育着人文。倘若有时间、有精力、有兴趣继续采挖，必定仍有好的收获。

本书可作为地方文化资料存查，也可用于旅游文化宣传。但愿读者，尤其是昌化人喜欢。

谢谢您的阅读。

编著者

2018 年 11 月